Nación Neandertal

Aurora

J. J. GÓMEZ-CADENAS

NACIÓN NEANDERTAL

AURORA

ESPASA

Espasa, sello editorial de Editorial Planeta, S.A.
Avda. Diagonal, 662-664
08034 Barcelona

Primera edición: abril de 2024

Preimpresión: MT Color & Diseño, S. L.

Depósito legal: B. 5.529-2024
ISBN: 978-84-670-7263-1

Impresión: Huertas, S. A.
Impreso en España-*Printed in Spain*

Para Ava y Clark.

Madre era la casa y Padre la estepa. Madre era el invierno y Padre el verano. Madre era unos ojos atentos que te acarician y te estudian, te sostienen y te miden, te animan y te evalúan, te ofrecen y te desafían, te exigen y te regalan. Padre era un faro al mundo, la mano que te levanta y te acaricia, los hombros sobre los que cabalgas, los brazos que te envuelven al caer la noche sobre la tundra, el dedo que señala el águila que planea sobre nuestras cabezas y el lobo que se perfila contra el horizonte y los rebaños de mamuts que deambulan lentamente sobre los prados.

Los enterraron juntos, bajo una gran roca, con sus lanzas y hachas, con collares de conchas y con bonitos talones de águila, para que fueran tan felices en la tierra de los muertos como lo habían sido en la vida.

Cuando todos habían untado sus manos en la pintura, Arce y Hartz apretaron las suyas contra la roca y sus huellas quedaron grabadas en ella. Todo el mundo se apresuró a imitarlos, dejando las manos de toda la tribu en la piedra, los Eloi, los Isch y los Adonai, los hombres y las mujeres, los niños y los viejos, los vivos y los muertos.

Primera parte

Extinción

1
DEMONIOS

República Centroafricana, RCA, enero de 2070

Tenía un mal presentimiento.

Lo había tenido desde que salieron de Bangui. Había algo en el aire, una amenaza que no sabía describir, y, sin embargo, no había cesado de agobiarla a lo largo del día.

«Todo va a ir bien», se repitió por enésima vez. Había hecho ese mismo recorrido muchas otras veces. La visita anual a los centros de salud del país era una de sus obligaciones, y ni mucho menos la que más le desagradaba. El viaje era largo y agotador, diez semanas dando tumbos en el todoterreno, atravesando selvas y sabanas, atascándose en los caminos embarrados, comiendo mal y durmiendo poco. Pero valía la pena, los centros mejoraban cada año, el número de doctores aumentaba, los equipos eran más sofisticados y los pacientes estaban mejor atendidos. Y esa última parte era la que le daba sentido al viaje, no había nada que la hiciera más feliz que comprobar que cada vez morían menos mujeres en el parto y menos niños de corta edad, que cada vez había menos ancianos abandonados, que las infecciones disminuían y la gente, *su* gente, vivía más. La malaria había desaparecido. El SIDA también. La desnutrición infantil era cosa del pasado. Llevaba ya tres décadas en la República Centroafricana, más de la mitad de su vida. Pero no era un tiempo tan largo para todo lo que habían conseguido.

—¡Mamá Ruth, mamá Ruth!

No tardarían en llegar al siguiente poblado; habría, como siempre, una bandada de niños esperando el convoy, se los imaginó corriendo junto al todoterreno, tomándolo al asalto en cuanto se detuviera, colándose por las ventanillas abiertas para ser los primeros en abrazarla. Todas las privaciones eran pocas comparadas con el placer de recibir esos abrazos, sentir las manos infantiles rodeando su cuello, los labios de las niñas besando sus mejillas, escuchar las palmadas rítmicas de las mujeres mientras coreaban una canción que repetía su nombre.

—¡Mamá Ruth, mamá Ruth!

Abrió los ojos. Reparó en que había dado una cabezada. Alika la estaba llamando, mientras tiraba frenéticamente de su blusa..—¡Mamá Ruth!

Tardó un instante aún en captar el tono urgente en la voz de la niña.

—¿Qué sucede, pequeña?

Alika extendió un brazo delgado, su largo índice apuntando hacia el fondo del camino de tierra por el que avanzaba el convoy, obstruido por dos grandes moabis.

—No es nada, chiquita. Los soldados lo despejarán en un momento.

Alika negó con la cabeza. Estaba asustada. No era de extrañar, la niña sólo tenía diez años y había perdido a toda su familia en un ataque a su aldea hacía unas semanas nada más. La carnicería en la que habían perecido los suyos había empezado como una más de las interminables disputas tribales, endémicas del país, que cien años atrás se resolvían a machetazos, con mucha sangre derramada pero pocas víctimas. En 2070 las cosas habían cambiado para peor. La misma violencia, pero armas mucho más destructivas al alcance de todo el mundo. El clan rival se había agenciado en el mercado negro uno de los drones comúnmente llamados águilas, un aparato mortífero, armado con ametralladoras y microcohetes extremadamente letales. El águila sólo necesitó cinco minutos para convertir la aldea de Alika en un cementerio. La muchacha se había librado por casualidad, se encontraba a un par de kilómetros del poblado, recogiendo agua en el río. Después de comprobar que la pequeña no tenía a nadie entre los escasos supervivientes, Ruth había decidido llevarla con ella. Cuando llegaran a Bangui pensaría qué hacer. La solución más obvia era el centro de acogida de menores, pero también podría considerar adoptarla. ¿Por qué no? Después de todo, sería bonito que mamá Ruth pudiera, finalmente, tener su propia hija.

Alika suspiró, pareció tranquilizarse, apoyó su cabecita en el regazo de Ruth y un instante después dormitaba. El comandante del convoy se acercó al todoterreno.

—Tenemos que hacer una parada para apartar los árboles de la carretera, doctora. En una hora estaremos de nuevo en marcha.

—Eso espero. No quiero que nos sorprenda la noche en la selva.

—No tiene de qué preocuparse —sonrió el comandante, señalando al cielo.

Ruth asomó la cabeza por la ventanilla. Un águila planeaba sobre el convoy. No había forma de que ningún enemigo pudiera acercarse, esquivando sus sensores. Y en todo caso, el destacamento que las protegía era muy nutrido. Veinte soldados veteranos, armados hasta los dientes.

Pero el mal presentimiento no se desvanecía.

—¿Qué hacen esos moabis cortando el camino, comandante? ¿Y si se trata de una emboscada?

Una vez más el militar le dedicó una sonrisa confiada y un poco condescendiente.

—Está segura con nosotros, doctora.

Aún sonreía cuando una ráfaga de ametralladora lo barrió como un zarpazo. Ruth se oyó gritar a sí misma y de inmediato sintió los brazos de Alika rodeándole el cuello.

—¡Tengo miedo, mamá!

El protocolo que les habían explicado, «en el improbable caso de un ataque», era permanecer en el vehículo, equipado con blindaje antibalas. Ruth hizo todo lo contrario. Su instinto le dijo que la única salvación posible era internarse en la selva y esconderse de los atacantes.

Abrió la puerta y saltó del auto, esquivando el cuerpo destrozado del comandante.

«El águila —pensó—. ¿Dónde está el águila?». Cruzó el camino, se ocultó entre dos moabis, con Alika en brazos. Miró al cielo, a tiempo de ver un cohete derribando el dron que les protegía. Un instante más tarde, un tiro de mortero hacía saltar por el aire el vehículo del que acababan de escapar.

Pero los soldados de la escolta estaban reaccionando, devolviendo el fuego y agrupándose. Tres de ellos las rodearon, mientras disparaban sus fusiles ametralladores, el resto se parapetó tras los vehículos blindados. Dos soldados empezaron a disparar una ametralladora de gran calibre. Un tercero lanzó un misil de napalm en la dirección de la que provenía el ataque. El cohete explotó incendiando la selva. Se oyeron gritos de agonía, después silencio. El segundo comandante dio orden de desplegarse. Cautelosamente, los soldados avanzaron, con las armas preparadas. No se oía otra cosa que el jadeo de respiraciones entrecortadas, el golpeteo de botas pisando la tierra, el rumor de la lluvia que empezaba a caer sobre la selva. Por un instante, Ruth se aferró a la esperanza de que sus atacantes hubieran huido.

Y de repente estaban por todas partes. Escuchó gritos y el tableteo de las ametralladoras. Los asaltantes se movían muy deprisa, en un instante habían rodeado a sus soldados y los estaban masacrando. Cuatro de los agresores se abalanzaron hacia los árboles tras los que se había parapetado. Ruth tuvo la sensación de estar atrapada en una pesadilla, en la que sus atacantes no eran hombres, sino demonios. Demonios idénticos entre sí, bajos de estatura, robustos como ogros, con enormes cabezas cubiertas de pelo rojizo, rostros bestiales y ojos de animal de presa. Sus escoltas abrieron fuego, uno de los demonios rodó por el suelo, los otros dispararon a su vez con puntería infalible, los tres soldados que las protegían cayeron en silencio, con la cabeza destrozada por las balas. Ruth se apoderó de la pistola de uno de ellos con su mano derecha, aferró a Alika con el brazo izquierdo y echó a correr hacia la selva. Consiguió avanzar diez o veinte metros antes de que el balazo la derribara. La pequeña rodó por el suelo, se levantó rápidamente, estaba cubierta de polvo, pero no parecía herida.

—¡Corre, Alika, corre! —acertó a gemir Ruth.

La niña se dio la vuelta y desapareció en la espesura. Uno de los demonios hizo ademán de seguirla. Ruth alzó la pistola y disparó. La bala se incrustó en el muslo de su enemigo, haciéndole caer de rodillas. Ruth apuntó a su cabeza, pero antes de que pudiera apretar el gatillo, el demonio giró el rostro hacia ella, dejándola petrificada.

Era sólo un niño.

Dejó caer la pistola. «Cada vez que se salva un niño el universo se regocija», fue lo último que acertó a pensar, antes de que se hiciera la oscuridad.

2

Los Eloi

Vrangelya, 2070

Mis primeros recuerdos son anteriores a las palabras. La piel de Madre contra la mía, aunque no sabía dónde empezaba una y donde terminaba la otra; las manos de Padre, enormes y gentiles, desenredándome el pelo; el olor de Hartz, sin el cual no me podía dormir. Recuerdo también las voces, cuando aún no eran voces, sino música. Madre era un oboe, Padre un contrabajo, Hartz un violoncello obsesionado con una sola nota, y esa nota era mi nombre.

Yo le correspondía con idéntica obsesión. Mis sentidos se volcaban hacia él, mi atención se concentraba en ver el mundo a través de sus ojos. Entendía sus rasgos con la misma facilidad con que entendía las palabras de Madre, pero no eran palabras lo que leía en él, sino emociones, que se reflejaban en mí como la luz en un espejo. Si él tenía hambre, a mí se me hacía un hueco en el estómago; si se adormilaba, me entraba la modorra; cuando estaba inquieto, yo respondía con idéntica agitación; cuando se concentraba en uno de sus dibujos, yo encontraba la tranquilidad para dedicarme a mis matemáticas. Contestábamos simultáneamente a cualquier pregunta, nos enfadábamos a la vez y nos reíamos al unísono. Madre bromeaba diciendo que había hecho mal en ponernos nombres diferentes, Hartz y Arce, hubiera bastado con uno solo, Harce, porque en realidad éramos una sola persona con dos cuerpos.

Al llegar la noche, Hartz era siempre el primero en empezar a bostezar; su metabolismo era mucho más rápido que el de todos nosotros y a pesar de las cantidades prodigiosas de comida que consumía, apenas caía el sol se quedaba amodorrado. Padre lo cogía en brazos y lo llevaba a la cama, Hartz pesaba tanto como un osezno, pero Padre lo cargaba fácilmente, mi hermano le echaba los brazos al cuello y un instante después roncaba como un bendito. Padre se quedaba un rato a su lado, tallando pacientemente figuritas de madera, un mamut, un tigre de dientes de sable, un rinoceronte. A veces, antes de dormirse, Hartz jugaba un rato con aquellos animales hechos de cedro y roble que repetían los que habitaban en las llanuras de nuestra isla.

En cambio, yo nunca tenía sueño, el final del día era mi momento favorito, porque era entonces cuando Madre me hablaba de los Eloi.

Yo era todavía muy pequeña, pero Padre ya nos había llevado a Hartz y a mí a la estepa, y el dibujo que Madre me mostró me resultó completamente familiar. Estaba trazado sobre una lámina de papel, con lápices de colores, y representaba una pradera cubierta de hierba y nieve, idéntica a las que yo conocía. En la pradera pastaban muchos animales que yo había avistado en nuestras excursiones: bisontes, ciervos, lobos de pelaje plateado, mamuts, rinocerontes y tigres de enormes colmillos. Le pregunté quién había dibujado aquel paisaje tan hermoso y tan familiar, imaginaba que habría sido Padre, que era capaz de tallar en madera todos los habitantes de la estepa, pero Madre me explicó que cuando era niña también ella había tenido un padre y una madre como yo, me señaló entonces una esquina de la lámina donde se distinguía un garabato, yo ya sabía leer y pude deletrearlo: «Paco Salinas». Madre me dijo que aquel era el nombre de su padre y que su madre se llamaba Marianne.

Después, Madre me mostró el dibujo de un joven. Su rostro se parecía al de Hartz, las cejas muy espesas, la nariz muy firme, los ojos muy brillantes. Madre me dijo que su nombre era Aitz y que pertenecía a una tribu que se llamaba a sí misma los Eloi y habían vivido mucho tiempo atrás en una estepa como la nuestra. Luego me mostró otros dibujos. Abarra, el hermano menor de Aitz, que podía correr tan rápido como un lobo y era aún más feroz que estos; Ayena, la mujer de Aitz, pelirroja y dulce, tan fuerte como su hombre; Astalarra, el hijo de ambos, siempre tramando alguna travesura. En una de las láminas, los cuatro salían de cacería, dejando en el campamento a la abuela a cargo de Ardouky, que era todavía un bebé; en otra, Astalarra recorría la estepa para ir a buscar a Andrexe y pedirle que fuera su mujer. A lo largo de muchas noches Madre me fue mostrando las láminas que Paco había dibujado y contándome la historia de los Eloi, que Marianne le había contado a ella cuando era una niña como yo.

3

Dos Cuernos

Europa central, final del Paleolítico

Los penetrantes ojos de Aitz recorren el claro, hasta detenerse en el corpachón de Dos Cuernos. El animal olfatea, desconfiado, el aire de la mañana, sabe que los cazadores le acechan, aunque sus ojos cegatos no alcanzan a distinguirlos, invisibles entre los abetos que rodean el abrevadero. Tampoco puede olerlos; Aitz ha escogido bien el escondrijo, a barlovento de la bestia. Pero Dos Cuernos sabe y espera. En el rito de la caza, el que busca y el que es buscado aguardan hasta que uno de los dos pierde la calma. Así es y así ha sido siempre.

Aitz contempla con admiración a la enorme bestia. Se conocen bien, se han encontrado muchas veces y nunca ha sido presa fácil. Le ha visto despanzurrar a hombres fornidos como si fueran conejos, ensartándolos con el larguísimo cuerno que crece en el extremo de su hocico, sacudiéndolos contra el suelo y pisoteándolos hasta dejarlos convertidos en un amasijo de huesos aplastados y tripas desparramadas. Dos Cuernos nunca entrega su ken gentilmente. Siempre pelea con rabia y son pocas las veces que abatirlo sale barato. Pero hoy el viento sopla a su favor, la luz oblicua del amanecer les convierte en sombras y el grupo de cazadores es numeroso. Tienen ventaja y lo sabe, Dos Cuernos también lo sabe, pero es demasiado orgulloso para reconocerlo.

Aitz avanza unos metros, muy despacio, evitando cualquier ruido que pueda delatarle. El resto de la partida hace lo propio. Tiene a la izquierda a su hermano Abarra, cuyo ken habla con el suyo sin necesidad de palabras; llevan cazando juntos desde niños y cada uno de ellos sabe exactamente lo que va a hacer el otro en cada momento. Astalarra, su hijo, está a su derecha. El verano pasado todavía era un niño, pero ha crecido a lo largo del invierno, todavía está flaco, ha pasado hambre durante la primavera, pero la primavera es el tiempo del hambre, así es y así ha sido siempre. Y si Dos Cuernos se lo permite, hoy podrán comer hasta hartarse. Muy cerca de Astalarra, Ayena le hace un gesto animándole; su mujer sabe igual de bien que él que necesitan cobrar esa pieza, Madre, el viejo Ampulo y el pequeño Ardouky, que ha quedado a su cargo, tienen que comer. Madre está débil, es una mujer anciana; cuando Abarra y él eran niños, Madre era fuerte y hermosa como Ayena, pero ahora sus dientes están rotos, su pelo se ha vuelto del color de la nieve y sus piernas ya no la sostienen. Ampulo es más viejo todavía, pero conserva mejor sus fuerzas y su ken todavía es capaz de hablar con el ken de la piedra, para encontrar las hachas y los cuchillos, las puntas de lanza y los raspadores que se esconden en ella.

Los del otro clan se han emboscado tan alejados de ellos como les es posible sin que Dos Cuernos los olfatee, de tal manera que puedan confundir al animal, cargando desde dos direcciones diferentes. Hay dos hombres, Adun y Aginteka, y dos mujeres, Aufari y Andrexe. Son todos familia, Adun y Aufari son los padres, Aginteka y Andrexe, los hijos. Le vienen a la memoria las imágenes de otras cacerías, cuando Padre y Madre les enseñaban a su hermano Abarra y a él cómo emboscar a las presas y al llegar la noche compartían el festín. Madre los abrazaba como si todavía fueran bebés, Padre cogía la cabeza de Aitz entre sus grandes manos y aproximaba su frente a la suya, le gustaba quedarse así durante un rato, como si quisiera que sus ken se juntaran; luego lo apartaba de un manotazo, Aitz rodaba por la tierra, aullando como un chacal, para regocijo de toda la familia. Ahora Padre yace en el polvo y Madre no tardará en seguirle. Aitz siente una punzada en el pecho, como si se hubiera pinchado con una de las agudas espinas de las zarzas que les ocultan. Es el dolor-por-dentro, que hiere sin sangre, cuando el ken insiste en evocar a los que se fueron. Así es y así ha sido siempre.

Los dos clanes han cazado juntos en muchas ocasiones y se entienden bien, Adun ya es un anciano, ha visto tantas primaveras como tres veces los dedos de las dos manos, pero su cabello aún conserva color y le quedan muchos dientes. Además, conoce a Dos Cuernos muy bien y su ken se compenetra con el de su hijo Aginteka, que es un cazador fuerte y valeroso. Aitz respira hondo, siente que todo va a ir bien para ellos esa mañana.

De repente, Dos Cuernos agita la poderosa cabeza, como picado por un tábano. El enorme colmillo de su nariz corta el aire, desafiante. Aitz aprieta la lanza con fuerza. Las manos no le tiemblan. En el rito de la caza, el que busca y el que es buscado deben enfrentarse sin miedo y sin rencor.

Dos Cuernos inicia un trote indeciso, su ken le pide alejarse del abrevadero y ponerse a salvo, sabe que corre peligro, pero tiene sed y prefiere no saberlo. Al cabo de unos pocos pasos se detiene y vuelve la grupa, regresando al estanque. Duda un instante más, mientras cada músculo del cuerpo de Aitz se tensa y, finalmente, hunde el hocico en el agua.

Es el momento que los cazadores han estado esperando. Las mujeres salen primero de sus escondrijos, simulan una carga; Dos Cuernos gira la cabeza a izquierda y derecha, confuso, sin saber a quién embestir. Finalmente se decide y carga en la dirección de las mujeres del otro clan, que se dan la vuelta apenas lo ven venir, corriendo hacia los árboles mientras el animal se precipita hacia las lanzas de los cazadores que aparecen detrás de ellas.

Todo ocurre muy rápido. Aginteka esquiva la carga del animal y hunde su lanza en una de sus patas, pero Adun no tiene suerte. Su lanza se quiebra al intentar clavarla en la piel acorazada y el animal le arrolla antes de detenerse, resoplando. El grupo que encabeza Aitz le ataca. Dos Cuernos sangra abundantemente por la herida, intenta embestir a Aitz, pero su carga no tiene fuerza, cojea, Aitz lo esquiva, la lanza de Abarra penetra en su costado, un instante después lo hace la de Astalarra. Dos Cuernos recula, escupiendo espuma y sangre por la boca. La partida de cazadores le rodea, gritando, pinchándole con sus lanzas, distrayendo su atención. No ve llegar a Aitz, cuya arma entra con el ángulo justo, perforándole el corazón.

El gran animal se desploma y la tierra truena cuando su corpachón la golpea. La orgullosa cabeza se agita un par de veces, luego cae hacia un lado. Aitz acaricia agradecido la testuz de la bestia. Los tres esperan un instante, resoplando, felices de haber salido indemnes del encuentro, dando tiempo a Dos Cuernos para que entregue su ken.

Los del otro clan no han tenido tanta suerte. El cuerno de la gran bestia ha atravesado el pecho de Adun, que yace en un charco de sangre. Aginteka se arrodilla a su lado, sostiene la cabeza de su padre entre las manos, hasta que este deja de respirar. Las mujeres lo abrazan, aullando su dolor, pero Aginteka se levanta y se acerca a ellos, sabe que hay que despiezar a la presa y los quejidos no van a conseguir que Adun vuelva a levantarse. El rito de la caza se cobra a veces las vidas de los cazadores, así es y así ha sido siempre. Para expresarle su condolencia, Aitz corta la lengua del animal y se la ofrece. Aginteka la acepta, con un gruñido de agradecimiento. Enseguida se ponen manos a la obra. Astalarra abre al animal en canal, extrae el hígado, los riñones y el corazón, los limpia en el abrevadero y los empaqueta. Abarra y Aginteka empiezan a trocear la carcasa, manejando con destreza sus hachas, cortando tajadas de carne palpitante en el lomo y los cuartos traseros. Mientras, las mujeres encienden un fuego. Comen hasta hartarse y luego cargan sus zurrones con suficiente carne para alimentarse durante muchos días.

Cuando terminan, Aitz se acerca al cadáver de Adun para despedirse de él. Astalarra le acompaña, pero Aitz comprende enseguida que presentarle sus respetos al hombre muerto le interesa menos que exhibirse delante de la muchacha, Andrexe. Mientras ayuda a Aginteka a cubrir el cadáver con ramas y hojas —sabe que los carroñeros no tardarán en dar cuenta de él, pero la tradición exige no dejarlo abandonado en mitad del claro—, observa como Astalarra saca de su zurrón el hígado del animal, corta un pedazo y se lo ofrece a la muchacha, que lo acepta con una sonrisa tímida. Siente una mano en el hombro. Es Ayena, su mujer. Se miran y Aitz sabe que también ella recuerda.

4

Postal del cielo

Vrangelya, 2070

Madre era la casa y Padre la estepa. Madre era el invierno y Padre el verano. Madre era unos ojos atentos que te acarician y te estudian, te sostienen y te miden, te animan y te evalúan, te ofrecen y te desafían, te exigen y te regalan. Padre era un faro al mundo, la mano que te levanta y te acaricia, los hombros sobre los que cabalgas, los brazos que te envuelven al caer la noche sobre la tundra, el dedo que señala el águila que planea sobre nuestras cabezas y el lobo que se perfila contra el horizonte y los rebaños de mamuts que deambulan lentamente sobre los prados.

Madre se llamaba Gala y Padre se llamaba Boris.

París, marzo de 2049

Gala me contó que no supo quién era realmente Diego Acevedo hasta mucho más tarde, pero se sintió atraída por él desde el primer instante en que le vio, en el centro de salud de Clichy-sous-Bois.

Como todos los jueves, se había tomado la mañana libre en su trabajo para echar una mano en el CDS y llevaba desde las siete de la mañana sentada frente al cubo, revisando las listas de espera con la ayuda de Anastasia, su asistente virtual. Era casi mediodía y empezaba a abrírsele un hueco en el estómago, pero no se decidía a levantarse de la silla; Anastasia estaba encontrando más errores de lo habitual y Gala llevaba un par de horas rastreando el origen del problema.

No era raro que las iA que organizaban las listas de espera de los centros se equivocaran. A pesar de toda la mística que las rodeaba, tenían sus limitaciones. Los charlatanes llevaban tres décadas, desde la revolución de los años veinte, predicando la llegada inminente de las máquinas conscientes, el advenimiento de la singularidad y el fin del mundo. Los políticos, a su vez, incluían en todas sus campañas regulaciones para controlar su uso y proponían drásticas medidas que nunca llegaban a implementarse, porque, en el fondo, nadie sabía pasarse sin ellas.

Las iA estaban en todas partes, vivían en los pads de cada usuario en forma de asistentes virtuales, organizaban los programas de los tubes, eran las primeras en responder a un ping, pilotaban los cabbies, emitían diagnósticos médicos y predecían el tiempo. Pero no dejaban de ser algoritmos y los algoritmos no eran infalibles. A la hora de organizar las listas de espera de los CDS había que tomar en cuenta docenas de variables. Qué pacientes disponían de un seguro que les permitiera atender a un hospital regular y quiénes dependían exclusivamente de la caridad de los centros, cuánta distancia debían recorrer para llegar, qué barrios tenían que atravesar y cuál era el nivel de peligrosidad de estos. Edad, sexo, estado de salud, antecedentes, alcoholismo, drogodependencia... El problema era muy complejo y las iA no siempre acertaban a resolverlo. El trabajo de Gala consistía en revisar las listas de espera, encontrar errores —los había de todo tipo, desde bebés con una sesión prevista en detox hasta ancianas con cita en maternidad—, identificar su origen y corregir los algoritmos.

No habría necesitado recorrer los quince kilómetros que separaban el centro de París de Clichy-sous-Bois para eso, podía desplegar sus pantallas virtuales con igual comodidad en su oficina o en casa, pero parte del trabajo era encontrarse con los otros voluntarios, compartir el café de media mañana y el almuerzo en la cantina del CDS o en algún bistró local, comentar sus proyectos, animarse los unos a los otros y convencerse, en fin, de que el esfuerzo valía la pena. El centro estaba siempre atestado de gente, abundaban los enfermos terminales, los ancianos desorientados, los niños desnutridos y las mujeres maltratadas. Tampoco faltaban adolescentes embarazadas, alcohólicos, drogadictos y lunáticos, había días que parecía que todos los desesperados del extrarradio de París habían decidido acudir a las consultas al mismo tiempo. El personal sanitario era el que más bregaba, pero cuando la cosa se ponía difícil, Gala y cualquier otro que estuviera cerca dejaban sus ocupaciones y echaban una mano, consolando niños, tranquilizando muchachas asustadas y drogadictos con mono, escuchando monologar a enfermos de Alzheimer y a borrachos en pleno *delirium tremens*. Ella era imbatible cuando se trataba de manejarse con estos últimos. Tenía años de experiencia sobre sus compañeros.

Gala no necesitaba que la motivaran para hacer aquel trabajo, había vivido en Clichy-sous-Bois durante los años que siguieron a la muerte de su madre, conocía el barrio como la palma de su mano y le sentaba bien evadirse del autismo de su trabajo en la Escuela Normal Superior y dedicarse a ayudar un día por semana. A diferencia de los otros voluntarios, no sentía especial angustia cuando el vetusto autobús que comunicaba con el centro la dejaba en el hangar de la estación, donde no quedaba un cristal intacto ni una pared sin pintarrajear. Cruzaba las avenidas llenas de baches a paso vivo, pasando junto a colmenas de edificios que parecían recién bombardeados, atravesando parques infantiles donde su padre intentó llevarla a jugar los primeros meses después de mudarse, antes de rendirse a la evidencia de que la única actividad que se desarrollaba allí era el tráfico de drogas. Los pocos comercios que se atrevían a abrir en la zona estaban tan blindados como un cuartel militar, lo mismo que la escuela a la que ella acudía de pequeña, protegida por policías armados hasta los dientes.

Pero nada de eso la alarmaba, conocía el barrio y en el barrio la conocían a ella, algunos de los quinquis locales habían sido sus compañeros de colegio, y las paredes del centro cívico, el único espacio seguro de la zona, todavía estaban cubiertas por los murales que había pintado su padre. Quizás por eso seguía volviendo a Clichy-sous-Bois, la gente recordaba a Paco Salinas en aquel barrio más de lo que lo recordaban los críticos de arte que un día lo habían adulado y los dueños de las galerías donde había expuesto. Sus poemas, ignorados por los mismos profesores universitarios que acudían a sus tertulias, estaban en la boca de todos los raperos de los suburbios de París. Quizás por eso la presencia de Gala era tan apreciada en el CDS; los otros voluntarios se pegaban a ella como si pudiera ampararles con su campo de fuerza, cuando se atrevían a salir a almorzar a alguno de los cochambrosos bares de la zona, en los que, sin embargo, se servían los mejores falafeles de toda Francia.

Cuando por fin consiguió corregir el error que la había estado eludiendo toda la mañana, el resto de los voluntarios había optado por refugiarse en la cantina del centro. Gala decidió que sus esfuerzos se merecían una recompensa. El bistró de Abdel no estaba lejos y la mañana de finales de abril invitaba a un paseo. Casi en la puerta del CDS se cruzó con una muchacha joven que llevaba en brazos a un bebé de pocos meses, reparó que era la última paciente de la mañana del nuevo pediatra, vio la puerta de su consulta entreabierta y decidió detenerse un momento a saludar. El rótulo en el dintel anunciaba que el médico recién llegado era el doctor Diego Acevedo.

—¿Se puede? —dijo Gala, dando un par de golpecitos en la puerta con los nudillos.

—Adelante —respondió una voz amable, con el timbre de un tenor de ópera.

—Soy Gala Salinas —se presentó ella, a la vez que entraba en la consulta—. Me ocupo de la informática del centro.

El doctor se estaba quitando en ese momento la bata blanca de pasar consulta, bajo la que llevaba un suéter y pantalones vaqueros. Era delgado, ancho de hombros, tenía los ojos oscuros y muy brillantes, la barba asiria era del mismo color azabache que su pelo. Debía de tener unos diez años más que ella.

—Una trabajadora esencial entonces —sonrió—. Encantado de conocerte.

—¿Es tu primer día? —preguntó Gala.

—Y si esto sigue así, será el último —aseguró él—. Dudo que llegue vivo a la noche.

—Sobrevivirás, no te preocupes. El primer día siempre es el más difícil. Luego te acostumbras.

—El niño que acabo de ver tiene tifus —afirmó el pediatra—. ¡Tifus en París, en pleno siglo XXI! ¿Cómo se acostumbra uno a eso?

Gala hizo un gesto negativo agitando brevemente la cabeza. El médico tenía razón, había algunas cosas a las que era mejor no acostumbrarse.

—¿Lo haría más llevadero un falafel? Conozco una taberna aquí cerca donde preparan unos estupendos.

—Me has leído el pensamiento —contestó él.

El bistró de Abdel era destartalado y acogedor, con una docena de mesas cuadradas, hechas de aglomerado, pintadas de vivos colores. Cada silla era de un modelo diferente, mercadas en los rastros ilegales de baratijas que brotaban como hongos por toda la periferia de París. Les atendió Claire, la esposa de Abdel. Era una mujer morena, corpulenta y sonriente, llevaba un pañuelo anudado a la cabeza y grandes aros de zíngara colgando de las orejas.

—¿Lo de siempre, *petite*? —dijo, dirigiéndose a Gala.

—*Oui, merci, Claire* —contestó ella—. Lo mismo para mi colega.

La zíngara echó un ceñudo vistazo al doctor Acevedo, como evaluando si su presencia era admisible en su local. Finalmente esbozó un amago de sonrisa, extendiéndole una bienvenida provisional.

—Marchando —dijo, mientras se dirigía hacia el mostrador.

—Venía bastante por aquí de pequeña —explicó Gala—. Claire todavía piensa que soy una niñita y tiene que vigilar de cerca a cualquier tipo que se me acerque.

—¿Creciste en este barrio?

—Viví aquí desde los siete a los catorce años. Mi padre trabajaba en el centro cívico. No sé si has oído hablar de esos inventos, son el equivalente a los CDS en lo que se refiere a atención social en zonas marginadas.

—Algo he oído. ¿Te parece que funcionan bien?

—Todo lo bien que puede funcionar un candelabro en un vendaval. Asombrosamente, algunas bujías todavía no se han apagado.

—¿Entonces no te parecen una mala inversión?

—Me parece una inversión insuficiente. Igual que los CDS. Harían falta muchos más.

—Estoy de acuerdo —asintió Acevedo, con un gesto pesaroso—. No es suficiente, nunca es suficiente.

—Si alguno de nuestros gobernantes tuviera la decencia de intentar emular a la Fundación Arazi, quizás las cosas serían diferentes —dijo Gala—. Pero su prioridad es seguir aderezando todavía más el centro de París. A fin de cuentas, el negocio está ahí. Cada año acuden cincuenta millones de turistas a dejarse todos sus ahorros a cambio de formar parte por unos días de la postal del cielo y hay que asegurar que se vayan satisfechos. Lo que ocurre en el extrarradio no le importa a nadie.

—Le importa a la Fundación Arazi, ¿no?

—Si el resto de los vips del planeta tomaran ejemplo de ellos, el mundo sería muy diferente —dijo Gala.

—¿Tú crees? —dijo Acevedo—. ¿No sería preferible que hubiera menos vips? Si el noventa por ciento de los recursos no estuviera acaparado por el diez por ciento de la población, el mundo sería de verdad muy diferente.

—Amén —dijo Gala, procurando que no le temblara la voz.

Era como tener a su padre delante, la única diferencia era que Acevedo estaba perfectamente sobrio y Paco siempre estaba borracho cuando empezaba a predicar.

Paco, cuyos poemas de juventud habían introducido en el lenguaje los vocablos que tan bien reflejaban la desigualdad que asolaba Europa. No faltaban en el diccionario términos para denominar a los privilegiados, ricos, afortunados, acaudalados y opulentos, pero la palabra *vip* los resumía en tres letras, igual que *pop* condensaba tantas otras, proletario, trabajador, jornalero, pobre, plebeyo y *med* se refería con la misma economía verbal a las clases medias, la tierra de nadie, cada vez más angosta, que separaba el diminuto paraíso de los pudientes del extenso desierto de los desheredados.

Claire llegó con los falafeles y un par de cervezas. «Este me gusta más que el vip que te has echado de ligue», le susurró a Gala al oído mientras le servía su bebida.

Acevedo le hincó el diente al pan de pita con envidiable apetito. Gala mordisqueó el suyo sin muchas ganas, el recuerdo de su padre tendía a dejarla sin apetito. Claire tenía razón, también a ella le gustaba más Diego Acevedo que Brian.

Pero por aquel entonces, su relación con Brian era todavía buena, o al menos, aún no se había deteriorado del todo. Su novio vip, me dijo, tenía una gran virtud que casi lo redimía de sus numerosos defectos. La vocación de Brian por la ciencia era tan absoluta como la de ella, y esa devoción había tejido entre ambos una complicidad que, durante un tiempo, contó más que las abismales diferencias que los separaban. Gala no tenía otra vida que su trabajo, era habitual que se pasara las noches en blanco en el laboratorio; los fines de semana no existían para ella y su único día libre lo dedicaba a ayudar en el viejo barrio. Las relaciones que había tenido a lo largo de los años de su carrera y mientras realizaba su tesis doctoral se habían malogrado siempre por las mismas razones. Antes o después sus parejas reclamaban el tiempo y el espacio compartido que ella no podía ofrecerles.

Brian, en cambio, no la atosigaba. Al contrario, tenía el don de sorprenderla con sus cariñosas extravagancias. Una noche aparecía por el laboratorio, a las tres de la madrugada, con una botella de champán y unos canapés de caviar, la hacía reír desgranando alguna de sus anécdotas, en las que él era siempre el héroe y a menudo el único protagonista, no le faltaba desparpajo y gracia contándolas; devoraban el caviar, se bebían el champán, se achuchaban un poco y luego él se marchaba a su propio laboratorio, tan noctámbulo y obsesivo como ella. A las seis de la madrugada volvía a aparecer y esta vez se traía a un camarero uniformado que les servía *café crème avec croissants* antes de ofrecerle un paseo en su deportivo por la ciudad todavía adormilada. Si Gala estaba cansada, la llevaba a su casa y la despedía con un casto beso de caballero en la puerta de su buhardilla, pero a menudo acababan en alguno de los hoteles de cinco estrellas en los que Brian siempre tenía una *suite* reservada.

Estar con Brian era divertido y no le complicaba la vida, al menos hasta que conoció a Diego. Durante los meses que siguieron a su encuentro, la escapada al bistró de Abdel se convirtió en el mejor momento de la semana. El ritual era siempre el mismo, un falafel, dos cervezas, un café espeso y aromático, acompañado de un par de *chebakias* que Claire les servía con su gran sonrisa, sin perder nunca la oportunidad de susurrarle al oído que no dejara escapar a aquel doctor tan guapo y simpático.

—Claire te adora —le susurró Diego, siempre atento a cada detalle que revelara algo de ella.

—Su hija Blanca y yo éramos las empollonas de la clase. Nos hicimos muy amigas. A ella no se le daban bien las matemáticas y a mí no se me daba bien la gente. Así que nos ayudamos mutuamente, yo le explicaba álgebra y ella me enseñó a no salir corriendo cada vez que alguien se me acercaba.

—Has mejorado mucho desde entonces.

—No creas, sigo siendo una antipática. ¿Sabes cómo me apodan mis colegas en la Escuela Normal? La doctora Hielo.

—¿Estamos hablando de la misma persona a la que se pegan todos los voluntarios del CDS cada vez que tienen que cruzar la calle?

—Soy un poco bipolar —admitió Gala.

Bipolar era la palabra que mejor describía su estado de ánimo durante aquel tiempo. La voluntaria del CDS, la que cada jueves se levantaba de madrugada para ayudar en su barrio marginado, la que contaba los días que quedaban hasta que volviera a ver al médico idealista con el que compartía el almuerzo y una conversación que parecía no agotarse nunca, nada tenía que ver con la investigadora brillante y reservada que, durante el resto de la semana, se dedicaba obsesivamente a su trabajo y se dejaba cortejar por un vip petulante y agraciado que no perdía ocasión de agasajarla, y, sin embargo, jamás se había interesado por saber nada de su vida.

Gala hablaba de Brian a regañadientes, me di cuenta de que le costaba un poco contarme su historia con él a pesar de la confianza que había entre nosotras, era como si no acabara de identificarse con la joven que había decidido asistir, por razones que no recordaba, a la «cena informal» que el brillante y riquísimo profesor Jones había ofrecido un año antes de su encuentro con el doctor Acevedo. Lo que sí recordaba perfectamente, me dijo, era el palacete donde se celebraba el evento, los muebles *art déco* y las holo animadas circulando por las paredes, los grandes ventanales con vistas a los manzanos y perales que crecían a sus anchas en el parque de Luxemburgo, la docena de discretos camareros deambulando por la amplia sala, ofreciendo caviar y champán a los presentes, los rostros graves de los profesores y las sonrisas bobas de las estudiantes, mientras el vip peroraba.

—A mediados de la década de los veinte, las emisiones de dióxido de carbono aumentaban exponencialmente y nadie sabía cómo controlarlas —explicó—. Las predicciones de entonces apuntaban a que el planeta se calentaría cuatro o cinco grados antes del final del siglo y los expertos temían que se cruzaran varios puntos de no retorno, de los cuales, el más peligroso era la súbita emisión de cantidades ingentes de metano y dióxido de carbono atrapados bajo la tundra siberiana.

Brian suspiró y dio un sorbo a su copa de champán, con el gesto fatalista de un condenado bebiendo cicuta.

—¿Te refieres a la teoría de Sokolov? —preguntó uno de los profesores.

—La teoría de *Jones-Sokolov* —recalcó Brian, y su voz, normalmente tan cálida, se congeló por un instante a temperaturas árticas—. Sergei Sokolov es un visionario, nadie lo duda, pero su descripción del problema siempre fue cualitativa, por no hablar de su ridícula propuesta para resolverlo clonando un millón de mamuts y mandándolos a pastar a Siberia. Hubo que esperar diez años para cuantificar con cálculos fiables el problema.

No hacía falta aclarar que había sido el joven profesor Brian Jones quien había realizado aquellos cálculos a principios de la década de los cuarenta. Todo el mundo estaba al tanto de las hazañas de su anfitrión, como todo el mundo estaba al tanto de su merecida reputación como científico, el dinero de su familia y su fama de donjuán.

—Lo cierto es que la situación ha mejorado mucho en estas últimas dos décadas, gracias al cambio de modelo energético. La fórmula ACE ha funcionado mucho mejor de lo que esperaban los más optimistas.

Brian levantó su copa, como proponiendo un brindis.

—ACE —repitió—. Arazi Clean Energy. La solución existía, pero había que tener el coraje y la capacidad técnica para construir, en sólo veinte años, miles de plantas energéticas combinando energía atómica y solar. ¡Justo a tiempo!, como le he repetido muchas veces a mi amigo Ariel.

Tampoco hacía falta aclarar que el profesor Jones se refería a Ariel Arazi, el primogénito de la familia más pudiente y a la vez más generosa del planeta. El vip no desperdiciaba oportunidad de mencionar su amistad con él, ni de mostrar a su audiencia los pics y tubes donde aparecían juntos, aunque en todos ellos era Brian quien ocupaba el primer plano, Brian quien gesticulaba a la cam, Brian quien exhibía su sonrisa de campeón, mientras Ariel Arazi desaparecía tras unas enormes gafas de sol, siempre de perfil, siempre desenfocado; había quien aseguraba que en la ciudad científica de Aurora, fundada por los Arazi, se había inventado un disruptor secreto que distorsionaba las imágenes de todos los miembros de la familia, a fin de proteger sus verdaderas identidades. Gala había pensado alguna vez que debía haber algo de cierto en ello, si bien Daniel Arazi, el patriarca, no escatimaba apariciones públicas y su rostro era tan conocido como el de cualquiera de los figurantes de las series románticas de los tubes; tampoco había casi pics de su mujer, Irina, y todavía menos del benjamín, Lior, de quien se rumoreaba que era autista, que tenía tuberculosis, que era transexual, que no era en realidad una persona, sino un androide animado por una iA conectada directamente a Esperanza, el ordenador cuántico creado en Aurora.

—La temperatura seguirá subiendo durante algunas décadas —aseveró el profesor Jones, después de asegurarse con una mirada que todo el mundo había registrado que Ariel Arazi y él eran uña y carne—, pero después se estabilizará y dentro de un siglo o dos, si trabajamos diligentemente, podremos empezar a revertir la situación.

—Pero ¿será suficiente, Brian? —preguntó una morena de melena corta y barbilla puntiaguda. Era una de las jóvenes asistentes en el departamento de ingeniería de la Escuela Normal Superior y se especializaba en los diminutos motores eléctricos que movían los ciclomotores, bicicletas y pequeños utilitarios que usaba la inmensa mayoría de la población para desplazarse. Los flamantes Ferraris y Lamborghinis que conducía Brian eran provincia exclusiva de los vips... Y de sus ligues, la forma en la que la muchacha había deletreado el nombre de Brian dejaba muy claro que, al menos esa semana, era su favorita.

—Tiene que serlo, Marta —contestó Brian, cabizbajo por la triste suerte del planeta—. Exigirá sacrificios, qué duda cabe, pero al final lo conseguiremos.

—¿Y a quién se le exigirán esos sacrificios? ¿A los pops, como siempre? ¿O pondrán los vips su granito de arena?

Gala oyó la voz firme en la que flotaba un deje de ironía y necesitó un instante para convencerse de que la pregunta la había formulado ella. Era, se dijo, como si el espíritu de su padre la hubiera poseído por un instante.

Brian la miró asombrado, como si le costara asimilar que aquella jovencita flaca y desarreglada —el pelo rubio recogido en una sencilla cola de caballo, el rostro sin maquillar, vestida con unos simples vaqueros y una blusa que ni siquiera era de tela sensible— se atreviera a dirigirle la palabra. Pero inmediatamente sus ojos, un poco saltones, se dilataron; Gala detectó en ellos el reflejo del depredador que avista una nueva presa, pero no bajó la vista.

—Podemos hablar luego de ello, más tranquilamente —dijo.

Era evidente dónde Brian quería continuar la conversación y también evidente que Gala llevaba ventaja en aquella escaramuza.

—La propuesta de Sokolov permitiría una transformación ecológica duradera, además de enriquecer la biodiversidad del planeta —insistió. Sergei Sokolov era su ídolo, la razón por la que Jacques y ella habían empezado a pensar seriamente en clonar mamuts, y no estaba dispuesta a permitir que aquel vip engolado lo menospreciara.

—Hay otras posibilidades más realistas —contestó Brian, condescendiente, mientras su mirada recorría a Gala de arriba abajo, con la pericia de un coleccionista valorando al vuelo una nueva pieza.

—No hay nada irrealista en clonar mamuts —retrucó Gala—. El mayor problema de clonar un mamut es gestarlo, y eso ya sería posible hoy en día gracias al útero artificial inventado por Jacques Léglise.

—*El profesor* Léglise ha hecho una gran contribución a la ciencia, que justifica ampliamente su Premio Nobel —contestó Brian, recalcando la palabra «profesor», como recordándole modales a la joven deslenguada que se atrevía a tutear al nobel—. Pero hoy en día sólo existe uno de esos aparatos.

—Una vez demostrado el concepto, la tecnología puede escalarse —respondió Gala—. Nada impediría fabricar cientos o miles de unidades.

—¿Por qué nadie ha clonado entonces un mamut, señorita...? —preguntó Brian, aunque era evidente, por la manera en que la miraba, que la clonación de animales paleolíticos le interesaba bastante menos que llevársela a la cama.

—Me llamo Gala Salinas. He publicado con Jacques Léglise varios trabajos en los que demostramos que las técnicas bioquímicas están lo bastante desarrolladas y el genoma fósil del mamut es lo bastante completo como para abordar la empresa.

El rostro del vip traslucía una excitación pueril, Gala casi podía oler sus feromonas excitadas por el descubrimiento de que la pelagatos respondona que se había colado en su fiesta era, después de todo, la protegida del premio nobel.

—¿Qué os impide entonces llevar vuestra propuesta a la práctica? —preguntó, con retintín.

Gala le había hecho esa misma pregunta a Jacques, mucho tiempo atrás y la respuesta de su mentor había sido sincera y desolada.

—En Europa no hay dinero, hija —le dijo—. O, mejor dicho, los que lo tienen no están interesados en el avance de la ciencia ni en mejorar las condiciones de vida del resto de sus congéneres.

Jacques la llamaba siempre «hija» cuando estaban solos, aunque nunca lo hacía en público. Y Gala se lo agradecía, no sólo era su mentor, era también lo más parecido que tenía a un padre. Se había ocupado de ella desde que la admitió como estudiante en la Escuela Normal Superior de París diez años atrás, una adolescente que acababa de cumplir los diecisiete y acababa de quedarse huérfana, una muchacha solitaria e introvertida que interponía entre ella y el mundo todos los icebergs de la Antártida. Jacques los había derretido todos, a base de bondad y de paciencia.

—Pero los Arazi... —insistió Gala.

—Los Arazi son una excepción, una noble excepción, lo reconozco —aseguró Jacques.

—Quizás ellos podrían financiarnos.

—Yo ya estoy viejo para pedir limosna, hija. Quizás tenga sentido que les propongas el proyecto un día, pero por el momento tenemos cosas más urgentes de las que ocuparnos.

Gala sostuvo la mirada de Brian durante unos instantes, antes de contestar.

—Tenemos cosas más urgentes de las que ocuparnos.

—¿Qué podría haber en el mundo más urgente que clonar mamuts? —preguntó Brian, entre irónico y afable. A pesar de su arrogancia, pensó Gala, no le faltaba sentido del humor, más de lo que podía decirse de casi todos sus aburridos compañeros de trabajo. Y había que reconocer que era bastante guapo.

Gala se bebió de un trago su copa de champán y luego contestó tranquilamente:

—Clonar mosquitos.

5
Los oscuros

Europa central, final del Paleolítico

Aitz no tarda en distinguir las figuras furtivas de los oscuros, hay por lo menos tantos como dedos en sus dos manos y esos sólo son los machos; las hembras, los ancianos y las crías no estarán lejos, pero se mantienen a distancia.

Se rasca la cabeza, pensativo. La banda de oscuros que siguen los pasos del clan desde el inicio de la primavera es nutrida como una manada de alces, hay al menos dos o tres de ellos por cada uno de los suyos. La idea desconcierta al cazador. ¿Cómo se las componen para ser tantos? Llenar todos esos estómagos es trabajo duro, no es de extrañar que nunca tengan bastante comida con lo que cazan y no desperdicien ocasión de mendigar cuando los clanes abaten una gran pieza.

Los oscuros son animales extraños. Son más altos que su propia gente, los Eloi, pero mucho más endebles; sus brazos y piernas son largos y delgados como los de los monos que escandalizan desde las copas de los árboles. Saben manejar la lanza, pero en lugar de hundirla en la presa la usan para pinchar al animal y confundirlo, forman un enjambre que rodea a la bestia, metiendo mucho ruido, distrayendo al animal, mientras que otro grupo se prepara y cuando ven la ocasión le arrojan lanzas que vuelan como pájaros; son mucho más pequeñas que las que usan los Eloi, pero terminan en agudas puntas de sílex y pueden matar de lejos. Aitz piensa que los oscuros cazan así porque no tienen bastante fuerza para usar la lanza larga, como hacen los cazadores del clan. Por esa misma razón, a menudo se conforman con las piezas más ligeras, el jabalí y el ciervo, cuando no se ven obligados a perseguir conejos o alimentarse sólo a base de raíces y frutas. Aitz hincha el pecho, orgulloso de sí mismo, los Eloi nunca se conforman con los animales menudos, buscan a Dos Cuernos, al bisonte y al alce. Pero sobre todo al Gran Lanudo. Así es y así ha sido siempre.

Los oscuros se acercan poco a poco, arrastrando los pies. Los más cercanos doblan el lomo en actitud sumisa, rehuyendo la mirada de los cazadores. Mientras, el nutrido grupo que cierra su retaguardia mantiene a raya con lanzas y antorchas a las hienas y lobos que empiezan a aparecer, disputándoles la carroña.

Aitz y su hermano Abarra los toleran de buen grado, no han olvidado el favor que les hicieron cuando eran niños. Por eso, cuando Aitz los mira ve personas como ellos, a pesar de los rostros grotescos de mandíbulas endebles y las miradas huidizas de sus ojos saltones.

Pero su hijo Astalarra es más joven y no les debe nada. Cuando los oscuros se acercan demasiado, avanza unos pasos, desnuda los dientes, agita su lanza y profiere un gruñido de aviso. Aunque Astalarra es todavía casi un niño, podría tumbar al más fuerte de ellos con un solo brazo, pero Aitz sabe que el chico sólo está fanfarroneando, contento, en el fondo, de contar con testigos que aprecien su hazaña y de exhibirse delante de la muchacha, Andrexe. Incluso cuando finta una carga hacia los oscuros agitando la lanza, sus rasgos expresan a los cuatro vientos que está de buen humor. Los oscuros retroceden un poco, como conejos asustados, pero vuelven a acercarse en cuanto Astalarra se da la vuelta.

Los cazadores se esfuerzan hasta que el sol empieza a descender del cielo, haciéndose con tanta carne como pueden acarrear. Entretanto van llegando más carroñeros, pero los oscuros se ocupan de mantenerlos a distancia, facilitándoles la tarea. Cuando han empaquetado todo el botín en sus zurrones y están listos para partir, Aitz emite un silbido y enseguida se acercan tres de ellos, moviéndose con gráciles zancadas, como si sus pies no acabaran de tocar nunca el suelo. Aitz sabe que pueden correr más rápido y durante más tiempo que los Eloi, compiten en resistencia con los propios lobos, gracias a lo cual cobran muchas de sus presas, persiguiéndolas hasta agotarlas.

Un macho anciano, cuya piel reseca apenas alcanza a cubrir sus frágiles huesos, extiende hacia él unos brazos larguiruchos, terminados en manos de dedos tan delgados como sarmientos.

—Regalo —dice, imitando la lengua de los Eloi. Lleva en las manos un collar engarzado con pequeñas conchas blancas, como las que se encuentran en los arenales de la Gran Laguna.

El ken de Aitz dibuja la imagen de aquel otro anciano, el que le curó la herida que habían dejado las fauces del lobo. La imagen se desvanece enseguida, pero vuelve a avivar el dolor-por-dentro. Astalarra se acerca, curioso, y Aitz le muestra el collar. El rostro del chico comunica una mezcla de asombro y codicia; es muy joven y todavía no posee ningún abalorio, pero hoy ha sido valiente y se merece uno. Aitz le tiende el collar.

El muchacho sonríe, mostrando todos sus dientes, aún sanos, pero no se decide a ponérselo hasta que Abarra y Aginteka confirman con un gesto que están de acuerdo.

—Bonito —asegura el anciano.

No es la primera vez que Aitz constata que los oscuros son capaces de chapurrear un poco su idioma, aunque a ellos apenas consiguen entenderlos. Pero también es difícil entender la lengua que hablan los clanes que viven en los valles vecinos, aunque siempre es posible comunicarse con las manos y el rostro, dejar que hable el ken cuando las palabras no sirven. Pero esa estrategia es imposible con los oscuros, las emociones que expresan sus rostros son demasiado confusas y cambian a cada instante.

Aitz se lleva dos dedos a la frente y luego toca con ellos la frente del anciano, el signo de la amistad que todo el mundo comprende. El rostro de Astalarra expresa una perplejidad casi cómica, claramente no se esperaba que su padre llamara amigo a un viejo carroñero. Pero su hermano sonríe y asiente.

Sabe que tienen que ponerse en marcha antes de que oscurezca, aunque Astalarra no tiene ninguna prisa, no hace más que mirar a la muchacha. Pero no hay tiempo para esas cosas, hay que regresar al campamento donde Madre, Ampulo y el pequeño Ardouky esperan, y hay que respetar el dolor del otro clan. Aitz silba, apremiando a su familia a terminar cuanto antes, acaban de empaquetar su botín y echan a andar en fila india, espantando con sus lanzas a las hienas que les rondan durante un trecho, hasta que deciden que es más fácil probar fortuna con la carroña que dejan atrás y se dan la vuelta, riéndose con rabia. Por su parte, los oscuros han puesto manos a la obra para llevarse todo lo que los cazadores han desdeñado, parecen un enjambre de moscas, golpeando la carcasa de Dos Cuernos con sus hachas, parloteando sin cesar. La velocidad a la que hablan es pasmosa, posiblemente para compensar la torpeza de sus rostros-de-agua, que no saben expresar emociones.

6

El pensador

RCA, enero de 2050

Madre no podía imaginar, cuando su avión aterrizó en la República Centroafricana aquella mañana de enero de 2050, que Padre había llegado a aquel mismo aeropuerto diez años antes, al mando de un escuadrón de comandos y una flotilla de robots. Por aquella época, aún no se conocían ni podía adivinar que sus destinos estaban ya empezando a entrelazarse. No podía saber que el azar la había llevado al país donde Boris había vivido una aventura que cambió su vida y le rompió el corazón, como tampoco podía imaginarse la aventura que le aguardaba a ella, ni mucho menos predecir la que Hartz y yo viviríamos allí veinte años más tarde.

Todo lo que acertó a pensar, al salir del avión, era que no hacía tanto calor en Bangui como se esperaba, aunque la humedad fuera mucho mayor. Empezó a sudar a raudales apenas bajó las escalerillas de la aeronave, siguió sudando mientras atravesaba, cargada con su mochila, el asfalto de la única pista del aeropuerto y todavía sudaba dos horas más tarde, mientras esperaba que la directora del centro de salud de la capital la atendiera.

El CDS de Bangui era más grande que el de Clichy-sous-Bois y estaba mucho menos atestado. Había algunas mujeres embarazadas y unos pocos ancianos, pero sobre todo muchos niños, acompañados de sus madres o abuelas, a los que

Diego Acevedo habría tratado con la misma devoción con que se ocupaba de los del viejo barrio.

Gala se preguntó por enésima vez qué habría sido de él. Se preguntó también, no sin amargura, por qué no había dejado ningún contacto. Después de tantos meses viéndose todas las semanas, después de tantas conversaciones, en las que le había contado más de su vida de lo que nunca le había contado a nadie, estaba convencida de que eran amigos. Y, sin embargo, al regresar del infortunado crucero que Brian le había regalado para su cumpleaños, se encontró con que el doctor Acevedo había terminado su estancia de voluntariado en el CDS y se había marchado. Encima de su mesa había una postal de papel-cartón, de esas que ya eran casi imposibles de encontrar; nadie tenía paciencia para acercarse a las pocas oficinas de correos que aún abrían al público para enviar un objeto que tardaba días en llegar y se extraviaba a menudo, cuando era tan fácil enviar una telepostal. En una de las caras de la cartulina, se veía la pic de un bonito pueblo nórdico encajonado entre fiordos; en la otra, escrita a mano, con caligrafía cursiva, una frase de dos palabras: «Hasta pronto». Nada más. Ni un número de contacto, ni una dirección de correo electrónico, ni el IP de su asistente virtual —sólo entonces cayó en la cuenta de que nunca había visto a Diego recurrir a una iA—, ni siquiera el nombre de un avatar en alguna red social. Un hasta pronto nada más, que más bien parecía un hasta nunca.

Mientras contemplaba como una boba las casitas de colores alineadas junto al mar azul y sentía cómo se le formaba un nudo en el estómago, se dio cuenta de que tampoco ella le había ofrecido nunca un teléfono o un correo a Diego, y tuvo que reconocerse a sí misma que no lo había hecho porque le resultaba cómoda aquella especie de doble vida que había llevado durante todos aquellos meses en la que los jueves no se mezclaban con el resto de la semana. No lo había hecho para evitar una posible invitación a verse cualquier otro día fuera del barrio y del CDS, y lo peor de todo era que no había nada que más le hubiera gustado que recibirla. Había fantaseado a menudo con la idea de pasear con Diego por la orilla del Sena al anochecer, quién sabe si se habría decidido a besarla o lo habría hecho ella; le habría gustado que visitaran juntos el Louvre o el Pompidou —se había imaginado a menudo su cara de sorpresa cuando ella le mostrara el pase, heredado de su padre, que le permitía entrar, con un acompañante, a cualquiera de los museos de París—, o llevarlo a alguna de las tabernas donde, en su niñez, Paco se encontraba con los jóvenes poetas que le copiaban hasta la forma de sostener los cigarrillos —fumar volvía a estar de moda entre los artistas y cada vez eran más los bistrós que lo permitían, saltándose una ley que nadie tenía interés en reforzar—. Pero todavía estaba con Brian y nunca, me confesó, había sido capaz de jugar con dos barajas a la vez. Paradójicamente, a su regreso del crucero, había decidido dejar a su novio vip y estaba deseando proponerle a Diego que se vieran más a menudo.

Demasiado tarde. Bien pensado, no tenía nada que reprocharle; el doctor Acevedo se había limitado a pagarle a la doctora Hielo con su misma moneda.

Podría haber buscado sus coordenadas, posiblemente Anastasia habría dado rápidamente con su rastro en Internet, pero si Diego había optado por pasar página, se dijo, lo único sensato era respetar su decisión. Después de todo, sus encuentros habían durado sólo unos pocos meses, administrados en dosis de dos horas semanales, durante las cuales casi siempre hablaba ella, mientras Diego la escuchaba con reconcentrada atención, azuzándola con agudas preguntas sobre su trabajo, o sus ideas, o sus opiniones; recordó la forma en que se maravillaban sus brillantes ojos oscuros cuando le explicó sus trucos para clonar un millón de mosquitos y el nudo en su estómago subió hasta su garganta, oprimiéndosela hasta dejarla sin resuello. Pero lo cierto, comprendió mientras examinaba la postal, era que había hecho con Diego lo mismo que Brian hacía con ella, usarlo de *sparring*, sin preguntarse quién era. Lo cierto era que apenas sabía de él otra cosa que su nombre.

Un ligero zumbido la sacó de sus cavilaciones. Rozó con un dedo su pad y el rostro élfico de Anastasia la saludó con su risueña sonrisa, informándole de que eran las ocho menos cuarto de la mañana del martes cuatro de enero de 2050, la temperatura en el exterior era de treinta grados, el cielo estaba nublado y la probabilidad de lluvia era del cien por cien. También le informó que tenía varios mensajes de Brian.

Estaba siendo duro romper con él, más de lo que había previsto. Claramente, los vips no estaban acostumbrados a que sus ligues pops los dejaran plantados.

—Lo que ocurre es que estás muy estresada —le insistía—. ¿Qué te parece si lo hablamos cuando vuelvas de tu viaje?

—No hay nada que hablar, créeme. Hemos terminado.

—¿Pero por qué? ¿Qué queja tienes?

No tenía ninguna, era cierto; de hecho, todo lo contrario. Los aires de donjuán de Brian habían resultado ser pura fachada y tras sus extravagancias y fanfarronadas era fácil entrever el deseo de agradarla, sorprenderla, hacerse querer. Posiblemente su aventura habría durado más tiempo de no ser por aquella velada en la Costa Azul poco antes de su viaje. Brian había organizado un crucero para festejar su cumpleaños; Gala recordó la ocasión: el yate navegando lentamente por un mar sereno, la quieta hora del crepúsculo, el grupo de vips cocidos por el sol, bebiendo margaritas y chupando cigarrillos de larga boquilla —no eran sólo los artistas, cada vez había más gente que fumaba, como si uno de los efectos del cambio climático fuera una renovada adicción a la nicotina—, la conversación indolente que se iba animando poco a poco, a medida que los cócteles achispaban a los contertulios. Uno de los invitados al crucero era Guy Benítez, el famoso crítico de arte, cuyas opiniones, se decía, podían catapultar o arruinar la carrera de cualquier artista. Brian le había murmurado al oído que Guy era un auténtico caníbal, aficionado a engordar jóvenes promesas para después comérselas crudas. Su última víctima había sido un joven hológrafo, al que, precisamente en ese instante, estaba despedazando.

—¡Pura forma y ningún contenido! —exclamaba, mientras sus manos cubiertas de pecas se agitaban frente a la holo en la que una bandada de estorninos se iba convirtiendo en ángeles a medida que volaban entre nubes de un extraño color malva.

—¡Venga, Guy! —retrucó Brian—. Su técnica es espectacular.

—¡Claro que lo es! Como la de todos los jóvenes de hoy en día. Se trata de composición asistida por iA, la perfección formal no tiene ningún mérito. ¿Pero dónde está el contenido? ¿Estorninos que se convierten en ángeles? ¡Cualquiera de vuestros asistentes virtuales es capaz de parir algo parecido!

—Muéstranos entonces algo que valga la pena, *mon cher*.

La que había hablado era Amelia Mayo, la mujer de Guy y CEO de Ars Magna, el mayor aglomerado cultural de Europa, un grupo que incluía editoriales, cadenas de *streaming* y simuladores 3D de lugares icónicos que iban desde las pirámides de Egipto hasta el interior del Museo del Louvre y permitían el turismo virtual que suplía, para la inmensa mayoría de la población, las visitas en persona que sólo podían permitirse los vips. Gala se quedó mirándola involuntariamente y Amelia respondió ofreciéndole una sonrisa cómplice, como una espía que señala su presencia a otra, en mitad de las filas enemigas.

Guy era un hombre de baja estatura, cargado de hombros, un poco barrigón. Su rostro de mejillas sonrosadas se distendió en una mueca de tahúr que esconde un as en la manga.

—Pensaba que nunca ibas a pedírmelo —dijo.

Su cubo proyectó una holografía en el aire. Gala sintió que el corazón le daba un vuelco.

La holo mostraba una escultura virtual, un joven en la posición exacta de *El pensador* de Rodin. Estaba vestido con un elegante traje de chaqueta, el pelo y la barba cuidadosamente arreglados, un Rolex en la muñeca, un discreto anillo en el dedo corazón. El traje disimulaba su corpulencia, la barba ocultaba la ausencia de barbilla, unas elegantes gafas suavizaban los grandes arcos superciliares, la sonrisa distraía la atención de los fuertes dientes y la enorme nariz.

—No sé qué impresiona más —dijo Guy, después de unos instantes en los que todo el mundo contempló la holo en silencio—. Si la técnica perfecta o la pasión que transmite.

—¿Tu último descubrimiento? —preguntó Brian.

—¡Ojalá! —exclamó Guy, encogiendo tristemente sus formidables hombros—. Cuando descubrí a Paco Salinas ya era tarde. Murió hace diez años, de un ictus, un perfecto desconocido, a pesar de su inmensa originalidad.

Brian no tenía manera de saber que Paco era su padre, Gala no le había hablado de él, pero tampoco cayó en la cuenta de que sus apellidos coincidían. Brian no se fijaba en esos detalles; no se fijaba, de hecho, en nada que no fuera su propio ombligo.

—¿Qué tiene de especial un tipo robusto y un poco feo posando como *El pensador* de Rodin? —preguntó con sorna.

—Un tipo robusto y un poco feo —repitió Guy, con una sonrisa aviesa—. ¿Eso es todo lo que ves?

—El modelo es un hombre de neandertal —apuntó Amelia—. La intención de Salinas es hacernos ver que, bajo las circunstancias adecuadas, no seríamos capaz de distinguirlo de un hombre moderno.

—¿Es una composición realista? —preguntó Ling, una mujer de media edad, cuyo rostro recordaba el de una muñeca de porcelana japonesa—. Quiero decir, ¿se inspiró el artista en una reconstrucción paleoantropológica o se tomó alguna libertad para hacerle parecer más humano?

—En eso, como en todo lo que hizo, era un revolucionario —dijo Guy—. Aunque mi media naranja conoce los detalles mejor que yo.

—Salinas defendía las tesis de su esposa, Marianne Cohen, la Juana de Arco de la especie *Homo neanderthalensis* —dijo Amelia—. Sus ideas fueron muy influyentes y muy controvertidas hace veinte años. La teoría comúnmente aceptada sostiene que los neandertales fueron una forma arcaica de humanos, incapaces de competir, a largo plazo, con las capacidades de nuestros ancestros. Cohen, por el contrario, opinaba que, bajo condiciones ligeramente distintas, podría haber sido nuestra especie la que se hubiera extinguido. De hecho, defendía que esa circunstancia habría sido lo mejor que podría haberle pasado al planeta; estaba convencida de que la inteligencia neandertal era más estable que la nuestra.

—¿Estable? —preguntó Brian—. ¿Qué quiere decir eso?

—Marianne Cohen pensaba que la inteligencia del hombre moderno se ha desarrollado en el mismo filo del caos, espoleada por procesos mentales antagónicos.

—Traduce al lenguaje común, querida.

—La habilidad para idear abstracciones, por ejemplo —respondió Amelia, adoptando la actitud de una maestra explicándole la lección a un alumno con pocas luces—. Se trata de una aptitud que nos da ventajas evolutivas, como la capacidad de planear a largo plazo y la de crear entes abstractos como Dios, patria y dinero, que a su vez nos permiten formar grupos sociales numerosos y altamente organizados, algo que ninguna otra especie, incluyendo los neandertales, ha aprendido a hacer.

—¿Y qué tenía la señora Cohen en contra de tan maravillosas habilidades? —insistió Brian, con retintín.

—Considera la otra cara de la moneda —dijo Amelia—. Los entes abstractos que imaginamos son sólo producto de nuestra fantasía. Pero estamos convencidos de que realmente existen, es decir nos creemos nuestras propias mentiras, lo que nos convierte en una especie de locos.

—De locos peligrosos —aseveró Guy—. Seguramente un experto en cambio climático estará de acuerdo en ese punto, ¿no, Brian?

—El cambio climático puede controlarse —ofreció Brian, cada vez más a la defensiva.

—No lo dudo —dijo Amelia—. Pero según Marianne, la especie neandertal nunca habría creado el problema en primer lugar.

—Son especulaciones muy atrevidas, ¿no? —intervino Ling.

—Sí que lo son —concedió Amelia—. Y quizás por eso han caído en el olvido. Aunque estoy convencida de que, si Marianne no hubiera muerto prematuramente, las cosas habrían sido diferentes.

—¿Qué le ocurrió? —preguntó Ling, y Gala registró una nota de sorpresa, un punto de dolor en la pregunta. Si hubiera sido Brian quien la hubiera formulado con ese tono, quizás su relación habría podido salvarse.

—Un cáncer de ovarios —dijo Amelia—. Era curable, pero se lo detectaron tarde. Tenía sólo treinta y cinco años.

—Admiro tu buena memoria, Amelia —dijo Brian, con una mueca irónica que no ocultaba la contrariedad que sentía—. He consultado con Anja y da fe de todo lo que dices.

—¿Y cómo se siente tu iA al respecto, *mon gars*? —Los ojos de Amelia destellaron con algo que se parecía mucho al desprecio—. Te diré cómo me sentí yo. Fue uno de mis primeros reportajes, en esa época, no era mucho mayor que ella. Ya ves, lloré como si hubiera perdido a mi mejor amiga. Los humanos estamos así de chiflados.

—Fue una tragedia doble —intervino Guy—. La muerte de su esposa aniquiló la creatividad de Paco Salinas. Se convirtió en un alcohólico, apenas le sobrevivió diez años.

Gala fingió concentrarse en la holo de *El pensador* que todavía flotaba frente a ellos. Nadie sabe nada de nadie, pensó. Nadie en aquella tertulia era consciente de que estaban nombrando a sus padres, no sabían que el cuadro sobre el que debatían había colgado de la buhardilla de su casa hasta que una galería de arte, quizás regentada por la propia Amelia, lo compró; por aquel entonces su padre ya estaba muy enfermo y su única obsesión era conseguir dinero para asegurar el futuro de su hija.

—En resumen —dijo Brian—. El punto del cuadro es que si clonáramos a un hombre de neandertal y lo vistiéramos con ropa moderna, no lo distinguiríamos de uno de nosotros.

—Veo que lo has entendido —dijo Amelia, con un suspiro de resignación.

—Sería una posibilidad interesante —intervino Ling.

—¿Clonar neandertales? —preguntó Brian, a todas luces aliviado de que la conversación tomara otros derroteros.

—¿Por qué no? —apostilló la oriental—. Podríamos aprender mucho de estudiarlos, ¿no?

—¿Y qué harías con ellos, *chérie*? —intervino Amelia—. ¿Los meterías en un zoológico?

—No sería necesario —protestó Ling—. Podrían vivir en una reserva natural.

—Ah, ya veo —dijo Amelia, sin disimular la ironía—. Un parque paleolítico en alguna isla desierta, con mamuts y todo. Las visitas vip y el *streaming* 3D serían el mejor negocio del siglo.

—¿Lo dices en serio? —preguntó Ling, un poco alarmada.

—No veo por qué no —intervino Brian—. De hecho, Gala y Jacques Léglise han publicado muchos artículos donde argumentan que sería factible clonar mamuts hoy en día.

—¿Un millón de ellos para poblar Siberia, como propone Sergei Sokolov? —preguntó Amelia, dedicándole a Gala su sonrisa de conspiradora.

—¿Por qué no? —dijo ella—. Una vez que la tecnología funciona, puede escalarse.

—¿Y qué me dices de clonar neandertales? —preguntó Brian con retintín—. Serían la atracción más divertida del parque. —Miró a Gala, encantado de su ingenio, y decidió completar el chiste con una última gracia, sin saber que estaba poniendo punto final a su relación con ella—. Feos y un poco bobos, pero divertidos —aseveró.

—Clonar neandertales sería factible en principio —dijo Gala, sin mostrar sus sentimientos—, ya que el genoma fósil es muy completo. Aunque habría que resolver muchos problemas técnicos.

—Pero si fuera posible..., ¿lo harías? —preguntó Amelia.

Gala supo en ese preciso momento que Amelia sabía quién era, posiblemente lo había sabido desde el principio de la conversación. Y supo también que la pregunta no era mera retórica. Su madre había defendido, en sus escritos más controvertidos, que traer de vuelta a los neandertales era una obligación de la especie *Homo sapiens*.

—Marianne Cohen planteó dos argumentos para resucitar a la especie neandertal —dijo—. El primero era moral. Alegaba que fuimos los responsables directos de su extinción y, por tanto, tenemos la obligación de concederles una segunda oportunidad. El segundo era sociológico. Estaba convencida de que nuestra propia especie tenía mucho que aprender de los neandertales, aseguraba que la interacción con ellos podría curarnos, aunque fuera en parte, de nuestra propia locura. De hecho, propuso que el futuro deseable para la humanidad sería una especie híbrida, capaz de imaginar el mundo como *Homo sapiens*, capaz de respetarlo, como *Homo neanderthalensis*.

—Osadía no le faltaba —suspiró Amelia.

—¡Una especie híbrida! —rio Brian, con una carcajada despectiva—. ¡Menudo disparate!

Amelia lo ignoró.

—Nos has dicho lo que opinaba Marianne Cohen, no lo que opinas tú, *chérie*.

Gala la miró directamente a los ojos.

—Marianne era mi madre —dijo.

—Discúlpame —susurró la voz de la iA en los diminutos auriculares acoplados a sus oídos, tan ligeros que Gala rara vez se acordaba de ellos. Su asistente virtual, discreta pero terca, reclamaba su atención.

—Dime, Anastasia.

—¿Qué hacemos con los mensajes de Brian?

Gala sólo necesitó un instante para responder.

—Bórralos todos —dijo.

7

Amigos

Europa central, final del Paleolítico

Aitz eructa, satisfecho. Ha comido hasta hartarse, no le cabe un bocado más en el estómago. Toda la familia se ha saciado, incluso Madre ha mostrado buen apetito; Aitz le ha reservado un pedazo de hígado y ha masticado bien la carne para reblandecerla antes de metérsela en la boca. Ayena hace lo mismo para alimentar a Ardouky, al que ha destetado al empezar el verano. La madre masca la comida del hijo para que este pueda crecer, y cuando llega el tiempo, el hijo masca la comida de la madre para que esta pueda seguir viviendo, así es y así ha sido siempre. Reconfortado por la idea y por el agradable calor del fuego en el rostro, apoya la espalda contra la pared de la cueva, cierra los ojos y echa una cabezada.

—Padre —llama Astalarra—. Cuéntanos cómo los oscuros os salvaron de los lobos.

Aitz sonríe, mostrando sus fuertes dientes. No es la primera vez que Astalarra le pide esa historia. De hecho, la ha contado tantas veces que puede repetir cada sonido y cada gesto exactamente como la vez anterior, pero su familia nunca se cansa de oírle, sobre todo en noches como esta, cuando el fuego mantiene el frío fuera de la cueva y todo el mundo tiene el estómago lleno.

Empieza a narrar. Fue al principio de la primavera, durante el tiempo del hambre, cuando el mundo aún no había recuperado la vida después del invierno. Por aquel entonces Padre y Madre eran jóvenes, Aitz y Abarra eran muchachos y sus dos hermanas, Ama y Atze, todavía no habían abandonado la familia para unirse a los clanes de sus hombres. Gran Madre todavía estaba con ellos y también Ampulo, que ya era viejo incluso entonces.

—¡Ampulo ha sido viejo siempre! —exclama Astalarra, y toda la familia, que ha estado esperando ese momento, se ríe a gusto. Astalarra siempre aprovecha la historia para hacer su broma y a todos les gusta celebrarla.

Aitz continúa su historia. Tiene una voz profunda, que sabe modular, acompañándola con dramáticos aspavientos. Todo el mundo está pendiente de sus manos, que se mueven velozmente, y de las muecas que acompañan a sus palabras. Astalarra está tan entusiasmado que copia cada uno de sus gestos y repite en voz baja cada frase, las ha oído tantas veces que también él las sabe de memoria, y cada vez que Aitz olvida un detalle se apresura a recordárselo.

La familia se había unido a otros clanes, conforme a la costumbre de las tribus; la primavera siempre ha sido el tiempo de viajar, siguiendo la ruta que lleva a los pastos donde llegan los rebaños de alces y bisontes para la gran cacería del verano en las inmediaciones de la Gran Laguna. Durante el viaje y más tarde, durante la Gran Reunión, las muchachas que se habían convertido en mujeres ese año buscaban pareja entre las otras familias, se intercambiaban recetas y herramientas, se comentaban las novedades, se daba nombre a los bebés que habían sobrevivido al invierno, a menudo usando los nombres de los que habían vuelto a la tierra. Al llegar la noche, las familias se reunían en torno al fuego del campamento y se narraban historias de cacerías memorables, o anécdotas que todos conocían y todos deseaban escuchar de nuevo.

La primavera es siempre un tiempo difícil, pero aquel año lo estaba siendo aún más. Hacía más frío de lo habitual, muchas noches eran tan gélidas como en lo más duro del invierno, la comida escaseaba y seguían cayendo nevadas que complicaban la marcha. Padre y Ampulo murmuraban que era mejor buscar un buen lugar para establecer un campamento y esperar hasta que las condiciones mejoraran. Madre estaba angustiada por la poca comida disponible, pero, para Aitz y Abarra, la novedad del viaje, tras el interminable letargo del invierno, compensaba con creces las privaciones a las que estaban más que acostumbrados. Aquel día habían acampado temprano, aprovechando un claro en el bosque que podía protegerse bien con un buen fuego, y las madres los habían mandado a recoger leña junto al resto de los muchachos de la tribu. Pero ellos, orgullosos de las pequeñas lanzas que Ampulo les había fabricado, se dedicaron a corretear por la espesura, creyéndose ya grandes cazadores y alejándose del campamento mucho más de lo prudente, hasta que se dieron casi de bruces con una manada de lobos.

Los animales, normalmente mucho más cautos, estaban medio locos de hambre y se les echaron encima, babeando espuma por las fauces. Aitz siente erizársele el cabello y desnuda los dientes, en un gesto reflejo, recordando el encuentro. Todavía le parece oler su propio miedo, mezclado con el hedor de los animales hambrientos. Pero ese mismo miedo les había hecho valientes, las lanzas que apenas sabían manejar estaban afiladas y los juegos que tantas veces habían jugado les sirvieron para defenderse juntos. Aquella fue la primera vez que su ken se unió con el de su hermano, y de no haber tenido suerte, habría sido la última. Los lobos les rodeaban ansiosos, buscando debilitar su defensa, cargando de vez en cuando, a veces uno, a veces dos o tres, buscando sus pantorrillas y sus genitales, pero los dos, espalda contra espalda, se movían como un hombre de cuatro brazos. Los animales intentaban en vano romper esa unidad, buscaban un punto débil en la presa de dos cabezas que les encaraba sin asustarse. Finalmente, hartos de porfiar con unos cachorros que se resistían irrazonablemente a entregar su ken, dos de los machos más grandes se les echaron encima. Aitz recibió una tremenda dentellada en el muslo, pero consiguió ensartar a su atacante y Abarra hirió al otro. El resto retrocedió, aullando rabiosamente, enojados con las crías testarudas, pero sabiendo, igual que sabían ellos, que, a la larga, tenían la partida ganada.

De repente, el bosque se llenó de gritos agudos. Aitz creyó que se trataba de los ken de los árboles que les rodeaban, pensó que los hombres-de-madera, cansados del escándalo que organizaban los lobos, les estaban llamando la atención, hasta que reparó que los aullidos venían de unos animales de color oscuro, desgarbados y ruidosos como macacos, pero vestidos con pieles como la gente y moviéndose sobre dos piernas. Al instante, una lluvia de piedras cayó sobre las alimañas, poniéndolas en fuga. Los oscuros los rodearon, parloteando sin cesar, asustándolos todavía más que los depredadores que acababan de ahuyentar. Aitz había oído hablar de ellos, sabía que solían seguir a los cazadores para aprovechar las carcasas que estos desechaban, había escuchado mil historias en el fuego nocturno describiéndolos, torpes, flacos, parlanchines y escandalosos. Pero no los había visto jamás de cerca, y encontrarse rodeados de repente de huesudos vociferantes, con sus extrañas cabezas lanudas bamboleándose encima de un cuello que parecía a punto de quebrarse en cada momento, les aterrorizó tanto como las historias del viejo Ampulo, en las que los cazadores se perdían en el bosque y eran atacados por una horda de esqueletos.

Pero pronto comprendieron que los oscuros no tenían intención de hacerles daño. Uno de ellos, un viejo sin pelo en la cabeza y con un ojo nublado, se acercó a él señalando el desgarrón en su pierna, gesticulando y parloteando, hasta que Aitz comprendió que quería curársela. En un instante, el viejo había preparado una cataplasma con musgo y corteza, se la había aplicado a la herida e improvisado un vendaje con dos tiras de piel curtida. Mientras, una manada de crías se agolpaba a su alrededor, tocándole el rostro con sus pequeñas manos.

El anciano no cesaba de parlotear mientras le curaba. Aitz no entendía una sola palabra, pero, una vez vendada la pierna, el viejo se tocó la frente con los dedos a la vez que emitía un sonido casi inteligible. «Amigos». Aitz dio un respingo, tan asombrado como si uno de los lobos que acababan de espantar le hubiera dirigido la palabra, pero repitió mecánicamente el gesto. El viejo le tomó de los hombros y sus gruesos labios se torcieron en una mueca que se parecía a una sonrisa. Las mujeres y las crías que los rodeaban empezaron a emitir sonidos agudos, y Aitz comprendió que se estaban riendo, aunque el sonido se parecía más a las carcajadas histéricas de las hienas que a las risas de las personas. Mareado, chorreando sangre y ansiedad, comprendió que aquella extraña gente le había salvado la vida y estaban felices de haberlo hecho, aunque no menos felices de hacerse con los dos animales que se habían quedado en el terreno.

De regreso al campamento, las madres los llevaron primero a Ampulo, que examinó cuidadosamente la herida de Aitz expresando con gestos más que elocuentes su asombro con el vendaje improvisado por el viejo oscuro. Ampulo trazó los gestos con admiración, recalcándolos con sonidos, indicando su respeto por el otro curandero. Los cazadores asintieron gravemente, mientras el anciano aplicaba ungüento a la herida de Aitz y a los rasguños de Abarra. Esa noche se sintieron tan importantes como si ya fueran cazadores adultos, narrando una y otra vez su encuentro con los lobos y los extraños huesudos.

Al día siguiente, la tribu se puso en camino de nuevo. Apenas salieron del bosque divisaron el campamento de los oscuros. Padre recordaba haber acampado allí muchas veces en su juventud. Se trataba de un altiplano, situado junto a una ancha caverna que ofrecía techo y protección, cerca de un arroyo y elevándose sobre una pradera donde abundaban las liebres y conejos que servirían para cubrir sus necesidades hasta que el tiempo mejorara. No lejos, en el linde del bosque, se podían encontrar hongos, raíces, piñones y nueces, que también ayudarían a llenar el estómago. Era un excelente lugar para acampar durante algunas semanas, hasta que el frío cediera y pudieran continuar el viaje en mejores condiciones, pero para poder instalarse era necesario desalojar a la horda de carroñeros que lo ocupaban.

Mientras los cazadores debatían, el ken de Aitz empezó a trazar dibujos en el aire, mostrándole una imagen en la que Ampulo y el viejo oscuro parlamentaban, llegando a algún tipo de acuerdo. Muchas veces su ken acertaba, pero en aquella ocasión se equivocó completamente. Los cazadores no tenían intención alguna de negociar con una banda de alfeñiques y estos, por su parte, parecían dispuestos a poner pies en polvorosa en cuanto se les asustara un poco, ya habían advertido su presencia y algunos de ellos se habían reunido en la pradera frente a la cueva, parloteando frenéticamente y agitando los brazos, como esperando espantarlos con sus patéticos gestos. Padre y Ampulo tuvieron pocas dificultades en convencer a los cazadores para lanzar un carga y echarlos de la cueva, así, de paso, podrían apropiarse de la comida que tuvieran almacenada y de sus herramientas.

Dicho y hecho, los cazadores avanzaron en bloque hacia los oscuros, agitando sus lanzas y forzando sus gargantas para que resonaran al unísono con el mismo grito con que se lanzaban a cazar al Gran Lanudo. Aitz corrió tras ellos, cojeando, excitado por la violencia del momento. Cuando los vieron venir, los oscuros salieron de estampida hacia el promontorio donde se ubicaba la cueva. Allí les aguardaba el resto de su tribu, habían reunido un cargamento de guijarros y empezaron a lanzárselos, colocaban el proyectil en unas tiras de piel y la volteaban sobre sus cabezas estrambóticas, hasta que la cinta empezaba a silbar y la piedra salía disparada a gran velocidad. Padre, siempre sabio y precavido, trazó el signo de la espera y todos se detuvieron, justo fuera del alcance de los proyectiles que los oscuros manejaban con tanta destreza.

El resto del día se escapó entre falsas cargas, gritos y carreras. A medida que se acercaba la noche, su gente se impacientaba, ansiosos de alcanzar la seguridad de la cueva, pero no acababan de decidirse. Padre quiso saber la opinión de Ampulo. El anciano estaba en ese momento colocando una nueva cataplasma en la herida de Aitz, gruñendo satisfecho por el buen aspecto que tenía la herida. Padre planteó la pregunta, trazando los signos que indicaban el deseo de atacar y a la vez expresando sus dudas con la mueca que indicaba una profunda incertidumbre. El viejo le tocó el rostro con los dedos, una muestra de cariño que recordó a Aitz que Padre era, a su vez, hijo de Ampulo. Luego agitó la cabeza, negando.

—Es mejor esperar —afirmó—. Son muchos y están bien armados.

El rostro de Padre se contrajo en una muestra de desdén; los oscuros, aseguró, serían tan fáciles de espantar como una manada de chacales. El anciano señaló la herida de Aitz, recordando a su hijo que la tribu no necesitaba más lisiados. Finalmente, Padre accedió, resoplando; Ampulo volvió a tocarle el rostro cariñosamente y luego se giró hacia Aitz, que contemplaba la escena con la boca abierta y le sonrió satisfecho, mostrando sus escasos dientes.

Era noche cerrada, cuando un grupo de huesudos se decidió a atacar, quizás con la esperanza de sorprender a los cazadores. Pero el ken de Padre había dibujado esa posibilidad, y cuando los oscuros irrumpieron en el campamento, blandiendo sus pequeñas jabalinas y aullando como hienas, se encontraron rodeados por los cazadores, armados con lanzas mucho más largas y fuertes que las suyas. Al poco, la mitad de los atacantes yacían en la hierba, con las tripas arrancadas por las lanzas o los cráneos hundidos por las hachas de los cazadores. El resto huyó despavorido.

Padre dio la orden de no perseguirlos. Mientras él y sus hombres remataban compasivamente a los oscuros que aún se movían, el resto de la tribu empezó a preparar una gran hoguera. Padre arrancó el corazón del que podría haber sido el caudillo y Aitz se sintió extrañamente reconfortado cuando comprobó que le agradecía haber entregado su ken a la tribu y le vio dar el primer bocado a la víscera con el mismo respeto que si se tratara de una gran bestia.

El festín se alargó hasta la madrugada. Tras saborear las vísceras circularon las piezas más sabrosas, extraídas de la espalda, los glúteos y las piernas. El resto de las carcasas quedaron sin aprovechar por indicación de Ampulo, que argumentó que los oscuros también eran gente como los Eloi y por tanto había que mostrarles el mismo respeto que a las personas, consumiendo sólo las partes en las que residía el ken y extrayendo la carne más preciada sin desfigurarles, así era y así había sido siempre.

Mientras, el ken de Aitz se revolvía, inquieto, presionando en su pecho, haciéndole resoplar, descontento, pero, en aquella época, era muy joven todavía y no sabía que se trataba del dolor-por-dentro. Sin saber por qué, retrocedió disimuladamente, alejándose de la hoguera y ocultándose entre unos arbustos cercanos, evitando compartir el festín con la tribu, a pesar del hambre que le aguijoneaba las tripas.

Al día siguiente, los oscuros se habían marchado, cediéndoles el campamento. Pero no todos se habían ido. En una esquina de la cueva encontraron una zanja poco profunda, donde descansaba, cubierto por la tierra, el viejo que le había curado la herida, el mismo que había conseguido pronunciar, con gran satisfacción, la palabra «amigos».

8

Ruth

Vrangelya, 2070

A medida que fui creciendo, Gala me contó su historia y la de Boris, refiriéndome las extrañas vicisitudes que los habían reunido en nuestra isla. Yo la escuchaba hablar, asombrada, de ciudades que no conocía y apenas podía imaginarme, de un mundo inmensamente más grande que nuestro hogar, de cuya existencia sólo tenía vagas noticias. Pero no tardé en situarme, enseguida aprendí a explorar los mapas virtuales de todos los lugares que me llamaban la atención, navegaba con igual facilidad por la réplica virtual de París y la de Moscú, asaltaba las bibliotecas *online*, devorando glotonamente los libros que seleccionaba para mí Anastasia, que no era una persona, sino una iA, aunque eso no le impedía ser mi niñera y mi mentora y más tarde mi espía. No sólo elegía mis lecturas, también me aconsejaba cómo organizar mi tiempo, sugería los juegos matemáticos cada vez más complejos que me apasionaban, me explicaba física cuántica y cortaba sin contemplaciones mi acceso a Internet cuando me veía saturada. De niña la quería casi tanto como a Madre, aunque su presencia fuera intangible, tan intangible como todo lo que se extendía más allá de los hielos que delimitaban nuestra isla, tan intangible como las personas que me iba mencionando Gala en su relato, gente que había sido importante para ella y para Padre, y cuyos nombres pronunciaba con dulzura y a veces con tristeza.

La primera vez que me habló de Ruth yo debía de tener once o doce años; era la época en la que me había aficionado a estudiar otros idiomas, además de los cuatro o cinco que se hablaban en la isla y que dominaba con igual facilidad. Uno de esos idiomas era el hebreo clásico, y cuando Madre mencionó el nombre de Ruth me faltó tiempo para hablarle del libro dedicado a la moabita del mismo nombre y declamarle a voz en grito un poema en el que se contaba su historia. Años más tarde, al enterarse de la muerte de Ruth, Madre le mandó ese mismo poema a Ariel.

* * *

RCA, enero de 2050

Gala se había imaginado que la directora del CDS de Bangui sería una dama mayor y sudorosa que se movería lentamente, agobiada por sus numerosas responsabilidades y la humedad asfixiante. En cambio, la mujer que entró a paso vivo en la sala de espera no llegaría a tener diez años más que ella, calculó que no pasaría de los treinta y cinco. Constató, además, con cierta sorpresa, que se parecían un poco. Ambas eran altas, rayando el metro ochenta; las dos eran delgadas y fibrosas, con piernas largas y brazos firmes; las dos tenían los ojos negros y llevaban el pelo recogido en una cola de caballo, aunque el color de la espesa melena rizada de la recién llegada era tan oscuro como sus ojos, en contraste con el cabello lacio y casi albino de Gala.

—Ruth Peres —dijo, en perfecto castellano, alargándole una mano ancha y morena, de largos dedos—. Encantada de conocerte.

—Igualmente —contestó Gala, estrechándosela con fuerza—. ¿Hablas español?

—Con algún toque de ladino —sonrió Ruth—. Mi familia es sefardí.

Su sonrisa era generosa, la boca ancha, de hermosos labios. Gala pensó que una sombra de carmín los haría irresistibles. Pero también intuyó que Ruth Peres no perdería un instante de su valioso tiempo en maquillarse.

—A mí tendrás que disculparme los galicismos. Hablaba en español con mis padres, pero últimamente practico poco.

—Estamos a la par entonces —dijo Ruth—. Creo que vamos a entendernos de maravilla.

—Yo también —dijo Gala. Definitivamente, no le habría costado nada besar aquellos labios, que su imaginación había ya pintado de escarlata.

La sala de reuniones, como el resto de las instalaciones del CDS, era sencilla, luminosa y bien equipada. Las paredes estaban pintadas de blanco y desnudas de adornos, excepto por una holo fija en la que aparecía el rostro de una mujer y un rótulo que rezaba: «Eve Arcángel, presidenta de la República Centroafricana». Gala se quedó mirándola embobada. Tendría la edad de Ruth; la holo, de gran resolución, mostraba un rostro en la plenitud de su belleza, en el que, sin embargo, podían intuirse unos leves pliegues bordeando los ojos rasgados, la sombra de un diminuto surco bajo la perfecta barbilla o alrededor de los gruesos labios, ligeramente partidos en el centro. Si acaso, aquellos amagos de arrugas hacían el rostro de la presidenta Arcángel todavía más irresistible.

—Es atractiva, ¿verdad? —preguntó Ruth, con una sonrisa algo pícara.

—No he visto otra mujer más guapa en mi vida —aseguró Gala.

—Ni yo. Aunque su inteligencia impresiona aún más que su belleza.

—¿La conoces en persona?

—Era ministra de Sanidad cuando empezamos a implantar los centros de salud en la RCA. Al principio la subestimé, pensé que ocupaba el puesto por ser la nieta del que era entonces presidente, Gabriel Arcángel, y no por sus propios méritos. Te confieso que parte de mis prejuicios tenían que ver con su belleza. ¡Yo que siempre me he considerado feminista, decidí inconscientemente que una mujer tan guapa no podía ser competente en su trabajo! Pues bien, me equivocaba completamente. La colaboración con ella fue un éxito desde el primer día, y cuando fue elegida presidenta, nos apoyó todavía más.

—Espero tener la ocasión de conocerla —dijo Gala.

—No será fácil. Rara vez concede audiencias y rara vez se muestra en público, aunque cuando lo hace atrae el fervor de las multitudes. Tampoco sé si te gustaría conocerla. Aunque no lo demuestra, es una mujer muy infeliz y su infelicidad es contagiosa. Posiblemente tiene razones de sobra para ello, la historia de la RCA es un río de sangre que baña a casi todos sus habitantes y su presidenta no es una excepción. Su madre, Zanette Arcángel, era una institución en el país, puso en marcha el sistema de educación primaria que todavía funciona hoy en día. Pues bien, fue asesinada a sangre fría, junto con otros profesores y muchos de sus alumnos, niños de corta edad, en la escuela que dirigía, en Bimbo, muy cerca de aquí.

—¡Qué horror! —se sobrecogió Gala.

—En la RCA ese horror es parte de la vida —dijo Ruth—. Es un país habitado por veinte grupos étnicos diferentes, que se entienden, o, mejor dicho, no se entienden, en setenta idiomas, más de los que se hablarían en Babel. A pesar de ser una de las naciones más ricas de África, han despilfarrado los diamantes y el oro de sus minas pagando mercenarios que les ayuden a matarse mejor entre ellos. Desde su independencia de Francia en 1960, han batido todos los récords de golpes de Estado y el país ha estado en una guerra civil de baja intensidad casi continua hasta que Gabriel Arcángel ascendió al poder. Los años de su presidencia y los que lleva su nieta en el cargo han sido relativamente tranquilos, aunque los enfrentamientos tribales no han desaparecido y no pasa un año sin que tengamos que lamentar una masacre.

—¿Nunca te cansas, Ruth? —preguntó Gala—. Trabajar en este país no debe de ser fácil.

—Es muy difícil. Pero no lo cambiaría por nada del mundo.

—¿Tanto te aporta?

Ruth le hizo una seña para que se acercara a la ventana, le señaló con el dedo un grupo de chiquillos que jugaban al fútbol en un pequeño campo adyacente al centro. Gala reparó en sus gritos excitados, sus risas alegres.

—Desde que abrimos el primer CDS en la RCA, la mortalidad infantil ha disminuido en un treinta por ciento —dijo Ruth—. En otras palabras, hemos salvado a decenas de miles de niños de una muerte prematura en los últimos cinco años. Niños de carne y hueso como esos que ves ahí. Niños que cada día vienen a mi consulta, a veces con una herida que se infectaría si no la curáramos; otras, enfermos de difteria, o tifus, o un sinfín de enfermedades que sabemos tratar. Si no estuviéramos aquí, muchos de esos niños morirían. Créeme, muchacha, cada vez que salvas a un niño el universo se regocija.

Gala echó un rápido vistazo al grupo de mujeres que tenía frente a sí, sentadas, con la espalda muy recta en tres filas de cuatro sillas, vestidas con batas blancas que hacían aún más lustroso el color ébano de su piel, atentas a cada una de sus palabras. Ruth le había puesto en antecedentes. Casi todas eran de etnia gbaya, dominante en el país, y la mayoría eran enfermeras, estudiantes de último curso de medicina en la universidad de Bangui o doctoras recién graduadas. Todas eran muy jóvenes, todas voluntarias. Ruth se refería a ellas como «mis chicas» y las trataba como si fueran sus hijas. Las muchachas, por su parte, la idolatraban. Delante de la forastera la llamaban «doctora», y la trataban de usted en su pulcro francés aprendido en el liceo bilingüe de la capital. Pero no eran pocas las veces que se les escapaba un trato muy diferente que a Gala no se le había pasado por alto.

Sonrió a su audiencia, recompensada de inmediato por otras tantas sonrisas, a cuál más entusiasta. Las muchachas desprendían una energía casi radioactiva. Daba la impresión de que, si no se ponían pronto manos a la obra, entrarían en combustión espontánea.

—Me llamo Gala y es un privilegio trabajar con vosotras.

—Estamos a tus órdenes —dijo Ruth.

—*Merci,* mamá Ruth —contestó Gala, para regocijo de las muchachas y dejando a Ruth, por una vez, ligeramente fuera de juego—. Dejadme mostraros algo que os va a gustar.

Murmuró una orden a Anastasia, para que iniciara la proyección 3D en el cubo de la sala. Las holos de dos mosquitos, aparentemente idénticos, se condensaron en el aire. Excepto por el tamaño, amplificado veinte veces, eran copias perfectas de una hembra de anófeles.

—El mosquito de vuestra izquierda transmite la malaria —dijo Gala, mientras uno de los insectos virtuales se iluminaba en rojo—. No lo hace por maldad, sino porque él mismo está infectado por un parásito, el infame *Plasmodium.* Para infectarse, ha tenido que picar a un humano, que, a su vez, estaba ya infectado de malaria. Así que estamos ante un caso clásico de huevos-y-gallina. Si no hubiera personas infectadas de malaria, los mosquitos anófeles no se infectarían y no podrían transmitirla. Y si no hubiera mosquitos, el *Plasmodium* no encontraría un vehículo para invadir a los humanos.

»No necesito explicaros que la malaria es endémica en la RCA. Podía haberse eliminado en las primeras décadas de este siglo, pero se perdió la oportunidad, y en los últimos tiempos, la incidencia de la enfermedad no ha hecho más que aumentar, debido a una nueva especie de anófeles, esencialmente inmune a todos los insecticidas que se conocen. Además, como consecuencia del cambio climático, este mosquito resistente está empezando a invadir el sur de Europa. Los casos en España se multiplican y la plaga se está extendiendo a Francia y otros países.

Gala hizo una pausa, respiró hondo y dijo:

—Afortunadamente. —La expresión de sorpresa en el rostro de las jóvenes no tenía desperdicio. La sonrisa socarrona de Ruth tampoco. Gala prosiguió—: Afortunadamente, porque la malaria es ahora un problema para Europa, lo que quiere decir que África puede contar con nuestra egoísta ayuda.

—Toda ayuda es buena, Gala —dijo Ruth—. Te estamos muy agradecidos.

—Soy yo quien tiene que agradeceros la oportunidad de que mi ciencia sirva para algo útil —dijo Gala.

Las chicas la contemplaban con la boca abierta. Los años de duro trabajo para desarrollar sus clones, pensó, habían valido la pena sólo por darse el lujo de contemplar aquellos rostros asombrados y llenos de esperanza.

—El mosquito que veis a vuestra derecha —reanudó su discurso, a la vez que la holo del insecto se iluminaba en verde— es idéntico al de la izquierda, excepto por tres detalles. El primero es que su genoma incluye una mutación que lo hace inmune al *Plasmodium* y, por tanto, no puede infectarse con ese parásito. El segundo es que lleva una marca fosforescente, que lo hace brillar cuando se le ilumina con una lámpara ultravioleta. El tercero es que es idéntico a otro millón de mosquitos que hemos clonado en incubadoras desarrolladas para este proyecto en la Escuela Normal Superior de París. En este momento, las jaulas que los contienen están siendo repartidas por los centros de salud de toda la RCA. A partir de mañana los liberaremos. Vuestro trabajo, durante los próximos meses, es controlar lo que ocurre con ellos. Tenéis que coordinar los equipos cuya misión es capturar muestras de insectos en puntos repartidos por el país y clasificarlos según respondan o no a la luz ultravioleta. De esta manera, a lo largo de los próximos meses, entenderemos cómo evolucionan en comparación con la variante natural.

—¿Qué debemos esperar, doctora? —preguntó una de las muchachas.

—Una vez liberados, nuestros clones se dedicarán al mismo negocio que cualquier otro mosquito. Alimentarse y aparearse todo lo que puedan. Como se trata de una población numerosa, competirán efectivamente con sus parientes, y su código genético está diseñado para que su descendencia sea más numerosa que la de los mosquitos actuales y, por supuesto, inmune al parásito. Así que, en unos pocos meses, todos los mosquitos susceptibles al *Plasmodium* habrán desaparecido y la propagación de la malaria se detendrá en la RCA.

Gala se despertó apenas el primer esbozo de claridad se coló por la ventana de su habitación, se levantó, aún adormilada, de la cama y se dirigió a la cocina, para lo cual tenía que atravesar la sala común donde dormía el resto del equipo, incluyendo a Ruth. Mientras caminaba de puntillas para no despertar a nadie, volvió a reprocharse a sí misma haber aceptado el inmerecido privilegio de disponer de una cuarto propio. Pero había sido imposible convencer a las chicas de que la trataran como una más. La más cabezota de todas había sido Ruth.

—Necesitas un poco de tranquilidad para descansar.

—¡Vosotras también!

—¡Nosotras estamos acostumbradas! ¡Créeme! Si no oigo roncar a Aline y a Marie, no consigo dormirme.

En la cocina encendió la cafetera eléctrica y activó su pad, dándole a Anastasia la orden de conectar con la nube, donde ya se habrían almacenado los datos tomados la noche anterior. Un instante después tenía las estadísticas desplegadas en su pantalla virtual. Empezó a examinarlas ávidamente, constatando como las curvas de la nueva población de mosquitos crecían exponencialmente, mientras que los anófeles autóctonos habían casi desaparecido. Todavía quedaban semanas de paciente trabajo para seguir tomando muestras de la población en todo el parque de Chinko, pero los resultados hablaban por sí solos y se reproducían con igual exactitud en el resto de centros que monitorizaban la campaña en la RCA.

Absorta en sus gráficos, no oyó el silbido de la cafetera ni se apercibió de que no estaba sola. Una mano se posó en su hombro. Gala dio un respingo, sobresaltada.

—¡Perdón! —exclamó Ruth—. No quería asustarte.

—Soy una miedosa —sonrió ella.

Ruth le tendió una taza rebosante de café.

—Negro y sin azúcar, ¿verdad?

—¿Siempre te fijas en todo?

—Es parte de mi trabajo. ¿Qué dicen tus gráficos?

—Que hemos ganado.

Ruth se sentó a su lado, la tomó de ambas manos y se las apretó con fuerza.

—¡Eres maravillosa, Gala!

—¿Yo? Mamá Ruth y sus muchachas han hecho el trabajo duro, mientras yo haraganeaba todo el día.

—¡Ja! ¿Quién ha diseñado la logística de la operación?

—Anastasia —dijo Gala—. Es mucho más lista que yo.

—Te prefiero a ti —dijo Ruth, que no le había soltado las manos.

—¿Por eso me malcrías? ¿Habitación propia y el café como le gusta a la señorita?

—Si por mí fuera, por no hablar de mis chicas, te alojaríamos en un palacio. ¡Anda, quita esa cara de niña enfadada! Voy a preparar algo de comer.

Ruth encendió el horno, también eléctrico. Gala escuchó el suave zumbido del generador termosolar que proporcionaba energía a todo su pequeño poblado y se quedó mirando por la ventana de la cocina, fijándose en cómo los espejos que concentraban la luz solar en las sales molidas se ajustaban automáticamente. Había visto docenas de esos aparatos desde que llegó a la RCA. No había una aldea, por remota que estuviera, que no dispusiera de uno.

—Impresionante, ¿verdad? —dijo Ruth, mientras ponía a calentar aceite en una sartén y cascaba un par de huevos en un bol. Como de costumbre, parecía haberle leído el pensamiento.

—Mucho. La tecnología de ACE es espectacular.

—Energía verde a precios asequibles, incluso para África —dijo Ruth—. Benditos sean siete veces los Arazi.

—Si coincides con ellos, no dejes de darle las gracias también de mi parte —ironizó Gala, divertida con la incorregible doctora que bendecía a la familia más vip del planeta como si fueran parientes cercanos.

—Lo haré —dijo Ruth, poniéndole delante un par de huevos fritos con beicon—. Ahora cómete eso, tenemos un día largo por delante.

Gala atacó su plato con apetito, mientras la cocina se llenaba de jóvenes adormiladas que hablaban entre ellas mezclando el francés y el sango. Ruth les dio la buena nueva, mientras seguía arrojando huevos a la sartén y preparando cafés. El revuelo fue enorme, gritos de alegría, risas, chicas que se acercaban a tocarle las manos o el rostro como si fuera una especie de santa.

Una de las muchachas empezó a cantar, mientras las otras batían palmas. Un instante más tarde, todo el mundo estaba bailando en la cocina. Aline se acercó a ella y le tendió los brazos invitándola a unirse al grupo. Gala se negó al principio, por pura vergüenza, las chicas parecían bailarinas profesionales, moviéndose al ritmo de las palmas, perfectamente sincronizadas, balanceando las caderas, graciosas y sugerentes, como si cada una de aquellas tímidas muchachas se hubiera transformado por embrujo en una princesa gbaya. Pero acabó por ceder y se resignó a unirse al grupo, tratando de emular sus palmas y su cimbreo de cintura lo mejor posible.

La algarabía fue enorme, empezó a sonar una flauta, luego un tambor, Gala se fue relajando, dejándose arrastrar por el ritmo, sincronizando sus pasos y sus caderas con las de sus amigas. Cerró los ojos, sintió como la música la hacía vibrar, transportándola a un paraíso secreto y desconocido.

De repente, un tableteo sordo, seguido del ruido de un petardo. No comprendió, mientras la música se detenía en seco y las bailarinas se convertían en estatuas de sal, que no eran petardos. Eran disparos.

Dos hombres vestidos con uniforme de camuflaje irrumpieron en la cocina, apuntándoles con sus fusiles ametralladores y profiriendo órdenes en sango. Tras ellos, un tercero que llevaba una insignia en la bocamanga y empuñaba una pistola. El cabecilla ladró algo y todas las muchachas se tiraron al suelo, con las manos en la cabeza. Gala las imitó. El miedo le cortó la respiración, tuvo que reprimir una arcada, empezó a temblar sin poder controlarse. El oficial alzó el brazo y disparó al aire, provocando un grito de pánico entre las mujeres aterrorizadas. Sólo entonces Gala reparó que Ruth seguía en pie y que el energúmeno bajaba el arma y le apuntaba con ella a la vez que escupía una orden.

—Tírate al suelo o te vuelo la cabeza, perra —tradujo Anastasia en los diminutos audífonos que llevaba implantados en los oídos.

—Soy la encargada del centro, comandante —respondió Ruth, con voz suave y un poco aduladora, como si estuviera hablando con un galán impulsivo que pretendiera cortejarla apuntándole con una pistola—. ¿En qué puedo serle útil?

El energúmeno miró con orgullo la estrella de su bocamanga y sonrió, mostrando dos hileras de dientes amarillentos.

—El dinero y las medicinas —exigió, pero el tono de su voz había cambiado, hinchaba el pecho, pavoneándose frente a la doctora blanca que le trataba con el debido respeto.

—La enfermería y la caja fuerte están en el edificio contiguo —contestó Ruth, tan tranquila y eficiente como si fuera la secretaria personal de aquel salvaje.

La sonrisa de chimpancé asesino se hizo todavía más pronunciada. El simio guardó la pistola en la cartuchera e hizo ademán de dirigirse hacia la puerta, lo pensó mejor y señaló a Gala.

—Ella también viene.

Uno de los soldados la empujó con el cañón de su fusil. Gala apretó los dientes y se puso en pie, concentrándose en controlar su miedo, inspirada por la calma con que se comportaba Ruth. El chimpancé se acercó a ella, extendió una zarpa hacia su cabello, se apoderó de un mechón, lo contempló con curiosidad. Su aliento apestaba a alcohol.

—*Votre nom, s'il vous plaît* —dijo, en un tono descabelladamente cortés.

—Me llamo Gala Salinas —contestó ella, también en francés, imitando el tono servicial de Ruth.

—*Enchanté de faire votre connaissance* —replicó el caballeresco gorila, mientras la empujaba suavemente al exterior. Uno de los sicarios los siguió, dejando al otro a cargo de las muchachas.

«Mantén la calma, tengo un plan», dijo Anastasia. Gala necesitó un instante para entender que Ruth había murmurado la frase a su iA y esta a la suya, bendijo la buena idea de haber decidido enlazar a sus asistentes virtuales para trabajar de forma más eficiente. «Estate atenta a mis instrucciones».

Entraron en el edificio de oficinas. Ruth se dirigió a la caja fuerte, en realidad un simple armario equipado con una cerradura eléctrica, situado junto a una puerta metálica. Murmuró una orden y el armario se abrió, mostrando fajos de billetes, una bolsa de tela oscura y un puñado de lingotes de oro. El energúmeno rugió de alegría, soltó el brazo que todavía aferraba a Gala y se apoderó de uno de los lingotes. El sicario que le acompañaba apoyó el fusil en una mesa adyacente, aferró la bolsa, sacó una piedra centelleante que parecía un diamante de su interior y se la mostró a su jefe con aire triunfal.

«Ahora», sonó la voz de Anastasia en sus audífonos, mientras Ruth, que se había escurrido hasta la puerta metálica la abría de golpe y le hacía señas para que entrara.

El gorila reaccionó velozmente girándose hacia Ruth, con su arma en la mano. Sin pensarlo, Gala le propinó un empujón en la espalda haciendo que se tambaleara y franqueó a la carrera los dos pasos que la separaban de la puerta. Atravesó el umbral, seguida de Ruth, que cerró de un portazo tras de sí, a la vez que profería una orden. Gala escuchó el clic metálico de los cerrojos de la puerta al cerrarse. Un instante más tarde el bandido rugió una orden y empezó a aporrear la puerta. Ruth tiró de su mano, guiándola al interior de la habitación, mientras escuchaba disparos y el ruido de las balas estrellándose contra la chapa de acero.

—Está blindada —dijo Ruth—. Necesitan un bazuca para derribarla.

—¿No hay otras entradas?

—No, ese es el propósito de este cuarto. Es un búnker de seguridad, para emergencias como esta.

—¿Y las chicas?

—No te preocupes. Hay un águila en camino.

—¿Un águila?

—Un dron aéreo. Siempre hay uno cerca protegiendo los CDS. Ya ha recibido nuestro SOS.

—Pero las muchachas están en peligro —insistió Gala.

—Son buenos soldados —dijo Ruth—. Sabrán comportarse.

9

Morlocks

Europa central, final del Paleolítico

El campamento de los oscuros está a menos de una jornada del refugio de la familia, aunque, cargados como van, Aitz, Abarra y Astalarra llegan allí a la vez que se pone el sol. Están extenuados, apenas han descansado a lo largo del día y no han probado bocado, pero gracias a la prisa que se han dado no tendrán que pasar la noche al raso. Entre los tres llevan suficiente carne para alimentar a una tribu entera y no quieren pasarse la noche avivando el fuego para espantar a las hienas que, sin duda, les van siguiendo.

También llevan con ellos un buen número de herramientas que Ampulo ha fabricado a lo largo del verano usando piedra color-de-sangre. Al viejo no le quedan dientes y casi no puede andar, pero su vista sigue siendo aguda y sus manos, precisas. Los cuchillos y raspadores que ha extraído a la piedra roja son ligeros y afilados, capaces de arrancar hasta la última brizna de carne de los huesos de una presa. Además, son más resistentes que los de pedernal, la piedra-color-sangre es muy dura, difícil de encontrar y más aún de trabajar, pero el ken del anciano sabe hablar con ella y convencerla para que le entregue sus tesoros. El ken de Aitz dibuja en el aire las herramientas, se regocija contemplando su extraño color púrpura, que recuerda al corazón palpitante de Dos Cuernos.

Astalarra, que camina a su lado, parece adivinar sus pensamientos, señala el hacha que cuelga de su cintura, hinchando el pecho y mostrando su envidiable dentadura en una gran sonrisa. Aitz le propina una cariñosa palmada en el hombro y su hijo gruñe, orgulloso de sí mismo. Tiene buenas razones para ello, este verano se ha hecho con una bella mujer y ha encontrado un tesoro.

Pocos días después de cazar a Dos Cuernos, el muchacho se arrodilló junto a su madre, como era la tradición, y le pidió su bendición para traer a otra mujer a la familia. Ayena tomó la cabeza de su hijo entre sus manos y acercó su frente a la suya, como hacía cuando era niño.

—La madre trajo al hijo a la familia y ahora el hijo trae una madre —dijo, pronunciando las palabras rituales—. Así es y así ha sido siempre.

—Así es y así ha sido siempre —repitieron los adultos, mientras los niños contenían la respiración, apabullados por la solemnidad del momento.

Durante los siguientes días toda la familia trabajó duro, preparando regalos para ofrecer al clan de Andrexe. Recordando que la lanza de Adun se había quebrado en la cacería de Dos Cuernos, optaron por ofrecerle a su hijo Aginteka una nueva; el clan de Aitz es famoso entre los Eloi por su habilidad para fabricar armas, Aitz aprendió de Padre, que había aprendido de Ampulo. Decidió usar madera de arce, más durable que la madera de pino de la que se servían la mayoría de los Eloi, pero, al igual que la piedra roja, más difícil de trabajar. Aitz seleccionó una rama del tamaño y grosor justos y luego talló el asta pacientemente, trabajando con hacha y raspador hasta conseguir una vara tan gruesa como un puño y tan larga como un cazador que lleva un niño a hombros. Con la misma paciencia, Ampulo arrancó una afilada punta al pedernal, golpeando pacientemente la piedra madre hasta arrancarle la lámina apropiada y trabajando después sobre esta para darle la forma y el filo adecuado. Ayena y Madre, entretanto, prepararon el betún de abedul, calentando cuidadosamente la corteza del árbol y recogiendo en un cuenco la sangre negra y espesa que el fuego le arrancaba a la piel rugosa del viejo hombre-de-madera. Finalmente, Aitz enseñó a Astalarra a fijar la punta al asta, embadurnándola con betún caliente y colocándola con gran cuidado para que el ken de una se fundiera con el de la otra y surgiera el ken de la lanza. Entretanto, Abarra decoró con bellos colores varias plumas de águila, todo el mundo entre los Eloi apreciaba ese adorno, pero pocos sabían conseguir colores tan hermosos y llamativos como su hermano.

Cuando todos los regalos estuvieron preparados, Astalarra partió sin demora; el campamento de la familia de Andrexe no estaba lejos y la tradición exigía que el pretendiente llegara al anochecer, pidiendo comida y refugio a cambio de los regalos que llevaba. El clan tenía la obligación de acogerlo, pero no siempre la prometida aceptaba dormir con el pretendiente y abundaban las anécdotas que narraban, en los fuegos de campamento, las desventuras de los novios despechados. Astalarra, normalmente tan seguro de sí mismo, se había marchado hecho un manojo de nervios, incluso Aitz estaba nervioso, recordando las muchas veces que Abarra había sido rechazado, pero su mujer lo tranquilizó, recordándole la forma en que lo había mirado la muchacha el día de la cacería.

Ayena no se equivocaba. Aginteka, que desde la muerte de Adun encabezaba el clan, lo recibió con los brazos abiertos, y Andrexe no se hizo de rogar esa noche. Tras pasar varios días con sus nuevos parientes, como exigía la tradición, Andrexe y Astalarra decidieron regresar al campamento de Aitz dando un pequeño rodeo, con el ánimo de explorar un bosquecillo de arces cercanos, donde podrían hacerse con la madera necesaria para fabricar más lanzas, con tanta suerte que se tropezaron de bruces con una veta de piedra roja.

Aitz resopla, orgulloso de su hijo; Andrexe es una muchacha muy hermosa, tan hermosa como era Ayena, y no tardará en traer nuevos bebés al clan. Su ken husmea el aire, hasta sentir la proximidad del ken del muchacho y empaparse de la alegría que emana. La juventud, piensa, es el tiempo de la felicidad; así es y así ha sido siempre.

En cambio, su hermano Abarra nunca ha tenido suerte. Quizás fue por culpa del accidente que sufrió poco tiempo después de su escaramuza con los lobos, mientras se esforzaban en abatir a una enorme hembra de Gran Lanudo. En aquella ocasión había tantos cazadores como dedos en sus dos manos acosando a la bestia, Aitz y Abarra habían empezado a participar en las cacerías durante el verano, pero su rol era hacer ruido para confundir al animal, manteniéndose alejados de su peligrosa trompa. Abarra se confió y recibió un golpe que habría matado a cualquiera menos fuerte que él. Aitz siente el ken de su hermano muy cerca, siempre han estado muy próximos, incluso durante el largo tiempo en el que Abarra estuvo postrado y su ken vagaba por el mundo de las sombras; muchos opinaban que el muchacho no despertaría y que era mejor acabar con sus sufrimientos, pero cuando Padre le preguntaba a Aitz, él le decía que todavía sentía la presencia de su hermano y su padre le hizo caso y aguardó a que despertara.

Cuando lo hizo sólo conocía a Aitz, le costó todo el resto del verano volver a andar y nunca volvió a pronunciar una palabra; el golpe que le destrozó media cara también le arrancó un pedazo de lengua. Todavía podía hablar con las manos, pero el accidente lo volvió taciturno, como si la trompa del Gran Lanudo hubiera matado al muchacho alegre y curioso con el que compartió su infancia. Pasaron muchas estaciones, su hermano sanó completamente, pero su rostro recordaba el golpe y su talante huraño espantaba a las mujeres. Abarra nunca se quejó, pero pocos días después de que Andrexe llegara a la familia, mientras ambos arponeaban hombres-de-agua en el río, le confesó que también él deseaba una mujer.

—Difícil —dijo Aitz.

Habló fuerte y despacio; su hermano, que era capaz de distinguir el paso de un ratón sobre la hierba, tenía, sin embargo, cada vez más dificultades para entender las palabras, prefería comunicarse usando las manos y el rostro.

—Lo sé —contestó Abarra, con rápidos gestos—. Soy feo y antipático. Ninguna mujer me quiere.

—Estoy seguro de que si buscamos... —respondió Aitz, trazando el símbolo de la esperanza.

Abarra negó enérgicamente con la cabeza. Aitz alzó las manos, interrogando.

—¿Entonces?

—Podemos comprar una hembra a los oscuros. Otros lo han hecho.

Aitz tuvo que admitir que no era una mala idea. También él había oído los rumores de que los clanes de los valles del norte mercadeaban con los oscuros, intercambiando mujeres por comida. Sin duda, pensó, también ellos podrían conseguir una muchacha a buen precio, y aunque sus hembras no fueran ninguna belleza, Abarra dejaría de estar solo.

Los oscuros les reciben con la algarabía que les caracteriza. Mucho antes de llegar al campamento ya les rodea una nube de crías, corriendo excitadas alrededor de los tres cazadores, parloteando sin cesar. Pronto aparecen algunos machos jóvenes, que les siguen guardando las distancias, llevando buen cuidado de rehuirles la mirada. Las mujeres y los viejos les esperan en el campamento. Aitz repara en que parecen aún más nerviosos y famélicos de lo habitual.

El viejo que les sale al encuentro es el mismo que estaba al frente del grupo que encontraron el día que cazaron a Dos Cuernos. Camina encorvado, cojeando ostensiblemente. El ken de Aitz dibuja en el aire la imagen de aquel otro anciano y le hace llevarse los dedos a la cicatriz que las fauces del lobo dejaron en su muslo, ya apenas visible. Luego los extiende hasta tocar la cabeza del anciano y pronuncia la palabra «amigo».

El viejo repite la palabra, pero no se atreve a tocarle la frente. Aitz descarga el bulto que transporta y sus hermanos hacen lo propio.

—Para compartir —dice, señalando la carne.

El viejo no se mueve, aunque no cabe duda de que le ha entendido.

—Regalo —insiste Aitz. Sabe que el viejo conoce la palabra.

El anciano da las gracias utilizando el gesto del agradecimiento. No obstante, cuando se fija en sus ojos, detecta en ellos una emoción familiar. Está asustado, igual que toda su gente.

El cazador retrocede unos pasos, indicándole a los suyos que hagan lo propio. Sólo entonces el anciano empieza a parlotear. Aitz lo contempla maravillado, parece imposible que semejante torrente de sonidos pueda expresar algo. Un grupo de hombres jóvenes se aproxima a la carrera, cargan la carne y la llevan hacia la hoguera que las mujeres están avivando. Hacen falta dos huesudos para transportar, con gran esfuerzo, cada uno de los bultos que los cazadores han acarreado durante toda la jornada, un niño de diez años tiene más fuerza que ellos.

Mientras los oscuros empiezan a cocinar la carne, Aitz desenrolla la piel de alce en la que están envueltas las herramientas. El viejo se acerca, seguido por un enjambre de los suyos, toma entre sus manos de largos dedos una de las hachas de piedra roja, la pasa al hombre que tiene más cerca, que a su vez la hace circular por el resto del grupo. La algarabía es enorme. Cuando finalmente se calman, el anciano extiende su propia piel frente a ellos. Hay tres conchas de mar, pintadas de color tierra y color cielo, y muchas herramientas, incluyendo cuchillos, raspadores, tajadores y arpones, terminados en agudas puntas. Aitz examina los cuchillos, maravillándose de su agudo filo, no tienen nada que envidiarle a los que fabrica Ampulo, y cuenta los arpones, hay tantos como los dedos de dos manos, no se esperaba un botín tan copioso. También les ofrecen tres magníficos sacos-para-el-agua, mejor trabajados que los de la tribu. Aitz y Astalarra no ocultan su satisfacción. Pero Abarra se mantiene ceñudo, no ha viajado al campamento de los oscuros para llevarse sólo herramientas y pellejos. En mitad del parlamento, se levanta, se dirige hacia una de las hembras que observan la negociación desde una distancia prudencial, la señala y se señala a sí mismo.

La muchacha deja escapar un grito de miedo, como si Abarra fuera un oso de las cavernas, y sale corriendo a esconderse en una de las tiendas. Abarra señala a otra, que hace exactamente lo mismo. Cuando prueba con una tercera, todo el grupo de mujeres pone pies en polvorosa.

Pero el anciano ha entendido lo que los cazadores necesitan. Les indica con muchos aspavientos que esperen y se dirige a las tiendas, de donde regresa, al cabo de un rato, con un macho y una hembra que le siguen cabizbajos y arrastrando los pies, como si esperaran que Aitz y los suyos fueran a devorarlos allí mismo. Los dos son muy jóvenes, habrán visto las mismas primaveras que Astalarra, la chica es casi una niña, el muchacho es algo mayor que ella, está en los huesos y su brazo derecho cuelga inerte a lo largo de su costado. En el izquierdo empuja una jabalina. Los dos se parecen mucho, Aitz deduce que son hermanos.

—Bigur —dice el anciano, señalando a la muchacha.

La chica está muy asustada. Mira al suelo, sin levantar la cabeza, las rodillas le tiemblan. En cambio, el joven tullido le mira directamente a los ojos y no desvía la mirada cuando Aitz le muestra los dientes en un gesto amenazador.

—Ezkia —dice el viejo. Aitz repite el nombre, todavía estupefacto por la osadía del muchacho.

Abarra se aproxima a Bigur y la coge de un brazo. La muchacha se revuelve, intenta huir, pero Abarra la retiene con la misma facilidad con que un tigre retiene a un cervatillo.

Ezkia blande su lanza, amenazante, y su hermano lo derriba de un manotazo. Pero Aitz observa que le ha golpeado con la mano abierta, cuidándose de no hacerle daño. El chico se pone en pie y hace ademán de cargar de nuevo, pero el viejo lo detiene de un grito y le suelta una larga parrafada. Cuando acaba, el muchacho se sienta en el suelo y oculta la enorme cabeza lanuda entre sus huesudas rodillas. También la chica deja de resistirse, aunque sus ojos saltones se llenan de lágrimas.

—Regalo —dice el viejo, señalando las herramientas y luego a los muchachos.

Aitz asiente, dando por zanjada la negociación. El viejo les invita a compartir con ellos la carne que acaban de cocinar y Aitz asiente, necesitan comer y descansar antes de ponerse en marcha de nuevo. Ahora que ha conseguido su objetivo, prefiere no dormir en el campamento de los oscuros, desconfía de abandonar su ken al sueño rodeado de tantos extraños. Su plan es andar un trecho después de comer y acampar en un claro del bosque, donde pueden encender un buen fuego y mantener a raya a las alimañas. No es una perspectiva muy halagüeña para la noche, pero los animales del bosque son más fáciles de manejar que los hombres.

Mientras comen, Aitz repara en una herida reciente en la pantorrilla del anciano, cuya forma conoce bien; se trata de la dentellada de un lobo. Aitz la señala y el viejo responde con una parrafada incomprensible. Al darse cuenta de que Aitz no le entiende, agita sus delgados brazos señalando a varios de los hombres de la tribu, que presentan heridas similares en las piernas y los brazos.

Abarra y Astalarra resoplan inquietos, los tres están de acuerdo en que algo extraño y nada bueno tiene que haber sucedido. Los lobos nunca atacan los campamentos de la gente y mucho menos en verano, cuando hay otras presas menos peligrosas que cazar. Una cosa es atreverse con unas crías solitarias en el bosque y otra enfrentarse a un grupo numeroso y bien armado. Por mucho que los oscuros sean endebles, las puntas de sus lanzas están bien afiladas y los lobos son animales sabios que nunca se arriesgan en vano.

El viejo, entretanto, se desgañita intentando explicarse, pero Aitz solo acierta a recomponer más que fragmentos dispersos de su relato. Entiende que la tribu de los oscuros ha sido atacada, pero no consigue descifrar quiénes eran los atacantes. De repente, el anciano cambia de estrategia, rebusca entre las brasas de la hoguera, hasta encontrar un tizón a medio quemar y con él comienza a rascar la tierra, hasta que salen de ella unas figuras que se parecen a un hombre empuñando una lanza y a un lobo con las fauces abiertas. El viejo, frenético, dibuja dos, tres de ellas, luego le muestra ambas manos al cazador, las cierra, vuelve a abrirlas. Aitz cree comprender. Hombres y lobos. Muchos, tantos como dos veces dos manos. El viejo señala a las figuras y luego enlaza los dedos de ambas manos.

Aitz sabe que eso es imposible. Los lobos cazan en manada, cierto, pero no se mezclan con las hienas o los chacales, mucho menos con la gente, la idea es tan descabellada como imaginarse al tigre cazando con el puma, o al águila poniéndose de acuerdo con el buitre. Pero el viejo repite una y otra vez los mismos signos, insistiendo en que los agresores venían juntos.

—Morlocks —dice.

A medida que asimila el relato del anciano, el ken de Aitz dibuja en el aire hombres con lanzas y lobos de fauces abiertas. Si esa manada ha atacado el campamento de los oscuros, quién sabe si no se atreverán a atacar el suyo. Tienen que regresar cuanto antes.

Se ponen en marcha, casi a la carrera, aprovechando la claridad de la luna. Los dos jóvenes que han comprado los siguen sin dificultad, son ligeros y se mueven sigilosamente. Aitz vuelve a reparar en lo flacos que están. De hecho, todos los oscuros están famélicos, cuando deberían haber acumulado un poco de grasa a esas alturas del verano. Si el invierno es duro, muchos entre ellos no llegarán a la primavera.

El camino de regreso al refugio pasa cerca del campamento de Aginteka, el hermano de Andrexe. Aitz sabe que debe ponerles sobre aviso del inminente peligro, pero le cuesta decidirse, quiere llegar cuanto antes a su hogar. También Astalarra y Abarra están ansiosos por regresar y ninguno de los dos quiere detenerse.

—Seguid vosotros —indica a su hermano y a su hijo, con rápidos gestos—. Yo avisaré a Aginteka.

—Ir solo es peligroso —dice Abarra con un gesto.

—El muchacho me acompaña —responde Aitz, señalando a Ezkia.

Abarra lo mira como si le hubiera picado un alacrán y el veneno le hiciera delirar. Su rostro expresa claramente que un tullido armado con un palo no puede serle de mucha ayuda. Astalarra les mete prisa.

—Hay que seguir —insiste.

Aitz le hace un gesto a Ezkia para que le acompañe, sin estar seguro de si va a entenderle. Pero para su satisfacción, el chico le sigue sin vacilar, mientras el resto del grupo continúa camino al campamento.

A medida que se acercan al refugio de Aginteka, el corazón de Aitz se acelera, su boca se seca y sus manos se aferran con fuerza a la lanza. Hay algo que no va bien, puede olerlo en el aire, oírlo en el silencio de la noche. También el chico lo siente, se mueve de puntillas, sigiloso como un leopardo.

No se equivocan. El refugio está situado en un promontorio rocoso, situado cerca del lindero del bosque. Aitz y Ezkia se acercan en silencio, ocultándose entre los arbustos que rodean la colina, hasta que distinguen a los hombres sentados en torno al fuego del campamento, dándose un festín. Hay cuatro de ellos, la aguda vista de Aitz repara en que son altos como los oscuros, pero tienen la piel más clara que estos y son más corpulentos. Junto a ellos dormitan dos lobos. Aitz aprieta los puños con fuerza, desnuda los dientes, contiene a duras penas un gruñido de miedo y desafío. Su nariz se dilata, le llega el olor a carne chamuscada, el hedor de los lobos, mezclándose con el de los Morlocks. Repara en que están a sotavento de sus enemigos, por eso los animales no les han olido. Han tenido suerte. Más suerte que Aginteka y los suyos. Porque el olor que llega de la hoguera es el de la carne humana, la carne de los Eloi, que los Morlocks están devorando.

La única opción sensata que tienen es huir, intentar alcanzar su campamento lo antes posible. Pero cuando le hace un gesto al chico para retirarse, este le señala a los hombres de la hoguera, se lleva las manos al rostro y lo apoya en ellas, cierra los ojos, Aitz entiende lo que quiere decir, los Morlocks están bostezando y no temen ningún peligro.

Son muchos, sin contar a los lobos. Pero Aitz está furioso y sediento de sangre. Su ken dibuja la imagen de los Morlocks atacando a Aginteka y a su familia mientras dormían; si su amigo hubiera estado despierto, los invasores no estarían dándose un festín a su costa. Pero ahora es él quien tiene la ventaja de la sorpresa. Sólo tiene que esperar a que se duerman y entonces los cazadores se convertirán en presa. En su presa.

Le hace una seña al muchacho y se acomodan entre los arbustos. La luna avanza en el cielo y la hoguera se va consumiendo. Los Morlocks dan cabezadas, pero siguen en pie, uno de ellos echa un par de ramas al fuego y le arroja algo a los lobos, que lo atrapan entre sus fauces. Es una costilla humana. Aitz aprieta los dientes y espera.

El relente de la madrugada le despierta, aún está oscuro, pero sabe que la luz no tardará en llegar. De la hoguera sólo quedan rescoldos y a su alrededor, figuras inmóviles.

Es el momento. Sin pararse a pensar en el muchacho, que tampoco puede serle de mucha ayuda, se levanta de un salto y carga sobre sus enemigos. Los lobos lo oyen cuando aún está a mitad de camino y corren hacia él aullando. Pero una jabalina venida de ninguna parte atraviesa a uno de ellos y Aitz ensarta con su lanza, casi sin detenerse, al segundo. Los Morlocks han tenido tiempo de levantarse y empuñar sus hachas, pero Aitz los arrolla con la furia de un bisonte. Su hacha se hunde en el cráneo de uno de ellos y su lanza golpea a otro. Los dos que quedan retroceden, Aitz puede oler su miedo y sabe que el miedo paraliza por igual a hombres y bestias. Se abalanza sobre el tercero, le agarra por el pelo y le muerde la yugular, hasta que la boca se le llena de sangre. El último echa a correr hacia el bosque, pero no llega lejos, Aitz oye un silbido agudo y tiene el tiempo justo de ver volar la piedra que alcanza al Morlock en la cabeza. Se la ha lanzado Ezkia, usando la cinta-que-silba, la misma honda que manejaban los oscuros que le salvaron de los lobos tanto tiempo atrás. Rápido como un puma, el muchacho recupera su jabalina, corre hacia el enemigo caído que intenta ponerse en pie con la cabeza ensangrentada y le atraviesa el cuello con ella. Cuando regresa repara en que el Morlock al que Aitz ha golpeado con la lanza todavía se mueve y lo remata con la misma determinación que al anterior.

La familia de Aginteka, o lo que queda de ellos, yace entre los arbustos. Ya no volverán a levantarse, piensa Aitz, pero los Morlocks tampoco. La idea le reconforta. Sólo queda una cosa por hacer para equilibrar el ken del mundo. Se arrodilla junto al que parece el líder del grupo, saca su cuchillo de piedra roja, abre el pecho del cadáver con un corte profundo y preciso, extrae su corazón, le arranca un gran bocado y luego, mientras mastica glotonamente, le tiende la víscera palpitante al muchacho.

10
Genoveva

Vrangelya, 2070

No podría decir cuándo despertó la intrusa, sólo sé que un día me di cuenta de que las voces de mi familia sonaban fuera de mi cabeza, pero había otra voz que sonaba en mi interior, una voz que no me hablaba con sonidos; las palabras se formaban en silencio, incesantes, como un río que iba creciendo hasta desbordarse, inundándolo todo. Le preguntaba a Hartz si también él se ahogaba en un torrente de palabras, pero no me comprendía, igual que yo no comprendía lo que quería decir cuando intentaba hablarme de su ken.

Él se esforzaba en explicarme, mostrándome las hojas de papel blanco y los lápices de colores que formaban parte de nuestro arsenal de juguetes; dibujaba en una de ellas una forma —un caballo lanudo, un mamut— con cuatro trazos precisos y luego agitaba la lámina con el brazo, como si pretendiera hacerla volar.

—¿Figuras voladoras? —preguntaba yo.

Él hacía ademán entonces de sostener la hoja quieta, o encendía el cubo y me señalaba una holo que le gustara. Un oso polar paseándose por la nieve, una morsa de enormes colmillos mirándonos con cara de boba.

—¿Figuras quietas? ¿En el aire?

—*Da!*

—¿Hartz dibuja figuras en el aire?

—¡Ken dibuja figuras!

Me miraba, esperanzado, con su enorme sonrisa en los labios, y yo me daba por satisfecha. No entendía del todo qué significaba el ken, pero al menos captaba la idea, mientras que en mi caso me era imposible describirle el discurso incoherente que discurría en el interior de mi cabeza, cambiando a cada instante, distrayéndose, divagando, moviéndose en círculos. La intrusa me hablaba y a la vez ignoraba mi presencia, tratándome como si no fuera más que un testigo mudo de su monólogo. A veces me apuraba tanto con mis desvaríos que me echaba a llorar desconsoladamente. Hartz me abrazaba con ternura y afirmaba que mi ken no tardaría en despertarse.

Quizás, al principio, las historias de Madre tenían como propósito acallar aquella voz que me torturaba, o al menos enseñarme a vivir con ella. Pero a medida que fui creciendo, me di cuenta de que no era sólo yo quien coexistía con una intrusa, también Madre, Padre, Jacques, Katia, Dimitri y todos los demás escuchaban esa voz errática e incesante; sólo Hartz y Anastasia se libraban de soportarla. Y así, con el paso del tiempo, el sentido del relato de Madre fue cambiando. Ya no me hablaba para que yo aprendiera a conocer a Arce, sino que su relato intentaba explicarme, o quizás explicarse a sí misma, quién era Gala.

* * *

París, septiembre de 2050

—Acabas de recibir una invitación formal de la Fundación Arazi.

La primera reacción de Gala fue suponer que Anastasia se había equivocado. La Fundación Arazi tenía mejores cosas que hacer que enviar invitaciones a una pelagatos como ella. Pero, por otra parte, Anastasia nunca se equivocaba.

—Muéstramela en el cubo, por favor.

Una holo, simulando una cartulina de papel, se materializó en el aire. El título, en letras doradas, rezaba «Fundación Arazi para las Artes y las Ciencias», y en la firma se leía «Patricia Vox, directora»:

> *La Fundación Arazi tiene el placer de invitar a la doctora Gala Salinas a la conferencia que tendrá lugar en el Aula Magna de la Sorbona el 14 de octubre de 2050. Tras la conferencia se ofrecerá un cóctel, con la participación del profesor Ariel Arazi. Se ruega confirmación.*

«Jacques», pensó Gala. Tenía que ser cosa de su mentor, utilizando su prestigio de premio nobel para facilitarle acceso al círculo interno de los Arazi. Si el vip le concedía su atención, aunque fuera durante un minuto, no dudaría en asaltarle.

—Si me permite, querría pedirle un par de millones para clonar un mamut.

—Naturalmente —se imaginó que le contestaría Ariel Arazi—. ¿Necesitas algo más?

—Ya que lo menciona, me vendría bien tener acceso al ordenador cuántico de Aurora para ordenar las secuencias genéticas en un tiempo razonable.

—Faltaría más. Esperanza está a tu disposición.

Gala se rio de buena gana de sus alocadas fantasías, posiblemente nadie le haría caso en la recepción, pero soñar era gratis y no era imposible que le sonriera la suerte.

—¿Deseas que confirme asistencia? —preguntó Anastasia.

—Por favor.

—Hecho —contestó inmediatamente su iA—. ¿Necesitas algo más?

Estuvo tentada de pedirle que pusiera remedio al eczema que la correa del pad le había producido en la muñeca. Le gustaba sacar a Anastasia de su zona de confort de vez en cuando. No había forma de que la pobre pudiera resolver el problema de su rozadura, y cuando sus redes neuronales no conseguían adaptarse a la situación, era inevitable que desvariara. Incluso una asistente virtual tan esmerada como ella tenía sus limitaciones, pensó Gala, mientras se desabrochaba el pad, lo dejaba encima de la mesa, buscaba en su bolso el tubo de crema suavizante y se aplicaba un poco en la rozadura.

Era fácil detectar las costuras mecánicas de su iA. Pero tampoco podían pedírsele milagros, a veces se le olvidaba que Anastasia no era una persona y mucho menos su amiga, quizás porque a la doctora Hielo no le sobraban amigos.

—¿Sabes, Anastasia? —se imaginó que le confesaba a su asistente virtual—. Me tiene sin cuidado. En África nadie me llamaba así.

Las imágenes de las últimas semanas en la RCA se le vinieron a la cabeza. Después de la incursión de los bandidos al centro de salud se había ganado el derecho a que Ruth le permitiera dormir con el resto del equipo en la sala común de los barracones donde trabajaban, y nunca en su vida había dormido tan bien. Y no sólo eso. Nunca había hablado tanto como durante aquellas últimas semanas, nunca se había reído tan a menudo.

Extraño, se dijo, que la experiencia terrible del asalto a mano armada no la hubiera traumatizado más. Quizás porque todo se había resuelto sin derramamiento de sangre. Los merodeadores se habían cansado pronto de aporrear su puerta, contentándose con los lingotes de oro y los diamantes. Ruth le había explicado que estaban en la caja fuerte para servir de cebo, en caso de un apuro como el que habían pasado.

—Un cebo muy caro, ¿no? —preguntó Gala, recordando el tamaño de los lingotes, gruesos como ladrillos.

—Si el oro fuera auténtico, desde luego —concedió Ruth—. Pero es tan falso como los diamantes.

Gala se quedó contemplándola con la boca abierta. Ruth se rio de buena gana.

—Lamento que tuvieras que llevarte un susto así de grande.

—No fue para tanto. Me preocupaban más las chicas.

—Ya te dije que se arreglarían. En cuanto estuvimos a salvo en el búnker, empezaron a sonar todas las alarmas del CDS. Nuestros visitantes salieron por piernas tan pronto oyeron el escándalo. El primero en darse a la fuga fue el que vigilaba a las muchachas. En todo caso, no llegaron muy lejos.

—¿Qué les pasó?

—El águila —dijo Ruth.

—¿El dron volador?

Ruth asintió.

—Esos tres no volverán a molestar a nadie.

—Pero...

—No creo que estés interesada en los detalles, muchacha. En todo caso, hemos reforzado el sistema de seguridad para que no vuelva a pasar.

—Pasé mucho miedo —reconoció Gala.

—Yo también —aseguró Ruth.

—¡Pues no se te notó en absoluto!

—A ti tampoco. Te has convertido en una heroína para mis chicas.

—Aquí no hay más heroínas que vosotras.

—Bienvenida a mi familia, Gala.

—*Merci*, mamá Ruth.

Se rieron las dos a gusto. «Así que esto es lo que se siente teniendo una hermana mayor», pensó Gala.

—Os voy a echar de menos.

—Puedes volver cuando quieras. Necesitamos desesperadamente gente como tú.

—Me gustaría mucho —suspiró Gala—. Pero no creo que pudiera hacer tu trabajo.

—¿Por qué no? Estos seis meses lo has hecho muy bien.

—Y te aseguro que han sido los mejores de mi vida.

—¿Entonces?

—Tú lo has dicho, Ruth. Seis meses. Un tiempo corto. Un proyecto concreto y apasionante. La posibilidad de aportar mi granito de arena al bien común. Han sido todo ventajas.

—¿Quieres decir que a la larga te aburrirías de nosotras? —preguntó Ruth, con aquella suave ironía que Gala tanto apreciaba.

—Quiero decir que a la larga me gustaría dedicarme a mi ciencia.

—Es un deseo muy loable, pero un poco abstracto, ¿no? ¿Qué te gustaría hacer exactamente?

Estaban sentadas en el porche del CDS del parque de Chinko, contemplando la sabana que se extendía frente a ellas, inmensa como el océano. Gala señaló una manada de elefantes perfilándose en el horizonte.

—¿Te imaginas África sin elefantes?

Ruth negó vigorosamente con la cabeza.

—Pues bien, hace unos cuatro mil años, en la isla de Wrangler, en Siberia, se extinguieron los últimos mamuts. A mí me gustaría traerlos de vuelta al mundo.

Ruth le apartó un mechón de cabello que le había caído sobre la frente, con un gesto que se demoró en una suave caricia.

—Supongo que será un poco más difícil que clonar mosquitos —dijo.

—Mucho más, pero posible.

—¿Y tú lo harías sólo por razones ecológicas?

Los ojos de Ruth centelleaban de pasión. Gala intuyó que había algo más en aquella conversación de lo que había supuesto, algo que afectaba profundamente a su amiga y que no conseguía descifrar.

—No sólo por eso. Clonar mamuts es un gran reto científico que me gustaría superar.

Ruth sopesó su respuesta durante largo tiempo antes de responder.

—Hay muchas otras enfermedades infecciosas, además de la malaria, que siguen asolando África —dijo—. ¿No podrías repetir con las moscas tse-tsé el mismo truco que con el anófeles?

—Probablemente —admitió Gala.

—¿Y no te parece mucho más importante que clonar mamuts? ¿No es suficiente reto para ti?

—Se parecería mucho a lo que ya hemos hecho.

—Y serviría para salvar decenas de miles de vidas. Y si añadimos otros vectores como los mosquitos que transmiten la fiebre amarilla o el dengue, salvarías decenas de miles de vidas más. ¿No te parece suficiente motivación?

—No soy la única que puede clonar insectos —se defendió Gala—. Hay muchos otros grupos trabajando ya en ello.

—¡Pero tú les llevas delantera! —exclamó Ruth, levantando un poco la voz—. Tienes todas las técnicas a punto, conoces el terreno; con el éxito que acabas de cosechar tendrías toda la financiación que necesitaras. ¿Por qué abandonar ahora? ¿Cuál es el objetivo de clonar un mamut, aparte de demostrar que puede hacerse?

—La oveja Dolly se clonó hace casi sesenta años —dijo Gala—. El único objetivo de ese experimento fue demostrar que podía hacerse. Si hemos podido clonar un millón de anófeles en 2050, es porque antes aprendimos cómo hacerlo.

Ruth dejó escapar un suspiro, como de cansancio o resignación.

—Entiendo —dijo—. Tu curiosidad es más fuerte que tu devoción.

Gala sintió un escozor casi físico, como si le acabara de picar una avispa, y se revolvió con rabia.

—No todas servimos para misioneras —retrucó. Se arrepintió de su exabrupto apenas lo hubo proferido. Ruth, la persona más generosa del mundo, la mujer más valiente que conocía, no se merecía aquel desplante barriobajero—. Lo siento —se disculpó—. No quise ofenderte.

—Hace muchos años alguien muy querido me dijo lo mismo que me has dicho tú ahora —dijo Ruth, con una sonrisa que supuraba nostalgia—. En aquella ocasión sí me ofendí. Hablando contigo pienso que quizás tuviera un punto de razón.

—¿Es una indiscreción preguntar quién era esa persona?

La mirada de Ruth se fijó en el crepúsculo. Era ya casi de noche.

—Sí que lo es —dijo—. Pero ya sabes que te consiento demasiado. El nombre te sonará. Se llama Ariel Arazi.

Gala llegó a la Sorbona con retraso, la conferencia estaba a punto de empezar y ella había salido de casa con tiempo de sobra, pero había decidido viajar en transporte público para ahorrarse el precio astronómico del cabbie, otra de las comodidades que, cada vez más, estaban sólo al alcance de los vips. Por desgracia, el metro estaba atestado y había tenido que hacer cola durante media hora hasta acceder a un tren. Despotricando para sus adentros, subió las escaleras que daban acceso al Aula Magna de dos en dos y corrió hacia la puerta, a sabiendas de que no podría acceder a la sala una vez que la conferencia empezara.

La entrada estaba custodiada por un fornido portero, corpulento como un gorila, calvo como un maniquí a dieta de esteroides y con aspecto de ser bastante menos avispado que Anastasia. Gala intentó pasar de largo, pero el gorila se interpuso en su paso.

—¿Su identificación, si es tan amable?

El portero entonó la frase como una interrogación, pero el tono de su voz era el de un agente de la autoridad deteniendo a una indocumentada.

Y eso era exactamente lo que pasaba. Aturdida, Gala se dio cuenta de que no había vuelto a ponerse su pad en la muñeca después de habérselo quitado para aplicarse crema suavizante.

—Yo... —Gala titubeó antes de soltar su parrafada, casi sin respirar—. Lo siento mucho, he olvidado mi pad en casa, pero le aseguro que estaba invitada.

—Señora, tiene que presentar su invitación —dijo el portero con aire categórico—. Si no la tiene, no puedo dejarla entrar. Lo siento.

Mentira, pensó Gala. No lo sentía en absoluto.

—Le repito que estoy invitada —dijo, aunque sabía perfectamente que se trataba de una batalla perdida.

—Le ruego que se aparte, está obstruyendo el paso —dijo el gorila, impávido.

Gala retrocedió, hirviendo de rabia, odiaba al simio obtuso que le impedía acceder a la conferencia, a los vips engolados que no permitían el acceso libre, al ayuntamiento de París cuyo transporte público se había convertido en un chiste y a ella misma por despistada. Dio un paso atrás, se giró para darse a la fuga y casi se dio de bruces contra Diego Acevedo.

—¡Gala! ¡Cómo me alegro de verte!

Gala se quedó contemplándole boquiabierta. Llevaba el cabello y la barba más cortos que unos meses atrás. Su rostro le resultó extrañamente familiar, quizás, pensó, porque había soñado con él en más de una ocasión, olvidándose prudentemente de sus aventuras juntos antes de despertar. Vestía un elegante traje de tres piezas de color azul marino que le hacía parecer más alto y más esbelto aún de lo que recordaba. Parecía haberse escapado de una representación de *El lago de los cisnes*, donde sin duda interpretaría el papel de Sigfrido.

—Venía a la conferencia... —alcanzó a mascullar, atolondrada—. He olvidado mi invitación... ¡Yo también me alegro de verte!

Quería preguntarle tantas cosas, qué hacía allí, por qué iba tan elegante, por qué no le dejó una dirección, por qué nunca había intentado contactar con ella, y, sin embargo, parecía feliz de habérsela encontrado por casualidad, quería explicarle también las razones de su silencio, decirle que le habría encantado saber de él, pero no quería importunarle, confesarle que le había echado de menos, invitarle a un café, cualquier cosa que evitara que se desvaneciera de nuevo. Y, pese a ello, no acertaba a decir palabra.

—Dame un instante —dijo él.

Diego se acercó al gorila, que les contemplaba con cara de pocos amigos, y le murmuró algo en voz baja. El matón consultó su pad y su gesto ceñudo se transformó como por arte de magia en una expresión de beatífica complacencia. El doctor Acevedo, metamorfoseado en Sigfrido, regresó a su lado en dos ágiles zancadas.

—Asunto resuelto —dijo, con una sonrisa taimada iluminándole el rostro.

—¿Qué le has dicho para convencerlo?

—Digamos que le he sobornado. Date prisa, la conferencia va a empezar enseguida.

—¿Vas a volver a desaparecer en cuanto te pierda de vista?

—Te aseguro que no —dijo él, mientras la empujaba suavemente hacia la puerta.

El portero, transformado en atento criado, le abrió la puerta a la vez que le indicaba que le acompañara. Gala, descolocada, le siguió dócilmente hasta que el lacayo le señaló un asiento en la primera fila. El soborno, pensó, le habría costado a Diego el sueldo mensual que ganaba en el CDS.

Las luces se apagaron de golpe y la holo con el título de la conferencia se materializó en el aire y luego se paseó lentamente por la sala, como uno de aquellos zepelines de principio del siglo XX que Paco había resucitado en alguno de sus cuadros. La holo era de gran calidad, daban ganas de estirar los dedos para tocar las grandes letras doradas del letrero virtual: «1850-2050, doscientos años con los neandertales».

Cuando las luces se encendieron, el conferenciante se había materializado en la tarima. Su traje de tres piezas, de color azul marino, se iluminó de repente. La tela sensible respondió a los aplausos con que le recibió el público cambiando al verde esmeralda, recuperando su color original, excepto por una ligera fosforescencia radioactiva cuando la ovación se extinguió. Gala comprendió de repente por qué el rostro de Diego le había resultado tan familiar antes de entrar en la conferencia. Lo había visto en incontables ocasiones, era un blanco habitual de paparazis y Brian nunca desperdiciaba ocasión de mostrar sus pics con él, aunque quizás la leyenda del disruptor inventado en Aurora era cierto, porque no lo había reconocido hasta ese momento.

Diego Acevedo y Ariel Arazi eran la misma persona.

La mirada de Ariel recorrió la primera fila de butacas hasta encontrarla, entonces se llevó una mano al corazón y se inclinó hacia ella. Fue un gesto breve, tierno y extrañamente íntimo. Luego esa misma mano se alzó, reclamando la atención del público, mientras su traje se iluminaba en tonos carmesí.

—En 1848, hace ahora algo más de doscientos años, el capitán Edmund Flint presentó a la sociedad científica de Gibraltar un cráneo cuyas características morfológicas delataban a gritos que pertenecía a una especie diferente a la nuestra. Era el cráneo de una mujer neandertal, que se conoce hoy en día como Gibraltar I. Yo prefiero llamarla Genoveva.

Risas confiadas, algún murmullo de aprobación. La audiencia apreciaba el nombre femenino, que evocaba a la persona de carne y hueso que había vivido cuarenta mil años atrás.

—El cráneo de Genoveva —continuó Ariel— estaba incrustado en la roca calcárea de Gibraltar y muy bien conservado. Pocas veces, en la historia de un oficio en el que un diente se considera un hallazgo precioso, se tiene tanta suerte.

»A pesar de todo, ni el capitán ni nadie de su entorno apreciaron a Genoveva por lo que valía. Flint dejó a nuestra heroína en una especie de museo de curiosidades naturales, propiedad de la sociedad, donde nadie le hizo caso durante bastante tiempo. Ocho años más tarde, en 1856, aparecieron unos huesos en una pequeña gruta, la cueva de Feldhofer, que había sido expuesta durante la explotación de una cantera situada en el valle de Neander, en Alemania. La palabra «valle», en alemán, es *tal* y de ahí el nombre *Neandertal* con el que conocemos a la especie.

»Tras no pocas vicisitudes, el hallazgo acabó llegando al anatomista Hermann Schaaffhausen de Bonn, quien reparó en el grosor y volumen de los huesos y en características, como el mentón huidizo, que le recordaban a los simios. Hacia 1859, Schaaffhausen publicó un artículo en el que aseguraba que el cráneo encontrado en el valle de Neander difería radicalmente de los cráneos de los hombres modernos. Por desgracia, no se limitó a describir la morfología, sino que se aventuró con afirmaciones que no se fundamentaban en los datos, sino en sus prejuicios. En su artículo aseguraba que los prominentes arcos superciliares y la forma del cráneo delatan una especie salvaje, una raza inferior de bárbaros prehumanos.

Ariel resopló, agitando la cabeza a un lado y a otro, como un boxeador que se prepara para entrar en el *ring*. Ráfagas de color violeta recorrían su traje con cada movimiento de su cabeza.

—Los prejuicios de Schaaffhausen y docenas de otros estudiosos que le siguieron consiguieron imprimir en el imaginario colectivo la idea de los neandertales como una raza inferior, un borrón del creador, que, naturalmente, acertó al segundo intento, engendrando al hombre moderno. Durante los primeros cien años que siguieron a su descubrimiento, los hombres de neandertal no fueron otra cosa que medio simios, cavernícolas bestiales y peludos, troles atrasados y, sin lugar a dudas, inferiores a la especie que gusta de denominarse a sí misma *H. sapiens*.

Había ido alzando la voz, como un agitador profesional arengando a la multitud. En la sala, nadie se atrevía a respirar.

—Pues bien —dijo—. Déjenme mostrarles algo.

La holo del rostro de una mujer se condensó sobre las cabezas de la audiencia. Una mata rebelde de pelo rojizo, adornado por una pluma de ave, cejas prominentes, una estupenda nariz, gruesos labios que se distendían en una sonrisa, repetida por unos ojos vivos.

—Permítanme que les presente a Genoveva —exclamó Ariel—. Se trata de una reconstrucción por ordenador, obra de mi hermano Lior. Sus rasgos son totalmente compatibles con el cráneo encontrado por el capitán Flint. La imagen nos muestra los pronunciados arcos superciliares, la gran nariz, los gruesos labios, el rostro sin barbilla. Pero díganme, ¿les parece un rostro simiesco, un rostro bestial? —Ariel esperó a que se calmara el pequeño revuelo entre el público antes de continuar—: ¿Por qué nos gusta Genoveva? —preguntó, con vehemencia—. Porque, en el fondo, el tamaño de su nariz o la amplitud de su mentón nos tienen sin cuidado. Nos atraen en cambio sus hermosos ojos, su bella sonrisa. Conectamos con ella porque la vemos humana.

Ariel abrió los brazos, como si deseara abrazar a toda su audiencia. Una ovación resonó en el Aula Magna, correspondida con los cambios de color de su traje.

—Y, sin embargo... —Ariel dejó la frase en el aire, con la habilidad de un tenista que coloca la pelota a un centímetro de la red—... Y, sin embargo, esos ojos y esa sonrisa son inventos nuestros. Plausibles, pero inventos, al fin y al cabo. En el siglo XIX, hubiéramos dibujado a Genoveva con rasgos bestiales. A mediados del siglo XX, su expresión ya no habría sido simiesca, pero sí un poco estúpida. Cien años más tarde, la imaginamos como nuestra igual.

»Pero la paleoantropología, queridos amigos, debe basarse en datos, no en prejuicios. Y de la misma manera que el registro fósil nos asegura que Genoveva no fue una hembra de simio, también apunta que fue diferente a nosotros.

La imagen de la mujer se desvaneció y los hologramas de dos cráneos, uno neandertal y otro moderno, se materializaron en el aire.

—*Diferentes* —dijo Ariel, recalcando cada sílaba—. Ni mejores ni peores, simplemente distintos. Observen esos huesos, desprovistos de rasgos y emociones, que, no obstante, tienen una historia que contarnos. El volumen de ambos es parecido; de hecho, el cráneo neandertal es un poco más voluminoso, lo que implica que nuestros extintos primos tenían cerebros algo más grandes que los nuestros. ¿Hacía el mayor tamaño de su cerebro que fueran más inteligentes que nosotros? Probablemente no; también su físico era más corpulento y su metabolismo, más rápido. En todo caso, en lo que a cerebro se refiere, las dos especies llevan una gran ventaja al resto de la creación.

»Pero hay otras diferencias. El cráneo de nuestros ancestros, como el nuestro, es un balón de fútbol; el de Genoveva y los suyos, una pelota de rugby. Y aunque no sea aparente a primera vista, la morfología del cráneo determina cerebros diferentes. Los cráneos neandertales eran más alargados que los de los hombres modernos y más anchos hacia su mitad, mientras que en *H. sapiens* la mayor anchura se da en las zonas altas y laterales. Sus lóbulos frontales eran similares a los nuestros, pero el volumen de sus lóbulos parietales era inferior. Esos lóbulos parietales, sin embargo, gestionan en nuestra especie un conjunto enorme de capacidades cognitivas, que van desde el dominio del lenguaje hasta la habilidad de crear modelos de la realidad externa. ¿Implica esto que nuestros parientes fueran incapaces de hablar, o de representarse el mundo? En absoluto. Pero es un dato que debemos tener en cuenta.

Ariel hizo una pausa, dio unos pasos a izquierda y derecha por el aula. El único sonido que se oía era el rechinar de sus zapatos sobre el parqué de la tarima.

—Durante décadas, el prejuicio simétrico al de Schaaffhausen y los primeros paleontólogos nos ha llevado a ignorar un inmenso corpus de evidencia que apunta a considerables diferencias cognitivas entre ambas especies. Algunas de esas diferencias, como la agudeza visual, muy superior en el caso de nuestros parientes, les supondrían a estos una ventaja desde el punto de vista evolutivo, pero otras podrían haber resultado en una desventaja. Un buen ejemplo es la memoria de trabajo. Tenemos buenas razones para creer que la de los neandertales era inferior a la de nuestros ancestros.

Las holos de los cráneos se desvanecieron ocupando su lugar otra en la que se veía una imagen en alta resolución de un circuito integrado.

—Permítanme divagar un poco —continuó Ariel— para hablarles de la RAM. Todos sus pads disponen de una. La característica más importante de la RAM es que se trata de una memoria a corto plazo, que almacena datos que los procesadores de sus pads necesitan inmediatamente. Cuanto mayor es la que opera en su pad, más tareas puede ejecutar a la vez. Si sobrecargamos a nuestros asistentes virtuales, el procesador del pad no puede mantener todos los datos que necesita en memoria y tiene que ir a buscarlos a la memoria de largo plazo o bajarlos de la nube. Cuando eso ocurre, nuestras iA se vuelven más lentas, simplemente porque no tienen los datos a mano cuando los necesitan.

»La característica más importante de sus pads y de cualquier ordenador es la potencia del procesador central, lo que llamamos la CPU. A mayor CPU, mayor potencia de cálculo, es decir, mayor habilidad de sus asistentes virtuales para entender instrucciones complejas, analizar textos, manejar el tráfico en modo de conducción asistida, etcétera. Pero fíjense que para explotar al máximo una gran CPU también se necesita una RAM lo más grande posible, a fin de poder acceder rápidamente a todos los datos que precisan la multitud de tareas que exigimos a nuestras iA.

»Finalmente, no olvidemos que todos sus pads vienen de fábrica con una enorme memoria flash, capaz de almacenar terabytes de información de manera permanente. Cuando sus asistentes virtuales necesitan un mapa de París, los datos de uno de sus contactos, o su último informe médico, los encuentran en la memoria de largo plazo.

Las holografías de los dos cráneos aparecieron de nuevo, pero esta vez eran translúcidos, mostrando los cerebros que albergaban en su interior. En ambos, brillaban tres zonas, que fosforescían en colores diferentes. En azul, una región en la parte frontal; en naranja, otra región hacia el centro; y en verde, otra situada en la parte posterior. La región azul era más extensa en el cráneo *H. sapiens*, mientras que la zona verde era mayor en el neandertal y la naranja tenía el mismo tamaño en ambos.

—La holografía les muestra una imagen simplificada de los cerebros de nuestras dos especies —dijo Ariel—. La zona azul representa la memoria de trabajo, que podemos asociar a la RAM. La región naranja simboliza el poder de nuestras respectivas CPU. Por último, en verde, pueden ver la memoria a largo plazo.

»Observen que la CPU de *H. sapiens* y *H. neanderthalensis* es similar. A cambio, los primeros disponen de mayor RAM y los segundos, de mayor memoria flash. En ambos casos, tienen ante ustedes fabulosos ordenadores biológicos, dotados de cien mil millones de neuronas cada uno, capaces de realizar prodigios que nuestras iA todavía están muy lejos de emular. ¡Pero se trata de dos modelos diferentes! En uno, la evolución optó por primar la RAM, o memoria de trabajo. En el otro, la memoria a largo plazo.

»¿Es uno mejor que el otro? La pregunta carece de sentido, a no ser que definamos qué significa "mejor". Podríamos preguntarnos cuál de los dos modelos ofrece mayores ventajas evolutivas, pero incluso esa formulación es imprecisa. Durante medio millón de años, los neandertales prosperaron en Europa, sobreviviendo a numerosas glaciaciones, mientras que los hombres modernos no aparecen en el continente hasta hace unos cuarenta mil años. La selección natural no es estática, sino que depende de condiciones cambiantes, que pueden transformar una ventaja en desventaja de la noche a la mañana.

Ariel hizo una pausa, se quitó la chaqueta y la dejó caer sobre la tarima. La prenda pareció apagarse, volviéndose de color gris, al tocar el piso.

—Durante cientos de miles de años, en un continente helado, bajo condiciones extremas, el cerebro neandertal resultó óptimo, con su memoria a largo plazo que les permitía almacenar una ingente cantidad de datos útiles y su extrema agudeza visual. Es muy posible que Genoveva pudiera recordar detalles sutiles de su entorno, cualquier pequeño accidente del terreno, la forma de un arbusto, el color de una hoja, para construirse un mapa mental preciso del territorio, probablemente sabría orientarse mejor que cualquiera de nosotros, sería capaz de ejecutar tareas que había aprendido, como tallar un hacha de piedra con precisión artesanal, sabría exactamente dónde emboscar a una presa.

»Pero hace unos cuarenta mil años, los neandertales tuvieron que vérselas con un competidor dotado de una CPU tan potente como la suya y una RAM mayor. Quizás esos recién llegados les parecerían a nuestros parientes medio cegatos, incapaces de distinguir la pequeña depresión que para Genoveva y su gente sería una huella clarísima, torpes a la hora de orientarse o recordar el terreno, quizás más chapuceros tallando la piedra.

»Y pese a ello, los intrusos eran capaces de mantener más datos en la memoria de corto plazo, lo que les permitía planear mejor, ejecutar varias tareas a la vez y, sobre todo, imaginar nuevas posibilidades. Esa RAM enorme también les sería útil a nuestros ancestros para desarrollar un lenguaje complejo y una sofisticada representación simbólica del mundo. Todas esas características, posiblemente, les proporcionaron una ventaja evolutiva sobre sus parientes.

Ariel hizo una pausa, inspiró hondo, como tomando aliento.

—¿Quiere eso decir que el apelativo *H. sapiens*, con el que nos gusta denominarnos a nosotros mismos, está justificado?

¿Somos realmente más sabios que nuestros primos, los neandertales?

Quinientas personas en el Aula Magna, pensó Gala, y no se oía un murmullo. Los ojos de Ariel recorriendo la sala con la mirada, hasta que encontraron los suyos.

—Imagínense a sí mismos conversando con Genoveva —continuó, mirándola como si se dirigiera directamente a ella—. Es casi seguro que serían capaces de retener muchos más detalles que ella y quizás por mucho más tiempo. Quizás el lenguaje de Genoveva fue más simple que el nuestro, frases más cortas, construcciones menos complicadas. Quizás no recordaría tan nítidamente como nosotros el pasado o no imaginaría tan bien el futuro, pero quizás sería capaz de ajustarse al presente mejor que cualquiera de nosotros, quizás nunca se angustiaría rumiando incesantemente un tiempo que ya pasó o se consumiría de ansiedad por un tiempo que aún no ha llegado. Atrapados en nuestras proyecciones, olvidamos el presente que quizás Genoveva y su especie supieron vivir con la intensidad que se merecía.

Gala repasó los acontecimientos de la velada, todavía incrédula. Al terminar la conferencia, el fornido portero la había conducido a una sala donde medio centenar de vips alternaban, impecables en sus trajes de tela sensible. Ariel había aparecido a los pocos instantes, acompañado de un joven que desentonaba tanto en la recepción como ella misma, vestido con una cazadora vaquera y zapatillas deportivas que podría haber adquirido en el mismo almacén donde compraba Gala.

—Lior, te presento a Gala —dijo Ariel—. Gala, mi hermano Lior.

Debía de ser tres o cuatro años más joven que Ariel, y los dos se parecían bastante, aunque Lior era más frágil y desgarbado. Todo en él era leve, casi etéreo. El pelo liso y muy fino, los rasgos delicados, las manos pequeñas. Pero los ojos, tan oscuros como los de Sigfrido, parecían verlo todo. Gala decidió pasar a la ofensiva, ya habría tiempo de que el falso doctor Acevedo se explicara, pero ya que estaba allí no pensaba dejar pasar la ocasión.

—¿No me prestarías tu ordenador, Lior? —preguntó, mientras le estrechaba a mano—. Me vendría bien para resolver la combinatoria de mis secuencias.

Lior asintió tranquilamente, como si hubiera estado esperando la pregunta, y su respuesta siguió al pie de la letra el guion de las fantasías de Gala.

—Faltaría más. Esperanza está a tu disposición.

No parecía sorprendido por el hecho de que Gala conociera su reputación como genio de la computación y arquitecto de Esperanza, el mayor ordenador cuántico del mundo, la joya de la corona de la ciudad científica de Aurora. Tampoco parecía tener prisa por averiguar para qué lo necesitaba su interlocutora. Gala tuvo la intuición de que, de hecho, lo sabía perfectamente, e intuyó también que las habladurías que aseguraban que el benjamín de los Arazi era en realidad una iA tenían un cierto fundamento; se le antojó que la mente de Lior Arazi no funcionaba igual que la del resto de la especie. Quizás, se dijo, se trataba de una mutación con mayor RAM, un nuevo tipo de *H. sapiens*. Eso lo explicaría todo.

El guion de la noche había continuado siguiendo al pie de la letra sus fantasías cuando Ariel le propuso cenar juntos.

—Conozco un restaurante en el distrito diecinueve donde sirven las mejores *crêpes* de todo París.

—¿Y tus invitados? ¿Vas a desaparecer sin más?

Ariel se encogió de hombros, con gesto resignado.

—Seguro que me disculpan —dijo—. Tengo que atender a alguien muy importante para mí.

—Te has tomado tu tiempo para hacerlo —contestó Gala—. Creí que no volvería a verte. Es decir, creí que no volvería a ver al doctor Acevedo. ¿Quién de los dos es el impostor?

—¿Me permitirías explicarme mientras cenamos en Chez Carmela?

El distrito diecinueve era uno de los más bulliciosos del cinturón med que rodeaba los barrios vip del centro. Muchos profesionales residían en esa zona, donde los precios de los apartamentos, aunque disparatados, no alcanzaban la estratosfera de los distritos vip. Les costó media hora llegar en uno de los moped eléctricos que podían alquilarse en cualquier esquina de la ciudad. Nada de limusinas con chófer, pensó Gala, nada de restaurantes con vistas al Sena desde lo alto de alguna de las torres vip que crecían como setas en el centro. Chez Carmela era un bistró pequeño, sencillo y atiborrado de comensales. Esperaron su turno durante media hora, hasta que se liberó una mesa. Una joven de hermosos ojos, con una constelación de pequeños aros de plata brillando en sus orejas, los acomodó en ella y les sirvió una botella de sidra y sendas raciones de *crêpes au sarrasin*, el plato único de la casa. Gala estaba famélica y devoró las tortitas en un santiamén. También Ariel tenía apetito. Cuando hubieron acabado de limpiar sus respectivos platos, Ariel llenó las tazas de ambos y propuso un brindis.

—Por los reencuentros.

—Háblame del doctor Acevedo —propuso Gala.

—Mi primera vocación fue la medicina —contestó Ariel—. Todavía lo es. Todos los años dedico algunos meses a trabajar como voluntario en uno de los CDS de París.

—¿Con una identidad falsa para despistar a los paparazis? —preguntó Gala, con retintín.

—Utilizo mi segundo nombre y el apellido de mi madre —respondió Ariel, imperturbable—. Me gusta imaginarme a Diego Acevedo como mi *doppelgänger*.

—¿Un *doppelgänger* con el que tranquilizas tu mala conciencia? Recuerdo que en nuestras conversaciones el doctor Acevedo se quejaba de que había demasiados vips en el mundo.

—Y yo recuerdo que tú opinabas que si el resto de los vips del planeta tomaran ejemplo de los Arazi, el mundo sería muy diferente.

Gala se llevó la mano al pecho, como si hubiera recibido una estocada.

—*Touché* —dijo—. A veces se me olvida que es tu familia quien financia los centros de salud, entre otras muchas cosas. ¿Por qué?

—¿Qué otra cosa deberíamos hacer con los beneficios de nuestras empresas?

—Lo que el resto de los vips del planeta. Gastarlo en deportivos, yates, jets privados, restaurantes exclusivos, palacios en el centro de París...

Ariel se encogió de hombros.

—Mi padre se crio en un kibutz en Galilea en el que no existía la propiedad privada. En cuanto a los Acevedo, han sido médicos desde antes de que mis antepasados fueran expulsados de Sefarad. Mis padres se conocieron trabajando como voluntarios en un campo de refugiados, en Líbano. Nunca olvidaron quiénes eran y nos enseñaron a mi hermano y a mí a no olvidarlo.

—Benditos sean siete veces los Arazi —declamó Gala—. La frase es de Ruth Peres.

—Bendita sea siete veces mamá Ruth —contestó Ariel—. Es la persona más extraordinaria que he conocido en mi vida.

—Y yo —aseguró Gala.

—No daba crédito a mis oídos cuando me contó vuestras aventuras. Me habías hablado de tus mosquitos, pero no caí en la cuenta de que ibas a probarlos precisamente en la RCA.

—Hablaba demasiado en esos almuerzos —dijo Gala—. No suelo ser tan charlatana.

—Al doctor Acevedo le encantaba tu conversación —observó Ariel.

—¿Y por eso no volvió a dar señales de vida?

—La doctora Salinas tenía un novio vip —dijo Ariel—. No parecía apropiado interferir.

—¿Te informaron de ese dato tus espías?

—No —suspiró Ariel—. Me informó el bueno de Brian, de paso que me invitaba al crucero que había organizado en tu honor. Tengo que decir que insistió bastante para que fuera. Estaba muy empeñado en que te conociera. Creo que estaba bastante colado por ti.

Gala sintió que se sonrojaba, como una cleptómana sorprendida en el momento de robar una bagatela.

—Presumía mucho de ser amigo de Ariel Arazi, es cierto —murmuró, casi como disculpándose.

—Su familia y la mía tienen bastantes negocios en común. Brian y yo somos de la misma edad, nos llevamos bien. Ha pasado muchas temporadas como profesor visitante en nuestra universidad, en Aurora. Es un excelente científico.

—Y un gran cretino —masculló Gala.

—Inseguro más bien —dijo Ariel—. No es algo tan inusual, cuando te pasas la vida bajo los focos de los media.

—¿Lo dices por experiencia?

—¿Por qué crees que me escondo detrás de Diego Acevedo?

—No me imagino a Brian haciendo lo mismo. Es fatuo hasta decir basta.

—Alguna cosa suya te gustaría —apuntó Ariel.

—Su sentido del humor —reconoció Gala—. Sabía hacerme reír. También sus ansias de agradar, a veces era como un niño intentando desesperadamente que le quisieran.

—Pasamos un mes juntos, en una escuela de verano en Suiza, haciendo un curso intensivo de alemán —dijo Ariel—. Teníamos diecisiete años. A esa edad, casi todos los chicos son un poco desgarbados, pero Brian era un caso extremo. Estaba tan flaco como mi hermano Lior, tenía la cara cubierta de acné, ningún tratamiento conseguía que dejaran de aparecer nuevos volcanes en erupción cada semana en su rostro... Era un curso mixto, más de la mitad de la clase eran chicas y a las pocas semanas casi todo el mundo estaba emparejado. Los únicos solteros que quedamos fuimos Brian y yo. A mí no me interesaban demasiado nuestras compañeras de clase, las encontraba frívolas y engreídas, claro que lo mismo se podía decir de los muchachos. Hay pocas cosas más repelentes que un adolescente vip.

—¿Excepto si se llama Arazi de apellido?

—Incluso si se llama Arazi —contestó Ariel con una mueca socarrona—. A los diecisiete años estaba convencido de conocer la solución a todos los males del mundo. Despreciaba la banalidad de mis compañeros de clase sin ser consciente de mi propia arrogancia. Pero estábamos hablando de Brian. Él habría dado cualquier cosa porque le hicieran caso, pero era el hazmerreír de la clase, con su cara llena de granos y sus aires de espantapájaros. Creo que todavía está intentando recomponer su propia imagen. Como te decía, congeniamos bastante.

—Me cuesta imaginarlo, pero si tú lo dices, será cierto.

—Creo que compartíamos la idea de que el mundo puede mejorarse. El Brian que recuerdo era un enamorado de la ciencia, obsesionado por entender el cambio climático, decidido a aportar su granito de arena para combatirlo.

—En eso no ha cambiado. Tienes razón en que es un excelente científico y también un idealista, a su manera. Eso también me gustaba de él, cuando no estaba presumiendo de sus privilegios.

—Siempre fue un poco bocazas —concedió Ariel.

—En todo caso, Brian es agua pasada.

—Lo sé —aseguró Ariel—. Me llamó para contarme que su novia lo había dejado tirado justo cuando más ilusionado estaba con ella. Se llevó un buen batacazo.

—No era mi intención hacerle daño.

—Oh, se recuperará. Lo último que supe de él es que estaba saliendo con una supermodelo.

—El complemento ideal para sus Ferraris —bromeó Gala.

Se rieron al unísono, de buena gana. Ariel volvió a llenar sus vasos.

—*Lejaim* —dijo.

Vaciaron los vasos de un trago, al mismo tiempo, como dos gánsteres sellando un pacto. Gala sintió como la sidra chispeaba en su garganta. Un instante después escuchó su propia voz, formulando, sin pedirle permiso a su voluntad, la pregunta que no había dejado de hacerse en toda la noche.

—Háblame de Ruth, Ariel. ¿Cómo os conocisteis?

—Es una larga historia.

—No sé tú, pero yo tengo todo el tiempo del mundo para escucharla.

A lo largo de las diez o doce semanas que había compartido cada jueves con Diego Acevedo, Gala se había imaginado muchas veces la escena que estaba viviendo en ese momento, o al menos una muy parecida. Diego la llamaba —a pesar de que no tenía su número— y le proponía un paseo por París que ella aceptaba sin vacilar. Y finalmente allí estaban, excepto que el humilde pediatra que se pasaba el día atendiendo niños en el barrio pobre se había transformado en un príncipe vip. Gala lo contempló de reojo, caminando a su lado, con su elegante chaqueta al hombro, sus pasos ágiles y su aire confiado. Después de acabar sus *crêpes* habían regresado al centro en el moped y paseaban siguiendo el curso del Sena. Habían dejado atrás el Museo de Orsay y se dirigían hacia el Campo de Marte y la Torre Eiffel, que relucía delante de ellos iluminada por miles de diodos láser, la inevitable Torre Eiffel sin la cual era inconcebible la postal del cielo.

—La primera vez que visité París tenía veinte años —dijo Ariel—. Desde entonces he regresado en muchas ocasiones, pero la ciudad nunca ha vuelto a ser la misma.

—No viniste solo —afirmó Gala.

—Han pasado casi dos décadas desde entonces —dijo Ariel—. Acababa de cursar tercero de medicina en Oxford. Decidí enrolarme como voluntario en una nueva empresa que la Fundación Arazi estaba desarrollando en África. Se trataba de los centros de salud, naturalmente. En junio de ese año, después de los exámenes, me incorporé a uno de esos centros recién estrenados, en una provincia bastante remota de la República Centroafricana.

—Y allí te encontraste a Ruth —declaró Gala.

—Allí me encontré a Ruth —repitió Ariel—. Tenía mi misma edad, estudiaba medicina en la universidad de Tel Aviv, y enseguida averiguamos que su familia sefardí tenía conexiones con la mía, lo que nos convertía en parientes lejanos. Nos pasamos los tres meses de verano trabajando codo con codo, ella me llamaba *ben dod*, y yo a ella *bat doda*. Estábamos tan convencidos de ser primos que fuimos los últimos en el hospital en darnos cuenta de que estábamos perdidamente enamorados el uno del otro.

—Me habría encantado conocerla con veinte años.

—Era exactamente igual que ahora. Apasionada. Idealista. Impaciente. No tenía tiempo para nada que no valiera la pena. Su vocación por la medicina era absoluta. Quería especializarse en pediatría y planeaba volver a África apenas terminara su residencia. ¿Sabes cuál era su frase favorita?

—«Cada vez que salvas la vida de un niño, el universo se regocija» —dijo Gala.

—Exactamente.

Gala sintió una sensación extraña en el pecho, una opresión en la que se mezclaban a partes iguales el cariño por Ruth y la nostalgia por aquellos adolescentes enamorados. Se imaginaba a Ariel en aquellos años como una versión juvenil del doctor Acevedo, serio, callado, decidido a luchar contra la injusticia.

—A primeros de septiembre terminó nuestro voluntariado. Las clases del siguiente curso no empezaban hasta octubre, y

Ruth quería quedarse un mes más, pero la situación en la RCA se volvió peligrosa, debido a los grupos paramilitares activos en la zona en la que trabajábamos. Seguro que me entiendes.

—Y tanto. No sé de dónde saca Ruth tanto valor.

Otro gesto afirmativo, otro reconocimiento de una verdad obvia.

—Cuando finalmente se nos ordenó evacuar, la convencí para que pasáramos unos días en París. Habíamos ahorrado algo de dinero durante el verano, que nos permitió pagarnos un hotel un poco dudoso en Montmartre.

—¿El primogénito de los Arazi pernoctando en un tugurio?

—Nuestros ahorros no daban para más —dijo él, como explicando una obviedad.

Comparada con los Arazi, la familia de Brian eran casi unos pordioseros. Y, sin embargo, su ex tenía suites reservadas en prácticamente todos los hoteles de lujo de París, por si se daba el caso de que le apeteciera pernoctar en una de ellas, como habían hecho a menudo durante su insustancial noviazgo. Ariel, en cambio, parecía conformarse con la ausencia de lujos con que vivía su *doppelgänger*.

—El hotel olía a lejía y aguarrás —explicó él—, el suelo estaba cubierto por una alfombra raída infectada de ácaros, la pintura de las paredes se descascarillaba por minutos y en el techo...., ¡había un espejo gigante!

—¡Un espejo en el techo! Yo me habría muerto de vergüenza.

—¡Y yo! Pero Ruth Peres estaba hecha de otra pasta. Le faltó tiempo para citarme una línea del gran escritor argentino Jorge Luis Borges, que según ella también era pariente suyo: «Los espejos y la cópula son abominables, porque multiplican el número de los hombres», dijo. «Y mira tú por donde tenemos la ocasión de disfrutar de dos abominaciones a la vez».

Gala no pudo evitar ruborizarse, ni tampoco imaginarse a sí misma en aquella cama reflejada en un gran espejo, abrazando a Ariel.

—Al año siguiente —continuó él—, Ruth consiguió una beca para continuar sus estudios en Oxford. Cuando terminamos la carrera, nos aceptaron a ambos en Harvard. Yo empecé a desarrollar modelos del cerebro, colaborando con mi hermano Lior. Ruth se especializó en pediatría. Nos casamos en Cambridge, llevándole la contraria a nuestras familias, que querían celebrar una boda tradicional.

»Dedicábamos todos nuestros veranos a trabajar como voluntarios en África. Gracias a esos periodos me formé como médico y como pediatra, ya que mi trabajo en la universidad era pura investigación. En cuanto a Ruth, cada verano, el universo se regocijaba cien veces y cada año me costaba más arrancarla de su centro de salud, que ella siempre ha llamado centros de salvación. Cuando terminamos nuestras respectivas especialidades, Harvard me ofreció una cátedra y a Ruth un puesto como pediatra en el hospital. Pero ella quería instalarse en la República Centroafricana y seguir desarrollando los CDS. Por aquella época llevábamos ya seis años juntos. Pensamos que nuestra relación era lo bastante sólida como para resistir a la distancia. Planeamos que yo pasaría los meses de verano con ella, como había hecho hasta entonces, y que ella tomaría vacaciones en invierno y vendría a Boston. Pero al año de incorporarse al equipo de la RCA, ya era la directora de todo el programa y sólo vivía para su misión. Llegó un momento en que empezó a sentir que cada minuto que se tomaba de ocio dejaba de salvar la vida de algún niño.

—¿No era posible encontraros a mitad de camino?

—Lo intentamos. Pero Bangui está muy lejos de Boston, Ruth era incapaz de tomarse más de unos pocos días de vacaciones y yo cada vez tenía más trabajo desarrollando mis modelos cerebrales. Cuando decidí estudiar a los neandertales, empecé también a participar en excavaciones. El resultado fue que cada vez pasábamos más tiempo separados y cada vez nuestras obsesiones divergían más.

Las obsesiones de *H. sapiens*, pensó Gala, capaces de hacerle comportarse de las maneras más peregrinas, capaces de arruinar la más bella historia de amor.

—Nuestro último encuentro como pareja fue también en París —continuó Ariel, en voz baja, como si temiera que los espiaran—. Yo acababa de llegar de una expedición en Gibraltar, un nuevo yacimiento en el que habíamos encontrado muchísimos restos fósiles, y ella venía de una campaña agotadora, recorriendo los centros de salud de la RCA. Nos costaba entendernos. En un momento dado, empecé a describirle uno de los hallazgos más valiosos que habíamos encontrado, el esqueleto de un niño neandertal muy bien conservado. Ruth me miró como si fuera un extraterrestre. «¿Cuánto tiempo hace que murió tu muchacho, Ariel?», me preguntó. «Unos cuarenta mil años», contesté yo. «Ayer perdí a dos pequeños en Bangui», me dijo. «Uno murió de tifus y el otro de meningitis. Las dos muertes podrían haberse evitado si hubiera estado más atenta, si no hubiera estado distraída planeando este viaje para escucharte hablar de los huesos de un niño que dejó de existir hace cuarenta milenios». Al día siguiente regresó a la RCA. De eso hace ya casi diez años.

—Lo siento mucho —dijo Gala.

—Seguimos siendo amigos —aseguró Ariel—. De hecho, seguimos casados, nunca me decidí a pedirle el divorcio, y a ella ya la conoces.

—No tiene tiempo para papeleos —sonrió Gala.

—Es una de las personas que más quiero en el mundo —dijo Ariel.

—Yo también —dijo Gala.

—Tenemos algo que nos une entonces.

Gala asintió, sin atreverse a hablar, por miedo a que le fallara la voz.

Llegaron a las inmediaciones de la Torre Eiffel, y Ariel propuso que subieran al bar habilitado en su cúpula. Gala sabía que incluso los vips necesitaban reservar entrada a aquel local exclusivo con meses de antelación, pero no le sorprendió en absoluto que Ariel murmurara una rápida orden a su pad y cinco minutos después se encontraran en la terraza acristalada del último piso de la torre, contemplando la constelación de luces con que la ciudad nocturna se engalanaba, mientras un camarero trajeado como un almirante les ponía delante una botella de Veuve Clicquot y dos alargadas flautas de cristal de Bohemia.

—¿Qué me dices de las vistas? —preguntó Ariel mientras llenaba las copas.

—Mi padre decía que en París había muchas ciudades. Una era la postal del cielo, sólo al alcance de los vips. El resto, sucursales del infierno.

—Cierto —suspiró Ariel, componiendo una sonrisa que se parecía a la de Diego, pero era a la vez más irónica y más triste.

—Muchas veces me imaginé que el doctor Acevedo me invitaba a pasear con él por París. Dudo que me hubiera traído aquí.

—Si estás acusándome de haber echado mano de mis privilegios, estás en lo cierto. En mi descargo, diré que lo he hecho por una buena causa.

La misma buena causa que animaba a Brian, pensó Gala, no sin amargura. Exhibir su plumaje antes de proponerle visitar juntos una suite en el Ritz.

—¿Y qué causa es esa, si se puede saber? —preguntó con retintín, sin saber qué haría en caso de que el vip se quitara la careta para revelar el rostro de un donjuán. Ariel le gustaba mucho, pero no quería otro Brian en su vida.

—Quiero proponerte que te unas al equipo de Aurora —dijo él con una sonrisa de la que habían desaparecido toda la ironía y toda la tristeza.

—Unirme al equipo de Aurora... —repitió Gala, preguntándose si el champán que todavía no había probado se le había subido ya a la cabeza—. No entiendo...

—Tuve una larga conversación con Jacques Léglise hace unos días. No hace falta que te explique que es un científico extraordinario y un hombre de bien. Tampoco creo que te sorprenda si te digo que lo admiro intensamente.

Gala se preguntó si su rostro expresaría el remolino de emociones que giraba en su interior. Alivio, al comprobar que su elegante Sigfrido no era Brian Jones y no la había traído al techo de la Torre Eiffel para seducirla. Frustración de que no fuera así. Confusión, a medida que se iba dando cuenta de que Ariel Arazi sabía dónde estaban todos los ases de su baraja. Curiosidad por saber qué iba a proponerle. Y nostalgia. Echaba de menos a Diego Acevedo; por absurdo que pareciera, se había sentido más conmovida por el médico que se rebelaba contra la injusticia de que un niño tuviera tifus que por el generoso príncipe que parecía a punto de ofrecerle un cheque en blanco.

Ariel le tendió la copa y Gala la vació de un golpe y exigió con un gesto imperioso un segundo trago que despachó igual de expeditivamente.

—Jacques nos envió recientemente una propuesta para que financiáramos vuestras investigaciones —aclaró Ariel.

—A mí me dijo que estaba viejo para pedir limosna —renegó Gala.

—La idea no surgió de él. Le contactamos nosotros. Cuando Ruth nos contó el rotundo éxito de tus mosquitos, a Irina le faltó tiempo para encargarme que hablara con el profesor Léglise.

—Irina Arazi, supongo.

—Irina Acevedo Arazi, mi madre. Fue ella la que tuvo la idea de crear los CDS y se los toma tan en serio como Ruth. Así que la propuesta de Jacques era una pura formalidad. Tengo el placer de anunciarte que la fundación Arazi ha decidido financiar el Proyecto Anófeles para extenderlo a toda África y después al resto del mundo.

Gala vació su tercera copa antes de contestar.

—Son maravillosas noticias, Ariel.

—En nuestra conversación, Jacques me propuso que te ofreciera un puesto en Aurora.

—¿Por qué razón? Me necesita a su lado, no puedo abandonarle precisamente ahora.

—Es lo que pensó que dirías. Su respuesta fue que en Aurora dispondrás de todos los recursos que necesitas para desarrollar un proyecto a gran escala como el que estamos planteando. No se trata sólo de dinero, sino de personal, logística, contactos, influencias... No todos los países donde hay malaria son tan abiertos como la RCA. También me dijo que era el momento para volar sola. Me aseguró que protestarías y me aconsejó que intentara sobornarte para convencerte.

—¿Con las vistas de París desde la Torre Eiffel y una botella de champán que cuesta mi sueldo de un mes?

—No —dijo Ariel, y Gala descubrió otra de sus sonrisas que aún no conocía, la del bucanero que sabe dónde se esconde el cofre del tesoro—. Jacques me aconsejó que te ofreciera algo mucho mejor. La posibilidad de clonar mamuts.

11

El invierno del descontento

Europa central, final del Paleolítico

El ken de Aitz no ha dejado de dibujar imágenes terribles, mientras Ezkia y él recorren a la carrera el trayecto desde el campamento de Aginteka hasta el suyo. Las imágenes son tan vívidas que apenas consigue contener los aullidos de angustia que pugnan por salir de su garganta, mientras ve en la niebla los cadáveres despedazados de su familia. Cuando llega al refugio y Ayena sale a recibirle la abraza con desesperación. Está jadeando, agotado por la noche en blanco, la batalla y la carrera, se tambalea, pero los fuertes brazos de su mujer le sostienen y le ayudan a acomodarse en el interior de la tienda, junto al fuego. El pequeño Ardouky corre hacia él y se acomoda en su regazo. Abarra y Astalarra se quedan en el exterior, con las lanzas preparadas. Aitz busca al resto de su familia con la mirada, ve a Andrexe y a Bigur, pero los viejos no están.

En el fondo, su ken no se equivocaba. Los Morlocks han pasado por allí y los habrían matado a todos de no haber sido por Madre y por Ampulo. Los dos ancianos, acompañados de Andrexe, habían salido a buscar bayas y raíces al bosque. Cuando avistaron a la partida que se acercaba, Ampulo mandó a la muchacha de vuelta al refugio, mientras él y Madre corrían en la dirección opuesta. Los Morlocks les siguieron, lo que permitió que Ayena, Andrexe y Ardouky se ocultaran en la parte más profunda de la cueva que se abre en la base del refugio, donde aguardaron, dispuestas a vender cara su vida. Pero los Morlocks no aparecieron. Ampulo y Madre tampoco habían regresado.

Abarra propone ir a buscarlos, pero Aitz le convence de lo contrario. Si lo hacen, corren el riesgo de encontrarse con una partida numerosa de enemigos y, en todo caso, si los ancianos no han regresado ya, es porque están muertos.

—¿Qué hacemos entonces? —pregunta Abarra.

—Hay que reunir a los clanes —dice Aitz.

Abarra gruñe malhumorado. No le gusta tratarse con otra gente y en la reunión del verano se muestra siempre huraño, cuando no abiertamente hostil con todo aquel que no conoce bien. Pero Astalarra se pone inmediatamente de su parte.

—Estamos en peligro —dice—. Hay que unirse.

—Cada familia debe ocuparse de sus asuntos —responde Abarra, empecinado—. Así es y así ha sido siempre.

Aitz le narra entonces su aventura en el campamento de Aginteka. Cuando termina, Abarra le hace una sola pregunta:

—¿Había lobos?

Aitz asiente, muestra dos dedos, luego con un gesto indica que mató a uno con su lanza y señala al muchacho.

—Ezkia mató al otro con la lanza-que-vuela. Y a un hombre con su honda.

—¿Eran oscuros? —quiere saber Astalarra.

—No —dice Aitz—. No eran oscuros, ni tampoco Eloi.

—¿Son hombres? —pregunta Abarra.

—Tienen dos piernas y dos brazos. Son más fuertes que los oscuros y más altos que los Eloi. La piel no es clara ni oscura. Hablan entre ellos y con sus lobos.

—Morlocks —dice Ezkia.

Aitz le contempla asombrado, da la impresión de que ha seguido la conversación, quizás el viejo oscuro le enseñó algunas de las palabras de su gente.

Abarra asiente con la cabeza, dando su consentimiento al plan de su hermano.

El mundo está todavía oscuro cuando Aitz se levanta y se dirige a la entrada del refugio, donde todos duermen todavía. Aunque camina inclinado, su cabeza casi roza las pieles, tensadas sobre largas ramas de abeto. El resplandor rojizo de las últimas brasas que todavía arden en el hogar le proporciona la luz justa para que sus agudos ojos distingan los bultos apretujados a su alrededor.

Se mueve en silencio, escuchando la respiración pausada de los Eloi. Son muchos, en cada tienda duermen dos familias y el campamento ya cuenta con tantas tiendas como dedos en las dos manos, nunca antes había visto a tanta gente junta. Pero la noticia de la invasión de los Morlocks ha llegado más allá de los confines de su valle, y a medida que la estación avanzaba han ido apareciendo clanes de los valles vecinos, con los que hay que hacer grandes esfuerzos para entenderse, sus palabras suelen ser ininteligibles y es necesario recurrir a los gestos para comunicarse. Todos cuentan la misma historia. Los Morlocks parecen estar por todas partes, son muy numerosos, han instalado su campamento cerca de la Gran Laguna, donde se concentra la mayor cantidad de animales, masacrando a todos los que no han tenido la prudencia de escapar antes de que llegaran.

Cuando sale al exterior repara en que no es el único madrugador. Astalarra ya está despierto, escudriñando la pradera sobre la que se alza el refugio. La tribu se ha instalado en el mismo lugar del que expulsaron a la banda de oscuros que le salvó la vida, tanto tiempo atrás. Es muy difícil sorprenderles allí, cualquier atacante tiene que cruzar la estepa desnuda y siempre hay ojos mirando en esa dirección. Incluso de noche, no todo el mundo duerme. Astalarra es uno de los que esquiva el sueño, el vientre de Andrexe ha comenzado a hincharse y eso quiere decir que hay un bebé de camino. Su hijo se pasa las noches recorriendo el promontorio, agitando su lanza y gruñéndole a la oscuridad. Aitz se acerca a él y le ofrece un par de nueces que saca de su zurrón. Astalarra sonríe, mostrando sus fuertes dientes, y las devora con apetito. La comida no abunda. Es difícil alimentar a tanta gente y las partidas de cazadores no se atreven a separarse para cubrir más terreno, por miedo a los invasores. Empieza a hacer frío, Aitz sabe que no tardarán en caer las primeras nevadas, y con ellas, el problema de alimentar a la tribu se volverá acuciante.

Astalarra tiene aspecto de estar agotado. Aitz le pone una mano en el hombro, aprieta con fuerza, sintiendo con satisfacción los fuertes músculos de su hijo. Es ya todo un hombre, pero el niño no se ha ido todavía de sus rasgos, Aitz reconoce en ellos al muchacho al que enseñaba pacientemente cómo arponear los salmones que ascienden en primavera por el arroyo, al pequeño que tantas veces ha llevado en hombros, al bebé que se acurrucaba en su regazo, junto a la hoguera. Los reconoce a todos y a la vez sabe que todos se han marchado. Se han marchado como se fue Madre, pero de ella ya no queda nada, sólo los dibujos que su ken traza de vez en cuando, en algún raro momento de sosiego, a veces al anochecer, al calor de las brasas, a veces en la primera hora del alba, cuando menos se lo espera. El rostro de Madre no es siempre el mismo, también en sus rasgos se superponen la anciana desdentada y la mujer joven que le enseñaba dónde encontrar las bayas rojas y los tallos de vinagreta y le reservaba los mejores bocados siempre que podía, un sabroso trozo de lengua, un riñón exquisito, una porción de la carne más tierna. Su ken se esmera en traerla de vuelta, pero los dibujos son cada día más borrosos y se disuelven cada vez más deprisa en la niebla, Madre se ha ido, pero Astalarra está a su lado y con él está el bebé y el niño y el muchacho. Aitz respira hondo, siente el dolor-por-dentro, que escuece en el pecho, aunque nadie le ha herido. Coge con ambas manos la cabeza de su hijo, apoya su frente contra la suya y la punzada cede.

—Ve a descansar —dice, con un gesto—. Yo vigilo.

Astalarra asiente, se dirige a la tienda de la familia, un instante más tarde lo ha perdido de vista. Escucha unos pasos acercándose, reconoce la forma de andar, de puntillas, como un leopardo. Es Ezkia.

Cuando llega a su altura, Aitz se sorprende a sí mismo alargándole unas nueces, como ha hecho con Astalarra. El padre comparte la comida con el hijo; así es y así ha sido siempre, pero Ezkia no es hijo suyo, ni siquiera es un Eloi. Y pese a ello, están unidos por el corazón del Morlock, mordieron su carne con la misma saña, bebieron su sangre con la misma avaricia, se embadurnaron la cara y las manos con ella. Ezkia es ahora de los suyos.

—Pronto vendrá el invierno —dice el muchacho.

Aitz no sabe qué le asombra más. Si la facilidad con que el chico adivina los dibujos de su ken, o la rapidez con que ha aprendido a hablar como los Eloi.

—Demasiada gente —dice Aitz—. ¿Qué vamos a cazar?

Ezkia le mira directamente a los ojos, al principio Aitz no conseguía acostumbrase a esa imprudente costumbre y reaccionaba enseñándole los dientes o propinándole algún manotazo. Pero ha acabado por aceptarla.

—Podemos cazar Morlocks —dice el muchacho.

Aitz pondera la propuesta. Sabe que Ezkia nunca habla en vano.

—Son muchos —dice.

—También nosotros —contesta Ezkia.

—Tienen lobos.

—Los Eloi son más fuertes.

—Estarán alerta.

—Esperaremos al invierno. El frío les hará confiarse.

Aitz resopla. La osadía del chico le saca de quicio, pero también reconoce, a regañadientes, que tiene razón. Si los Eloi pueden cazar al Gran Lanudo, ¿por qué no a los Morlocks?

—¿Quién va a convencer a la tribu? —pregunta, señalando al muchacho con sorna—. ¿Tú?

Ezkia niega con la cabeza.

—No —dice—. Todos saben que tú mataste a los que mataron a Aginteka. Con tu lanza y tu hacha y tus dientes los mataste. La gente te seguirá.

—Tú me ayudaste —reconoce Aitz.

—Yo no soy nadie —dice el muchacho.

El invierno se ha apoderado del mundo, la nieve lo cubre todo, los días son cortos y gélidos, pero la comida escasea menos de lo que Aitz temía. Por primera vez desde que se tiene memoria, los clanes conviven durante la estación fría, y por primera vez son lo bastante numerosos para cazar al Gran Lanudo. Nunca antes lo habían hecho, se necesita la participación de los cazadores de dos o tres familias para enfrentarse al enorme animal, pero en invierno cada clan hibernaba por su cuenta y nadie se atrevía ni con el gigante peludo ni con el feroz Dos Cuernos; había que contentarse con la poca caza menor que encontraban cerca de su refugio. Este año es diferente, hay bastantes hombres para formar dos o tres partidas numerosas y, aunque el frío y la nieve hacen la empresa más peligrosa, aunque el miedo a un ataque de los Morlocks siempre está presente, hasta el momento les ha ido mucho mejor de lo que esperaba.

Pero, además, Ezkia ha enseñado a los más jóvenes a usar la honda y la jabalina. A pesar de sus esfuerzos, ningún adulto se ha molestado en probar, ni siquiera el propio Aitz. Manejar la cinta-que-silba es difícil, pero no es la dificultad lo que le desanima, sino la pereza que le produce embarcarse en una actividad que no domina perfectamente. Aitz es consciente de sus muchas habilidades, su mirada es penetrante, tiene la fuerza de un oso y puede cargar sobre una presa con la velocidad de un tigre. Sabe extraer a la piedra un hacha o un cuchillo, capturar salmones en el río y curtir la piel. Es bueno en todo lo que hace y no soporta ser torpe.

—Los jóvenes deben aprender y los mayores deben enseñar —le dijo a Ezkia, cuando este insistió en mostrarle el secreto de la cinta-que-silba.

Así es y así ha sido siempre, se dice a sí mismo. Nunca se ha visto que un muchacho tullido, casi un niño, enseñe algo útil a un cazador experimentado, y por mucho que Aitz entienda que le vendría bien usar la honda, o la lanza voladora, no hay nada que pueda hacer al respecto. Ni él ni nadie entre los adultos de la tribu ha intentado aprender, ni siquiera Astalarra, que aún era un niño el pasado invierno. Pero los más jóvenes se esmeran, copiando los movimientos de Ezkia, y muchos de ellos ya saben servirse de la cinta que silba y vuelven del bosque con un botín de liebres y ardillas que contribuye a alimentar a la tribu.

Reunir a muchos clanes tiene ventajas, pero una cosa es el gran encuentro del verano, cuando se puede acampar en toda la extensión de la pradera que rodea a la Gran Laguna y cada familia tiene suficiente espacio para no molestar a las otras, y otra muy distinta hacinarse en el improvisado campamento de invierno, donde apenas hay sitio para todos.

Las fricciones entre los clanes aumentan cada día y lo harían aún más de no ser por el letargo característico de la estación. Aitz asiente, como dándole la razón a Ampulo, a veces su ken dibuja la figura del viejo y Aitz se imagina que habla con él y le cuenta sus planes y temores.

—El verano es el tiempo de estar juntos —asegura la sombra de Ampulo—. En invierno los clanes regresan a su refugio y se ocupan de sus asuntos.

—Así es y así ha sido siempre —coincide Aitz—. Pero los Morlocks nos lo impiden.

—Entonces, hay que acabar con ellos.

No le sorprende la belicosidad del anciano; después de todo, si no fuera por los invasores, todavía estaría vivo. Pero atacar a una jauría tan numerosa, con sus lobos y sus lanzas voladoras, es muy peligroso. Muchos en la tribu son de la opinión de que lo mejor es esperar a que los Morlocks se marchen; a fin de cuentas, el valle ha sido siempre de los Eloi y quizás los invasores sólo estén de paso y continúen su camino al llegar la primavera.

—No se irán —dice Ezkia—. Al contrario. Vendrán más.

Aitz sabe que los Morlocks acabaron con la familia de Ezkia. El chico nunca habla de ellos, pero Bigur le ha contado a Abarra que perdieron a Padre y Madre y a tres hermanos cuando los invasores atacaron el campamento de los oscuros. También le dejaron al muchacho un brazo inútil para siempre. Pero Aitz siente que el daño que le hicieron fue mayor, no sólo le dejaron tullido, también su ken quedó lisiado para siempre. Su hermana Bigur, en cambio, es una muchacha alegre y trabajadora. Abarra ha cambiado desde que duerme a su lado, su hermano ha vuelto a reír y dice más cosas en un día, con sus rápidos gestos, de las que decía antes en una estación entera. A pesar de su aspecto estrafalario, casi todas las madres aceptan a la chica de buen grado y se gana a las pocas que refunfuñan trayéndoles chucherías del bosque, bayas negras y dulces raíces de batata que les ofrece zalamera. Aitz está contento de haberlos adoptado. Los dos se ganan su sustento y además comen poco, les bastan unas tiras de carne y un poco de fruta para subsistir. Quizás por eso, reflexiona, la tribus de los oscuros sobreviven al invierno a pesar de lo numerosos que son y de que rara vez se atreven con las grandes presas. No cazan mucho, pero comen como ardillas.

—¿Qué hacer entonces? —pregunta Aitz, aunque sabe lo que el chico va a responder.

—Matarlos a todos —contesta él.

Su hermano y su hijo están de acuerdo con Ezkia. No le sorprende. Abarra duerme con Bigur, que odia a los Morlocks tanto como su hermano, y Astalarra sabe que son una amenaza para el bebé que viene. Muchos de los Eloi no quieren ir a la guerra, pero son casi siempre los más mayores, aquellos que sólo esperan que llegue mañana y que mañana se parezca a hoy, aquellos que se conforman con llenar el estómago de vez en cuando y poder calentarse junto a la hoguera. Los más jóvenes están hartos de esconderse y quieren enfrentarse a sus enemigos.

Su ken dibuja en el aire un ejército de cazadores, son tantos que no pueden contarse, y todos ellos empuñan la lanza y tienen el rostro cubierto de pintura negra, como la que usan cuando se preparan a perseguir a los grande animales del bosque. Pero esta vez su presa no será Dos Cuernos ni el Gran Lanudo.

Esta vez los Eloi van a cazar a los Morlocks.

12

Hospitalidad a los extraños

Vrangelya, 2070

A Madre le gustaba rememorar cómo Hartz y yo aprendimos a hablar. Ella y Jacques se dirigían a nosotros en francés y a veces en español; Padre, Katia, Iván, Dimitri y los otros en ruso; Padre y Madre hablaban inglés entre ellos y Anastasia inventaba juegos para organizar nuestra torre de Babel.

Mi hermano y yo no nos expresábamos igual. Para mí todos los idiomas eran fáciles, no me costaba nada cambiar de uno a otro y memorizaba las palabras y las diferencias gramaticales entre ellos sin esfuerzo. Hartz, en cambio, entendía con más dificultad, chapurreaba en una especie de lengua franca que mezclaba todas las lenguas que se hablaban en casa y se expresaba de manera concisa, evitando las construcciones complejas que a mí me encantaban y usando tiempos verbales simples.

—Harce ven mamuts ayer —anunciaba, ufano, al regreso de una de nuestras excursiones, usando la palabra *Harce*, que Madre había inventado para referirse a ese espíritu con dos cuerpos que éramos.

Hartz le tenía especial cariño a Anastasia, quizás porque la proyección holográfica le recordaba a las figuras que dibujaba su ken, aunque los dibujos de Anastasia no se desvanecían rápidamente, sino que se quedaban horas y horas flotando en el aire, animándonos a jugar con las palabras.

—Nieve —ofrecía la iA, con aquella sonrisa que era como la de Madre, pero más ligera, más traviesa.

—*Neige* —contestaba yo.

—*Sneg* —seguía Hartz.

—*Snow* —me apresuraba yo a añadir.

Al principio el juego no pasaba de ahí; a Hartz le encantaba repetir las combinaciones y podíamos hacerlo durante horas. A veces Anastasia sugería una tonadilla y acabábamos canturreando un mantra que repetíamos hasta el agotamiento. Los inviernos eran largos, los días daban mucho de sí y Anastasia conseguía que memorizáramos un inmenso vocabulario sin darnos cuenta.

Pero no nos limitábamos a almacenar palabras. Poco a poco empezamos a inventarlas.

—*Sneige* —gritaba yo, mezclando dos idiomas, consiguiendo que Hartz se revolcara por el suelo, muerto de risa, y a veces me propinara un manotazo cariñoso que me dejaba medio grogui.

Un día, en el que conseguí zafarme de sus efusiones, Hartz se quedó pensando un instante y de repente formó un signo, juntando los dedos de la mano izquierda como si intentara capturar un copo.

—¿Nieve? —pregunté a la vez que copiaba el gesto.

—*Da!* —asintió Hartz, abrazándome con ímpetu, a riesgo de mis costillas.

Anastasia no tardó en incorporar aquella treta al repertorio y a lo largo del invierno fuimos inventando signos para cada palabra. Era siempre Hartz quien los proponía, su inventiva para concebirlos parecía tan ilimitada como mi capacidad para asimilar las construcciones sintácticas que a él se le escapaban.

—¡Compadre, cómprame un coco! —me provocaba a veces Anastasia.

—Compadre, coco no compro —me apresuraba a contestar—; porque el que poco coco come, poco coco compra. —Hartz me dedicaba una mirada huraña, y yo tomaba la precaución de ponerme a salvo antes de rematar—: ¡Como poco coco como, poco coco compro!

Pero, otras veces, era yo quien envidiaba a mi hermano mientras inventaba un signo tras otro, los dedos de su mano izquierda tomaban la forma de un copo para indicar la nieve recién caída mientras que su mano derecha matizaba lo que la izquierda decía: nieve en polvo, nieve dura, nieve húmeda, nieve de primavera... Yo me esmeraba en repetir los signos, los memorizaba a toda velocidad, pero me frustraba mi falta de inventiva. Hartz me acariciaba el pelo, compadeciéndose de mi poca mollera.

—Hartz quiere a Arce —me decía para consolarme, y sus manos dibujaban el simulacro de un beso.

* * *

París, septiembre de 2050

Gala me contó que aquella mañana no había podido reprimir la nostalgia, cuando Jacques y ella pasaron por delante de la fachada de Shakespeare & Company, camino de la Escuela Normal.

—¿Echamos un vistazo a las novedades?

Su mentor agitó la cabeza en un gesto que era a la vez de asentimiento y resignación, «echar un vistazo» suponía hacer cola durante veinte minutos para entrar en la célebre librería, deambular un rato entre vetustas estanterías rodeados de turistas y eventualmente comprar un libro en papel, que podía encontrarse gratis en la red, pagando por este un precio astronómico.

Se habían unido a la disciplinada fila de aspirantes a traspasar las puertas del edén literario cuando la reconoció Nadia Durán, la propietaria del negocio.

—Gala, ¿eres tú? ¡Cuánto tiempo sin verte, amor!

Paco era siempre bienvenido en la librería, donde había expuesto sus cuadros muchas veces, pero Gala no esperaba que Nadia se acordara de ella, ni que los colara en la tienda y le regalara un bonito libro de poemas de Walt Whitman, en cuya portada se leía una dedicatoria: «Dales hospitalidad a los extraños, porque podrían ser ángeles disfrazados».

Después de la incursión en la librería, Nadia los acomodó en la terraza. Las lágrimas que se le habían escapado al recordar a Paco eran tan auténticas como la ternura con que la abrazó. Gala recordó la complicidad que había entre su padre y ella, las muchas tardes que se habían sentado en esa misma terraza, Paco bosquejando un dibujo a lápiz, Gala estudiando y Nadia ojeando alguno de los libros de poemas que luego les regalaba.

—Esta es tu casa, niña —le dijo, abrazándola, mientras hacía señas al camarero que servía la terraza para que los atendiera.

—¿Qué opinas, Jacques? —preguntó Gala, cuando finalmente se quedaron solos—. ¿Debo aceptar la propuesta de los Arazi?

—Es una oportunidad única —dijo él—. Y debes aprovecharla, naturalmente.

—Me cuesta hacerme a la idea de abandonar la Escuela Normal —titubeó Gala.

—Vas a trabajar en Aurora, la mismísima Meca de la Ciencia, con todos los recursos que no tienes aquí a tu disposición. Cuanto antes empieces, antes conseguirás tus objetivos.

—*Nuestros objetivos* —recalcó Gala.

—Hija, esta va a ser tu gran aventura. Yo puedo ocuparme de supervisar el proyecto Anófeles, eso te permitirá concentrarte en los mamuts. Ha llegado el momento de que vueles sola.

—Si consigo resolver todos los demás problemas, necesitaré dos úteros artificiales —musitó Gala—. No quiero clonar un solo espécimen, creo que una pareja es una solución mucho mejor para el bienestar de los animales.

—Estoy de acuerdo. Una pareja de mamuts cuesta más o menos lo mismo que un único ejemplar y los animales estarán mucho más contentos. En cuanto a los úteros, el año que viene iré en persona a instalarlos para ti. Me vendrán bien unas vacaciones en Islandia.

—¡En los fiordos occidentales de Islandia! —exclamó Gala, poniendo los ojos en blanco—. No hay un sitio más remoto en toda Europa.

—Exactamente lo que necesitas —argumentó Jacques—. El clima y el ecosistema de los fiordos es ideal para criar a tus animales, al menos los primeros años. Sin embargo, vas a necesitar un plan para ellos. Es de esperar que vivan seis o siete décadas. Si yo fuera tú, me plantearía la posibilidad de llevarlos al parque de Sergei Sokolov, en la isla de Wrangler.

—Sería una buena solución —dijo Gala, encogiéndose de hombros—. Pero mejor no vender la piel del mamut antes de clonarlo, ¿no te parece?

—Muy cierto. ¿Ya has pensado cómo vas a llamarlos?

—Pensaba que no me lo ibas a preguntar nunca —dijo Gala, sonriendo—. Se llamarán Paquito y Azalea.

Isafjörður-Aurora, octubre de 2050

—Bienvenida a Isafjörður —dijo Ariel, cuando el helicóptero detuvo sus aspas—. Déjame ayudarte con el equipaje. Esa mochila tiene pinta de pesar cien kilos.

Un todoterreno de color verde los aguardaba a la salida del helipuerto. Ariel cargó las dos maletas y la mochila en el maletero, le abrió la puerta del copiloto con un gesto casual y a la vez anacrónicamente caballeroso, saltó con un ágil movimiento al asiento del conductor y puso en marcha el auto.

—¿Qué tal el vuelo desde París?

—Corto. Son sólo tres horas y media. No hacía falta el billete en primera.

—Quéjate a Patricia Vox, es ella la que se ocupó de tu viaje. Su estrategia suele ser sobornar a los nuevos investigadores para que les resulte más llevadero trabajar en nuestra aldea nórdica.

—¿El transporte en helicóptero desde Reikiavik es parte de esa estrategia?

Ariel se encogió de hombros

—¿Qué te ha parecido el paisaje?

—Espectacular. He entendido por qué a esta región se la llama fiordos del noroeste.

—Islandia es un país bellísimo... Y deshabitado, al menos en estas latitudes. A una hora de aquí en lancha, tenemos la reserva natural de Hornstrandir, en el extremo norte de la isla. Casi seiscientos kilómetros cuadrados de tundra, praderas, acantilados y glaciares. Desde hace un siglo, los únicos habitantes son unos pocos granjeros y algún que otro turista. Ya hemos conseguido los permisos necesarios para que tus mamuts pasten allí. Es un hábitat perfecto para ellos.

—¡Mis mamuts todavía no existen!

—Háblalo con Patricia, le gusta planear de antemano.

—¿Hay algo de lo que no se ocupe esa señora?

Ariel sacudió la cabeza, con aire fatalista.

—Casi nada.

—Me conviene llevarme bien con ella entonces —dijo Gala, siguiéndole la corriente.

La ciudad científica de Aurora, pensó, desarrollaba centenares de proyectos que iban desde construir el ordenador cuántico más avanzado del mundo hasta la síntesis de fármacos para combatir numerosos tipos de cáncer, pasando por la ingeniería que había cambiado el modelo energético del planeta. Contaba con miles de investigadores, y manejaba más dinero que la Agencia Espacial Europea y el Laboratorio Europeo de Física de Partículas juntos. Pero si Ariel insistía en que la señora Vox se ocupaba de todo, no tenía intención de llevarle la contraria.

—Te conviene llevarte bien con ella y con mi madre —aseguró Ariel—. Son las que mandan aquí. Mi función principal, como has visto, es ejercer de taxista.

—¿Incluyen tus obligaciones ofrecerle un tentempié a una recluta hambrienta?

—Te debo muchos almuerzos —respondió Ariel, haciéndole una pequeña reverencia, otro de sus gestos de anticuado galán disfrazados de chanza—. En Clichy-sous-Bois, nunca me dejaste pagar.

En realidad, pensó Gala, a quien nunca le dejó pagar un almuerzo fue a Diego Acevedo, el doble plebeyo del príncipe Sigfrido. Recordó la forma atenta y serena con que le había escuchado hablar por los codos en el bistró de Abdel. El caballeresco vip que conducía el todoterreno a su lado era igual de guapo y la trataba con una delicadeza exquisita, pero Diego era su igual, o eso se había imaginado mientras compartían un kebab en un barrio marginal del extrarradio de París. Y Ariel Arazi no lo era.

—Isafjörður —señaló él, sacándola de sus cavilaciones.

Gala contempló maravillada el pequeño pueblo de casitas de madera, pintadas de color pastel, que se adentraban insolentemente en el fiordo, encajonadas entre dos inmensas crestas montañosas. Otra postal del cielo, pensó, pero esta parecía auténtica.

—¡Es muy bonita! —exclamó—. Aunque me la imaginaba más grande.

—Lo que estás viendo es la ciudad vieja. La parte nueva, donde se sitúan las instalaciones de Aurora, está a unos pocos kilómetros de aquí.

Ariel aparcó el coche en el puerto y caminaron un breve trecho hasta un restaurante situado en el mismo borde del mar. Era una casona de color azul, con altos techos muy inclinados, preparados para la nieve. Las mesas y el resto del mobiliario eran de madera de roble, muy cálida; la luz del frío mediodía otoñal entraba a raudales por las amplias ventanas.

Los atendió un camarero grande, rubio, cubierto de tatuajes, con aspecto de timonel de un barco ballenero. Gala estaba hambrienta y devoró con apetito la sopa de cangrejo que les sirvieron de primero, el contundente plato de bacalao a la parrilla que llegó de segundo y las bayas con *skyr* que trajeron de postre. Ariel se contentó con la sopa y las bayas, saltándose el segundo plato, y la entretuvo con la conversación ligera que había mantenido desde que la recogió en Reikiavik.

—... Islandia debe de ser el único país del mundo donde a la hora de planificar carreteras se consulta a los druidas locales para asegurarse de que no se perturban los hogares de los elfos y los *huldufólk*, la gente oculta. Cuando lleves aquí algún tiempo entenderás que los nórdicos están un poco chiflados, pero hay un método en su locura.

Gala recordó que Paco describía las legendarias lecciones que su madre impartía en la Sorbona, diciendo que las clases de Marianne estaban «cuidadosamente improvisadas». La cháchara, aparentemente insustancial, de Ariel parecía gozar de la misma cualidad.

—Además de las instalaciones científicas, Aurora cuenta con una universidad bastante buena —aseguraba su huésped, mientras daba sorbitos a su sopa.

«Bastante buena» era, naturalmente, un eufemismo que se traducía por «la mejor del mundo».

Gala había practicado la escalada deportiva durante años; sus largos miembros, su físico ligero y una fuerza física poco habitual la hacían muy buena en ese deporte. Se había unido a un club con el que había frecuentado las vías más difíciles de Francia. De sus amigos escaladores había aprendido tres cosas. A no impacientarse; antes o después llegaba el turno de ponerse frente a la pared. A no demostrar miedo, aunque habían sido incontables las ocasiones en las que el pánico no la dejaba respirar. Y a pretender que las vías que coronaba eran mucho más fáciles de lo que parecían. La mejor manera de mostrar a los demás la habilidad de una, entendió pronto, era no darse por aludida de la hazaña.

Se preguntó si Ariel era humilde o arrogante, si la estudiada manera en que se quitaba importancia era parte de la pose del escalador o una deferencia hacia ella. Si ese era su propósito, en todo caso, lo estaba consiguiendo. Acababa de llegar y se sentía como en casa.

—Ya verás que la vida social aquí es bastante animada. Los veranos se celebran festivales de música muy populares y en invierno se organizan salidas para contemplar la aurora boreal.

—¿Por qué elegisteis Islandia como sede de Aurora?

Ariel dio un sorbo a su vaso de cerveza negra. Gala le imitó, saboreando la bebida y el momento de silencio, la luz, ya algo oblicua, iluminando su mesa y la perfecta tranquilidad del restaurante. Y las vistas, se dijo a sí misma con ironía. El príncipe Sigfrido disfrazado de servicial paisano, impecable con el polo ajustado que realzaba su torso firme y esbelto, luciendo con desenfado una chaqueta de tela sensible que posiblemente costaba una fortuna.

—Hacia 2030 mi padre había fundado Arazi Clean Energy y construido, cerca de Tel Aviv, la primera central en la que se combinaba un reactor nuclear y una planta termosolar, basados en sales líquidas —dijo Ariel, rompiendo el *impasse*—. El siguiente paso era desarrollar ese nuevo tipo de centrales a gran escala. Europa estaba interesada, pero el viejo continente ha sido siempre muy melindroso con la energía nuclear y nadie se decidía a apoyar la iniciativa, ni siquiera Francia, a pesar de su tradición atómica. Pues bien, fue Islandia quien se atrevió a apostar por la tecnología de ACE, y la apuesta salió muy bien. En las últimas dos décadas se han multiplicado en todo el mundo las instalaciones similares. Pero dado que Islandia confió en nosotros, decidimos que lo justo era devolverles esa confianza y construimos aquí Aurora.

—¿Órdenes de la señora Vox?

—Órdenes de mi madre. Es la que toma todas las decisiones importantes. O para ser preciso, ocurre que la junta de accionistas y el comité ejecutivo de ACE están siempre misteriosamente de acuerdo con ella. Créeme, cuando Dios fabricó a Irina Arazi con el barro de Judea, se aseguró de romper el molde.

—Me pregunto cómo se llevaba con Ruth. ¿No chocaban teniendo unas personalidades tan fuertes?

—Al contrario. Irina fue quien concibió la idea de los centros de salud, y de haber sido más joven, no habría dudado en desplazarse ella misma a África para ponerlos en marcha. Quiere a Ruth como a la hija que no tuvo.

Y esa era la otra gran diferencia entre Diego y Ariel, pensó Gala. El primero, al menos en su imaginación, era un hombre libre. Sobre el segundo planeaba la sombra de una mujer extraordinaria, la mujer más extraordinaria que ella había conocido en su vida.

—¿Y tú? ¿Por qué decidiste instalarte en Aurora después de haber hecho tu carrera fuera de aquí?

—¿Te apetece dar un paseo? —preguntó Ariel, poniéndose serio, mirándola directamente a los ojos. Gala sintió un cosquilleo en la nuca y de repente no pudo tragar una cucharada más de *skyr*.

—Me gustaría mucho —dijo, sosteniéndole la mirada.

Hacía frío cuando salieron del restaurante, Gala se arrebujó en su pesado chaquetón de piel, los dientes empezaron a castañetearle. Ariel se acercó al jeep y le tendió un forro polar.

—Pruébatelo —le dijo.

—No creo que abrigue más que mi chaquetón. Es ligerísimo.

—Dame el capricho.

Gala se puso la prenda que Ariel le tendía. Un instante más tarde había dejado de temblar.

—Nunca menosprecies el Kevlar —aconsejó Ariel con una sonrisa socarrona—. Ni la tecnología de Aurora.

Echaron a andar por el puerto de la ciudad, entre pequeños yates, contemplando la inmensa pared, veteada de glaciares, que se alzaba frente a ellos. Cuando Ariel empezó a hablar su voz era serena y neutra, como si narrara las andanzas de otra persona.

—Los mapas cerebrales que Lior y yo inventamos fueron un avance importante para la neurología que enseguida encontraron numerosas aplicaciones. La consecuencia fue que, de la noche a la mañana, me convertí en una celebridad. ¡El primogénito de los Arazi había resultado ser un gran científico! Naturalmente, mi hermano se ocultó entre bambalinas y me dejó lidiar con la exposición mediática. Lo peor de todo es que le cogí el gusto a ser el vip de moda y quizás eso contribuyó a que me distanciara de Ruth. Ella no podía soportar tanta banalidad. No dejaba de repetirme que me anduviera con cuidado, ya que, en las universidades de postín, lo único que les gusta más que encumbrar a un ídolo es derribarlo.

»Mis problemas empezaron cuando se me ocurrió aplicar nuestros modelos al estudio comparativo de *H. sapiens* y *H. neanderthalensis*. La conclusión más importante a la que llegué fue la de que los hombres modernos tenían ciertas ventajas cognitivas sobre nuestros parientes neandertales, en concreto más memoria de trabajo, tal como expliqué en mi conferencia de la Sorbona. Hoy en día, todo el mundo acepta esos resultados como muy plausibles.

»Pero en Harvard la reacción fue inesperadamente negativa. De repente, el conflicto entre *H. sapiens* y *H. neanderthalensis* reflejaba el enfrentamiento entre los vips y los pops y nuestros modelos eran supremacistas.

—¡Qué disparate! —exclamó Gala.

—Ruth me aconsejó que rehuyera el debate. No le hice caso y me embarqué en una cruzada absurda. Me dediqué a dar conferencias públicas, a aparecer en todos los media y a batirme en todas las redes sociales. Es lo que estaban deseando los grupos radicales que me criticaban; el mejor regalo que pude hacerles fue precisamente azuzar la confrontación que ellos buscaban. Al final, consiguieron movilizar a cientos de estudiantes para protestar contra el vip que utilizaba el poder de su familia para imponer sus ideas racistas y exigirle a la universidad que me pusiera de patitas en la calle.

—No querría verme en la piel del rector de Harvard —resopló Gala.

—William Stone; me acuerdo bien de él. Me invitó a comer al restaurante más caro de Boston y, entre langosta y langosta, me sugirió que me tomara unas vacaciones... ¿Quizás me interesaría participar en una excavación y así ampliar mis conocimientos prácticos de paleoantropología? Me sugirió que había una nueva campaña en Gibraltar, en una zona inexplorada hasta entonces, y me propuso tomarme un sabático para participar en ella... Un mes, dos, me dijo, lo que me apeteciera.

»Me di cuenta de que Stone estaba aterrorizado, no sabía cómo manejar el problema. Y también comprendí que, si las iras del populacho se hubieran dirigido contra cualquier otro profesor de Harvard, William no habría dudado en obligarle a pedir una baja, o incluso rescindirle el contrato. La razón por la que el rector estaba al borde de un infarto era que no sabía cómo calmar a la muchedumbre sin enfrentarse a los poderosos Arazi. —Ariel dejó escapar un suspiro de alivio, como si se hubiera quitado un peso de encima—. Así que decidí aceptar su oferta. Pedí un sabático, me fui a Gibraltar y pasé seis meses aprendiendo el oficio de paleoantropólogo, como cualquier estudiante novato. Durante esa temporada devoré los artículos de una tal Marianne Cohen, que había conseguido ser casi tan impopular como yo.

—Me suena ese nombre —bromeó Gala—. Su hija tampoco goza de una gran reputación. La apodan la doctora Hielo.

Ariel asintió, un gesto solemne, deliberadamente caricaturesco, como dándole la bienvenida al club de los impopulares del mundo, antes de seguir hablando.

—Las ideas de Marianne eran verdaderamente profundas. Hasta entonces yo me había limitado a asumir que los neandertales serían simplemente una versión menos desarrollada intelectualmente que los hombres modernos, debido a su menor RAM. Pero tu madre argumentaba que las dos especies eran distintas, o como ella decía, «no equivalentes». Aseguraba, y me convenció de ello, que los neandertales tenían una percepción diferente de la realidad. Quizás, insistía, estaban más cuerdos que nosotros, pero nuestra locura resultó ser una ventaja evolutiva.

»Fue durante aquellas jornadas interminables, rascando huesos con una espátula de sol a sol, y pasándome las noches en vela leyendo los trabajos de Marianne, cuando descubrí mi verdadera vocación. Ya no me bastaba con estudiar mapas cerebrales, quería aprender todo lo que pudiera para entender a los neandertales. Cuando terminó la excavación, pedí la baja en Harvard para crear un departamento de paleoantropología aquí, en Aurora. Nunca me he arrepentido de esa decisión.

»Desgraciadamente, Ruth no pudo aceptar que una especie que desapareció del planeta hace cuarenta mil años me interesara más que la gente de carne y hueso cuyas vidas ella intentaba mejorar cada día. Pero de eso ya hemos hablado.

—¡Es legítimo, Ariel! —exclamó Gala, sin poder contenerse—. No todos podemos ser Ruth. ¡Somos científicos y tenemos el derecho de escoger las preguntas que más nos apasionan y el deber de dedicarnos en cuerpo y alma a responderlas!

Se habían detenido frente al fiordo, el mar relucía como un manto de zafiro. Gala estaba temblando, a pesar del Kevlar de Aurora. ¿Cómo explicarle a Ariel que compartía de todo corazón su pasión por los Eloi? ¿Cómo decirle que le adoraba por esa misma razón?

—Estás temblando —dijo él, frotándole el hombro, como para hacerla entrar en calor.

Gala se apoderó de su mano y se arrebujó contra él. Ariel le pasó el brazo por encima de los hombros. Durante un tiempo que a Gala se le antojó interminable, ninguno dijo una palabra. Gala se calmó, dejó de temblar, pero su corazón seguía desbocado.

—Cuando te ofrecí venir a Aurora no pensaba sólo en tus mosquitos y tus mamuts —dijo Ariel, al fin—. Son proyectos apasionantes para los que tienes todo mi apoyo. Pero quería hacerte una propuesta. Las excavaciones en Gibraltar nos han proporcionado muchísimos restos bien conservados de donde hemos extraído ADN en muy buen estado. Con la ayuda de Esperanza estoy seguro de que es posible mejorar mucho el genoma neandertal. Lo cual, a su vez, nos permitiría entenderlos mucho mejor.

Gala sintió el mismo vértigo que en todas aquellas ocasiones, colgada de la pared, cuando los músculos se cargaban de ácido láctico y el miedo a caer al vacío, que la cuerda elástica no mitigaba, se apoderaba de ella. Con un genoma neandertal mejorado, el sueño de su madre podría dejar de ser imposible. Estuvo a punto de confesárselo a Ariel, pero se contuvo en el último instante. Lo que él le proponía era utilizar las técnicas genómicas para estudiar una especie extinta, no resucitarla. Era mejor no mostrar sus cartas todavía, no conocía a Ariel lo suficiente para ello.

—¿Te interesa? —dijo él, tendiéndole la mano, componiendo su ya familiar gesto, a la vez formal y desenfadado.

Gala se la estrechó y, con un impulso impropio de la doctora Hielo, tiró suavemente de ella —o más bien utilizó el punto de anclaje entre sus manos para franquear la distancia entre ambos— y le plantó un beso en los labios.

La primera fila de butacas, observó Gala, estaba ocupada exclusivamente por chicas. Contó diez de ellas y posiblemente no había dos de la misma nacionalidad. Las contempló un instante, maravillada por la diversidad de sus rostros y la deliciosa disparidad de sus atuendos. La que tenía más cerca era una morena de ojos verdes y largas uñas pintadas de azul marino, con un diminuto aro en la nariz. A su lado, sin escatimarle alguna que otra carantoña, se sentaba una vikinga con una imponente melena rubia, recogida por encima de la cabeza en una especie de penacho, con las sienes afeitadas y los ojos adornados con pinturas de guerra. En el banco adyacente, una muchacha de piel tan oscura como las que había conocido en la RCA tomaba notas, aplicadamente, en su pad virtual. Un poco más allá, dos chicas de rostros delicadamente orientales seguían sus explicaciones, sin apartar la mirada de ella. El aula estaba casi llena, pero los chicos, por razones que se le escapaban, preferían quedarse en la retaguardia. Entre ellos distinguió al muchacho con aspecto de arponero que le había servido el almuerzo durante su primer día en Aurora, unas semanas atrás. Le sorprendió encontrárselo en clase al empezar el curso, hasta que descubrió que todos los estudiantes de Aurora trabajaban en los negocios locales algunas horas por semana.

—¿Todos los estudiantes? —había preguntado Gala, sorprendida.

—Todos —confirmó Ariel—. Y todos reciben un salario por ello. La idea es que les llegue para sus gastos, ya que las becas de las que disfrutan cubren alojamiento y pensión. En Aurora tenemos un sistema de moneda local. Los estudiantes reciben su salario en esa moneda y es la única en la que pueden pagar. No es el kibutz en el que se crio mi padre, pero contribuye a que todos tengan los mismos derechos y obligaciones.

Y allí estaban, tan diferentes en aspecto y tan parecidos en la ilusión que los animaba, chicas y chicos pendientes de ella.

Había dado muchos seminarios a lo largo de su carrera, pero esa era su primera clase. Y al igual que hacía su madre, se había tomado muchas molestias en preparar cuidadosamente sus improvisaciones.

Hizo un gesto con la mano, como soltando una paloma. La doble hélice se materializó en el aire, frente a sus estudiantes.

—Ácido desoxirribonucleico —dijo, pronunciando cuidadosamente la palabra—. Más conocido por sus siglas, ADN. Una secuencia ordenada de moléculas orgánicas, organizadas en una doble hélice. Su bioquímica es apasionante, pero no es lo que nos interesa hoy. Desde el punto de vista de la bioinformática, el ADN es simplemente un manual de instrucciones escrito usando sólo cuatro letras, a saber, la A, la T, la C y la G, ordenadas por pares. La A va siempre acompañada de la T y la C de la G. La secuencia en la que aparecen las letras en la cadena de ADN constituye el mensaje de la vida. La maquinaria celular lee esas secuencias y produce las proteínas necesarias para crear más células.

»En el manual encontramos tramos concretos que se corresponden a instrucciones precisas. A esos tramos específicos de código los llamamos genes. Hay un gen, por ejemplo, que codifica el color de los ojos, otro que define el color del pelo y diferentes mutaciones de estos genes resultan en ojos azules o verdes, en personas morenas o pelirrojas. Los genes se agrupan a su vez en largas cadenas llamadas cromosomas. Los humanos tenemos veintidós pares de ellos, idénticos en hombres y en mujeres, y un par de cromosomas sexuales, que difieren para hombres y mujeres. Cuando un óvulo femenino es fecundado por un espermatozoide masculino, la célula resultante hereda la mitad de los cromosomas del padre y la otra mitad de la madre. Ese óvulo fecundado, por otra parte, es una célula madre, capaz de producir, a lo largo del proceso de gestación, la infinidad de células especializadas que encontramos en los organismos superiores.

Gala hizo una pausa. «Felicidades, hija —se imaginó que le susurraba Marianne—. Buen comienzo».

—En general, cuando hablamos de clones de un animal, nos referimos a crear copias idénticas de ese animal, lo que implica que no podemos recurrir al viejo truco del sexo, que siempre requiere mezclar cromosomas de dos individuos.

—El viejo truco del sexo no está tan mal —apuntó la chica del aro en la nariz, provocando algunas risas en la audiencia. «Una graciosa, o una rebelde», advirtió Marianne.

—No, no está tan mal —dijo Gala—. ¿Cómo te llamas?

—Carmen —dijo la muchacha, con un punto de tensión en la voz, como temiendo que su gracia le costara una reprimenda.

—¿Sabrías decirme cómo se crea un clon, Carmen?

—Creo que sí —dijo la muchacha—. Habría que transferir el material genético del individuo que se quiere clonar a un donante que aportara el núcleo.

—Eso es —asintió Gala—. Extraemos una célula al animal y la transferimos a un óvulo al que previamente hemos extirpado el núcleo, de tal manera que ya no contiene material genético. Una vez que la célula se introduce en el óvulo, activamos la reproducción mediante un pulso eléctrico. A pesar de que la célula del donante es somática, es decir, especializada, una vez introducida en el núcleo adquiere la capacidad de comportarse como una célula madre y el núcleo se convierte en un blastocito, o lo que es lo mismo, en un embrión en estadio temprano.

Otro gesto de la mano y el cubo proyectó una serie de holos ilustrando el proceso completo. Carmen asintió, pendiente de sus explicaciones. La vikinga que se sentaba a su lado había dejado de achucharla y atendía, igual de concentrada. El fantasma de Marianne, a su lado, asintió, aprobando su treta.

—El último paso es transferir ese blastocito a una madre subrogada, normalmente una hembra de la misma especie. En el útero de esa hembra, el blastocito se desarrolla normalmente. El bebé resultante, sin embargo, es una copia genética idéntica, no de su madre subrogada, sino del donante de la célula somática.

La holo animada de una oveja se paseó por la clase a unos centímetros de sus cabezas.

—Saludad a la famosa oveja Dolly —dijo Gala—. El primer clon viable de un animal, que hoy tendría ya cerca de sesenta años, si las ovejas vivieran tanto. —Esta vez toda la clase rio la broma, incluyendo Carmen. «Los tienes en el bote», apuntó Marianne, antes de desvanecerse—. Algunos, quizás, os estéis preguntando qué utilidad puede tener clonar animales. Dejadme que os ponga un ejemplo. Hace unos meses liberamos millones de clones de una sola hembra de mosquito anófeles en la República Centroafricana. El ejemplar original había sido manipulado para hacerlo inmune al *Plasmodium*, el parásito que propaga la malaria y todos sus clones, por supuesto, heredaron esa misma cualidad. Pues bien, esos mosquitos han reemplazado a la población inicial de anófeles y la consecuencia es que la malaria ha desaparecido de RCA y tiene los días contados en el resto del mundo.

Carmen no le quitaba la vista de encima, tan concentrada que Gala temió que se le olvidara respirar.

—Otra posible aplicación podría ser clonar animales extintos como un mamut o un tigre de dientes de sable.

El cubo proyectó la imagen de un enorme paquidermo lanudo, paseándose solemnemente en un paisaje nevado.

—Veamos cómo hacerlo —dijo Gala—. Si dispusiéramos de una célula viva de mamut, podríamos producir un clon utilizando una técnica similar a la que acabo de describir. Necesitaríamos un óvulo, que podría proporcionar una especie similar, como el elefante asiático, y una madre subrogada, que también podría ser, en este caso, una hembra de elefante. De todos modos, existe una alternativa mejor, el útero artificial. ¿Os suena?

—Dieron un Premio Nobel por eso, ¿no? —apuntó una de las muchachas orientales de la primera fila.

—En 2046, al profesor Jacques Léglise, mi mentor —dijo Gala—. Es un aparato que proporciona nutrientes y oxígeno para alimentar al feto y dispone de un mecanismo para eliminar las sustancias de desecho. Es decir, una versión sintética de la placenta.

—¿Podría un útero artificial usarse para humanos, profesora? —preguntó la muchacha de piel oscura.

—Esa es una de sus potenciales aplicaciones, en efecto. Permitiría gestar embriones inmaduros e incluso óvulos recién fecundados, por ejemplo, en casos en los que el embarazo suponga un riesgo para la madre. Pero hoy en día, la tecnología todavía es artesanal. Hay un modelo en París y pronto dispondremos de dos en Aurora. En el futuro, sin embargo, es previsible que se puedan fabricar a gran escala.

Gala apuntó al cubo y la holo de una momia de mamut, semienterrada en el hielo, se materializó en el aire.

—El caso es que no disponemos de células vivas de mamut —dijo—. Durante muchos años se buscaron ejemplares congelados cuyos tejidos, preservados por el frío, nos proporcionaran alguna. Nunca ha sido posible, a pesar de que se han encontrado centenares de esas momias. Entonces, ¿cómo clonarlos?

—¿A partir de un elefante? —apuntó Carmen, con una sonrisa titubeante de sabelotodo.

—Exactamente —dijo Gala—. No disponemos de células vivas de mamut, pero sí de células de su pariente cercano, el elefante asiático, cuyo código genético es idéntico en un noventa y nueve con nueve por ciento al de su primo lanudo. En otras palabras, si el manual de instrucciones de ambas especies fueran volúmenes de quinientas hojas, ambos diferirían tan sólo en media página.

»Así que, en principio, es posible comparar los dos libros de instrucciones y encontrar aquellas que son diferentes en uno y otro. Esto puede hacerse gracias a programas informáticos que recorren las secuencias de letras de ambos genomas e identifican los segmentos donde aparecen diferencias. Una vez que estos programas encuentran las secuencias de ADN exclusivas del mamut, todo lo que tenemos que hacer es reemplazarlas en el ADN del elefante asiático usando CRISP, es decir, sofisticadas tijeras moleculares que podemos programar para cortar en la secuencia de ADN del elefante el gen que nos interesa y pegar el correspondiente del mamut, que hemos sintetizado previamente.

—¿Pero de dónde sale el ADN del mamut? —preguntó la vikinga.

—Podemos secuenciarlo a partir de los restos fósiles de cientos de mamuts. O para ser más exacta, lo que hemos secuenciado es un genoma que viene a representar el arquetipo de un mamut. Ninguno de los fósiles que hemos encontrado nos ha permitido reconstruir el genoma completo de un solo individuo. Pero sí hemos podido combinar muchos de ellos para producir un genoma promedio.

»Por otra parte, el tamaño del genoma de un elefante es algo más de tres mil millones de letras. Un uno por mil de diferencia con el mamut, lo que significa que hay que encontrar casi tres millones de caracteres diferentes entre uno y otro que a su vez alteran el comportamiento de miles de genes. La combinatoria en las secuencias es tan grande que la tarea es irrealizable sin un ordenador cuántico. Afortunadamente, en Aurora disponemos del más avanzado del mundo: Esperanza.

Gala respiró hondo, recorrió a su hipnotizada audiencia con la mirada y volvió a señalar el cubo, que materializó una curiosa holo, un dibujo 3D en el que se veía la caricatura de una impresora que escupía secuencias de ADN.

—El último paso es sintetizar las miles de cadenas de código genético exclusivo del mamut, leyendo la secuencia de caracteres en el genoma fósil e imprimiéndolos en impresoras de ADN. *Et voilà!* Disponemos de todos los ingredientes para clonar un mamut. Podemos repetir la misma receta para resucitar otras especies extintas siempre que hayamos conseguido secuenciar su genoma. Ese es el caso de muchos animales paleolíticos.

Gala abrió los brazos, como si quisiera abarcar en ellos toda la fauna paleolítica, y luego los dejó caer de golpe.

—Nada de dinosaurios, por desgracia —suspiró—. A día de hoy es imposible recuperar el ADN fósil de animales que se extinguieron hace sesenta y seis millones de años, así que no tenemos un mapa genético para reconstruirlos. El parque jurásico de las películas de nuestros abuelos no parece posible por ahora. Pero ya disponemos de la tecnología para crear un parque pleistoceno, como propuso hace ya varias décadas el gran ecologista Sergei Sokolov. Nada nos impide resucitar mamuts, bisontes, rinocerontes lanudos y tigres de dientes de sable.

—¿Y neandertales, profesora?

La pregunta, cómo no, la había hecho Carmen. Aquella muchacha era un revólver cargado.

—Hace ahora tres décadas que se concedió el Premio Nobel a Svante Pääbo, el científico que obtuvo el primer genoma neandertal representativo. En muchos aspectos, la situación es muy similar a la que nos encontramos con los mamuts. Disponemos de un genoma neandertal que nos proporcionaría el mapa genético necesario para entender las diferencias entre los hombres modernos y los neandertales. De hecho, el estudio de ese mapa nos ha revelado muchísimos detalles sobre nuestros parientes. En teoría, podríamos partir de una célula de *H. sapiens* y editarla, gen a gen, hasta producir un neandertal. Esta célula editada podría introducirse en un óvulo sin núcleo y el blastocito resultante se gestaría en un útero artificial.

—¿Entonces podrían clonarse con la misma facilidad que un mamut?

Gala no esperaba encontrarse debatiendo la clonación de neandertales en su primera clase en Aurora, pero las preguntas de Carmen le permitían presentar el tema en público sin exponerse, como si se tratara de una simple elucubración.

—¿Quién ha dicho que clonar un mamut sea fácil? Todo lo contrario, es un proyecto muy complicado que sólo ha empezado a ser viable recientemente.

Carmen se sonrojó ligeramente, con el inesperado requiebro.

—Quiero decir... —titubeó.

—Complicado, pero posible —sonrió Gala—. De hecho, estamos a punto de conseguirlo. Pero clonar neandertales sería muchísimo más difícil. Para empezar, el genoma neandertal de referencia, aunque muy completo, presenta alguna laguna por rellenar, y esas lagunas podrían introducir problemas en el proceso. E incluso si fuera viable usar ese genoma de referencia, nos encontraríamos con el problema de que todos los individuos que clonáramos serían idénticos. Los neandertales fueron una especie humana similar a la nuestra, compuesta de hombres y mujeres diferentes entre sí. Clonar un neandertal a partir del genoma fósil quizás no es imposible, pero resucitar la especie requeriría una variedad genética de la que no disponemos hoy en día.

—¡Qué pena! —exclamó Carmen.

—¿Por qué te lo parece? —preguntó Gala.

—Podríamos aprender tanto de ellos —musitó la muchacha. La vikinga asintió rotundamente y le puso una mano cariñosa en el hombro.

—¿En qué sentido? —insistió Gala, procurando mantenerse impasible.

—Eran tan humanos como nosotros, ¿no? Y a la vez muy diferentes... No sé, sería como encontrarse con otra raza inteligente, pero no necesitaríamos buscarla en las estrellas, estaban ya aquí en la Tierra, con nosotros. Sería bonito volver a encontrarnos.

Marianne no lo hubiera expresado mejor, pensó Gala.

—Quién sabe —dijo—. Quizás algún día sea posible ese encuentro.

13

Sombras en la oscuridad

Europa central, final del Paleolítico

Ezkia regresa con buenas noticias. Su gente está dispuesta a pelear junto a los Eloi, pueden aportar tantos hombres como tres veces dos manos, quizás más, si consiguen convencer a alguna otra banda para que se una a ellos. Es un refuerzo importante, le asegura, los suyos no son tan fuertes como los Eloi, pero saben manejar la jabalina y la honda y pueden distraer a los Morlocks, ganando tiempo para que Aitz y su gente puedan acercarse más al campamento del enemigo.

A continuación, el muchacho hace algo inusitado. Extiende una piel sobre el suelo y deposita en ella guijarros de colores que acarrea en su zurrón. En el centro de la piel deja caer guijarros de color gris, entre briznas de hierba. Rodeando la hierba, ramitas de arbusto y entre las ramitas, guijarros de color blanquecino al norte y al sur y de color oscuro al oeste. Los cazadores le rodean, pendientes de él, pero sus rostros perplejos muestran que no entienden el mensaje que quiere transmitirles.

De repente, el ken de Aitz traza un dibujo encima de la piel. Se ríe, satisfecho y le propina un manotazo cariñoso a Ezkia, derribándolo sin querer. El muchacho rueda por el suelo, pero cuando se levanta, su boca de pequeños dientes también sonríe, se da cuenta de que lo ha entendido.

La piel es la pradera, explica Aitz, y enseguida los cazadores abren mucho los ojos y se percatan de que su ken ha empezado a dibujar para ellos. Los guijarros grises son los Morlocks, su campamento está situado en la proximidad de la Gran Laguna. Hay muchos guijarros porque los Morlocks son numerosos, la hierba es la pradera que rodea el campamento y las ramitas de arbusto, el bosque que se extiende en los límites de la misma. Es difícil acercarse al campamento sin ser visto desde lejos, excepto por el sur, donde el bosque llega cerca de las tiendas. Ezkia propone atacar desde tres direcciones. Su gente, explica, hostigará al enemigo desde el oeste; pueden aproximarse, ocultándose en el bosque, lo bastante para que las piedras de sus hondas y sus lanzas voladoras alcancen el campamento contrario. Los Morlocks azuzarán a sus lobos para perseguirles, y en ese momento los Eloi cargarán desde la pradera, en direcciones opuestas, para confundirles. A fin de acercarse lo más posible, Ezkia propone avanzar durante la noche y atacar con la primera claridad.

—Los lobos nos olerán —protesta Aitz.

—No, si esperamos a que caiga una gran tormenta —apunta Ezkia.

La primera reacción de Aitz es que el muchacho se ha vuelto loco. Cuando ruge la ventisca, le dice, los hombres se refugian en la cueva, así es y así ha sido siempre. Pero Astalarra asiente, agitando su gran cabeza con energía. La juventud, piensa Aitz, es atrevida. También él lo era, a su edad.

—Los Eloi no temen al frío —asegura Astalarra.

—Seremos sombras en la oscuridad —añade Ezkia.

Lo dice con un gesto decidido, señalando al grupo y señalándose a sí mismo. Nadie le contradice. El muchacho es ahora uno más entre los Eloi.

No, no simplemente uno más. Nadie en la tribu habría pensado un plan tan osado para atacar a sus enemigos. Ezkia puede ver el tiempo-por-venir mejor que cualquiera de ellos. Aitz sospecha que esa capacidad es la que lo hace verdaderamente diferente a la gente de la tribu, no su cabeza redonda y sus huesos frágiles, no su nariz diminuta y sus ojos saltones, sino la forma en que se orienta en el tiempo. Cualquier Eloi puede memorizar un sendero por el que haya transitado sólo una vez, sus ojos son agudos y su ken recuerda el promontorio, el arbusto, la hondonada, el arroyo, el color de las hojas del arce. Pero a todos les cuesta aventurarse en territorio desconocido, lo nuevo es hostil y peligroso, el sendero no transitado oculta trampas y alimañas y el tiempo-por-venir es siempre extraño, no hay referencias y es fácil ofuscarse y perder la orientación. Ezkia no se ofusca. Su ken ha visto a los cazadores cercando a sus enemigos, ocultos por la noche y la tormenta, a pesar de que ni la noche ni la tormenta han llegado. Quizás Ezkia esté loco. Aitz ha visto a locos antes, gente que un día deja de distinguir la realidad de los sueños, confunde el tiempo-que-pasó con el tiempo-por-venir, corre por el bosque persiguiendo espíritus o habla sin cesar, a veces sola, a veces con las piedras, que nunca responden. Pero Ezkia casi nunca habla y nunca lo hace en vano. Loco o no, su plan es el único del que disponen. Aitz sabe que no les queda otra alternativa que aceptarlo o esperar.

Y sabe también que está harto de esperar.

Se ponen en marcha con la primera luz. La tormenta está ya encima de ellos y Aitz sabe que irá arreciando a medida que pasen las horas. Cada hombre se ha cubierto con el manto más cálido que ha podido encontrar. A la piel del Gran Lanudo que cubre su tórax, Aitz ha añadido protecciones para la cabeza, los brazos, las manos y los pies, Abarra y Astalarra van ataviados de la misma guisa. Bigur sabe unir pedazos de piel usando una aguja de hueso y cordel hecho de tripa, ella y Andrexe han fabricado mangas, guantes, gorros y mocasines cómodos y muy cálidos para los hombres de su familia, mientras Ayena renegaba, infeliz por no ayudarlas, pero demasiado terca para aceptar que una mocosa le diera clases.

Se han dividido en dos grupos, cada uno con tantos hombres como dos veces los dedos en las dos manos. Abarra encabeza el contingente que atacará al enemigo por el sur, Aitz, con Astalarra, el que lo hará por el norte. Ezkia ha partido la noche anterior, para unirse a la banda de oscuros que hostigará a los Morlocks desde el bosque que limita su campamento por el oeste.

La jornada transcurre sin dificultades, la ventisca aún no es insoportable y la nieve no es demasiado profunda. Llegan a las inmediaciones de la Gran Laguna al anochecer y Aitz da la orden de detenerse, hay un refugio rocoso, justo antes de entrar en la pradera, donde pueden apretujarse para masticar un poco de carne seca y descansar unas horas. Mientras dormita, con la espalda apoyada en la de su hijo, su ken dibuja la imagen de Abarra y su gente, acercándose por el extremo opuesto de la estepa. Ve también las figuras de los oscuros, avanzando como sombras por el bosque. Aitz se pregunta si es el frío, el cansancio o el miedo lo que hace que su ken dibuje tan claramente esa noche. La nevada arrecia y el frío le muerde con mandíbulas de hiena. Si no encienden pronto un fuego, pueden congelarse, pero si lo hacen, se arriesgan a que los descubran sus enemigos. Si quieren atacar al amanecer, tienen que ponerse pronto en marcha, aguantar la noche al raso, acercándose lentamente al campamento rival; si la ventisca arrecia durante esas horas, estarán perdidos; si se detienen y los lobos los huelen, también. El plan de Ezkia, comprende, es descabellado, toda la desconfianza que le ocasionaba estaba más que justificada, el muchacho está loco y les ha contagiado su demencia.

Pero ya no tiene remedio. No puede volverse atrás. Quizás Abarra esté pensando lo mismo que él, pero conoce a su hermano y sabe que ninguna tormenta va a detenerlo. No puede dejarlo solo, y ¿quién sabe? Quizás para ganar esa batalla se necesita una locura.

Aprieta el brazo de Astalarra, indicándole que es el momento de ponerse en marcha. Su hijo se levanta de un ágil salto y el resto de los cazadores hace lo mismo. El muchacho contrae sus rasgos en la mueca del oso, los demás le imitan, gruñendo ferozmente, animándose entre sí para la batalla que se avecina. Astalarra hincha los trapecios, muestra los dientes, parece realmente un oso cavernario, cubierto totalmente de pieles como va. Pero Aitz está aterrorizado. Su ken dibuja imágenes horribles, en las que su hijo yace ensangrentado, ensartado por las lanzas voladoras de los Morlocks. En ese momento, más que nunca, se arrepiente de haber atendido los desvaríos de Ezkia. Pero ya es demasiado tarde.

—No te separes de mi lado —le dice a su hijo, con un gesto imperativo.

El muchacho asiente, sonriendo.

—No te preocupes, padre —le asegura—. Yo te protejo.

Cuando despunta la primera luz, no siente los pies ni los dedos de las manos, su nariz es un témpano de hielo pegado a su cara, la escarcha crece en su barba y sus cejas, tiene la boca seca y los labios llagados, pero han conseguido acercarse hasta la vecindad del campamento enemigo. La ventisca les ha castigado, pero también les ha protegido. Insensato o no, el plan de Ezkia ha funcionado hasta el momento.

Aguarda pacientemente hasta que la noche se llena de gritos agudos y luces voladoras. Aitz necesita un instante para entender que se trata de las jabalinas de los oscuros; han embadurnado las puntas en brea y les han prendido fuego, tal como hizo Ezkia unos días atrás, sin que Aitz entendiera qué se proponía con ello. Pero ahora no puede estar más claro, las jabalinas se estrellan contra las tiendas de los enemigos, incendiándolas. Los Morlocks escapan de ellas como conejos de una madriguera en llamas y la lluvia de piedras que les cae encima derriba a muchos. Los lobos aúllan ansiosamente y se precipitan hacia el lindero del bosque, algunos ruedan por el suelo antes de llegar, ensartados por las jabalinas, otros penetran en la espesura, los hombres les siguen, agitando sus lanzas, rugiendo de rabia y de miedo.

Es el momento. En silencio, Aitz echa a correr, acelerando a medida que su corazón bate cada vez más rápido y la sangre le calienta los músculos. Entran en el campamento como una estampida de bisontes. Aitz ensarta a su primer enemigo, que no parece haberse despertado aún del todo, y a su lado Astalarra despacha al que se le enfrenta con la misma celeridad.

Aitz nunca ha matado tanto en tan poco tiempo. Sus hombres abaten a los Morlocks como si hubieran sorprendido a un rebaño de cabras, las hachas abren cabezas, las lanzas destripan a sus víctimas como el colmillo de Dos Cuernos. Por un momento, Aitz piensa que la batalla va a reducirse a una carnicería indiscriminada, nadie, ni hombres ni mujeres ni niños, escapa a la furia de los Eloi. Pero el campamento de los Morlocks es muy grande y sus enemigos empiezan a agruparse, les azuzan a sus lobos, que se precipitan ferozmente sobre ellos, Aitz ve caer a un cazador, después a otro. Él mismo tiene que vérselas con dos alimañas que se le echan encima, ensarta a uno de ellos, el otro le lanza una dentellada, que se lleva por delante una de las mangas que cubren sus brazos, y Aitz le rompe las costillas con su hacha sin darle ocasión a morder de nuevo. Pero en un instante, las tornas han cambiado, los Morlocks son muy numerosos, les lanzan jabalinas que manejan con la misma destreza que los oscuros y alcanzan a muchos de sus hombres. Han perdido la ventaja de la sorpresa y ahora están en clara inferioridad frente a sus enemigos.

En ese momento, otra estampida sacude el campamento, sorprendiendo por la espalda al grupo que les enfrenta. Son Abarra y los suyos. Los gritos aterrorizados de los Morlocks suenan dulcemente en los oídos de Aitz. Corre hacia su hermano, con Astalarra a su lado y enseguida el ken de los tres se funde en un solo hombre de seis brazos. Nada puede detenerlos. Avanzan, sembrando destrucción, en el combate cuerpo a cuerpo los Morlocks no son rivales para ellos, Aitz empuña en cada mano un hacha de piedra roja, más roja todavía por la sangre de sus enemigos. Golpea sin cesar, rompiendo huesos, partiendo cráneos, en una vorágine de violencia que parece eternizarse.

De repente, los Morlocks rompen filas y salen huyendo. Ezkia aparece a su lado, rodeado por su gente, silban las hondas y muchos de los que huyen caen al suelo para no levantarse. El resto se dispersa por la pradera helada. En la ventisca y sin un fuego, la mayoría se habrán helado de frío antes de que caiga la noche.

Han ganado.

Y en ese momento llega la tragedia que su ken se había barruntado. Astalarra sale corriendo tras un grupo de fugitivos, separándose de Aitz y de Abarra. Arrolla a los más rezagados, despachándolos sin piedad, y persigue a los que quedan, enloquecido por la sangre, sin darse cuenta de que dos lobos corren hacia él. Ezkia grita un aviso, Aitz se abalanza tras su hijo, pero ya es demasiado tarde. Los lobos saltan sobre el muchacho, uno de ellos muerde sus pantorrillas, derribándolo, el otro busca su yugular. Ezkia también corre, adelanta a Aitz, rápido como un corzo y, sin detenerse, atraviesa a una de las bestias con su jabalina. Pero no es el único que puede manejar lanzas voladoras. Los Morlocks que Astalarra perseguía tienen tiempo de tomar puntería y arrojarle sus armas. Una falla, pero la otra se clava en el costado del muchacho.

Aitz no se detiene, alcanza al grupo de fugitivos, los dos hombres que han atacado a su hijo, una mujer y un anciano. Los mata a todos.

Luego se da la vuelta y regresa, arrastrando los pies, hasta donde su hijo se desangra.

Astalarra es fuerte. Tan fuerte que sobrevive al largo camino de regreso al campamento. Aitz y Abarra se turnan para cargarlo a la espalda, han arrancado la lanza de su cuerpo y Ezkia ha taponado la herida con musgo y la ha vendado tensando tiras de piel alrededor de su tórax. Cuando llegan al campamento, lavan la herida con agua y Bigur extiende sobre ella ungüento de tomillo. Astalarra respira trabajosamente y todo su cuerpo está ardiendo, pero abre los ojos, pide agua y se la bebe en pequeños sorbos, sonríe, a pesar del dolor, orgulloso de su hazaña. Andrexe no se aparta de su lado. En cambio, Ayena no para quieta, recorre el bosque buscando los hongos medicinales que bajan la fiebre, prepara una papilla de zanahoria y se la hace beber a sorbos a su hijo; cuando Andrexe rompe a llorar, despacha a la joven sin contemplaciones, se sienta junto al muchacho, le pone la cabeza en su regazo y le susurra en voz baja la nana que Aitz no había vuelto a oír desde que Astalarra dejó de mamar. Bigur se ocupa de Ardouky, que no entiende que la vida de su hermano mayor, a quien considera invulnerable, pueda estar en peligro.

Aitz se pasa el día junto a Astalarra, o acompaña a Ayena en sus correrías por el bosque. A veces ayuda a Andrexe a curtir la piel de Gran Lanudo; otras, se entretiene fabricando herramientas o ungüentos medicinales; su ken recuerda los ingredientes y las proporciones de las pociones que preparaba Ampulo. Sus días se han reducido a una larga espera. Sabe que, cuanto más tiempo pase, más fácil es que su hijo sobreviva.

Abarra y Ezkia lideran partidas que recorren el valle, sin encontrar signos de los Morlocks, excepto por algunos grupos de rezagados, a los que han permitido escapar. Después del furor de la batalla, todos están hartos de sangre. Pero Ezkia está preocupado.

—Volverán —asegura.

—Si lo hacen, volveremos a derrotarlos —asegura Abarra.

Ezkia se cuida mucho de contradecirle, Abarra es orgulloso y no soportaría que un tullido le llevara la contraria, mucho menos tratándose de un oscuro. Pero los ojos de Aitz ven más allá del físico endeble y el brazo inútil del muchacho, lo ha visto combatir en varias ocasiones y sabe que es tan letal como un tigre. También sabe que entiende el tiempo-por-venir mejor que cualquiera de ellos. A menudo, Aitz se sienta a trabajar sus herramientas en el borde del promontorio que domina la pradera sobre la que se eleva el campamento y algunas veces Ezkia se sienta a su lado y conversan.

—Mi gente ha encontrado viajeros que vienen del norte —le dice—. Huyen de los Morlocks. Dicen que son tan numerosos como los rebaños de bisontes.

—No hay tantos hombres en el mundo —protesta Aitz.

—¿Y si no son hombres? —pregunta Ezkia—. No son como los Isch ni como los Eloi.

Ezkia usa las manos para formar el signo de los Eloi, pero para hablar de su propia gente emite un sonido, «Isch», que Aitz ya ha aprendido a identificar.

—Tienen dos brazos y andan sobre dos piernas —alega Aitz.

—También el oso tiene dos brazos y anda erguido —argumenta Ezkia.

—Se parecen más a la gente que a los osos —rebate Aitz.

—Los hombres no hablan con los lobos —insiste Ezkia.

Aitz tiene que conceder que el muchacho tiene razón en ese aspecto. Quizás los Morlocks son mitad hombres y mitad bestias.

—Si vuelven, tenemos que estar preparados —propone Ezkia.

—¿Cómo? —pregunta Aitz.

—Los clanes no deben volver a separarse como antes —dice Ezkia.

—Los clanes se separarán —asevera Aitz—. Así es y así ha sido siempre.

14

Cenicienta en Aurora

Vrangelya, 2070

Cada verano Padre nos llevaba a visitar a los mamuts. Los primeros años cargábamos el material para la acampada y las provisiones en un trineo tirado por huskies, pero para nuestro décimo aniversario Padre nos propuso prescindir de la ayuda extra. Madre protestó, le agobiaba que tuviéramos que acarrear demasiado peso, o que nos faltara comida. La respuesta de Padre no contribuyó a tranquilizarla.

—Tendremos comida de sobra. Podemos cazar.

Era algo que llevábamos muchos años haciendo, en Vrangelya abundan las liebres, los zorros y todo tipo de aves, caza menuda, fácil de abatir y de consumir, sin desperdiciar nada. Pero una cosa era cenar un conejo por capricho, argumentaba Madre, y otra muy distinta depender de ellos para no pasar hambre. Y mucho menos cuando Padre aseguraba que aquel verano, para celebrar nuestro décimo aniversario, la caza corría de nuestra cuenta.

—¡Son demasiado jóvenes para manejar un fusil! —exclamó Madre, airada.

—¡Nada de fusiles! Arco y flechas —fue la respuesta de Padre.

—¿Y quién va a enseñarles a manejarlos? —preguntó Madre, con retintín.

—Era bastante bueno con ellos cuando estaba en el ejército —aseguró Padre—. Empezaremos a practicar mañana mismo. No te preocupes. Llevaré también el fusil automático.

Madre siguió refunfuñando un rato, pero era evidente que daba la batalla por perdida. A veces tenía la sensación de que sólo protestaba para aliviar la frustración que le producía no acompañarnos. La salud de Madre era delicada, aunque de eso nunca se hablaba en casa, como no se hablaba de lo complicado que había sido su embarazo ni del parto que casi le había costado la vida y del que nunca se había repuesto del todo.

Las excursiones veraniegas se prolongaban durante semanas, atravesábamos el paso entre las montañas hasta llegar a las praderas centrales donde pastaban los rebaños de mamuts y los seguíamos día tras día. Padre afirmaba que cuidar de ellos era nuestro trabajo y nosotros nos tomábamos aquella obligación al pie de la letra, convencidos de que nuestra presencia era indispensable para la felicidad de los animales.

Cada año había que revisar el desarrollo de los bebés y los juveniles, comprobar su estado de salud y a veces inocularles nuevas vacunas. También era necesario mantener en buen estado los enormes animales mecánicos que sustituían a los adultos de la manada. Padre los llamaba «animes», pero Hartz no tardó en buscarles un nombre para nuestro uso privado. Usábamos decenas de signos para hablar de los mamuts, que componíamos con ambas manos, la izquierda formaba el signo que designaba el animal —el pulgar se unía al anular y el meñique para formar el cuerpo, el índice y el corazón se proyectaban hacia adelante como sus colmillos— y la otra matizaba; teníamos combinaciones de gestos para nombrar a los bebés y a los juveniles, a los machos y a las hembras, distinguíamos una docena de matices en el color y la textura de su pelo, otras tantas según la longitud y forma de sus colmillos, las secuencias de signos nos permitían superponer cada una de las características que nos interesaban, mamutbebé-hembra-pelo-ocre, movíamos las manos tan deprisa que Madre había equipado nuestros pads con una cam conectada a Anastasia para registrar cada uno de nuestros movimientos y luego analizarlos con el equipo de lingüistas que dirigía Dimitri.

Los animes eran mamuts-máquina, Hartz entendía tan bien como yo que se trataba de aparatos artificiales, pero, a diferencia de mí, no se interesaba lo más mínimo por su naturaleza, los aceptaba como lo que eran, adultos que guiaban el rebaño y se ocupaban de amamantar a las crías, sin preguntarse por los arcanos de su funcionamiento. A cambio, conocía a todos los animales del rebaño, tenía un nombre para cada uno, reía de felicidad cuando comprobaba que habían crecido desde el año anterior y gozaban de buena salud; se quedaba mudo y sombrío cuando descubría que alguno había muerto o enfermado. Yo me contagiaba de sus reacciones, mis sentimientos copiaban a los suyos, y Padre se adaptaba, con infinita paciencia, a nuestros rápidos cambios de humor.

Al caer la tarde, cuando montábamos la tienda de campaña y preparábamos la cena, Hartz se tranquilizaba. Solía quedarse amodorrado después de comer, con una sonrisa de felicidad en su hermoso rostro, las enormes narices dilatándose al respirar el aire puro de la estepa, sus ojos oscuros siguiendo las nubes que vagaban por el cielo. Yo sabía que su ken estaba en paz en ese momento, sus sentidos absorbiendo todo lo que le rodeaba y su mente en silencio. No había intrusa en su cabeza que divagara sin cesar, preguntándose qué es una nube y por qué flota en el cielo como las águilas, y por qué las águilas pueden volar y no las personas, y por qué hay mamuts-máquinas que guían los rebaños en las praderas de Vrangelya y águilas-máquina que vuelan tan alto como las otras, pero están hechas de metal como los animes, águilas como la que seguía nuestros pasos desde el cielo. Hartz siempre era el primero en distinguirla con su vista infalible, siempre había habido un águila-máquina sobrevolando nuestras cabezas. Son los ojos de Madre, decía Padre, y Hartz lo aceptaba sin complicarse más la vida, mientras la intrusa se preguntaba por qué Madre nos observaba siempre desde tan lejos.

Isafjörður-Aurora, octubre de 2051

Lior movió rápidamente los dedos sobre el teclado virtual, examinó las secuencias que iban apareciendo en las dos grandes pantallas de grafeno que tenía delante. Luego giró su butaca hacia ella.

—Te presento a Paquito y Azalea —dijo.

Gala estudió la secuencia de A, T, C y G que llenaba toda la pantalla. Si quisiera recorrer el genoma completo de sus dos mamuts, necesitaría pasar muchas pantallas como aquella. Pero no hacía falta. Las iA que les ayudaban habían repasado meticulosamente la fórmula que le iba a permitir devolver a la vida a los extintos elefantes lanudos.

—¿Lo tenemos entonces? —preguntó, repentinamente incrédula. De repente, el año que llevaban trabajando en el proyecto se le antojaba un tiempo demasiado corto para todo lo que habían conseguido.

Lior se levantó de la butaca, ligero y menudo como un gato, cruzó la sala en cuatro ágiles zancadas hasta la esquina donde habían instalado una pequeña cocina, equipada con un microondas, un horno de inducción, un frigorífico en el que almacenaban las ensaladas, sándwiches y frutas frescas que les servían de tentempié hasta la hora de la cena, y la inevitable máquina de café. Aunque en muchos aspectos Lior era un extraterrestre, se dijo Gala, en otros eran idénticos. Los dos sobrevivían a base de yogur y cafeína. Los dos eran adictos al trabajo. Y los dos oscilaban entre la tendencia al autismo y la necesidad de trabajar en equipo, había días en que coexistían en aquella misma sala como si habitaran en planetas diferentes, cada uno sumido en sus cavilaciones, ignorando al resto del mundo, y otros en el que la jornada se transformaba en una asamblea que involucraba a todo el grupo, desde los matemáticos que programaban el ordenador cuántico hasta los bioquímicos que preparaban las secuencias de ADN y los cultivos celulares.

Quizás por eso su cuartel general, que ocupaba todo el veinteavo piso de Torre Alberta, el edificio más alto de Aurora, estaba diseñado como un archipiélago, cada isla definida por una gran alfombra de lana de vivos colores, cada alfombra una especie de islote en el mar de madera de caoba que cubría el suelo del piso. Las islas centrales estaban cercanas entre sí y se comunicaban mediante istmos sedimentados a base de sillones, butacas y cojines, formando una especie de atolón. Ese era el espacio que usaban para trabajar en grupo. Pero en el mar de parqué había también islotes, alejados del atolón central, útiles para cónclaves y refugio de robinsones. Se habían instalado en uno de esos espacios periféricos, junto al ventanal y cerca de la pequeña cocina. El habitáculo estaba definido por dos butacas y un sofá que rodeaban una mesa de té, fabricada con madera de caoba. Lior había bautizado el pequeño espacio, que sólo ellos utilizaban, como la Isla del Tesoro.

Su amigo regresó de la corta expedición a la cocina con dos cafés, le tendió uno y se dejó caer en una butaca. Gala, a su vez, se quitó los zapatos y se acomodó en un cojín, dejando que la lana de cachemira acariciara sus pies.

—Lo tenemos —dijo Lior—. La receta CRISP estará lista en menos de una semana. Antes de fin de mes tendremos los blastocitos y podremos empezar la gestación en los úteros de Jacques. Si todo va bien...

—¡Nos podemos tomar veintidós meses de vacaciones! —exclamó Gala—. Mis mosquitos se desarrollan un poco más rápido.

—No tanto —dijo Lior—. Amir cree que el proceso de gestación puede acortarse hasta los doce meses, acelerándolo en el útero artificial. Eso nos llevaría a octubre del año que viene. Quizás te podamos regalar dos mamuts para tu cumpleaños.

—Lo que nos da un año para completar el Proyecto Anófeles —dijo Gala.

—Y para producir un nuevo mapa del genoma neandertal a partir de los fósiles de Gibraltar —añadió Lior.

Gala se acomodó junto al ventanal, dejó que su mirada vagara por la inmensidad celeste del ártico, mientras daba vueltas y más vueltas a la idea que no había dejado de obsesionarla, cada vez más, desde su llegada a Aurora.

La tecnología para resucitar mamuts era idéntica a la que se precisaba para resucitar a los neandertales. Las herramientas estaban todas a punto. Los programas informáticos para localizar los genes e identificar su función, la maquinaria para producir ADN sintético, las tijeras moleculares CRISP para editar los genes, el útero artificial. En sólo un año en Aurora, había conseguido lo que habría costado una década en cualquier otro lugar. Y en menos de un año tendría un genoma neandertal más preciso que nunca antes en la historia.

En menos de un año, resucitar a los Eloi dejaría de ser un sueño. Aún no sabía cómo iba a resolver el problema de la variedad genética, entre muchos otros. Pero soñar era gratis y no era imposible que le sonriera la suerte.

Lo último que se esperaba, cuando entró en la terraza cubierta del restaurante donde Ariel le había dado cita, era encontrarse allí a la familia Arazi al completo, junto al grupo de jóvenes científicos que llevaban un año trabajando con ella, incluyendo a Carmen, Erika y Ling, que le sonreían con aire de timadoras que habían conseguido estafar a su víctima. Le costó entender lo que estaba pasando, a pesar de las holos flotantes que simulaban globos de colores, las mesas surtidas de comida, la enorme tarta en la que ardían veintiocho velas y la hilera de botellas de champán recién descorchado.

—*Lejaim* —brindó Ariel, ofreciéndole una copa rebosante de líquido espumoso.

Gala la aceptó, todavía descolocada. Había visto poco a Ariel durante los doce meses que llevaba en Aurora y no por falta de ganas, él había pasado casi todo el año en Gibraltar, de donde había vuelto sólo unos días atrás. Gala había esperado que la visitara en su laboratorio y le propusiera compartir un almuerzo o un paseo por la orilla del fiordo, como solían hacer en cada una de sus breves visitas.

Paseos, me contó, que se asemejaban al lento cortejo de una pareja de novios dos siglos atrás. A veces se cogían de la mano, como adolescentes en su primera cita, otras repetían el ritual del rápido beso en los labios con que Gala había inaugurado aquella relación que no sabía cómo clasificar. Ariel nunca había hecho el intento de pasar a mayores y ella había reprimido el impulso de tomar la iniciativa, diciéndose a sí misma que la decisión le correspondía a él. Paradójicamente, no se lo habría pensado dos veces en el caso de Diego Acevedo, pero Diego era un compañero de trabajo, Ariel, el heredero de los Arazi y ella no era una cazadora de fortunas, como había descubierto Brian por las bravas. Aunque lo cierto era que Sigfrido se parecía tanto a su antiguo ligue como un águila a un pavo real. Si el vip parisino era incapaz de ver nada que no fuera su propio ombligo, Ariel parecía no tener tiempo que perder alimentando su ego; si el uno presumía incesantemente de sus posesiones y privilegios, al otro sólo parecía importarle el mundo de las ideas. Brian era un buen científico, pero a lo largo del año que llevaba en Aurora, Gala había comprendido que Ariel jugaba en otra liga completamente diferente. No había nadie en el mundo que supiera más de los Eloi, nadie, desde la muerte de su madre, que les hubiera dedicado tanto trabajo y devoción como él.

Demasiada devoción incluso, se dijo en más de una ocasión. Los paseos compartidos se consumían revisando sus progresos en la elaboración de un nuevo genoma fósil neandertal a partir de los restos de Gibraltar; el proyecto los apasionaba a ambos, pero a menudo la breve visita tocaba a su fin sin que hubieran hecho otra cosa que hablar de trabajo. En esas ocasiones, Gala concluía que, simplemente, Ariel no estaba interesado en una relación romántica y especulaba con que el fracaso de su matrimonio con Ruth —fracasado, pero nunca terminado, como una herida que no acaba de sanarse— le había traumatizado irremediablemente.

Pero ese día Ariel no le mandó un ping proponiéndole un paseo; por el contrario, le había enviado una invitación para cenar casi tan solemne como aquella con que la señora Vox la convocó a la conferencia de París. En este caso la cita era en Grettir Sterki, el restaurante más romántico de la ciudad, y Gala se había acicalado para acudir más de lo que recordaba haberlo hecho nunca. Carmen, a la que había fichado al terminar el primer semestre del curso para que trabajara con ella, y se había convertido desde entonces en su confidente, le había prestado una de sus blusas de tela sensible, en la que las cuatro estaciones se sucedían sobre el fiordo, mientras que Erika, la exuberante novia vikinga de su amiga, embellecía su rostro con maquillaje ligeramente fosforescente. Ling pasó revista, examinando con expresión severa su atuendo, antes de dar su visto bueno. Gala se había despedido de las tres muchachas, nerviosa y azorada, como si también ella tuviera veinte años y aquella fuera su primera cita.

Y allí estaban las tres conspiradoras, encantadas de haberle tomado el pelo, mientras Sigfrido le ofrecía champán. Estaba guapísimo, se había dejado crecer el pelo y la barba y volvía a parecerse al doctor Acevedo. Gala tuvo la vaga noción de que se había quedado embobada, atrapada por aquel bello rostro.

—¿Vais a seguir contemplándoos mucho rato o podemos seguir con la celebración? —dijo Lior, para regocijo de todos los presentes.

Gala se sonrojó hasta las orejas y vació su copa de un trago, mientras sonaban los aplausos a su alrededor.

—Una pequeña fiesta en tu honor —dijo Daniel Arazi, mientras levantaba la suya.

—Feliz cumpleaños, Gala —añadió su esposa Irina.

Gala se acercó a ellos. Irina la besó en ambas mejillas y Daniel hizo lo mismo, aunque sus besos se quedaron en el aire, a un milímetro de su piel. La pareja debía rondar los setenta, pero aparentaban una década menos. Daniel tenía una abundante cabellera gris y rasgos rotundos, incluyendo una estupenda nariz que nada tenía que envidiarle a las de los Eloi. Irina era delgada y fibrosa, no costaba nada imaginarla con mallas y zapatillas de ballet. Llevaba su melena plateada recogida en una espesa trenza. Los ojos eran carbones incandescentes. Claramente, Sigfrido tenía a quien parecerse.

—Prueba los arenques —dijo Ariel, tendiéndole un plato.

Gala no se hizo de rogar. El pescado estaba delicioso, y lo engulló en dos rápidos bocados.

—Esta pobre muchacha está famélica —opinó Irina—. No me extraña que esté tan delgada.

Irina, pensó, no carecía de sentido del humor. Ciertamente, ella no estaba más delgada que la *prima ballerina* que le ofrecía un pincho de marisco con la expresión consternada de una voluntaria de la Cruz Roja alimentando a una náufraga.

Había visto más veces a Irina durante los últimos meses que al propio Ariel. Lior y ella solían trabajar hasta muy tarde y no eran pocas las veces que Irina asomaba por su laboratorio a la hora de la cena, que ellos se habrían saltado en otro caso, cargada de *sabich* y con aires de misionera a cargo de alimentar a los reclusos de Torre Alberta. Gala disfrutaba mucho de aquellas veladas, devoraban con apetito de caníbal el bocadillo de berenjena frita, huevo duro y perejil, envuelto en pan de pita y acompañado de hummus o tahini, mientras Irina recordaba su juventud en Israel o les explicaba su lista, siempre creciente de proyectos benéficos. No eran pocas las veces que los centros de salud de África, que Irina consideraba su mayor éxito, salían en la conversación. Al principio, Gala se sentía una impostora, consciente del cariño que Irina sentía por Ruth y de lo mucho que le había dolido que su relación con Ariel fracasara. No podía evitar verse a sí misma como una oportunista sin escrúpulos, dispuesta a aprovecharse del infortunio de Sigfrido a la más mínima oportunidad. Pero Irina no tardó en darle a entender que la consideraba una aliada para rescatar a Ariel de su no declarada melancolía. Gala recordó una de sus visitas, algunas semanas atrás.

—Hasta que llegaste a Aurora, la única amistad de Lior era Esperanza —dijo Irina, mientras untaba un poco de hummus en su pan de pita—. Desde que trabaja contigo está irreconocible. Gracias a ti, mi benjamín se ha vuelto moderadamente humano.

Lior asintió con resignación, e Irina lo mandó a preparar café para los tres, antes de inclinarse un poco hacia Gala.

—Desde que has llegado, Ariel ha recuperado algo de su antigua alegría. No sabes lo que te lo agradezco.

El estruendo de los falsos globos atronando el comedor del restaurante, con falsas explosiones, la devolvió a la fiesta. Las luces se apagaron, dejando iluminada tan sólo la tarta con sus veintiocho velas. Gala la apagó de un enérgico soplido, provocando una ronda de aplausos.

«Cenicienta en Aurora», pensó, sólo le faltaban los zapatos de cristal y que el príncipe se decidiera a hacerle caso.

Salieron del restaurante pasadas las once y deambularon un rato por las calles de Isafjörður. Como por arte de magia, la ruidosa pandilla que los acompañaba se fue desvaneciendo y de repente estaban solos. Gala estaba convencida de que en cuanto sonara la medianoche, su blusa de tela sensible se convertiría en una camiseta zarrapastrosa y el maquillaje fosforescente le caería en churretes por la cara. Paseaban por el puerto. Ariel le señaló una lancha fueraborda.

—¿Te apetece una excursión?

—¿A estas horas?

Eran casi las doce, lo que quería decir que la lancha se transformaría en calabaza de un momento a otro. Y aunque no fuera así, ¿adónde pretendía llevarla Sigfrido en aquella oscuridad?

—Es posible que esta noche tengamos aurora boreal —dijo Ariel—. Nos cuesta una hora llegar hasta Hornstrandir, conozco un acantilado sobre el mar, con unas vistas impresionantes. Es un lugar ideal para observarla.

—¿Me estás proponiendo cruzar el ártico y escalar un arrecife en plena oscuridad y, en el dudoso caso de que sobrevivamos, pasar la noche en vela esperando la aurora boreal?

—¿Has visto alguna ya?

—La verdad es que no. He perdido unas cuantas oportunidades por culpa de mi alcoholismo... Con el trabajo, quiero decir.

—¿Qué esperamos entonces?

—Ariel, estás completamente loco.

—Cierto —reconoció él, con su sonrisa taimada—. Pero hay método en mi locura.

Gala recordó las clases apasionantes de Ariella Cattai, su profesora de física en la Escuela Normal, a quien idolatraba.

—Todo comienza con una explosión —decía Ariella, mostrándoles una holo en la que se veía una tremenda eyección de masa solar—. En cada uno de estos estornudos, Helios nos manda un chorro de electrones y protones. ¡Se trata del viento solar, muchachas y muchachos, que algún día inflará las velas de nuestras naves espaciales!

Ariella agitaba su melena leonina, que nada tenía que envidiarle a la cabellera de Erika, sus hermosos ojos azules hervían de fiebre.

—Cuando el viento solar llega a la Tierra golpea el escudo de Ceres, el campo magnético que nos protege de fenómenos violentos como este y sin el cual la vida en nuestro planeta sería un negocio mucho más arriesgado. Las partículas que componen el viento del sol chocan con ese escudo, que las canaliza hacia las regiones polares.

La magnetosfera que rodeaba a la profesora Cattai no era menos impresionante. Los estudiantes de la Escuela Normal, incluyéndola a ella misma, eran invariablemente atrapados por las líneas de campo de su pasión.

—Al llegar a las regiones polares, estas partículas cargadas colisionan con las moléculas de la atmósfera terrestre y las excitan. Para regresar a su estado original, las moléculas liberan el exceso de energía en forma de luz. Los diferentes colores de la aurora se deben a los diferentes tipos de moléculas y a las diferentes altitudes en las que ocurren las colisiones.

En su adolescencia, Gala entabló una cierta amistad con Fátima, una de las artistas holográficas que incluso Guy Benítez respetaba y que, durante un tiempo, había intentado en vano rescatar a su padre del alcoholismo. Se había hecho famosa por sus simulaciones dinámicas de auroras boreales y había sido ella quien le mostró cómo las colisiones de las moléculas de oxígeno con los protones del viento solar podían producir una gama casi infinita de colores, según la altura a la que ocurrían. Fátima estaba convencida de que la belleza de la naturaleza sólo podía apreciarse completamente cuando se conocían los fenómenos físicos que la acompañaban. Tenía razón, pensó Gala. La explosión de colores que se dibujaban en ese momento en el cielo, como si un millón de dragones respiraran azufre y cobalto en las alturas, le parecía aún más bella recordando a Ariella, recordando a Fátima.

Notó el dedo de Ariel rozando sus mejillas, y sólo entonces se percató de que estaba llorando.

Faltaba poco para amanecer cuando se apagaron las luces del cielo. Gala se había arrebujado contra Ariel, los dos protegidos del frío por sus chaquetones de Kevlar. Casi no habían hablado en toda la noche, pero lo sentía más cercano que nunca, abrazados sobre el acantilado que daba al Ártico, rodeados de un silencio primordial, cósmico. Sintió que romperlo sería una blasfemia. Ariel parecía sentir lo mismo. Sólo habló cuando empezó a clarear.

—He visto muchas auroras boreales —dijo—. Ninguna tan hermosa como esta.

—Es el regalo de cumpleaños más hermoso que nadie me ha hecho.

—¿Quieres que volvamos a Isafjörður?

—Nada me apetece menos.

—Podemos vivaquear aquí mismo, si te apetece.

—¿Has traído sacos de dormir en tu mochila?

—No es exactamente una mochila —dijo Ariel, con su sonrisa de prestidigitador.

Se levantó y le hizo una seña para que lo siguiera. Caminaron hasta una zona de terreno plano, un poco alejada del acantilado, y colocó cuidadosamente la mochila sobre el suelo. Gala le observaba, intrigada.

—Abracadabra —susurró Ariel.

El saco empezó a inflarse, metamorfoseándose mientras lo hacía en un perfecto iglú de Kevlar.

—Ya sé —dijo Gala—. Tecnología de Aurora.

—Hay sitio para dos aquí dentro —dijo Ariel.

—¿Me estás proponiendo dormir contigo?

—Nunca pensé que me atrevería. Ha pasado mucho tiempo desde la última vez que estuve con alguien y quiero que sepas que...

Gala le puso un dedo en los labios.

—Deja de darme explicaciones y bésame —dijo.

15

Colmillos

Europa central, final del Paleolítico

Después de la guerra los clanes han vuelto a separarse, como Aitz había predicho. Cada familia de los Eloi ha regresado a su territorio habitual, aunque los Isch se han instalado con muchas de ellas. Algunos clanes los han rechazado, pero la mayoría los toleran. Su refugio lo comparten ahora seis familias, dos de ellas son Eloi, la de Aitz y la de Astamenda, mientras que las otras cuatro son Isch, casi toda la tribu de Ezkia se ha mudado con ellos, hace falta contar las dos manos tres veces para enumerarlos. Muchos de ellos son niños, las hembras de los Isch paren como liebres, y desde que los clanes se han unido y los Isch cazan con los Eloi, ya no están famélicos, aunque siguen siendo flacos y desgarbados. Su gente no ha conseguido aprender la lengua de los Isch, pero estos han aprendido la suya, aunque prefieren usar las palabras a los gestos y siempre están inventando alguna nueva, como «año», que enumera el paso de las estaciones que van desde un verano hasta el siguiente, o «mes» que cuenta el tiempo entre una luna llena y otra.

Los Isch parecen obsesionados con contarlo todo y su manera de hacerlo es extraña, también en eso prefieren las palabras a los signos, dicen «uno» en lugar de mostrar un dedo, «cinco» en lugar de enseñar la mano, «diez» en lugar de mostrar las dos. Quizás por culpa de esa obsesión con las palabras son tan torpes para estimar cantidades, cualquier niño pequeño entre los Eloi sabe cuántas cebollas o setas hay en una cesta con sólo mirarla, mientras que los Isch tienen que enumerarlas una a una. Por si no fuera suficiente, les gusta desvariar, tratando de ponerle palabras a cantidades que no se pueden contar. ¿Qué utilidad tiene saber el número de personas que acampan juntas en la reunión del verano? Hay demasiada gente para estimar cuántos son a simple vista, igual que no se puede abarcar el tamaño de los rebaños de bisontes. Pero a los Isch les encanta complicarse la vida, a Ezkia más que a nadie, que se tomó la molestia de contar a toda la gente en la última reunión del verano, con el único propósito de explicarle a Aitz que había diez veces diez y siete Eloi, pero tres veces diez veces diez y tres veces diez y seis Isch. Aitz entiende las palabras, pero no las cantidades que representan, tampoco ese conocimiento le resulta útil. Al final de su complicado cálculo, Ezkia concluyó que había muchos más Isch que Eloi, cosa que para Aitz es obvia sin más que mirar a su alrededor.

Los Isch no dejan de sorprenderle. Nunca están tranquilos del todo, ni siquiera después de llenar el estómago y al calor de una buena lumbre. Gracias a sus conversaciones con Ezkia, Aitz entiende que el ken de los oscuros no les habla con imágenes, sino con sonidos que forman palabras, son tantas que les llenan la cabeza y por eso hablan sin cesar en el fuego del campamento, mientras los Eloi dormitan o contemplan los dibujos que traza su ken. Al principio los clanes desconfiaban de la banda de larguiruchos charlatanes que se habían colado en su refugio, pero poco a poco se han ido acostumbrando a ellos, los Isch son buenos cazadores y hábiles artesanos, se mueven bien en el bosque y en la pradera, saben dónde encontrar las mejores raíces y las más suculentas bayas, sus mujeres saben cocinar sabrosos potajes y sus ancianos conocen muchas pociones curativas. Además, saben arrancar sonidos misteriosos a unos tubos de madera con agujeros que llaman flautas, sus largos dedos se mueven sobre los orificios y es como si la flauta tuviera un ken, que, como el de los oscuros, dibuja sonidos en lugar de imágenes. Los Isch llaman música a esos sonidos.

A pesar del ajetreo y de las novedades, la vida ha vuelto a su cauce. Han cambiado muchas cosas, pero su gente está satisfecha, hay comida y fuego caliente cada noche, la tribu nunca había estado tan bien alimentada. Las estaciones se suceden ordenadamente y los bebés siguen llegando al mundo para reemplazar a los que vuelven a la tierra.

Hartz, para llenar el hueco que dejó Astalarra. Arce, para sustituir a Ardouky.

Cada vez que Aitz ve a Hartz le parece estar viendo a Astalarra en el tiempo-que-pasó. No es de extrañar que el hijo se parezca al padre, así es y así ha sido siempre, ni tampoco es raro que su nieto le tenga tanto cariño, Aitz lo mima como no ha mimado a ninguno de sus hijos, Andrexe tiene que ocuparse de Arce, que todavía cuelga de su pecho, y no tiene energía para dedicarle al muchacho. Aitz lo despioja cuidadosamente, lo atiborra con brotes tiernos, hongos, nueces, bayas, le enseña las palabras y los gestos que nombran las cosas del mundo. Hartz, a cambio, le sorprende con habilidades impensables para su edad. Sólo tiene cinco primaveras y ya sabe manejar la honda con puntería pasmosa.

Cinco primaveras, Aitz se asegura de ello contando con los dedos las estaciones desde que nació el muchacho, lleva vivo casi el mismo tiempo que Astalarra y Ardouky llevan muertos. El pequeño apenas sobrevivió unos meses a la muerte de su hermano mayor; ese verano se ahogó en la Gran Laguna. Muchas noches, mientras su nieto dormita entre sus brazos, Aitz siente como el dolor-por-dentro se aviva y palidece como las brasas de una hoguera, el recuerdo de sus hijos enciende las ascuas, quemándole; su ken confunde los rostros del mayor y el pequeño, sus manos se mueven solas buscando abrazarlos y encuentran el cuerpo de Hartz, lo aprietan contra el suyo, los rescoldos se apagan, el dolor-por-dentro se mitiga y puede dormirse.

Cinco estaciones. El tiempo no sólo cuenta para los niños, también los hombres lo acusan. Hace cinco años Aitz era un cazador fuerte y lleno de vitalidad. Ahora es casi un anciano. Desde la noche de la terrible batalla, desde los días angustiosos que la siguieron, mientras su hijo se aferraba a la vida y parecía por un momento que sanaría de sus heridas, desde que una mañana, al despertarse, lo sintió inmóvil a su lado y comprobó que su ken se había marchado, desde que Ardouky apareció flotando en el agua azul y Ayena desapareció en el bosque, a los pocos días, para no volver más, Aitz se ha hecho viejo. En el fondo de la cueva hay ahora dos tumbas, una grande, otra pequeña. Cuando enterraron a Astalarra, Ezkia le puso en el cuello un collar de conchas y se empeñó en enterrar con él su hacha y su cuchillo, incluso una jabalina que había fabricado expresamente para él.

—Para que pueda cazar en la otra vida.

Aitz intentó razonar con Ezkia, explicarle que cuando un hombre muere, su ken le abandona y su cuerpo vuelve a la tierra. A veces, el ken de los muertos se olvida que ya no tiene donde sostenerse y se demora un tiempo antes de marcharse, como hizo el de Ampulo, pero el de su hijo se había esfumado para siempre, y la idea de que su cadáver volviera a andar o necesitara una lanza para ir de cacería era una de las muchas locuras de los Isch. Bigur estaba tan convencida como su hermano de que existía otro mundo habitado por los muertos y lo mismo opinaban las otras familias de oscuros que se habían mudado a su campamento.

Quizás, piensa Aitz, Ezkia y su gente se aferran a esas ideas absurdas para consolarse, quizás si él creyera que Astalarra y Ardouky viven ahora en un mundo donde nunca es invierno y siempre abunda la caza, no sentiría tan a menudo el dolor-por-dentro. Porque su ausencia le duele más que la de Madre, más incluso que la de Ayena.

—Ella quería ir con sus hijos —sentenció Ezkia, cuando, tras muchos días, se convencieron de que no volvería.

Otro de los disparates del muchacho. Los huesos de sus muchachos se pudren en el fondo de la cueva y los de Ayena estarán desperdigados, quién sabe dónde. Pero Ezkia insiste.

—Están juntos en la tierra de los muertos.

Aitz se encoge de hombros, resignadamente. Cuando enterraron a Ardouky, rebuscó en la tumba de Astalarra, con la esperanza de encontrarla vacía, aferrándose de repente a la absurda esperanza de que su hijo se hubiera levantado y ahora viviera en el lugar del que hablan los Isch. Pero Astalarra no había ido a ninguna parte, sus huesos daban buena cuenta de ello.

Aitz sacude la cabeza, cansado de dar vueltas a las tonterías de los oscuros. La gente muere y vuelve a la tierra y los bebés nacen para ocupar su lugar, así es y así ha sido siempre. Pero Ezkia nunca ceja en su empeño.

—¿Adónde va el ken de un hombre que muere?

A menudo, Ezkia saca el tema cuando trabajan juntos la piedra. Muchas veces, Aitz se limita a gruñirle, enseñándole los dientes si insiste, los oscuros son tan charlatanes que pueden hablar a la vez que hacen otra cosa, pero cuando Aitz trabaja necesita de toda su atención para que su ken encuentre las formas que se ocultan en el pedernal y no puede distraerse con cháchara inútil. En algunas ocasiones, sin embargo, opta por dejar de trabajar y seguirle la corriente.

—Se marcha —contesta, sin entender del todo la pregunta, y recalca la palabra con el gesto que significa desaparecer.

—Si el ken se marcha, entonces puede regresar —asegura Ezkia.

Aitz suspira, compadecido de lo obtuso que el chico puede ser a veces.

—No tiene adónde regresar —le explica, con paciencia—. El cuerpo ha vuelto a la tierra.

Ezkia no se conforma y le larga a Aitz una de sus peroratas.

—Los hombres tienen espíritu —le dice—. Vosotros lo llamáis ken. Cuando el hombre muere, su espíritu sigue viviendo en la tierra de los muertos.

Luego sigue desvariando. La lanza que enterraron en la tumba de Astalarra, le asegura, le servirá a su hijo para cazar en la otra vida, y Ardouky acompañará para siempre a su hermano. Es un disparate, Aitz ha comprobado muchas veces que la lanza sigue donde la dejaron, la madera se ha podrido, pero la punta no se ha movido de su sitio. La gente sigue cazando en la otra vida, insiste Ezkia, pero cuando Aitz le pregunta qué ocurre si Dos Cuernos ensarta a un cazador, como le ocurrió a Adun, le da una respuesta absurda. Según él, en la otra vida, la presa se deja matar sin oponer resistencia o alguna majadería por el estilo. Si le pregunta qué pasa con el ken de Dos Cuernos de la otra vida cuando muere allí, Ezkia resopla, impaciente, y no contesta, prefiere divagar con lo fácil y agradable que es la existencia en la tierra de los muertos. Si la vida allí es tan agradable, quiere saber Aitz, para qué molestarse en pasar hambre y privaciones en esta, para qué sufrir el dolor-por-dentro que nunca se cura del todo, por qué no vivir desde el principio allí. Ezkia le informa de que la vida actual es una prueba que hay que superar para llegar al más allá. Al final de la conversación, Aitz está convencido de que su protegido está loco. Pero, afortunadamente, se trata de una locura inofensiva, que, por otra parte, comparten todos los suyos. A veces, Aitz tiene la sensación de que los Isch son así porque son niños que nunca acabaron de crecer del todo y, como todos los niños, confunden la realidad con sus sueños.

Pero a veces, piensa Aitz, la rara habilidad de los Isch para creerse sus propias mentiras sirve para que esas mentiras se hagan verdad. Todos los Eloi saben que un hombre solo no puede enfrentarse a Colmillos, pero Ezkia fue capaz de convencerse a sí mismo de que él sí podía. De no haber sido por eso, Andrexe yacería junto a Astalarra y Ardouky, o ni siquiera eso. Sin el tullido, los huesos de la muchacha y de Hartz habrían acabado en la guarida del temido tigre de la estepa.

Tras la muerte de Astalarra, recuerda Aitz, Ayena enloqueció. Ocurre a veces, cuando una madre, ya mayor, pierde un hijo en la flor de la vida, pero nadie esperaba que su mujer, siempre tan fuerte y cabal, perdiera la cabeza como lo hizo. Hablaba con su sombra, discutía consigo misma, desaparecía de repente y se escondía en el fondo de la cueva, donde se acostaba sobre la tumba de Astalarra, susurrando la nana que no dejó de canturrearle mientras agonizaba. En alguna ocasión intentó atacar a Bigur, convencida de que era un Morlock que pretendía robarle al hijo que le quedaba.

Nadie se fijó en que Andrexe apenas comía y había dejado de hablar, en parte porque las mujeres a punto de parir hacen cosas extrañas, así es y así ha sido siempre. Nadie, excepto Ezkia. Pero cuando el tullido intentó acercarse a ella, ofreciéndole el hígado de un alce recién abatido, la muchacha lo despidió de mala manera, arrojándole a la cara el regalo. Lejos de desanimarse, Ezkia persuadió a Bigur para que le ayudara. Al principio, Andrexe tampoco la toleraba, pero nadie puede rechazar a Bigur durante mucho tiempo, piensa Aitz; poco a poco la fue engatusando, como engatusaba a las mujeres que la incordiaban recién llegada al campamento. Entre ella y Abarra consiguieron que Andrexe volviera a comer, aunque seguía sin decir palabra.

Andrexe mejoró al nacer Hartz, pero su ken todavía estaba extraviado, como perdido en una selva oscura de la que no sabía regresar. Tomó la costumbre de pasar muchas horas en el bosque, con el bebé a cuestas, recogiendo setas, bayas y nueces, acompañada a menudo por Bigur, pero otras veces sola. O eso se creía, porque, sin saberlo ella, la seguía una sombra.

Cuando Colmillos la acechó, junto al arroyo, convencido de que ese era su día de suerte, no pensó que otro lo acechaba a él. Se aproximó a su presa, sigiloso y confiado, sin esperar que alguien aún más sigiloso lo siguiera, invisible a su aguda vista, fija en su objetivo, e invisible a su olfato, ya que el viento soplaba en su contra. La historia del cazador cazado ha sido contada tantas veces en el fuego del campamento desde entonces que el ken de Aitz puede dibujarla con toda precisión. Andrexe con la mirada fija en el arroyo, preparada para arponear al primer barbo que aparezca, el pequeño Hartz durmiendo en un hatillo a su lado, el sanguinario Colmillos preparándose para abalanzarse sobre ella a la vez que el tullido cae sobre él. El tigre gira la cabezota armada de afilados cuchillos, ruge desafiante y salta en la dirección del intruso, pero una lanza voladora lo intercepta en el aire. Rueda por el suelo, se levanta de nuevo, está malherido, pero sigue vivo, está rabioso y quiere hacer pedazos al alfeñique que se atreve a plantarle cara. Colmillos se abalanza sobre él como un relámpago, sus afiladas garras hacen presa, pero sus colmillos no llegan al cuerpo menudo que se retuerce, liberándose a la vez que algo pesado y afilado le golpea, primero el hocico, después un lado de la cabeza. Colmillos consigue alzarse, apenas ve, pero su presa sangra abundantemente allá donde sus garras lo han herido y no va a escapársele. Avanza cojeando hacia el animalejo de piel oscura, saboreando de antemano el momento en que le abra la yugular, cuando sus miembros desfallecen y apenas tiene tiempo de revolverse y distinguir a la hembra de piel clara que tenía que haber sido su víctima, antes de que sus ojos se cierren para siempre. Andrexe acaba de atravesarle el corazón con su lanza.

El resto de la historia no se cuenta en el fuego del campamento, pero Aitz sabe que lo que sucedió luego era tan improbable como que un muchacho tullido y una mujer recién parida fueran capaces de vencer al feroz Colmillos. Las garras del tigre destrozaron el brazo y el hombro derecho de Ezkia, aunque él, incorregible, todavía bromea asegurando que de todas formas ese brazo no le servía para nada. La herida era muy profunda y al cabo de pocos días el brazo estaba inflamado y el muchacho ardía. Todo el mundo sabe que cuando prende el fuego-por-dentro, son pocas las veces que la persona sobrevive y nadie esperaba que un lisiado, sin apenas pellejo para taparle los huesos, durara más de unos pocos días. Pero las tres mujeres del clan de Aitz lo cuidaron con tal devoción que el fuego acabó por apagarse, le preparaban pociones curativas con romero, eucalipto y tomillo, y el viejo Isch que les había vendido a ambos hermanos aparecía cada poco por su tienda, con algún nuevo ungüento. Cuando Ezkia despertó, muchos días más tarde, le aseguró a Aitz que su ken había visitado la tierra de los muertos y que el propio Astalarra le había encargado cuidar de Andrexe. Aitz sabía perfectamente que el muchacho no había salido de la tienda, pero le siguió la corriente, pensando que ya tendrían tiempo de hacerle ver su insensatez si sanaba.

Nadie en la tribu esperaba que Andrexe eligiera a Ezkia. Aunque el muchacho la hubiera salvado de Colmillos, eso no cambiaba el hecho de que Andrexe era una mujer muy hermosa, a la que pretendían varios cazadores fuertes y saludables, mientras que Ezkia no dejaba de ser un lisiado por el que no había manifestado ningún interés hasta entonces.

El tullido estaba sentado junto a la entrada de la cueva, preparando un manto con la piel recién curtida de Colmillos, cuando Baritz, el hijo de Astamenda, seguido por su padre y todo su clan, se dirigió hacia la tienda de la familia de Aitz, quien salió a recibirles con un cesto de nueces, ofreciéndoles, como era la tradición, un pequeño regalo de bienvenida.

Astamenda aceptó la cesta con un gesto de agradecimiento y repartió las nueces entre sus familiares. Aitz y él se conocían desde niños y habían compartido muchas cacerías. Baritz rehusó la ofrenda, la ofensa era leve pero irritante, y no presagiaba nada bueno. Aitz prefirió ignorar la descortesía y se dirigió a Astamenda.

—¿Por qué me visita mi amigo? —preguntó.

Baritz contestó antes de que su padre pudiera hacerlo, faltándole gravemente al respeto y demostrando que no estaba del todo en sus cabales. Quizás la culpa de sus malos modales la tuviera el hecho de que las costumbres y tradiciones que ordenaban la vida de los clanes en otros tiempos se habían relajado en una tribu demasiado numerosa y heterogénea. Baritz utilizó la fórmula ritual para preguntar por Andrexe, pero sus gestos eran secos e impacientes y sus palabras, ásperas. Claramente pretendía intimidar a su interlocutor, quizás contando con que se trataba de un anciano que cedería a sus pretensiones sin discutir. Aitz cayó en la cuenta de que Baritz había escogido un día en el que Abarra estaba ausente, liderando una cacería, quizás para no tener que enfrentarse al mal genio de su hermano. También observó que Ezkia abandonaba su quehacer y se acercaba al grupo, mirando al suelo, insignificante y casi invisible, pero con su letal jabalina preparada.

Aitz dudó, debatiéndose entre el impulso de responder a la insolencia del joven de manera contundente y la prudencia, que le aconsejaba ignorar sus provocaciones. En ese momento Andrexe salió de la tienda, con Hartz en brazos, y se interpuso entre los dos con aire desafiante.

—¿Qué quiere el hijo de Astamenda de la mujer de Astalarra? —preguntó.

Todo el mundo a su alrededor contuvo la respiración. De repente, Andrexe, que sólo unos días atrás era una sombra silenciosa, exhibía toda su fiera belleza, recordándoles a todos que la compañera de un gran cazador, que había entregado su ken por el bien de la tribu, merecía ser tratada con toda consideración. Baritz no tuvo otro remedio que mostrársela, deponiendo su actitud arrogante y rogándole humildemente que lo aceptara a él, para ocupar el lugar del que se había marchado.

—El hijo de Astamenda honra a mi familia —dijo la muchacha—. Pero Andrexe ha escogido a otro hombre.

El rostro de Baritz se debatía entre la rabia y la desilusión. Con un gesto seco preguntó de quién se trataba.

—Ezkia —dijo Andrexe, señalando al tullido—. El matador del tigre.

Baritz estaba a punto de explotar, pero Astamenda lo calmó, poniéndole una mano en el hombro. Ezkia merecía el título, había realizado una gran proeza que todo el mundo, incluso él mismo, parecía haber ignorado hasta el momento en que Andrexe la enunció frente a todos los presentes. Y esa proeza lo hacía digno de la mujer que había salvado.

Aun así, el frustrado pretendiente no pudo contenerse.

—Baritz no teme al oscuro —gruñó, mostrando los dientes.

A nadie se le pasó por alto que el joven había recurrido a la antigua palabra, «oscuro», que ya nadie utilizaba. Ezkia respondió a la provocación de una manera inusitada. Dejó su jabalina en el suelo, rebuscó en el zurrón que llevaba en bandolera, extrajo uno de los magníficos colmillos de la gran bestia, en el que había escarbado un orificio por el que pasaba un hilo de tripa, y le ofreció el bonito abalorio a su rival, quien no pudo contener la codicia y se lo colgó al cuello sin pensárselo dos veces.

—¡Baritz es tan fuerte como Colmillos! —exclamó Ezkia, señalando al hijo de Astamenda, que respondió hinchando los músculos y pavoneándose frente a los aspavientos de admiración de los presentes.

Aquella noche, Ezkia durmió junto a Andrexe, mientras Baritz exhibía su abalorio en el fuego del campamento, presumiendo de ser tan fiero como el tigre. Desde entonces, se ha equiparado tantas veces con Colmillos que muchos piensan que fue él y no el lisiado quien mató al felino. Los Isch, piensa Aitz, son animales muy extraños. No sólo son capaces de creerse sus propias mentiras, sino que a veces son capaces de hacer pasar mentiras por verdades, para que la gente crea lo que a ellos les conviene.

16

Gibraltar

Vrangelya, 2070

El verano que cumplimos quince años fue especial por dos razones. La primera fue que la salud de Madre había mejorado y anunció que nos acompañaría a visitar a los mamuts. La segunda, que el invierno anterior habían llegado a la isla varias manadas de tigres de dientes de sable y los primeros rebaños de bisontes. Unos y otros habían sido clonados y criados en el parque zoológico que se había construido junto a la factoría de Vladivostok, y los expertos de Vrangelya llevaban meses trabajando en su aclimatación. Padre quería ver los resultados con sus propios ojos y Madre parecía tan feliz de poder acompañarnos como no la había visto nunca. Hartz y yo, por otra parte, necesitábamos la excursión desesperadamente; nos hacían falta las jornadas agotadoras del verano, que no dejaban tiempo para nada que no fuera trabajar o atender a los animales y nos permitían llegar a la noche amodorrados y tranquilos.

Era el año en el que habíamos empezado a cambiar. En Hartz, la transición de niño a adulto fue tan abrupta que pilló desprevenido a todo el mundo, incluyéndome a mí. De la noche a la mañana, mi hermano dejó de ser el muchachito alegre y gentil con el que yo había crecido para transformarse en un hombrón huraño y cascarrabias. Yo también sentía cómo mi cuerpo cambiaba, pero sobre todo sentía crecer a la intrusa, cuya curiosidad y capacidad de asimilar conocimiento aumentaban a la misma velocidad que los músculos de mi hermano.

De repente ya no éramos «Harce», una sola persona con dos cuerpos que a duras penas podían estar separados. Cada día que pasaba, nuestras diferencias se hacían más evidentes. Donde antes yo sólo sentía una prolongación de mi piel, ahora había un extraño, que me atraía y repugnaba a partes iguales. Sus músculos parecían hincharse un poco más cada día; su sexo, que en nuestra niñez había sido una simple mascota de nuestros juegos, se transformaba en un monstruo amenazador y deseable; me era imposible abrazarlo como antes, sin sentir que algo hervía en mi interior, sin sentir la necesidad de buscar su boca y besarle, morderle, acariciarle, arrancarle la piel.

Pero él sufría mucho más que yo. Bastaba con que le rozara para que se excitara, sentía la necesidad constante de tocarme, abrazarme, cubrirme de besos, pero todo era de repente muy diferente; el deseo, un deseo que no sabía explicarse a sí mismo, le consumía. A veces era incapaz de contenerse, se me echaba encima y forcejeábamos violentamente. Yo acababa por zafarme, pero sabía perfectamente que el día en que Hartz podría dominarme a voluntad estaba cercano.

Madre no tardó en darse cuenta de la situación y empezó a intentar mitigarla, separando nuestras actividades todo lo que podía y evitando al máximo dejarnos solos. La forma en que discurrían las jornadas de invierno fue cambiando poco a poco, los juegos comunes eran cada vez más raros, yo pasaba la mayor parte del día trabajando con Anastasia, asimilando texto tras texto de matemáticas y de física. Me obsesionaban en particular la teoría de la computación, la física cuántica y la bioinformática. Aprendí rápidamente varios metalenguajes de programación y no tardé en desarrollar el mío propio. Pronto empecé a experimentar con la pobre Anastasia, al principio modificando cualidades triviales, como su voz o su aspecto físico, más tarde jugando con algunos de los aspectos más interesantes de su personalidad.

—Si no te andas con cuidado, la vas a convertir en una esquizofrénica —advertía Madre, con una sonrisa en los labios.

Si el ansia de saber era la motivación de la intrusa, la mía era darme cuenta de que mis capacidades superaban de largo las expectativas de Madre. A Padre, sin embargo, le preocupaba la velocidad a la que evolucionaba.

—Es sólo una niña, Gala —decía—. Deberíamos dosificar su aprendizaje, darle tiempo a madurar.

—Tienes razón —concedía ella—, pero no sé cómo frenarla. Hace tiempo que maneja a Anastasia mejor que yo y últimamente es ella quien decide su propio plan de estudios.

—Entonces tenemos que pasar más tiempo al aire libre —contestó Padre.

—También Hartz lo necesita —concurría Madre.

Tenían razón al estar preocupados, y el hecho de que yo estuviera escuchando su conversación —me había resultado muy fácil hackear sus pads para conectarlos con el mío— era prueba de ello. Yo no ignoraba que era incorrecto espiarlos, pero la intrusa ofrecía mil y una excusas para justificarme. Al final, todas se reducían a una. Conseguir que no se notara mi impaciencia y mi frustración por lo lentamente que asimilaban los conceptos abstractos, lo torpes que eran sus razonamientos y, en general, lo lento que pensaban.

Ellos, a su vez, se preocupaban por Hartz. Un gran número de las habilidades que para mí habían sido fáciles de aprender, para Hartz eran misión imposible.

—Ariel tenía razón —murmuraba Madre—. Su memoria de trabajo es más reducida que la nuestra. Y las consecuencias están a la vista. He hecho lo imposible por enseñarle a leer y no he sido capaz.

—Era una posibilidad con la que contabas —respondía Padre, ecuánime—. Y tampoco es el fin del mundo. Hay otras formas de aprender que no requieren de la lectura.

—Es cierto. Asimila muy bien todo aquello que se le presenta visualmente. Sobre todo, si puede practicar.

—Es verdad —dijo Padre—. Tenemos que aprender a adaptarnos a ellos.

También yo procuraba adaptarme a las limitaciones de los adultos de Arcadia, pero, sobre todo, a la revelación de que estaba sola.

* * *

Hornstrandir-Aurora, octubre de 2053

Gala me contó que cada año, después de su primera noche juntos, Ariel y ella celebraban su aniversario en Hornstrandir. Evocaba aquellos tiempos con una mezcla de alegría y nostalgia que me conmovían. La felicidad, me decía, pasa siempre de puntillas y aquellos fueron tiempos felices.

Recordaba a menudo la mañana de su tercer aniversario en Aurora, cuando la despertó el aroma del café recién hecho. Abrió los ojos, se incorporó hasta quedarse sentada sobre el colchón inflable y se desperezó. Acababa de amanecer y la temperatura en el exterior rondaría los cinco bajo cero, pero en el interior de su iglú de Kevlar podía estar en camiseta. A su lado, Ariel manipulaba una cafetera eléctrica conectada a una diminuta batería.

—Buenos días, forastero —le dijo—. ¿No tendrás a mano una aspirina? Creo que anoche me excedí con el champán.

—Tenías una buena excusa, siendo tu cumpleaños —respondió él, tendiéndole una píldora y un vaso de metacrilato, en el que humeaba un café espeso y aromático.

—Es la tercera vez que lo celebramos en Hornstrandir —dijo Gala—. Supongo que podemos declararlo una tradición familiar.

Ariel dio un sorbo a su café, pensativo.

—Parece que fue ayer cuando llegaste a Aurora —murmuró.

Y, sin embargo, pensó Gala, habían pasado tres años desde aquel día. El primero se había hecho largo. Los siguientes dos, desde aquella primera noche contemplando juntos la aurora boreal, desde aquella primera madrugada de amor, habían pasado volando. Sus clones de anófeles ya se habían apropiado de toda África y en todo el mundo la malaria estaba a punto de convertirse en una enfermedad erradicada.

Y sus mascotas ya habían cumplido un año.

—¿Vamos a ver a los bebés?

—Cuando estés lista.

Veinte minutos más tarde, recorrían el sendero que los llevaba desde los acantilados hasta la pradera donde pacían Paquito y Azalea. Les costó un par de horas, a buen paso, llegar hasta el rancho que albergaba a los mamuts y a sus cuidadores, Samuel y Olive, además de servir de base de operaciones y dar alojamiento temporal a los biólogos, veterinarios y genetistas que se turnaban para estudiar a los animales.

Apenas los distinguieron, sus mascotas salieron disparadas hacia ellos, reclamando atenciones. Como en cualquier familia típica, Paquito prefería a Gala, mientras que Azalea exigía los mimos de Ariel.

Una familia típica cuyos vástagos eran una pareja de mamuts, pensó Gala, con retintín. La posibilidad de tener hijos propios no había salido nunca en la conversación con Ariel, igual que nunca habían comentado la posibilidad de casarse. Quizás ambas cosas estaban relacionadas. Los mundanos Arazi le habían dado numerosas pruebas de ser inusitadamente conservadores para según qué asuntos, y Gala intuía que una de las reglas no escritas de la familia era que el matrimonio debía preceder a la procreación. Pero, para eso, antes hacía falta un divorcio. Y ese tema era tabú.

—No deja de asombrarme lo cariñosos que son —dijo Ariel.

Pasaron una hora jugando a la pelota con los cachorros, después los ducharon, frotándoles concienzudamente con un fuerte cepillo y rociándolos con una manguera a presión, sin poder evitar que devolvieran el fuego, aspirando el agua del cubo con sus trompas y ametrallándoles sin contemplaciones. Cuando por fin Olive se llevó a los animalitos a su establo, Ariel y Gala estaban agotados, empapados y felices.

Samuel preparó unos bocadillos que se comieron en el porche, tras darse una ducha caliente.

—Nunca pensé que les cogería tanto cariño —dijo Ariel.

—Ni yo —aseguró Gala—. Durante mucho tiempo fueron algo abstracto, tan abstracto como las secuencias de ADN que usamos para clonarlos. Parece imposible que ese manual de instrucciones realmente contuviera la información para crear seres tan complejos y sensibles.

—Tienes razones para sentirte orgullosa —aseguró Ariel.

—Lo estoy. Pero sobre todo siento que soy responsable de ellos.

—Hablando de responsabilidades. ¿Has decidido qué hacer con la invitación del zoo de París?

—Creo que no voy a aceptarla —dijo Gala—. Me preocupa que los animales puedan contagiarse de algún patógeno.

—¡Pero si están vacunados contra todos los virus conocidos del planeta!

—Es verdad —titubeó Gala—. Pero nunca se sabe.

—¿No te parece que estás exagerando un poco? Después de todo, Paquito y Azalea han estado en contacto con mucha gente desde que nacieron y nunca han sufrido ninguna enfermedad.

—¡En contacto con humanos! —exclamó Gala—. Los saltos de patógenos entre especies son raros, por eso nunca me ha preocupado mucho esa posibilidad. Pero en el zoo de París podrían entrar en contacto con elefantes y eso sería mucho más peligroso.

—Sería cuestión de aislar bien su hábitat y asegurarse de que ningún paquidermo se acerca. No parece tan complicado.

—No sé, Ariel... ¿Tan importante te parece exhibir a los bebés?

—Me parece importante que la gente de a pie pueda verlos de cerca —dijo él—. Paquito y Azalea han cautivado la imaginación de medio mundo.

Era cierto, pensó Gala. Los tubes hervían con pics y clips de los animalitos corriendo por su hábitat nórdico, eran *trending topic* en todas las redes sociales; existía, de hecho, una iniciativa formal, que había recogido millones de votos, para declararlos mascotas oficiales de la Unión Europea.

—Pero, por otra parte —continuó Ariel—, hasta ahora sólo los han visto de cerca nuestros científicos y un buen número de visitantes de postín.

—¡No me lo recuerdes! —protestó Gala—. Sabes perfectamente que siempre he estado en contra de las visitas vips.

—Tampoco a mí me hacen ninguna gracia —reconoció Ariel—. Pero no pude ganarle esa batalla a la señora Vox. Por una parte, había determinados compromisos que no podíamos eludir. No habría sido muy elegante negarle al presidente de Islandia una pic con las mascotas de Aurora, dado el apoyo que nos brinda el país. Pero si el presidente de Islandia aparece en la foto, es difícil decirle que no al embajador de Francia, o a los miembros del consejo de administración de nuestras empresas, o a los CEOS de las compañías que trabajan con nosotros... *Real Politik*, Galatelle.

—O, dicho en otras palabras, el derecho de pernada de los vips —rezongó ella.

—Justamente. Y por eso me parece una buena idea democratizar las visitas a nuestros bebés. Unos cuantos meses en el zoo de París permitirían que los viera mucha gente y, lo que es más importante, transmitirían el mensaje de que las visitas no están sólo al alcance de las élites.

—Y contribuirían a aumentar el prestigio de Aurora —musitó Gala.

—Exactamente.

—Lo cierto es que el *National Geographic* quiere entrevistarnos a Sergei Sokolov y a mí —dijo Gala—. Me encantaría aceptar, pero la entrevista sería más redonda si para entonces fuera posible visitar a los mamuts.

—¿Sergei ha aceptado la invitación? —preguntó Ariel, con una sonrisa incrédula en el rostro—. Es casi imposible sacarlo de su isla siberiana.

—¡Ha dicho que sí con la condición de que nos entrevisten juntos! —rio Gala—. Imagínate cómo me siento. Sergei es uno de mis grandes ídolos.

—No te fíes —bromeó Ariel—. Intentará convencerte de que clones otros novecientos mil novecientos noventa y ocho mamuts para su proyecto.

Se rieron de buena gana y Ariel aprovechó el *impasse* para plantarle un apasionado beso en los labios.

—¡Calma, donjuán! —rio Gala—. ¿Toda la noche en vela y aún no estás cansado?

—¿Cansarme a tu lado? ¡Nunca!

Fue quizás en ese momento cuando Gala entrevió la felicidad, sutil como la brisa de primavera, rozándoles con sus alados dedos.

—¿Vendrías conmigo, Ari? Me encantaría volver a pasear juntos por París.

Quizás Gala también entrevió que la felicidad no se quedaría con ellos para siempre, pero prefirió ignorar la premonición.

—No puedo —se excusó Ariel, negando pesarosamente con la cabeza—. La segunda fase de la excavación en Gibraltar X empieza dentro de una semana.

—¿Y es imprescindible que estés?

Ariel se encogió de hombros.

—Es un yacimiento muy peculiar —dijo—. Hay algo extraño en la orografía de esas cuevas que me intriga. Quiero investigarlo en persona. ¿Por qué no me acompañas? Podrías recoger las muestras que más te interesen para extraer genoma fósil y luego volar a París desde allí; entretanto organizaremos el transporte seguro de los animales.

—¿Se ocupará la señora Vox en persona?

—Me aseguraré de ello.

—Nunca he estado en Gibraltar —suspiró Gala.

—Te va a encantar —aseguró Ariel.

Gibraltar, octubre de 2053

—¿Qué tal unos finos? —propuso Ariel—. Emiliano tiene el mejor sherry de todo Gibraltar.

—Excelente idea —asintió Gala.

Estaban sentados en una terraza que daba al mar. Emiliano, el propietario, les sirvió un delicioso surtido de tapas y les dio conversación durante un buen rato, cambiando con desparpajo del inglés cerrado de los nativos de la Roca a un español con fuerte acento del sur. Cuando por fin se quedaron solos, Gala estaba de un humor exultante y se moría de curiosidad por que Ariel le contara sus descubrimientos.

—¿Qué novedades tienes?

Ariel la miró de frente, con una sonrisa que recogía toda la luz del sur.

—Es posible que hayamos dado con algo único, Galatelle. Hasta ahora, Gibraltar X no nos había aportado gran cosa, a pesar de nuestras esperanzas iniciales. Encontramos algunos restos interesantes, fémures, fragmentos de mandíbulas, varios dientes... La mayoría de ellos se correspondían a hombres modernos, aunque los más antiguos eran claramente neandertales. El hecho de que unos y otros hubieran ocupado el mismo espacio no es particularmente raro, pero me llamó la atención que algunos de los restos de *H. sapiens* parecían tener una edad muy similar a la de los restos neandertales.

»Cerca del yacimiento principal hay una pequeña cueva que ha sido explorada exhaustivamente hace ya muchas décadas y no contiene restos fósiles de interés. La hemos estado usando como almacén, igual que muchos equipos antes que nosotros. Hace unos días, mientras recogía unas herramientas, me pregunté por qué la cueva era mucho más pequeña que todas las que la rodeaban y se me ocurrió que quizás estaba en la antesala de una cavidad mucho más grande, bloqueada por un derrumbamiento. Cuando lo comenté con los expertos locales, me confirmaron que no era la primera vez que se apuntaba esa posibilidad, pero el consenso generalizado era que, en todo caso, la cueva se habría hundido completamente y estaría totalmente cegada.

»Nadie se había molestado en comprobar si ese era el caso, ya que no es fácil hacerle una radiografía a una montaña para averiguar si hay alguna cavidad oculta tras la barrera de rocas. Pero conozco quién puede hacerlo, mi amigo Sebastian Hoffman, uno de los mejores físicos de Aurora. Sebastian ha utilizado los rayos cósmicos para explorar el interior de las pirámides y muchos otros lugares cerrados que requieren una radiografía a gran escala.

—¿Los mismos rayos cósmicos que dan lugar a la aurora boreal? —preguntó Gala.

—Exactamente —dijo Ariel—. Cuando se estrellan contra los núcleos de la atmósfera producen chorros de muones. Se trata de partículas muy penetrantes que pueden atravesar muchos metros de roca sin detenerse. Al igual que los rayos cósmicos que los producen, los muones llegan desde todas las direcciones. Basta con escoger el sitio apropiado, y poner allí un aparato que los detecte, para obtener una radiografía del objeto que tenemos delante. Si se trata de una estructura maciza, el flujo de muones que sale de la pared es el mismo en toda la superficie que se examina. Pero si la estructura está hueca, los muones que pasan por el agujero se absorben menos que los que atraviesan la roca circundante y por tanto es posible detectar la cavidad e incluso medir su tamaño.

—¿Así que vas a sacarle una radiografía a la montaña?

—Sebastian está preparando sus aparatos y espera empezar a medir en unas pocas semanas. ¿Quién sabe, Gala? Quizás hemos encontrado la cueva del tesoro.

Pasaba de medianoche cuando Emiliano se acercó con un nuevo surtido de tapas y se sentó a su lado.

—Esta ronda la paga la casa —dijo—. Con una condición.

—Pide lo que quieras —dijo Gala, apropiándose avariciosamente de la ensaladilla rusa—. Esto está buenísimo.

—He leído tus artículos explicando cómo se clonan mamuts. Lo he pillado casi todo, ¿eh? Lo del manual de instrucciones del ADN y lo de comparar el genoma del elefante con el del mamut y hacer el corta y pega. Lo que no me ha quedado claro es cómo se construye el genoma de una especie. Si lo he entendido bien, estamos hablando de miles de millones de letras, ¿no?

—Exactamente —contestó Gala, admirada de la claridad de ideas de Emiliano.

—Y el genoma de una especie viene a ser un libro que contiene esos dos o tres mil millones de letras en un orden preciso.

—Lo estás bordando.

—Pero cada individuo es diferente, así que el manual de instrucciones tiene que ser un poco distinto para cada persona. Entonces, ¿a qué nos referimos cuando hablamos del «genoma humano»? —dijo Emiliano, usando los dedos índice y corazón para trazar grandes comillas en el aire.

—Es algo así como la media de muchos genomas individuales —aclaró Gala—. Aunque es muy cierto que hay diferencias entre los individuos, el noventa y nueve con seis por ciento de nuestro ADN es idéntico.

—¡Pero eso supone doce millones de letras diferentes! —exclamó el agudo Emiliano, demostrando que podía multiplicar más rápido que algunos de sus alumnos en Aurora.

—Por eso somos tan diversos —terció Ariel—. Altos, bajos, rubios, morenos..., ¡incluso ingleses que parecen andaluces!

Los tres rieron la broma de buena gana, mientras Emiliano servía una nueva ronda de finos.

—Vale, supongamos que tenemos el genoma del elefante, que se habrá conseguido igual que se secuenció el genoma humano, ¿no?

—Eso es. La primera vez que se consiguió en humanos fue hace medio siglo y costó varios millones de dólares. Hoy en día sale más barato que las tapas que nos estamos comiendo. El del elefante, usando las mismas técnicas, se secuenció unos pocos años después.

—Hasta ahí lo entiendo. Quiero decir, si se trata de una especie viva, se puede echar mano de todas las células que hagan falta para sacar el ADN y ordenarlo. ¿Pero cómo haces con una especie extinta? Aquí no hay células vivas que valgan.

—Muy cierto. Así que hay que extraer las secuencias de ADN con muchísimo cuidado de huesos bien conservados y luego ordenarlas.

—Pero ese el quid de la cuestión. ¿Cómo las ordenas?

—Usando un truco un poco sucio. Nos aprovechamos de que, en buena aproximación, un mamut no es más que un elefante lanudo de grandes colmillos.

—¡Anda ya! —exclamó Emiliano, señalando una bandeja de boquerones—. Si quieres probarlos, vas a tener que esmerarte más.

—Quiero decir que el noventa y nueve con cinco por ciento del código genético de ambas especies es el mismo. Así que podemos usar el del elefante como guía para construir el del mamut.

—Pero si te he entendido bien, tu técnica para clonar mamuts consiste precisamente en identificar las secuencias en que son diferentes a los elefantes. ¿No es una pescadilla que se muerde la cola?

—Un poco sí —dijo Gala—. Pero puede resolverse con métodos estadísticos muy sofisticados.

—A los de la Roca no se les puede engatusar con palabras rimbombantes. Aún no te has ganado los boquerones.

—Usamos ordenadores muy potentes para probar miles y miles de combinaciones y ver las que mejor se ajustan a nuestras referencias.

—¿Ordenadores cuánticos como Esperanza?

—Exactamente.

Dos boquerones y un trago de fino más tarde, el infatigable curioso volvía a la carga.

—¿Y los neandertales? ¿Podéis aplicar el mismo truco? ¿Reconstruir su genoma a partir del nuestro?

—Exactamente eso es lo que hemos hecho. Gracias a los restos que Ariel y su equipo han ido extrayendo de su yacimiento, Lior y yo hemos reconstruido el genoma neandertal más preciso del que se dispone hasta ahora.

—¡Qué *cracks*! —exclamó Emiliano—. Esto hay que celebrarlo.

Gala observó por el rabillo del ojo la sonrisa complacida de Ariel; reparó en la forma en la que se había desplazado discretamente del foco de atención, dejándola a ella en el centro. Era Ariel quien había descubierto los restos fósiles y había manejado con su equipo la sofisticada técnica de extracción del ADN, un proceso dificilísimo, en el que cualquier error podía contaminar la muestra. Ella se había limitado a buscar secuencias echando mano del inmenso poder de Esperanza. Pero Ariel sonreía, sorbía su fino y la dejaba ser la reina de la fiesta, como era su costumbre.

Emiliano hizo un gesto al camarero que estaba acabando de recoger las mesas de la terraza.

—Toni, trae una botella de champán y tres copas.

Brindaron y se bebieron el espumoso de un trago. Gala estaba deseando llegar al apartamento que Ariel alquilaba en la Roca, quitarle la ropa a tirones y hacerle el amor hasta que amaneciera. Pero Emiliano aún no tenía bastante.

—¿Entonces se podrían clonar neandertales? —disparó a bocajarro.

La pregunta tuvo el efecto de disipar de golpe los vapores del alcohol. La curiosidad insaciable de Emiliano le proporcionaba la posibilidad de tratar un tema que todavía no se había atrevido a plantearle directamente a Ariel.

—En teoría, no es más difícil que clonar mamuts —dijo, adoptando un tono casual, como si la pregunta fuera un mero ejercicio de retórica—. En la práctica habría bastantes problemas que resolver, pero lo cierto es que hemos secuenciado un genoma neandertal muy preciso, disponemos de úteros artificiales y hemos refinado mucho las técnicas de clonación, así que, en principio, sería posible.

—¿Y a qué esperas para hacerlo? —preguntó Emiliano, entusiasmado.

Gala no tuvo ocasión de contestar. Ariel, normalmente tan discreto, no dudó en responder por ella.

—Incluso si clonar neandertales fuera posible técnicamente, no deberíamos hacerlo nunca.

—¿Por qué no? —preguntó Emiliano, que claramente no se esperaba aquella salida de su amigo.

—Dime, Emi, ¿cómo educarías a tu neandertal? ¿Le explicarías amablemente que se trata del único ejemplar vivo de una raza extinta? ¿O le tendrías engañado, haciéndole creer que su vida es normal? ¿Qué harías si no pudieras entenderte con él? ¿Con qué valor le condenarías a una vida de soledad, a ser un animal de laboratorio?

Emiliano dio un pensativo sorbo a su copa.

—No lo había pensado —dijo.

—En teoría, ese problema se podría solucionar —dijo Gala, recalcando cuidadosamente la palabra «teoría» y asegurándose de mantener el mismo tono ligero con que había arrancado la conversación—. Si se encontrara un yacimiento con muchos neandertales en muy buen estado de conservación, se podría generar suficiente variedad genética. En lugar de clonar un neandertal, se podría clonar una tribu. Puestos a pedir, podríamos imaginar que se les instala en un hábitat adecuado. Podríamos poner un equipo de científicos a su cargo, que, por una parte, estudiarían sus características únicas y, por otra, harían todo lo posible por asegurar su bienestar.

—Es verdad —dijo Emiliano—. La propuesta de Gala resolvería tus objeciones, ¿eh, Ariel?

Ariel negó con la cabeza. Era un gesto seco, definitivo, que no admitía debate alguno.

—Estamos de acuerdo en que los neandertales deberían ser considerados como seres humanos con todos los derechos, ¿verdad? —preguntó.

—Claro que sí —asintió Gala.

—Entonces, no hay discusión posible. La prohibición de clonar seres humanos es prácticamente universal. Hace medio siglo que disponemos de la tecnología para ello y nadie se ha atrevido a intentarlo. Es un acto profundamente inmoral.

—Estás proponiendo un argumento circular, ¿no, Ari? Como decía Emi, una pescadilla que se muerde la cola.

—¿En qué sentido?

—Invocas la naturaleza humana de los neandertales con el único objetivo de negarles el derecho a la existencia. Pero si realmente los consideras humanos, deberías otorgarles ese derecho.

—Los neandertales desaparecieron hace cuarenta mil años —dijo Ariel, encogiéndose de hombros—. Fue una tragedia, pero traer a unos cuantos de ellos de vuelta al mundo moderno no la mitigaría en absoluto.

—Esa es tu opinión. La de mi madre era muy diferente.

—Sabes muy bien lo que admiro a Marianne, Galatelle. Pero en eso estaba equivocada.

—Sus argumentos eran...

—Conozco sus argumentos —interrumpió Ariel, dejándola con la palabra en la boca—. Ninguno de los dos se sostiene.

—¿Porque lo dice Ariel Arazi?

—Porque lo dice el sentido común. En primer lugar, la idea de que «fuimos responsables de su desaparición» —Ariel trazó unas imaginarias comillas en el aire— es una falacia. En la historia de la evolución ninguna especie es responsable de la desaparición de otra; de hecho, la evolución podría definirse exactamente así, como el proceso en el que unas especies extinguen a otras, es decir, están mejor adaptadas que otras para sobrevivir. Ese fue el caso de *H. sapiens*. Clonar a los neandertales no cambiaría ese hecho, ni restauraría ningún orden universal, ni serviría para balancear los libros de la justicia divina.

—¿Y qué me dices del argumento sociológico? —preguntó Gala, concentrándose en disimular su creciente malestar.

—Otro despropósito —masculló Ariel, en un tono de voz que pretendía ser ligero, pero a Gala le sonó burlón, casi despectivo—. Marianne alegaba que la interacción con los neandertales nos curaría de nuestra propia locura, cuando lo cierto es que clonarlos sería la demostración más contundente que se me ocurre de que estamos locos. Nuestros clones estarían siempre supeditados a nuestra voluntad, serían esclavos de nuestros caprichos, juguetes con los que experimentar hasta que nos cansáramos de ellos. Hemos hablado mucho de lo injusta que es nuestra sociedad. Pues bien, las desigualdades entre vips y pops no serían nada comparadas con las desigualdades entre *H. sapiens* y sus clones.

—Amén —dijo Emiliano, que había captado el tono tajante de Ariel y comprendido que era mejor zanjar la conversación.

Era lo que se temía, pensó Gala, la razón por la que siempre había rehuido hablar de ese tema con Ariel. Y lo peor no era que se opusiera a resucitar a los Eloi, lo peor era su convicción de estar en posesión de la verdad, la forma en que había menospreciado las ideas de su madre, cuando él mismo le había repetido hasta la saciedad que Marianne había sido su ídolo y su musa.

—¿Estás bien, Galatelle? Te has quedado muy callada —preguntó Ariel. Ni siquiera se había dado cuenta, por lo visto, de lo agresivos y humillantes que habían sido sus argumentos. Estaba demasiado ocupado pontificando para ello.

En efecto, pensó. Se había quedado callada y así seguiría por el momento, no tenía nada que ganar exponiéndose, y mucho menos cuando, en realidad, seguía siendo imposible resucitar a sus Eloi. Sin variedad genética, una especie no era viable.

Fingió un bostezo, llevándose una mano a la boca y permitiendo que su cabeza se tambaleara sobre sus hombros.

—La compañía es muy grata —dijo—. Pero me caigo de sueño.

El deseo de quedarse a solas con Ariel se había desvanecido. Sólo aspiraba a dormir la borrachera, y le habría gustado hacerlo sola. Si no era posible, siempre podía recurrir a un par de pastillas que la noquearan rápidamente. Ariel seguiría a su lado a la mañana siguiente. Y ella pretendería que nada había ocurrido.

17

Hogueras en la noche

Europa central, final del Paleolítico

Arce es un misterio para Aitz. Si se fija en una sola cosa a la vez, entiende su rostro, tiene la nariz pequeña de los Isch y las fuertes cejas de los Eloi, los ojos verdes de Andrexe y la boca de Ezkia, la cabeza redonda de su padre y el pelo rojo de su madre. Lo que no entiende es el conjunto. No tiene la piel clara de los Eloi ni la piel oscura de los Isch, su frente no es tan alta como la de ellos, pero la barbilla es puntiaguda; no es tan corpulenta como Hartz, pero mucho más que los bebés del clan de Bigur. Por absurdo que pueda parecer, Arce se parece a los Eloi y también se parece a los Isch.

Aitz no es el único que ha notado ese parecido. Ezkia también se ha dado cuenta y su ken le atormenta con ello, aunque lo cierto es que su ken lo atormenta a todas horas. Cuanto más conoce a Ezkia, más le compadece, sabe que la voz que escucha en el interior de su cabeza nunca le deja tranquilo.

Hoy están sentados en su lugar habitual, en el promontorio que domina la amplia pradera. Es noche cerrada, pero se acerca el verano y el aire es tibio, se puede estar al raso, protegido por un buen manto de piel. Aitz, gustosamente, se limitaría a disfrutar del momento, pero Ezkia es incapaz de conformarse con la felicidad de estar juntos, con el estómago lleno, acariciados por la brisa, y le señala a las luces-del-cielo.

—¿Qué crees que son? —pregunta.

Aitz necesita un rato para entender el sentido de la pregunta. La respuesta es tan obvia como si le preguntara por la colina sobre la que se elevan el campamento, o los árboles del bosque.

—Luces del cielo —contesta al fin.

—Quizás son hogueras —dice Ezkia—. Quizás los Morlocks vengan de allí. Están muy lejos, por eso tardaron mucho en llegar.

La ocurrencia no puede ser más peregrina, pero también es típica de Ezkia, que no deja pasar un solo día sin proponer alguna especulación descabellada.

—¿Qué importa? —Aitz indica con un gesto que están perdiendo el tiempo en un asunto irrelevante—. Los Morlocks ya no están.

Ezkia señala las luces-del-cielo.

—Volverán —asegura—. Su tierra está lejos, quizás tarden mucho. Pero antes o después volverán.

—La última vez los derrotamos.

—Tuvimos suerte. No esperaban un ataque en mitad de la noche y del invierno. La próxima vez estarán alerta.

—¿Y qué podemos hacer? —pregunta Aitz.

—Marcharnos —propone Ezkia—. Lejos.

Al principio Aitz no entiende lo que le propone su protegido, de tan insensato como es.

—No vamos a encontrar un refugio mejor que este en muchas jornadas de camino —alega.

—Más lejos —insiste, señalando al cielo.

—¿Más lejos de la Gran Laguna?

—Mucho más.

—¿Hasta los valles del sur?

—Más lejos.

—¿Adónde quieres ir, Ezkia?

—Los Isch hablan de la tierra del fin del mundo.

—¿Dónde está? —pregunta Aitz, inquieto sólo por considerar la idea.

—Al sur.

—¿Cuántos días de viaje? —pregunta Aitz.

Ezkia niega con la cabeza.

—Años —dice.

Aitz está acostumbrado a los desvaríos de Ezkia, pero este los supera todos.

—Ninguna tribu puede viajar durante años —dice, tratando de hacerle ver lo obvio.

—¿Por qué no? —insiste el tullido—. Somos muchos, podemos defendernos de cualquier enemigo y cazar para alimentarnos durante el camino.

Aitz agita la cabeza, queriendo ahuyentar la idea. Aunque se trata de una insensatez, su ken ha respondido dibujando a la tribu en marcha, como si fuera algo posible.

—¿Por qué la tierra del fin del mundo?

—Siempre hay caza —contesta Ezkia—. Los inviernos no son fríos. No hay Morlocks.

—¿Por qué no?

—No saben que existe. Es un secreto de los Isch.

Aitz necesita muchas explicaciones para entender qué quiere decir «secreto». Le cuesta entender que los Isch sepan cosas y prefieran no decirlas, pero al final asimila que se trata de otra de las peculiaridades de los oscuros, igual que «mentira», decir una cosa cuando se piensa otra, y «fingir», pretender que se siente lo que no se siente. Nadie entre su gente entiende esas palabras, y él mismo no las entendería de no ser por las largas conversaciones durante tantos años con Ezkia.

—La tribu marcha a la Gran Laguna en primavera —dice Aitz, para zanjar el asunto—. Y vuelve al refugio para el invierno. Así es y así ha sido siempre.

—No puede seguir siendo así —contesta Ezkia.

Cuando Ezkia aparece por el refugio con dos cachorros de lobo, el revuelo es enorme. A pesar de que todos en la tribu conocen bien a esos animales, no están habituados a ver a sus cachorros de cerca, los lobos son prudentes y mantienen a sus crías lejos del alcance de la gente. Son un macho y una hembra, no puede haber pasado más de una luna desde que nacieron, parecen recién destetados.

Nadie sabe qué pretende hacer el tullido con ellos, hasta que se arrodilla junto a Arce, que acaba de empezar a andar, y le cuchichea algo al oído. Aitz sabe que Ezkia le habla a su hija en la lengua de los Isch y la niña parece entenderle con la misma facilidad con que entiende a Andrexe. Arce se ríe, mostrando sus pequeños dientes y asiente con la cabeza. Ezkia deposita a uno de los cachorros encima de las rodillas de la niña, que lo acaricia suavemente, y el animalito no tarda en acurrucarse a su lado y quedarse dormido. Abarra está a punto de intervenir, alarmado, pero Bigur lo tranquiliza. Andrexe, por su parte, se acomoda junto a su hija, coge el segundo cachorro y un poco de carne de la liebre que acaba de despellejar para cocinarla, la masca para ablandarla, como si el cachorro fuera un viejo desdentado, y se la mete en la boca con cuidado. Arce la imita.

Esa noche, cuando todo el mundo se ha dormido, incluyendo los cachorros, acurrucados entre la niña y la madre, Aitz sale de la tienda y se dirige al promontorio, donde Ezkia ya le está esperando.

—¿Para qué los cachorros? —pregunta con un gesto.

Ezkia le contesta con otro gesto, mostrándole ambas manos separadas y luego entrelazándolas. Está proponiendo criarlos en el clan.

—Los lobos no hablan con los hombres —asegura Aitz.

—Los cachorros no saben que son lobos —contesta Ezkia.

Aitz indica con un gesto que no entiende lo que su protegido quiere decir.

—La madre alimenta al bebé —contesta Ezkia, citando una de las frases rituales de los Eloi.

—Así es y así ha sido siempre —responde Aitz, satisfecho.

—Si Arce alimenta al cachorro, el cachorro pensará que Arce es su madre.

Aitz está a punto de contestar con el gesto negativo que se reserva para las peores majaderías, pero su ken se adelanta y dibuja a la niña dándole de comer al lobo. La imagen, por extraña que sea, tiene sentido.

—¿Y después? —pregunta.

—Cuando el cachorro crezca, seguirá a su madre.

—¿Y el otro?

—Para Hartz —contesta Ezkia.

—¿Quieres que mis nietos sean Morlocks? —pregunta Aitz, inseguro.

—No —asegura Ezkia—. Quiero que aprendan a hablar con los lobos, igual que lo hacen los Morlocks. Si lo hacen, la tribu será más fuerte.

Ha pasado un año desde que los dos cachorros llegaron a la tribu. Como otras veces, Ezkia no se equivocaba. Ixe e Iya creen que Hartz y Arce son sus padres y creen que Andrexe es Gran Madre y que Aitz y Abarra son los grandes lobos grises que dirigen la manada. O quizás no piensan que la gente sean lobos, sino que están convencidos de que ellos son gente. Aitz tiene que reconocerse a sí mismo que a menudo es más fácil entenderse con ellos que con los Isch.

Es un día de invierno, particularmente frío. Aitz, Abarra y Astamenda regresan al campamento, con los miembros ateridos y el zurrón vacío, mientras la noche se traga rápidamente al día. Se han aventurado en el bosque, acompañados por los dos cachorros, con la esperanza de cobrar alguna pieza pequeña, los tres son ya demasiado viejos para participar en la gran cacería que ha dejado el campamento casi vacío, sólo quedan ancianos como ellos, niños y algunas mujeres. También Ezkia se ha quedado, las garras de Colmillos le hicieron mucho más daño de lo que quiere reconocer y no se siente útil junto a Baritz y el resto de los jóvenes.

Hay pocos animales en el bosque, pero sus lobos saben olfatear cualquier posible presa a mucha distancia y han aprendido a señalar su presencia sin hacer ruido. También han aprendido a ayudarles, saben hostigar a los jabalíes y los alces, distrayéndoles mientras los cazadores se acercan, sin exponerse demasiado a sus cuernos y colmillos. En lo que se refiera a Ixe e Iya, ha sido Aitz, por una vez, quien ha sorprendido a Ezkia, que no se explica cómo Abarra y él han sido capaces de enseñarles a los animales tantos trucos.

—¿Cómo haces para hablar con los lobos? —le pregunta, intrigado.

—Entiendo su ken —respondía Aitz—. Y ellos el mío.

Ezkia se desespera, incapaz de comprender lo que Aitz quiere decir, quizás porque los Isch necesitan las palabras para todo y con los lobos las palabras no sirven.

Hoy, sin embargo, no han tenido suerte, el invierno ha vaciado el bosque de caza menuda y la jornada ha sido infructuosa. Se han demorado hasta que la luz del día ha empezado a apagarse, a pesar de la mordedura del frío, antes de decidirse a regresar al campamento. Cuando sus lobos se quedan petrificados, olfateando el viento, ya cerca del refugio, los Eloi saben de inmediato que han olido algo muy diferente a los animales del bosque. En lugar de los gemidos excitados que apenas pueden reprimir cuando olfatean un ciervo o un jabalí, los animales emiten un gruñido sordo; es evidente que están asustados y deseando volver grupas y salir huyendo. Y Aitz sabe bien que sólo hay un animal que puede asustarlos.

Hay gente cerca. Y no son de su tribu.

Tienen el tiempo justo de ocultarse entre los arbustos y los dos hermanos cierran sus manos sobre los hocicos de sus animales, para que no se les escape un sonido que les pueda delatar. Los distinguen un instante más tarde, sombras moviéndose en la penumbra del crepúsculo. Hay tantos Morlocks como dedos en tres manos y la forma en que avanzan hacia el campamento deja poco lugar a dudas de sus intenciones. Sin duda, saben que la mayoría de los cazadores están ausentes y no esperan resistencia.

El ken de Aitz dibuja la posibilidad de cargar directamente contra ellos, pero son demasiados y decide una estrategia diferente, que explica a los otros con rápidos gestos. Astamenda echa a correr hacia el campamento, gritando con toda la fuerza de sus pulmones. Aitz cuenta con que sus gritos pongan sobre aviso a la gente del refugio y de paso distraigan a los Morlocks y les permitan atacarlos por sorpresa. Es la misma técnica que ha usado innumerables veces para engañar a Dos Cuernos y siempre le ha funcionado.

Los Morlocks se precipitan tras Astamenda. Son jóvenes y corren más rápido que su amigo, pero Astamenda es un cazador experimentado y conoce el terreno como la palma de su mano. La poca luz y la espesura del bosque hace que los enemigos no puedan usar sus lanzas voladoras. Astamenda corre, sin girarse y sin dejar de gritar, hasta que tiene encima al más veloz de los Morlocks, y en ese momento se limita a detenerse en seco y dejar que su perseguidor se estrelle contra él. El Morlock cae al suelo, aturdido, y el cazador lo ensarta con su lanza antes de que pueda moverse. Los otros se le echan encima, confiando en su superioridad. En ese momento, Aitz y Abarra salen de su escondrijo y corren en silencio hacia sus enemigos, demasiado ocupados para verlos venir. Sus lanzas despachan otros dos, antes de que se den cuenta de lo que está sucediendo. Ixe e Iya se abalanzan sobre un tercero.

Uno de los Morlocks consigue herir a Abarra con su jabalina. La lanza buscaba el cuello, pero su hermano se aparta a tiempo y la afilada punta no le corta la gran vena de la vida. Aun así, la herida es profunda y Abarra da un traspiés, está a punto de perder el equilibrio. El Morlock se le echa encima, blandiendo su hacha, pero no ha medido bien la fuerza de Abarra, que frena el brazo que le golpea como si fuera el de un niño, levanta a su atacante en vilo y lo tira contra el suelo, Aitz oye crujir sus huesos y sabe que no va a levantarse antes de que las mandíbulas de uno de sus lobos se cierren sobre su cuello.

Los tres Eloi unen sus ken y un hombre de seis brazos embiste a los atacantes, haciéndoles retroceder. Pero Aitz no se hace ilusiones. Sabe que sus enemigos no tardarán en recuperarse de la sorpresa y son demasiados, hay tres Morlocks por cada uno de ellos. Pero sabe también que su intervención ha puesto sobre aviso a los suyos, frustrando la sorpresa con la que contaban los atacantes, y sabe que la batalla aún no ha terminado. Aunque ellos tengan que entregar su ken, la tribu sobrevivirá.

Cuando Aitz abre los ojos lo primero que ve es el rostro de Andrexe y enseguida distingue los rasgos oscuros de Ezkia. Intenta hablar, pero no le salen las palabras, apenas puede moverse. Tiene heridas por todas partes, en las piernas, en el costado, en la espalda y en la cabeza. Recuerda vagamente la pelea, rodeado de Morlocks, antes de que todo se volviera oscuro y no consigue explicarse cómo ha sobrevivido.

Se incorpora con un gran esfuerzo, consigue sentarse, apoyando la espalda en la pared de la cueva donde lo han instalado, se palpa la cabeza, donde lleva una cataplasma. Ezkia sonríe, mostrando sus dientes de niño, golpea su propia cabeza con los nudillos, forma con los dedos el signo de la piedra. Aitz-cabeza-de-roca. La herida es considerable, le asegura, mostrándole una maza, todavía ensangrentada, pero pronto se recuperará de ella. Aitz no está tan seguro, le cuesta mantener los ojos abiertos, su ken a duras penas consigue convencer a su cuerpo para que no se abandone al sueño.

Ezkia le tiende un cuenco rebosando con las vísceras de sus enemigos. Hay tantos corazones como dedos en las dos manos. A continuación, le cuenta cómo terminó la batalla. Cuando los gritos del viejo cazador pusieron al clan sobre aviso, los niños se refugiaron en el fondo de la cueva, pero el resto siguió al tullido al bosque. Era un extraño ejército, le explica, hecho de viejos, adolescentes, mujeres y lisiados como él, Andreña cojea de un pie y a Isetza le falta un ojo, pero Ezkia recordó el truco de las lanzas encendidas que tanto había asustado a sus enemigos en la guerra, y cuando los atacantes las vieron volar les faltó tiempo para salir corriendo. De los tres, sólo Abarra seguía en pie, la herida en su cuello sangra mucho y está débil, pero Ezkia le asegura que también se repondrá. Su amigo Astamenda no ha tenido tanta suerte.

Andrexe le aplica ungüento de tomillo en las heridas. Aitz siente que sus párpados se vuelven pesados y comprende que su ken está a punto de disolverse en el sueño, pero antes alcanza a pronunciar una frase.

—Han vuelto —susurra, con gran esfuerzo.

Ezkia asiente.

—Tenemos que marcharnos —dice.

18

Catedral

Vrangelya, 2070

La excursión por la isla nos sentó bien a todos. Volvíamos a llevar el trineo, esta vez para que Madre pudiera viajar con nosotros, y una tienda más grande y cómoda de lo habitual. El tiempo era tan bueno como se le podía pedir a la isla. Alcanzamos la estepa y los primeros rebaños de mamuts al cabo de una semana, y durante el resto del mes de julio no hicimos otra cosa que repetir nuestros viejos hábitos. Madre reclamaba constantemente la presencia de Hartz a su lado y Padre hacía lo mismo conmigo, consiguiendo así rebajar la tensión entre nosotros. Al caer la noche, Padre y Hartz preparaban un buen fuego y los cuatro nos sentábamos a compartir la cena y un rato de conversación, que invariablemente revivía lo que había ocurrido a lo largo del día. A Hartz le encantaba describir todas y cada una de las pequeñas anécdotas que nos habían acaecido y los demás disfrutábamos oyéndolo hablar, acompañando las palabras —con el tiempo, los cuatro habíamos desarrollado un dialecto privado que mezclaba todos los idiomas que se hablaban en Vrangelya— con rápidos gestos que sólo yo entendía.

Hartz era siempre el primero en empezar a bostezar, su metabolismo era mucho más rápido que el nuestro y a pesar de las cantidades prodigiosas de comida que consumía, al llegar la noche se quedaba rápidamente amodorrado. Madre tiraba de él, arrastrándolo al interior de la tienda, como si todavía fuera un bebé, y yo me quedaba un rato a solas con Padre.

Era mi momento preferido del día. Me echaba el brazo sobre los hombros, si el cielo estaba despejado, me señalaba las estrellas, nombrándolas una a una. Otras veces nos limitábamos a contemplar las ascuas, en silencio. Cuando estaba con él, ocurría un milagro. La intrusa se adormecía, la voz se callaba. Su silencio era la paz.

* * *

París, noviembre de 2053

El charlatán que entrevistó a Gala y a Sergei Sokolov en París era un tipo jovial, que sonreía mostrando una envidiable dentadura y hablaba inglés con el acento característico de la costa este norteamericana, acabando la mitad de sus afirmaciones en una falsa interrogación. Gala recordó que el término también aparecía en un verso de su padre, «el charlatán que glosa las bondades de su amo» y lo cierto era que, aunque no todos los periodistas estaban a sueldo de los vips, ni todos los canales *online* se alimentaban sólo de propaganda, el vocablo era de uso corriente para referirse por igual a los reporteros de noticias, los locutores que animaban los podcasts o los presentadores de los tubes.

El charlatán parecía recién llegado de jugar al golf, iba vestido con vaqueros y zapatos náuticos, a juego con una chaqueta deportiva de color azul celeste. Se presentó como Corey Williams, pero Gala le bautizó inmediatamente como Sport. Los invitó a comer en uno de los restaurantes flotantes del Sena; había reservado el puente superior sólo para ellos y el equipo que les filmaba. Sergei despachó una botella de Château Saint-Pierre antes de terminar el primer plato.

—Profesor Sokolov —arrancó Sport—. Usted ganó el Premio Nobel en 2030 por sus importantes descubrimientos asociados al cambio climático. Me gustaría pedirle que les explicara a nuestros lectores, en sus propias palabras, su crucial aportación.

Sport era tan remilgado como su aspecto indicaba, su uso de la palabra «lectores» resultaba casi ridículo. Cierto, el *National Geographic* todavía publicaba un panfleto escrito en su sitio web, que quizás leyeran algunos jubilados con el tiempo y la paciencia para asimilar el texto, pero la inmensa mayoría se limitarían a zapear sobre las imágenes del tube que estaban grabando.

Sergei miró de frente a la cámara. Su rostro era un paisaje lunar, recorrido por profundos surcos, plagado de cráteres, los pómulos muy marcados, la barba espesa como una zarza plateada, los ojos intensamente azules, la cabeza, enorme, rapada al cero y resplandeciente, como si se hubiera aplicado abrillantador en ella. A los noventa y cinco años, parecía perfectamente capaz de lanzarse de cabeza al Sena, cubrir en cuatro brazadas la anchura del río, saltar a bordo de su cuatro por cuatro y conducir de un tirón hasta la estepa siberiana, para buscar fósiles de mamut, como había hecho, notoriamente, durante su juventud.

—Siberia es el lugar más hermoso de la Tierra —dijo—. Ocupa el nueve por ciento de la superficie de todo el planeta y casi todo ese terreno es virgen. ¿Sabe por qué? Porque apenas hay gente y la poca gente que hay vive en el sur, a lo largo de la ruta del Transiberiano. Fuera de esas zonas, Siberia está desierta, protegida por su clima, hace demasiado frío para habitarla.

»Hace tanto frío que hay una inmensa región de casi un millón de kilómetros cuadrados, a lo largo de la costa antártica cubierta por tundra. Las temperaturas promedio en invierno son de treinta grados bajo cero. En ese clima gélido los árboles no pueden crecer y lo único que sobrevive son algunos arbustos, musgos y líquenes.

»Bajo esos musgos se extiende un manto de permafrost, es decir, suelo permanentemente congelado. En la tundra, el permafrost alcanza a veces un kilómetro de profundidad. En verano, la parte superior se deshiela y el terreno se cubre de arroyos y pantanos, pero durante los últimos once milenios ese deshielo nunca se ha extendido más allá de unos pocos centímetros de la superficie.

Sergei alzó las espesas cejas, preguntando al charlatán si entendía sus explicaciones. Sport asintió con la cabeza, como un alumno aplicado, animándole a seguir.

—A lo largo de los últimos milenios, la tundra se ha ido tragando cantidades inmensas de material orgánico, desde bosques hasta rebaños de mamuts y rinocerontes lanudos. Toda esa biomasa permanece congelada en el permafrost. Dígame, joven, ¿qué ocurre si se deja abierta la puerta de su nevera, con unos filetes dentro?

Sport hizo ademán de responder, pero Sergei no le dio tiempo. Mientras hablaba, no había dejado de hincarle el diente al pato a la naranja que había pedido como almuerzo, pero de repente dejó caer los cubiertos, que chocaron escandalosamente contra el plato, y golpeó con ambas manos la mesa, haciendo tambalearse las copas de vino.

—¡Se pudre, naturalmente! En cuanto la temperatura sube se activan los microbios que descomponen la materia orgánica. ¡Pues bien, imagínese el permafrost como una nevera planetaria, atiborrada de filetes de mamut! Si la temperatura sube lo bastante como para descongelar la biomasa petrificada en su interior, esta se descompone y el proceso libera cantidades inmensas de gases de efecto invernadero. ¿Se hace una idea de cuánto?

Esta vez, Sport no intentó responder. Se limitó a sonreír, mostrando su estupenda dentadura.

—Mis cálculos indican que el permafrost contiene cerca de dos billones de toneladas de carbono, es decir, el doble del carbono que hay en la atmósfera en la actualidad. ¿Sabe lo que ocurriría si todo ese carbono se liberara? ¡Tendríamos en marcha un calentamiento global irreversible!

A Brian, pensó, le faltaría tiempo para indicar que él había refinado aquellos cálculos, produciendo modelos mucho más precisos que las estimaciones de Sokolov. Seguramente se olvidaría de mencionar, eso sí, que toda su exactitud no aportaba nada nuevo. Sus modelos predecían la misma catástrofe que había anunciado Sergei.

—Los gases de efecto invernadero harían subir tanto la temperatura que los casquetes polares se derretirían, el nivel de los océanos se elevaría, sumergiendo millones de kilómetros cuadrados de costa, extensas zonas de la Tierra se volverían inhabitables y sería imposible evitar la mayor extinción de especies de los últimos sesenta millones de años. ¡Una extinción que nos incluiría!

Sergei suspiró resignadamente, recuperó sus cubiertos y siguió engullendo su pato, con el aire de quien degusta su última cena antes de la extinción global. Sport hizo una señal a su equipo para que aprovecharan el *impasse* filmando el paisaje urbano de París. Gala reparó, no sin desazón, que las cámaras la evitaban sistemáticamente.

—En estos últimos cincuenta años las cosas no han hecho más que empeorar —continuó Sokolov, con tono amenazante—. La temperatura del planeta ha aumentado y el círculo vicioso se ha acelerado. Paradójicamente, todavía hace bastante frío en esas latitudes como para congelar cada año el suelo... O lo haría, de no ser por el manto de nieve que cubre la tundra en invierno. Ese manto actúa como un aislante, que evita que las capas superiores del permafrost entren en contacto con el aire, mucho más frío que la nieve.

—¿Así que una solución sería eliminar ese manto de nieve? —consiguió preguntar Sport, aprovechando el instante en que el sabio se bebía de un trago su copa de vino.

—¡Exactamente! Y dígame, ¿cómo lo haría usted?

La pregunta era retórica. Sokolov era mucho más famoso por su propuesta para detener el deshielo del permafrost que por haber descubierto el fenómeno. Sport se inclinó hacia él, con un gesto que se aproximaba a una reverencia.

—Explíquenos, profesor.

—Es muy sencillo. Sólo necesita enviar un millón de tractores a Siberia. Esos tractores tienen que recorrer la tundra incesantemente durante todo el invierno, destruyendo el manto de nieve con sus ruedas y removiendo el suelo, de tal manera que se congele totalmente en contacto con el aire gélido. —Sergei rebañó la salsa con una generosa rebanada de pan, se chupó los dedos con fruición y lanzó su famosa carga de profundidad—: O bien, podríamos dejar que un millón de mamuts hicieran ese mismo trabajo. No estaríamos inventando nada nuevo. Eso fue exactamente lo que hicieron a lo largo de eones. Un millón de mamuts serían mucho más efectivos que sus réplicas mecánicas a la hora de eliminar el manto de nieve y evitar que el permafrost se derritiera.

»Y eso sólo sería el primer paso. Al cabo de unas cuantas generaciones, esos tractores biológicos harían posible que la hierba volviera a crecer en lo que hoy es tundra, transformándola en una estepa fértil como las que encontramos en el sur de Siberia y en Mongolia. No sólo evitaríamos un desastre de proporciones incalculables, sino que crearíamos un paraíso natural que el planeta necesita desesperadamente.

—En resumen —terció Sport—. ¿Lo que usted propone es transformar un millón de kilómetros cuadrados de tundra en un gigantesco parque pleistoceno?

—¡Exactamente! Podríamos introducir también otras muchas especies, como rinocerontes lanudos, bisontes, bueyes almizcleros, toda la rica megafauna que habitó en esa región hace unos pocos miles de años y de cuya desaparición somos responsables.

—Precisamente por eso —aventuró Sport, con la timidez de un recluta que se atreve a dirigirle la palabra al sargento instructor— tenemos un pequeño problema. Los últimos mamuts se extinguieron hace cuatro mil años. ¿De dónde vamos a sacar entonces un millón de ellos?

—¡Los fabricaremos, naturalmente! Ya hemos empezado a hacerlo —exclamó Sergei triunfante.

La frase tuvo el efecto mágico de transformar a la invisible Gala en un ser de carne y hueso. Por primera vez desde que la entrevista había comenzado, Sport pareció reparar en su presencia, de la que tomó nota dedicándole su encantadora sonrisa.

—Queridos amigos, les presento a la doctora Gala Salinas, de la universidad de Aurora —dijo, gesticulando en la dirección de las cámaras, suspendidas en el aire por diminutos drones—. Dada su juventud, podríamos tomarla por una alumna de su propia clase, pero tienen delante a la científica que ha conseguido clonar por primera vez dos mamuts, los cuales se exhiben en estos momentos en el zoológico de París. Gala, es un auténtico placer.

Gala se revolvió en su butaca, inquieta. Los dientes de Sport tenían algo de canino, a pesar de su blancura; sus rasgos eran bastante agraciados, pero resaltaban en ellos unas potentes mandíbulas. Gala se imaginó a una hiena recién salida de una operación de cirugía estética.

—¡Un trabajo asombroso! —continuó Sport, que parecía genuinamente impresionado—. ¿Puedo preguntarle cuál es su siguiente objetivo?

—De momento, aprender todo lo que podamos de ellos —dijo Gala.

—Pero también exhibirlos, por lo que veo. ¿Han tomado en consideración el bienestar de los animales?

—Paquito y Azalea viven en un hábitat diseñado especialmente para ellos en Aurora —protestó Gala.

—Y, sin embargo, han accedido a trasladarlos al zoológico de París, en condiciones que algunos podrían considerar discutibles. En concreto, se ha apuntado que los animales corren un alto riesgo de contagiarse de algún virus letal contra el que no están inmunizados —retrucó Sport, mostrando sus blancos caninos—. ¿Tiene algún comentario al respecto?

Jacques se lo había advertido, pensó Gala. Por mucho que se tratara del *National Geographic*, por mucho que les hubieran asegurado que la entrevista iba a centrarse en los aspectos científicos, era inevitable, le aseguró, que el charlatán buscara algún tipo de escándalo; eran las reglas de las noticias, o lo que pasaba por noticias en el mundo de la postverdad que Internet y la proliferación de las iA habían liberado tres décadas atrás.

—A nadie le interesa aprender nada, hija —insistió—. Todo lo que la gente busca en los clips es espectáculo y adrenalina.

Y para colmo, la pregunta era tan mal intencionada como certera. El dardo de Sport se había clavado donde más le dolía, Gala no había dejado de temer por la seguridad de sus bebés desde que habían salido de Aurora.

—¿Doctora? —insistió el charlatán.

—Paquito y Azalea están vacunados contra todas las enfermedades conocidas, incluyendo los seis herpes del elefante —dijo ella, procurando mantener la calma—. No corren ningún riesgo.

—Muchos expertos opinan lo contrario —refutó Sport—. Y profundizando un poco más. ¿No le parece que convendría revisar las implicaciones éticas de clonar animales prehistóricos? ¿No cabe preguntarse si está justificado en términos morales y económicos?

—No ha entendido nada de lo que le estamos explicando —bramó Sergei, que claramente estaba harto de aguantar a Sport—. La doctora Salinas ha dado el primer paso del proyecto de restauración ecológica más grande de la historia. La demostración de que es posible resucitar la megafauna de Siberia, recuperar la biodiversidad del Pleistoceno y revertir una catástrofe climática. ¡Paquito y Azalea son como Adán y Eva, la primera pareja de un millón de mamuts!

Sport sonrió satisfecho. Ya tenía su titular.

Sergei Sokolov le puso delante un plato de dulces siberianos, parecidos a donuts rellenos con mermelada, y le hizo un gesto imperativo para que los probase, mientras él seguía trajinando, moviéndose por la habitación con una agilidad inconcebible en un anciano.

No, pensó Gala. Sergei no era anciano ni lo sería nunca. Era viejo, viejísimo, pero no había nada senescente en él, ninguna traza del cansancio, ni rastro de la debilidad, la lentitud que se podían esperar de una persona a punto de cumplir un siglo de edad. No era sólo su vigor físico, sino también, y sobre todo, la intensidad con que ejecutaba cada uno de sus actos.

Gala había aceptado con gusto su invitación a tomar un té después de la entrevista, deseosa de seguir hablando un rato más con él.

—Tengo un pequeño apartamento no lejos de aquí —le confesó, con aire algo culpable—. Lo compré con el dinero del Nobel. En aquella época aún se podía adquirir un estudio en el centro de París por un millón de euros.

El apartamento, en efecto, era bastante pequeño, diminuto incluso, si lo comparaba con el palacio de Brian, pero mucho más acogedor.

Sergei trajo de la cocina adyacente unas tazas de fina porcelana y un samovar plateado que situó sobre la amplia mesa de madera rústica, colocó una tetera sobre el aparato y pulsó un interruptor para encenderlo.

—Es eléctrico —le dijo como disculpándose—. Regalo de mi nieto Boris. Más limpio que mi viejo samovar de gasoil, pero mucho menos romántico.

Gala sonrió, agradecida.

—El charlatán tenía un punto de razón cuando argumentaba que no has clonado tus mamuts para convertirlos en atracciones de zoológico.

—Sólo van a estar aquí unos pocos meses —dijo Gala—. Creemos que es una buena idea que la gente de a pie tenga la ocasión de verlos de cerca.

«No es verdad», susurró una voz en el interior de su cabeza, la voz insidiosa de la intrusa, que también torturaba a Gala. Ella nunca había creído que fuera una buena idea llevar a los animales a París; se había limitado a ceder a las presiones de Ariel, que, por su parte, ni siquiera se había molestado en acompañarla después de salirse con la suya.

—Están en un entorno muy poco controlado —dijo Sergei—. El riesgo de que contraigan algún virus es alto. Tú deberías ser la primera en saberlo, *vnuchka*.

«La traducción literal de *vnuchka* es nieta —apuntó la sabionda de Anastasia—, en el contexto de la frase, implica un matiz cariñoso».

—Lo sé, Sergei —reconoció Gala—. Debería haber sido más precavida.

«No deberías haberle hecho caso a Ariel», murmuró la intrusa.

Sergei sirvió el té, fuerte y muy aromático. Gala mordisqueó uno de los donuts y dio un sorbo al líquido casi hirviendo, la combinación entre el sabor afrutado y dulzón del pastelito y el deje amargo de la bebida le sentó bien. Sergei se sentó a su lado y puso, suavemente, su mano en el antebrazo de Gala. Era una mano enorme, la piel estaba cuarteada y cubierta de pecas, pero incluso aquel leve apretón transmitía una fuerza descomunal.

—Me gustaría que visitaras mi isla. Quizás te convenciera de que es el mejor sitio para tus mascotas.

—Me encantaría —dijo Gala, sin mucha convicción—. He oído hablar mucho de la isla de Wrangler, el último santuario de los mamuts.

—¡Nada de Wrangler! El nombre no podía estar peor escogido. Fue bautizada por un cierto capitán Thomas Long que nunca puso un pie en la isla, para honrar a un cierto barón Ferdinand von Wrangler, que tampoco apareció nunca por allí. Vrangelya es su nombre en ruso, mucho más bonito y evocador. Cierto, no es un amable paraíso, como vuestra reserva de Hornstrandir. Desde noviembre a febrero apenas hay luz y las temperaturas rondan los veinte bajo cero, a veces mucho menos. En verano, la temperatura es tolerable, alrededor de los cero grados, pero soplan a menudo vientos huracanados, y cuando no es así, la isla está cubierta por densas nieblas. Hay pocos lugares en el planeta, fuera de los polos, donde las condiciones de vida sean más duras.

»Pero también es un inmenso parque natural, con paisajes bellísimos, extensas praderas, playas habitadas por focas y morsas, una población de osos polares que supera de largo al número de personas, innumerables especies de pájaros y, en las últimas décadas, bisontes, renos, caballos, bueyes, yaks y otras muchas especies.

»Su situación geográfica es excepcional. Es lo bastante seca como para que no la invadiera completamente el hielo durante las glaciaciones y sus colinas son lo bastante elevadas como para que no las anegara el mar en las épocas más cálidas. El resultado es que la estepa que cubre los valles del interior de la isla es exactamente la misma que cubría toda Siberia durante los últimos doscientos o trescientos mil años. Vrangelya, *dorogaya devochka*, es un pedazo del Pleistoceno, milagrosamente preservado.

«*Dorogaya devochka* se traduce por querida niña», susurró Anastasia, siempre atenta, en los diminutos implantes de sus oídos.

—Te prometo que iré apenas pueda —dijo Gala, y esta vez se dio cuenta de que lo decía en serio.

En la holo, Ariel volvía a parecerse a Diego Acevedo, con su largo cabello, su barba rizada y aquellos ojos brillantes que la cautivaron desde la primera vez que los vio. Diego y Ariel, pensó, clones idénticos que compartían no sólo el mismo código genético, sino idéntico fenotipo. Y aun así, eran personas diferentes.

A Diego había vuelto a verlo durante todo un mes, el año en que ella y Ariel empezaron su relación. Ariel le propuso un viaje de novios, aunque no usó esa frase, ni habló de luna de miel. Todo lo que tenía que ver con el matrimonio era territorio pantanoso que ambos tácitamente evitaban. Gala sopesó la propuesta. No tenía ningún interés en pasearse por los circuitos turísticos de lujo que ofrecían visitas a los decorados para vips en que se habían convertido Roma, Venecia, Nueva York o cualquiera de las otras grandes ciudades. No había, de hecho, ningún lugar que le gustara más que su aldea nórdica rodeada de fiordos. Pero sí había un sitio al que quería volver.

—Estaba pensando en trabajar unas semanas como voluntaria en el CDS de Clichy-sous-Bois. ¿Crees que podrías convencer al doctor Acevedo para que viniera conmigo?

Había sido un mes inolvidable. A veces empalmaban la jornada en el CDS con algunas horas extra trabajando en el centro cívico. Alquilaron un apartamento en el barrio y cada noche cenaban en el bistró de Abdel, donde Claire los mimaba como si fueran sus hijos. El exceso de trabajo no les quitaba bríos, se pasaban la noche haciendo el amor. Apenas dormían y adelgazaron varios kilos cada uno, a pesar de que comían como limas. Claire agitaba la cabeza, satisfecha.

—Sólo se es joven una vez —aseguraba.

Quizás Ariel volvía a recordarle a Diego Acevedo porque había tenido tiempo de echarlo de menos; hacía varias semanas ya que se habían encontrado en Gibraltar y apenas habían hablado desde que Gala se instaló en París. Él estaba demasiado ocupado con su misteriosa cueva y ella, más resentida de lo que quería reconocerse a sí misma.

O quizás, lo que le traía a Acevedo de vuelta era la ilusión que centelleaba en sus luminosos ojos negros.

—¡Gala, la cueva está hueca! —exclamó Ariel—. Las medidas de Sebastian lo demuestran claramente, las piedras que taponan la entrada no son más que una delgada pared.

—¿Cuál es el siguiente paso entonces? —preguntó Gala, consciente de que Ariel estaba tan excitado que había olvidado preguntarle cómo le iba en París y casi saludarla.

—¿No es obvio? —dijo él, abriendo los brazos, como asombrándose de que le hiciera una pregunta tan peregrina—. ¡Dinamitar la entrada!

—¿Y os van a conceder el permiso para ello?

—Nos lo concedieron la semana pasada. Ya sabes cómo funcionan estas cosas.

Sí, claro que lo sabía, pensó Gala. No había nada que el dinero de los Arazi no pudiera comprar. Pero también era cierto que no lo usaban en vano.

—Escucha bien, Galatelle —dijo Ariel—. La cavidad tras la pared es enorme, muy seca y muy fría, y basta raspar con una espátula para que empiecen a aparecer restos fósiles increíblemente bien conservados. Creo que hemos dado con el mayor filón de la historia de la paleoantropología. Empezamos las excavaciones mañana mismo. ¿Has acabado con tus compromisos en París? ¿Por qué no te vienes?

—Justamente iba a proponerte un plan un poco diferente —dijo Gala—. Sergei Sokolov me ha propuesto que le acompañe a Vrangelya.

—¿A la isla de Wrangler? ¿Con qué propósito?

—Según Sergei, será el mejor hogar para Paquito y Azalea.

—¿Por qué? ¿Qué tiene Wrangler que no tenga Hornstrandir?

Gala no tenía una respuesta convincente que ofrecerle y quizás por eso mismo se sintió más decidida que nunca a realizar esa visita.

—Los últimos mamuts habitaron allí —dijo—. Creo que eso la hace especial.

—No veo qué tiene eso que ver con el bienestar de nuestros animales.

—Quizás nada. Pero Sergei Sokolov lleva décadas transformando Vrangelya en lo más parecido que existe en el planeta a un hábitat del Pleistoceno. Tengo mucho interés en conocer de primera mano ese proyecto. Quizás sea posible colaborar con él. Después de todo, fue el primero en proponer que clonar mamuts podría ser útil para el planeta.

—Las ideas de Sokolov son famosas por ser muy brillantes y muy poco realistas —dijo Ariel, y por un instante Gala tuvo la sensación de que era Brian quien hablaba por él.

—No sé a qué te refieres —contestó, consciente de que la doctora Hielo se había apoderado de su voz. Ariel, normalmente tan atento, no percibió la bajada de temperatura en su tono.

—¡Claro que lo sabes! ¡Su propuesta de clonar un millón de mamuts es pura ciencia ficción!

—Clonar *dos* mamuts era ciencia ficción hace treinta años —contestó ella, asombrándose de que no se formara escarcha en el aire, al contacto de su aliento.

Esta vez Ariel sí pareció apercibirse de su creciente irritación. La holo de alta calidad daba cuenta de la expresión apurada de quien se ve sorprendido por un inesperado chaparrón.

—¡No quise molestarte, Galatelle! —exclamó—. Tienes que perdonarme, tengo la cabeza en las nubes.

—Yo en tu caso estaría igual —dijo Gala, dedicándole una sonrisa agradecida. A diferencia de Brian, Ariel sabía disculparse a tiempo.

—Tienes toda la razón, además —continuó él—. Estoy seguro de que visitar Wrangler será una experiencia muy interesante para ti.

Gala se imaginó a Anastasia traduciendo en sus pinganillos: «Si te empeñas en hacer ese viaje insensato, no seré yo quien te lo impida».

—Gracias, Ari. Me habría gustado mucho hacerlo juntos.

—Y a mí que vinieras a Gibraltar. Pero así tendremos más cosas que contarnos. Ahora aviso a Patricia para que te ayude a organizar el viaje.

—¡No te preocupes! Puedo arreglarme sola.

Si algo no necesitaba, pensó Gala, era la ayuda de la señora Vox.

Vrangelya, diciembre de 2053

Gala giró la cabeza hacia el helicóptero que se alejaba, todavía sin creerse del todo que realmente estaban en tierra firme después de haber cruzado ciento cuarenta kilómetros de océano ártico congelado. El viaje a Vrangelya había durado dos días y la había dejado agotada, pero, increíblemente, allí estaba.

Un todoterreno equipado con grandes ruedas de nieve les estaba esperando junto a la pista de aterrizaje. Dos hombres, de pie junto al auto, le hicieron señas. Iban enfundados en pieles, la cabeza cubierta por un *usanka*, el típico gorro ruso con orejeras. Gala se acercó. Uno de ellos era Sergei, que le propinó un descomunal abrazo. Luego le señaló a su compañero, un hombre de unos cincuenta años, de espesas cejas, muy moreno.

—Gala, te presento a Dimitri. Ingeniero agrónomo, veterinario y el único en Vrangelya que sabe cocinar un buen *goulash*.

—*Dobro pozhalovat' v Vrangelya* —dijo Dimitri, saludándole con un enérgico movimiento de cabeza. «Bienvenida a Vrangelya», aclaró Anastasia, siempre atenta.

Sergei preguntó algo en ruso a Dimitri. Anastasia le informó de que Sergei se interesaba por el paradero de su nieto, con el que contaba para recibirla, a lo que Dimitri respondió que sin duda se había retrasado, ocupado con la inspección de unas nuevas instalaciones.

Dimitri la invitó a subir al auto con otro de sus marciales cabezazos. Siguieron quince minutos dando saltos por un camino muy accidentado, mientras Sergei, que se durmió apenas Dimitri arrancó, roncaba a su lado. A su alrededor no se distinguía otra cosa que tundra helada.

Llegaron a una casa de madera, grande, solitaria, plantada en mitad de la estepa. Dimitri detuvo el todoterreno. Sergei abrió los ojos, se desperezó y la invitó a entrar y acomodarse.

—Bienvenida a mi dacha, Gala. Tienes preparada una habitación, verás que el dintel de tu puerta está pintado de azul. Querrás descansar un poco después de un viaje tan largo. Voy a recoger a mi nieto, volveremos a tiempo para la cena. Hay comida en la cocina y un samovar, por si te apetece un té.

La lógica de Vrangelya, bromeó Gala consigo misma, era un poco distinta a la que imperaba en el resto del mundo. En la isla perdida, la joven treintañera necesitaba una siesta para reponerse del largo viaje, mientras al viejo centenario le bastaba con una cabezada de diez minutos para estar perfectamente en forma.

El interior de la casa era amplio, con una enorme sala que hacía las veces de comedor y cocina y tres habitaciones adyacentes. Una franja azul decoraba el marco de la puerta de una de ellas. Era una estancia cálida y sencilla, la cama estaba cubierta por una bonita colcha bordada, había una mesita de noche con una lámpara antediluviana encima, una silla y un ventanal que daba a la estepa. Gala dejó su mochila y salió al exterior. Anastasia le informó de que la temperatura era de cinco grados bajo cero, un día caluroso, pensó, tratándose de Vrangelya. Reparó en la enorme placa solar y en los depósitos de combustible adyacentes a la construcción, así como en el enjambre de antenas en el techo. Tenía el mar, helado, frente a ella, a unos cientos de metros de distancia. Al este, a un par de kilómetros, se alzaba un conjunto de edificios grises, que le recordaron a la fábrica soviética que aparecía en uno de los vetustos filmes que Paco y sus invitados ponían a veces en las tertulias de los fines de semana en la buhardilla de Montmartre que había sido su hogar desde que regresaron de Clichy-sous-Bois.

La carretera que conectaba la dacha con la fábrica estaba flanqueada por una ligera valla de alambre, de la que colgaban letreros avisando que estaba electrificada. En la dirección sur, reparó en otras construcciones que parecían granjas, a juzgar por los cercados. Creyó distinguir ovejas en el interior del más cercano. En otros había animales más grandes que no alcanzaba a distinguir. Lo cierto, se dijo a sí misma, era que lo que había visto hasta el momento de la isla le parecía harto menos acogedor, para humanos y mamuts por igual, que el bello parque de Hornstrandir. No tenía sueño y estaba demasiado excitada para ponerse a leer o intentar trabajar. Decidió dar un paseo para estirar las piernas y hacer tiempo hasta la hora de la cena.

—¿Qué opinas, Anastasia? ¿Vamos a la fábrica o a las granjas?

Era una de esas pregunta trampa, en la que la falta de contexto sacaba a la pobre iA de sus casillas. Cuando eso ocurría, Anastasia intentaba salir del paso mascullando generalidades.

—La elección entre «la fábrica» y «las granjas» depende del lugar al que te refieras específicamente. Ambas opciones son lugares potenciales, pero «la fábrica» se asocia con un lugar de producción o manufactura, mientras que «las granjas» sugiere la idea de terrenos agrícolas.

—Gracias, Anastasia —dijo Gala, con retintín, no del todo consciente de que su iA no era capaz de captar el tono irónico de su voz—. Vamos a ver si tienen algún mamut en esos cercados.

Anastasia empezó a explicarle que eso era imposible, ya que sólo existían dos mamuts en el mundo, Paquito y Azalea, que se encontraban en esos momentos en el zoológico de París.

Gala la mandó a dormir la siesta que ella no necesitaba y salió de la dacha. Había un par de largas varas apoyadas contra la pared, junto a la puerta principal. El terreno no parecía demasiado accidentado, pero las excursiones para alcanzar las paredes rocosas en sus tiempos de escaladora le habían enseñado que un buen bastón nunca estaba de más. Sin pensárselo mucho, se hizo con uno de los palos y echó a andar con paso vivo hacia los cercados.

Alcanzó el primero en veinte minutos. Los inquilinos eran, en efecto, ovejas, de una variedad muy lanuda. El cerco era muy extenso y Gala decidió escurrirse entre los travesaños y seguir en línea recta en lugar de rodearlo. Varios rumiantes salieron disparados cuando se coló en su territorio para luego quedarse observándola, con cara embobada. Había unos doscientos metros hasta el otro lado, pero el terreno era irregular y estaba cubierto con excrementos. Cuando estaba a punto alcanzar el otro extremo de la cerca vio un todoterreno, similar al que la había recogido en el helipuerto, acercándose a toda velocidad. El automóvil frenó bruscamente a medio metro de la cerca y el conductor descendió de él, saltó ágilmente sobre los tablones y le hizo una seña con la mano, como si quisiera avisarla de algo. Vestía unos vaqueros, botas militares y una camiseta térmica que se ajustaba a su físico descomunal. Era un auténtico gigante, debía de pasar de los dos metros de estatura y tenía la corpulencia de un oso. Llevaba un fusil en bandolera.

—*Privet!* —exclamó Gala. «Hola» era una de las pocas palabras con las que contaba en su reducido repertorio de ruso.

—Quédate quieta —respondió el gigante, en inglés—. No te harán nada.

Sólo en ese momento Gala escuchó unos gruñidos amenazadores a su espalda. Cuando se dio la vuelta, se encontró a tres perros siberianos, acercándose amenazadores, mostrando sus enormes caninos.

Dio un paso atrás. Uno de los perros se adelantó. El gigante se echó el fusil al hombro. Alguien gritó: «No dispares». El animal se abalanzó sobre ella, pero no llegó a alcanzarla, algo lo golpeó de lleno, mandándole al suelo, de donde se levantó gimiendo lastimeramente antes de poner pies en polvorosa, seguido de los otros dos frustrados atacantes, ladrando ofendidos por el mal trato que acababan de recibir.

—No querría estar en el pellejo de ese chucho —dijo una voz de barítono, en un inglés con marcado acento ruso, que inmediatamente le recordó al de Sergei—. Creo que le has roto un par de costillas.

Sólo entonces, como si la realidad se ajustara con retraso a las percepciones que le enviaban sus sentidos, Gala reconstruyó lo que había ocurrido en los últimos segundos. El gigante había saltado el cercado, avisándola del ataque, dispuesto a abatir con su fusil a los agresores; la voz que había pedido que no lo hiciera era la suya, quizás porque el perro al que se había enfrentado era un animal joven, poco más que un cachorro; el bastón que enarbolaba había golpeado al atacante, aparentemente sin concurso de su voluntad. Tenía la boca seca y el corazón le batía fuertemente en el pecho. Conocía las sensaciones. Había un momento, colgada de la pared a cien metros de altura, donde los músculos funcionaban sin concurso de la voluntad y el miedo sólo se manifestaba en la sensación de tener la garganta llena de arena.

—Espero que me lo perdone —alcanzó a jadear Gala—. No debí haberme metido en su territorio.

—Cierto —aseveró el gigante—. Son agresivos por naturaleza, su misión es defender a la ovejas, y en Vrangelya no faltan lobos decididos a robar una en cuanto te descuidas. Pero creo que te subestimaron. Sabes manejar un bastón.

—Acabo de descubrirlo —suspiró ella, todavía un poco mareada—. Soy Gala Salinas.

—Boris Sokolov.

El gigante le tendió la mano. Mientras se la estrechaba, Gala reparó en que era aún más corpulento de lo que le había parecido al verlo por primera vez. La mano que apretó la suya con firme delicadeza era inmensa, los bíceps desbordaban las mangas de su forro térmico, los trapecios y pectorales parecían a punto de reventarlo. Sin embargo, aquella montaña de músculos se movía con la velocidad de un tigre de Bengala, había saltado una valla de metro y medio como si fuera un cerco a ras de suelo. Sus ojos eran de un intenso azul celeste, el pelo era del mismo color que el de ella, muy rubio, casi albino, cortado a estilo militar.

—Intentaré no volver a meterme en líos —dijo Gala.

—*Da* —dijo Boris, asintiendo gravemente—. Vrangelya tiene sus reglas y es mejor respetarlas.

En las últimas horas, pensó Gala, había averiguado tres cosas de Boris Sokolov. La primera, que sus nervios estaban bien templados. No le cabía duda de que podía haber abatido al perro que la atacó, pero había tenido la sangre fría de no precipitarse en apretar el gatillo, permitiéndole a ella defenderse y salvando la vida del animal. La segunda, que no decía una palabra de más. La tercera, que su abuelo lo adoraba, y esa devoción era correspondida por el nieto.

Después de su inusitado encuentro habían regresado a la dacha de Sergei, quien no tardó en entrar por la puerta como un vendaval.

—*Vnuk!* —exclamó, mientras abrazaba a Boris. Gala intuyó que el físico de Sergei Sokolov en su juventud habría tenido muy poco que envidiar al de su nieto.

Boris empezó a cocinar la cena, echando en un puchero remolachas cortadas en cubitos, tomates, zanahorias, cebollas, patatas y lonchas de carne, mientras Gala le relataba su aventura a Sergei.

—Es mejor si no paseas sola por la isla —dijo Sergei.

—¿Tantos perros sueltos tenéis? —bromeó Gala.

—Oh, esos chuchos eran inofensivos —dijo Sergei—. Con los osos, en cambio, hay que llevar más cuidado. En general, no son un problema, están acostumbrados a los humanos, verás que se pasean a sus anchas por las inmediaciones de nuestras instalaciones y que la gente no les tiene miedo. No faltan las anécdotas que cuentan como algunas veces se los espanta a base de hacer ruido o incluso de propinarles puntapiés. A todo el mundo le hacen mucha gracia esas historias. A mí no. La gente se olvida de que un oso polar es un auténtico monstruo. Son animales enormes; un macho adulto pesa ochocientos kilos y mide dos metros y medio si se levanta sobre las dos patas. Comparado con él, un tigre de Bengala es un gatito.

Boris sirvió el *borscht* que había estado cocinando. Sergei sacó de un mueble de madera de pino, tan rústico como el resto del mobiliario de la sala, una botella de vodka y tres vasos, que llenó hasta el borde antes de proponer un brindis.

—Aquí decimos, «Ojalá Vrangelya te encienda el corazón, porque sin duda te enfriará los pies». ¡Bienvenida *vnuchka*!

Vaciaron sus vasos antes de sentarse a cenar. Sergei no paró de hablar, ofreciendo todo tipo de datos sobre la isla y su colonia.

—No tenemos tantos recursos como en Aurora, pero el entorno natural es único. Excepto por nuestras instalaciones, la isla está deshabitada; el norte, en particular, está completamente virgen. Los mamuts todavía pastaban allí en la época en que los egipcios construyeron las primeras pirámides. Lo verás por ti misma, es casi imposible no encontrase con uno de sus colmillos y a veces un esqueleto completo cada pocos kilómetros.

Gala no tardó en seguirle la corriente al inagotable anciano y la conversación entre ambos se extendió a lo largo de la cena y una sobremesa regada con sorbos de vodka. Boris, por su parte, se limitó a escuchar mientras tallaba una figurita, usando un taco de madera y una navaja que sacó de su bolsillo. Para cuando Sergei sirvió el postre de bayas rojas, piñones y miel, el improvisado artesano había conseguido que la figurita se asemejara a un mamut.

Finalmente, Sergei dejó escapar un enorme bostezo.

—Estoy viejo para trasnochar tanto —suspiró—. Me voy a la cama.

—Dedushka me ha contado que estás considerando traer tus mascotas a nuestra isla —dijo Boris, cuando se quedaron solos.

Gala se encogió de hombros, dio un sorbo de vodka.

—He invertido mucho tiempo y energía en aprender a clonar mamuts —dijo—. Ahora que lo he conseguido, no estoy segura de qué debo hacer con ellos. Una charlatán me lo echó en cara recientemente.

Boris le alargó la figurita que había estado tallando. Gala la aceptó, complacida y maravillada por la delicadeza con la que aquellas manos descomunales podían esculpir la madera.

—Dos mamuts son un capricho —dijo—. Cien serían una especie rescatada de la extinción.

Lo decía, comprendió, absolutamente en serio. Su pasión era idéntica a la de Sergei, pero más concreta y reconcentrada. Boris no soñaba con un millón de mamuts en un futuro remoto. Se conformaba con cien, pero los quería ya.

—Ambición no te falta.

—¿Te parece imposible?

—En absoluto. La mayor limitación serían los úteros artificiales. Necesitarías un número considerable para clonar cien ejemplares. Requeriría estandarizar la técnica y reducir costes. En principio, es factible.

—¿Estarías interesada en un proyecto así?

Gala contempló el mamut de madera, pensativamente.

—Si no estuviera borracha, te diría que sí.

—No necesitas decidirlo ahora. Tómate unos días para pensarlo y conocer la isla.

Gala asintió, Boris le hizo una seña para que le devolviera la figurita de madera y empezó a retocarla con su navaja.

—¿Por qué no le disparaste a ese chucho? —preguntó Gala, al cabo de unos instantes—. Era la salida fácil.

—Era un animal joven que sólo pretendía defender a sus ovejas —dijo él—. Te enfrentaste a él sin miedo, no era necesario matarlo.

—Si te digo la verdad, estaba aterrorizada.

—Eso piensas ahora. Cuando el perro te atacó, no vacilaste.

—Y a ti te dio tiempo a evaluar la situación en una fracción de segundo.

—Aprendí a tomar decisiones rápidas en el ejército —dijo Boris—. Serví durante diez años.

—Un largo tiempo, ¿no?

—Demasiado largo —reconoció Boris.

—Dentro de algún tiempo podrían estar pastando ahí mismo.

Boris le señaló la inmensa estepa que se extendía desde la base del macizo montañoso que acababan de atravesar hasta el océano congelado. El tono de su voz era tan comedido y sereno como siempre, pero la fuerza con que apretaba su brazo delataba sus siempre bien guardadas emociones.

Les había costado todo un día llegar a la parte norte de Vrangelya, dando tumbos en el todoterreno que Boris conducía con asombrosa pericia. Pero el espectáculo, pensó Gala, valía la pena.

—Es fácil imaginárselos —dijo—. Tenías razón el otro día al afirmar que hay una gran diferencia entre clonar un espécimen y resucitar una especie extinta. Transformar Vrangelya en una reserva del Pleistoceno le da sentido a esa segunda opción.

—¿Puedo contar contigo entonces?

—No sólo conmigo. Creo que podemos conseguir financiación de la fundación Arazi. Después de todo, ya han pagado los dos primeros.

—Sería mucho más caro, sin embargo.

—Pero también sería la primera vez que se rescata una especie de la extinción, abriría una ventana al pasado del planeta y sentaría las bases para una operación a mucha mayor escala.

—¡Exactamente! ¿Pero lo van a ver así en Aurora?

—Espero convencerles —respondió Gala, sin querer presumir de su influencia sobre Ariel.

—Sería la opción ideal —dijo Boris—. Hay otras posibilidades, pero implican negociar con el diablo.

—¿Venderías tu alma a cambio de cien mamuts? —bromeó Gala.

—Peor que eso —suspiró Boris—. Tendría que vender el alma de Vrangelya.

Gala dejó vagar la mirada por el paisaje desolado que les rodeaba. A lo largo de las muchas horas que habían invertido en atravesar la isla no había conseguido liberarse de la sensación de haberse quedado daltónica de repente, los colores parecían no existir en la estepa, sólo el gris de las rocas y el blanco de la nieve cubriéndolo todo. La extraña belleza de la isla se escondía, precisamente, en aquella monotonía helada; el alma de Vrangelya era la pradera nevada del bosquejo que su padre había dibujado para ella siendo una niña, el paraíso que sólo necesitaba que alguien imaginara en él las especies que lo habitaban.

—Estoy en contacto con un grupo de inversores rusos que piensa que una reserva de especies del Pleistoceno en la isla puede explotarse comercialmente —explicó Boris—. Visitas vip, cruceros de lujo, excursiones virtuales, todo eso. Hay una empresa de biotecnología, NeoLife, que está interesada en desarrollar la clonación a gran escala en sus instalaciones de Vladivostok. Nuestros mamuts serían una prueba de concepto para ellos, tras la cual planean ofrecer animales prehistóricos a todos los zoológicos del mundo.

—Entiendo que no te apasione la idea de pasear turistas vip por Vrangelya.

—Siempre que tenga otra opción. Pero de una manera u otra, el proyecto tiene que salir adelante.

—¿Por qué es tan importante para ti, Boris?

—Mi abuelo ha dedicado su vida a transformar esta isla. Yo quiero continuar su misión. Una reserva de animales rescatados del Pleistoceno es el primer paso de una revolución ecológica sin precedentes.

—¿Quieres decir que hasta ahora no hemos hecho otra cosa que extinguir especies, y podríamos empezar a enmendarnos en Vrangelya?

—Exactamente. Y quizás resucitar a los mamuts nos enseñaría a no acabar con los elefantes.

—Estamos hablando de muchas décadas hasta que eso se haga realidad.

—¿Nunca te has preguntado qué motivaba a los constructores de las catedrales medievales? Costaron siglos de esfuerzos, es decir, generaciones de hombres y mujeres dedicados a levantar un edificio en el que habían trabajado sus padres y sus abuelos, en el que seguirían trabajando sus hijos y sus nietos. Hoy en día eso es inconcebible, pero hace un milenio un albañil, un carpintero, un arquitecto eran felices dedicando su vida a una causa que superaba el horizonte de sus vidas.

—¿Una causa como revertir el cambio climático y salvar a los hombres de sí mismos? —ironizó Gala.

—Ellos eran aún más ambiciosos —contestó Boris, impasible—. Aspiraban a construir la casa de Dios.

La dacha de Sergei le pareció a Gala un palacio después del largo viaje por la estepa; la cama en la que se derrumbó nada más llegar, tan mullida como el colchón de un sultán, y el agua caliente de la ducha, tras la larga siesta, un raro lujo vip. Cuando salió del baño se encontró a Dimitri trajinando en la cocina y la casa atestada de gente.

—Nadie quiere perderse el *goulash* de Dimitri —aclaró Sergei.

Boris le presentó a Igor, Katia y Tatiana, los médicos a cargo del pequeño, pero bien equipado, hospital de la isla; a Pavel y Natasha, los veterinarios que supervisaban el desarrollo de las especies recién reimplantadas; a Sasha y su banda de ingenieros agrónomos; a Igaluk y Anik, que, como casi todos los guías de Vrangelya, eran de raza inuit y a un largo etcétera de *tovarishchi*.

«Camaradas —aclaró, innecesariamente Anastasia—. La palabra se utilizaba en la antigua Unión Soviética para dirigirse a las personas de manera formal y suena un poco anticuada en ruso moderno».

No en Vrangelya, pensó Gala, donde todo el mundo era *tovarisch*, menos Sergei, al que todos, incluyéndola a ella, llamaban Dedushka.

La cena multitudinaria se prolongó hasta bien pasada la medianoche. Gala tuvo oportunidad de comprobar que la reputación del *goulash* de Dimitri era harto merecida. También certificó la capacidad de sus *tovarishchi* para ingerir cantidades prodigiosas de vodka. Ella, por su parte, tuvo la prudencia de contentarse con un par de tragos. No fue la única. Observó que Boris también se las componía para esquivar los brindis.

Hacia la una de la mañana, Sergei declaró que se iba a dormir y la marabunta de invitados fue despidiéndose poco a poco, quien más quien menos tambaleándose hasta la salida. Gala ayudó a Boris a recoger; la siesta la había espabilado y no tenía sueño. Aquella era su última noche en Vrangelya, había hablado con Ariel nada más regresar de la excursión y este le había insistido para que se apresurara a volar de vuelta a París.

—He aceptado dar una conferencia en la Sorbona para presentar nuestros hallazgos preliminares en Gibraltar X —le dijo—. Creo que te va a interesar.

—¿No me vas a adelantar alguna primicia?

—¡Ni hablar! Quiero tenerte al lado cuando te lo cuente. Mi conferencia está prevista para el miércoles. ¿Puedes llegar a París el lunes? Así dispondríamos de todo un día para nosotros solos.

—¿De verdad no me quieres dar alguna pista? Me tienes en ascuas.

—Te daré una. Tengo el champán preparado. Tu madre tenía razón en casi todo, pero se equivocaba en un detalle vital, y creo que la haría muy feliz saberlo. ¡Brindaremos por ella!

El silbido del samovar le informó que el té estaría listo en unos minutos. Gala acabó de recoger los platos de la cena y se sentó en la mesa, frente a Boris, que le tendió un tazón humeante.

—Espero que tu visita haya valido la pena —dijo.

Sus miradas se cruzaron. Gala registró síntomas que conocía bien, la piel de los brazos erizándosele, la sensación de mareo, como si el vodka que no había bebido en la cena se le hubiera subido, de todas formas, a la cabeza. Boris le gustaba, para qué negarlo. Le gustaba su silencio, su determinación, la fuerza que emanaba de su físico descomunal, se le antojaba la mismísima encarnación del espíritu de Vrangelya. Pero no era sólo atracción, cuando estaba a su lado sentía una opresión en el pecho, una congoja que no sabía explicarse y que parecía hacerse eco de algo que intuía en él, un peso en su alma, una tristeza no declarada.

—Hemos hablado mucho de tus planes —dijo—. Pero no me has contado nada de ti.

—Hay poco que contar —murmuró Boris.

—No te creo. No es mi intención sonsacarte, pero, si vamos a ser socios, me gustaría conocerte mejor.

—Quizás si me conocieras mejor, no querrías que lo fuéramos.

—Déjame decidir a mí.

Boris esbozó una sonrisa. A diferencia de Ariel, reír no era algo espontáneo en él, se esmeraba en ello con el tesón y la falta de naturalidad de quien intenta hablar en un idioma extraño.

—Dame un minuto.

Boris se levantó con aquella agilidad suya, incongruente con su enorme tamaño, cruzó la sala en dos zancadas y desapareció en su habitación, de donde emergió un instante más tarde. Llevaba en la mano algo que parecía un libro de papel, encuadernado en cuero. Se sentó de nuevo frente a ella y se lo tendió.

—De pequeño, mi abuelo se empeñó en que aprendiera a escribir al antiguo estilo, con papel y bolígrafo. Aseguraba que llegaría el día en que Internet colapsaría y sólo sobrevivirían los documentos escritos a mano. Decidí entonces documentar todo lo que nos ocurría en Vrangelya, en caso de que tuviera razón. He mantenido esa costumbre toda mi vida.

—¿Es esto tu diario, entonces? —dijo Gala, acariciando el lomo de cuero del volumen, sin atreverse a abrirlo.

—Parte de él. Corresponde a mis años en el ejército ruso, sobre todo al tiempo que pasé en África. Es suficiente para que te hagas una idea de quién soy. Eres la primera persona a quien se lo muestro.

—Me siento una entrometida —dijo Gala, dejando el libro sobre la mesa.

—Siempre pensé que escribía ese diario para mí. Pero no es así, nadie escribe la historia de su vida sólo para sí mismo, lo hace para que alguien más lo lea. Y quiero que ese alguien seas tú. Como bien dices, si vamos a ser socios, tienes derecho a ello.

Gala abrió el diario, examinó la primera página. Casi no recordaba la última vez que había leído una página manuscrita. La caligrafía era clara, elegante, con trazos firmes. Parecía imposible que las manos descomunales de Boris pudieran manejar una pluma con tanta delicadeza. Leyó el primer párrafo:

> Nikita, mi padre, nunca tuvo interés en continuar la obra de mi abuelo. Mi abuela murió siendo él muy joven y Dedushka lo mandó a estudiar a Irkutsk, con la esperanza de que regresara algún día a Vrangelya. Nunca lo hizo. Se dedicó a los negocios, tuvo éxito, se enamoró de Olga, mi madre, se instalaron en Moscú, viajaron por todo el mundo. Tengo de ellos un recuerdo vago, cuidar de un bebé no encajaba con su estilo de vida y me crie en Vrangelya con mi abuelo, hasta que decidieron que su influencia no era buena para mí y me mandaron, con quince años, a un internado en un colegio privado de Moscú. Durante mi segundo año en el colegio sufrieron un accidente durante uno de sus viajes, su avión se estrelló y no hubo supervivientes.

Cerró el libro. En sólo un párrafo había descubierto que Boris era un huérfano como ella, reforzando el extraño vínculo que sentía con él. Antes de que acabara la noche tenía que pagarle a Boris con la misma moneda de confianza que él le había ofrecido.

—Yo no tengo un diario que mostrarte —dijo—. Pero me gustaría enseñarte algunas holos.

—Mi madre los llamaba los Eloi —dijo Gala—. Los primeros habitantes del paraíso. Empezó a hablarme de ellos un verano, durante unas vacaciones en la ciudad de San Sebastián, en España. Yo tenía sólo siete años y no sabía que era el último que pasaría con ella. Teníamos un apartamento en un barrio de la ciudad cercano al mar, llamado Antiguo, y cada día paseábamos hasta unas antiguas esculturas de hierro, muy famosas, el *Peine del viento*. Recuerdo que se me antojaban enormes gigantes con los brazos abiertos al mar. También recuerdo el rostro de mi madre, bellísimo, muy pálido, la suavidad de la piel de sus mejillas de papel satinado contra las mías. Supongo que intuía que estaba enferma, pero no quería saberlo. Cada día, antes de acostarme, me hablaba de los Eloi, mientras mi padre los iba dibujando en su bloc de láminas.

El cubo proyectó los apuntes a lápiz con que Paco ilustraba la historia de Marianne. Aitz y su familia, la cacería del rinoceronte lanudo, el encuentro con los oscuros el día en que los salvaron de los lobos, el ataque de los Morlocks...

—Los Eloi de mi madre eran una familia neandertal de finales del Paleolítico. Los oscuros que aparecían en su relato se corresponderían a tribus de *H. sapiens* con las que habrían coexistido. También los Morlocks serían *H. sapiens*, quizás recién llegados a Europa, más robustos y agresivos, posiblemente con perros amaestrados.

»Nunca llegó a contarme el final de la historia, el cáncer se la llevó antes de que pudiera terminarla. Pero supongo que no habría sido un final feliz, mi madre estaba convencida de que nuestros ancestros exterminaron a los neandertales.

—También mi abuelo piensa eso —dijo Boris.

—¿Nunca has querido cambiar el final de un cuento demasiado triste, Boris? Yo sí. Quiero reescribir el final de la historia de los Eloi. Quiero traer de vuelta al mundo a los neandertales.

—¡Y yo me creía ambicioso por querer restaurar la fauna del Pleistoceno! —exclamó Boris—. ¡Tú quieres rescatar a los primeros europeos!

—¿Te parece una locura?

Boris la miró de frente, como sopesando algo.

—¿Es factible hacerlo?

—Creo que sería viable clonar a un individuo a partir del genoma fósil. Pero todavía no sé cómo conseguir variedad genética. No se puede resucitar una especie haciendo muchas copias de una sola persona. A día de hoy no tengo solución para ese problema. Quizás se podrían usar técnicas informáticas, interpolando secuencias de ADN en el genoma de referencia. Asumiendo que fuera posible, esa posibilidad requeriría usar intensivamente el ordenador cuántico de Aurora. Y antes de que me lo preguntes, te diré que Ariel Arazi está totalmente en contra de clonar neandertales.

—¿Crees que es imposible convencerlo?

—Completamente imposible.

—¿Lo has intentado?

—No. Ni siquiera sabe mis intenciones.

—¿Cómo puedes estar tan segura entonces de que se opondría?

—En una de mis visitas a Gibraltar, un amigo común nos planteó la posibilidad, por pura curiosidad. Ariel reaccionó de la manera más negativa posible. Según él, no sólo es una inmoralidad, sino una pérdida de tiempo.

—¿Y tú has sopesado todas esas cuestiones cuidadosamente?

—Llevo sopesándolas toda mi vida.

—Te das cuenta entonces de la enorme responsabilidad que asumirías.

—¡Claro que me doy cuenta! —exclamó Gala—. Y por eso no quiero hacerlo sola.

—Quizás en Vrangelya habría sitio para ellos —dijo Boris—. Aquí estarían protegidos, podrían vivir en paz. Pero se trataría de una apuesta muy arriesgada, que habría que planear con mucho cuidado. No sólo eso, el proyecto requeriría mucho tiempo.

—También yo quiero construir una catedral, Boris. Aunque nunca llegue a verla terminada. Pero necesito ayuda.

—Entonces, tienes que convencer a Ariel. Al menos, estás obligada a intentarlo.

—Temo que, si lo intento, se cierre en banda y bloquee toda posibilidad de llevar el proyecto adelante.

—El proyecto tampoco saldrá adelante sin su ayuda.

—Lo sé. Pero no quiero mostrar mis cartas antes de tiempo.

Boris fijó en ella sus límpidos ojos azules.

—Creo que te equivocas, Gala. Con razón o sin ella, Ariel no te oculta sus convicciones y sin duda asume que tú no le ocultas las tuyas.

—No se trata de una diferencia de opiniones. Ariel tiene un poder del que yo carezco. Estoy en mi derecho de mantener mis secretos.

—Que, sin embargo, has compartido conmigo.

Tenía razón, pensó Gala. Se había sincerado con Boris con una espontaneidad de la que jamás había sido capaz con Ariel, a pesar de que llevaba tres años compartiendo su vida con él, a pesar de que le debía todos sus éxitos profesionales, a pesar de que la había acogido en su familia y le había ofrecido su inquebrantable lealtad.

Sí, le debía mucho. Quizás el problema estaba ahí precisamente. Su relación con él y con el resto de los Arazi no era, ni había sido nunca, de igual a igual. Había gozado de todos los privilegios imaginables, pero siempre bajo las reglas de sus anfitriones. Reglas sutiles, fáciles de obviar, pero tan a la vista como las carcasas de los mamuts en las praderas de Vrangelya. Reglas que acotaban su relación sentimental con Ariel o su libertad como científica.

—Es complicado —murmuró al fin.

—La verdad puede ser dolorosa, pero rara vez es complicada —dijo Boris.

No esperó a que Gala le contestara. Extendió el brazo y su enorme mano le acarició el rostro con la misma delicadeza con que tallaba sus animales de madera. Luego se levantó, se puso su pesada chaqueta de piel de buey y su *usanka* y salió de la dacha, murmurando que necesitaba un poco de aire fresco. Gala se quedó sola, escuchando el alocado batir de su corazón.

19

El fin del mundo

Península ibérica, final del Paleolítico

¿Cuánto tiempo han estado peregrinando? Cuando abandonaron el hogar donde Aitz había crecido, Arce era un niña que aún no había visto pasar tantas primaveras como los dedos de una mano y Andrexe, una bella muchacha, fuerte y llena de vida. Ahora es Arce quien está en la flor de la vida y Andrexe es una anciana. También Ezkia es viejo, aunque el ken de Aitz insista en dibujarlo como el muchacho que fue, quizás porque él es mucho más viejo; todos afirman que es el hombre más viejo del mundo. Ezkia, siempre obsesionado con sus cálculos, asegura que Aitz tiene una edad inconcebible, cuatro veces diez años. A pesar de ello, aún le quedan dientes y todavía no necesita que su familia le masque la comida, aún puede andar, apoyándose en su lanza, y aún puede trabajar la piedra. Si Ezkia tiene razón y hay una tierra de los muertos, quizás será también el más viejo allí, más que el propio Ampulo.

Si hay una tierra de los muertos, piensa Aitz, en ella ya están Abarra y Bigur, que no dejaron ningún hijo, aunque sus nombres siguen en el clan, muchos de los nacidos en los últimos años se llaman como ellos. Todo el mundo quiere recordar a los que encontraron el camino a través de la Gran Barrera.

Llegaron a las Montañas de Hielo durante el cuarto año de marcha. Habían abandonado los valles que rodeaban la Gran Laguna tras el frustrado ataque de los Morlocks, aunque no fue fácil ponerse en marcha, ya que los Eloi tenían más miedo a viajar que a los invasores. Por el contrario, los Isch querían partir lo antes posible. En los fuegos de campamento no cesaban de fabular, dibujando con palabras la tierra del fin del mundo, donde nunca faltaba comida, nunca hacía frío y estarían para siempre a salvo de sus enemigos. Aitz no compartía ese entusiasmo, su ken no alcanzaba a dibujar ese territorio que no habían visto nunca, pero estaba harto de la guerra, y Ezkia le había convencido de que, a la larga, no podían vencer a los invasores. Pacientemente consiguió persuadir a muchas familias para que se unieran al viaje, ayudado por los crecientes rumores que aseguraban que los Morlocks habían regresado.

Se pusieron en marcha al final del verano, después de aprovisionarse tanto como les fue posible para hacer frente a los imprevistos de la larga peregrinación que les aguardaba. La tribu era numerosa: diez familias Eloi, que sumaban, según Ezkia, seis veces los dedos de las dos manos, aunque el número de Isch era todavía más grande. El primer año viajaron durante todo el otoño, Aitz tenía miedo de que los Morlocks les persiguieran y temía todavía más que su gente se desanimara y decidiera abandonar, hartos de las agotadoras jornadas de marcha. Afortunadamente, encontraron un buen refugio donde establecerse poco antes de que cayeran las primeras nevadas y el invierno fue clemente, la caza no escaseaba y nadie les molestó, incluyendo los pocos clanes que se cruzaron por el camino, casi todos Eloi, que les recibieron amigablemente, pero resultaron ser demasiado conservadores para unirse a la tribu errante.

También el segundo y el tercer año viajaron durante el otoño, pero más lentamente, deteniéndose muchos días cuando encontraban buena caza o un refugio agradable. Lo último que esperaban, cuando se pusieron de nuevo en marcha al final del cuarto verano, era encontrarse, al cabo de pocas jornadas, con las Montañas de Hielo.

Aitz creyó al principio que se trataba del fin del mundo, del que tanto habían hablado, pero Ezkia lo negó rotundamente. Lo que tenían delante, insistió, era una barrera, un obstáculo más que tenían que superar para llegar a su destino. Él mismo se ofreció voluntario para organizar una partida que buscara un paso, pero Bigur le convenció de que era mejor que se quedara con la gente.

—Los Isch necesitan guías —dijo—. Confían en ti y en Aitz.

—Iré yo —dijo Abarra, con un gesto resuelto y una expresión decidida en el rostro que indicaba que no había discusión posible.

—Yo iré contigo —añadió Bigur.

Abarra asintió con una sonrisa. Aitz no había visto sonreír a su hermano ni una sola vez durante los largos años que transcurrieron desde que el Gran Lanudo desfiguró su rostro, hasta que encontró a su mujer, pero desde entonces lo hacía cada vez que ella estaba cerca. Bigur le había dado a Abarra todo lo que le negaron los Eloi.

Todo... menos hijos.

En la época en que llegaron a la Gran Barrera ya se habían formado muchas parejas mixtas, los jóvenes que habían crecido juntos desde que los Isch y los Eloi se habían unido empezaban a llegar a la pubertad y no se veían tan diferentes los unos de los otros como ocurría entre los más mayores, e incluso parecían sentirse atraídos por esas diferencias. Cuando empezaron a llegar mestizos como Arce, para los que Ezkia inventó una nueva palabra, «Adonai», el tullido necesitó poco tiempo para darse cuenta de que los bebés sólo nacían cuando el padre era Isch y la madre Eloi, nunca al contrario.

—Los Adonai necesitan madres fuertes para crecer —ofreció Ezkia, como argumento—. Las mujeres Isch son demasiado endebles.

Todo el mundo aceptó la explicación, Ezkia habló con gran pasión y su teoría sonaba muy convincente, sobre todo entre los Eloi, pero Aitz recordó que en la tribu todo el mundo llamaba a Baritz colmillo-de-tigre, sin acordarse de que había sido el tullido quien mató al gran felino. Endebles y todo, las mujeres Isch parían cada año más niños que las Eloi. Quizás el problema no estaba en las mujeres Isch, sino en los hombres Eloi, pero Ezkia prefería que todo el mundo pensara lo contrario.

Fuera de quien fuese la culpa, el vientre de Bigur había empezado a crecer en varias ocasiones, pero nunca pasaba mucho tiempo antes de que sangrara abundantemente y todos entendieran que el bebé no llegaría nunca.

Abarra no parecía muy afectado por no tener hijos propios. En la familia no faltaban niños, Hartz y Arce lo adoraban y Andrexe había parido después de Hartz dos gemelos, que habían devuelto a la tribu los nombres de sus primeros hijos, Astalarra y Ardouky. Bigur tenía trabajo de sobra ayudando a criar a su hermana-de-sangre, pero los bebés no consumían toda su energía y podía acompañar a Abarra en sus correrías. Cuando empezaron a prepararse para buscar el paso a través de las montañas, se les veía tan animados y felices como en tantas otras ocasiones anteriores, en las que habían organizado una partida de caza o un grupo de exploradores para batir el terreno asegurándose de no encontrar tribus hostiles, o alguna barrera natural, antes de que la tribu pasara por allí.

Partieron cinco, Abarra, Bigur, Baritz, con su colmillo de tigre al cuello, y los hermanos Askitza y Astiarra. La tribu acampó y aguardaron pacientemente su regreso, pero al cabo de una luna llena, incluso Ezkia, que tenía una confianza ciega en su hermana, empezó a desesperar.

Bigur regresó al campamento al cabo de tres veces diez y cinco días, Ezkia los contó uno a uno. Volvió sola y medio muerta. Tan sólo tenía piel encima de los huesos, los dedos de su mano derecha se habían hinchado y supuraban pus y el fuego-por-dentro se había encendido en ella.

Las montañas, les contó, no querían dejarlos pasar y habían hecho todo lo posible por impedirlo. Su primer intento fue ascender por una de las grandes lenguas de hielo que bajaba desde las escarpadas cumbres nevadas hasta el valle, muy pegados a la pared de la montaña, donde se abría un minúsculo sendero entre el hielo y la roca. Muy cerca ya de la cima, les sorprendió una furiosa ventisca, que los habría arrastrado sin remedio de no ser por la protección que les brindaba la pared rocosa. Tuvieron suerte y encontraron una cavidad en la que pudieron refugiarse y encender un fuego con la madera que habían tenido la precaución de llevar a cuestas. Cuando se quedaron sin leña, se apretaron los unos contra los otros, la nieve taponó la entrada de la minúscula cueva y el calor de los cuerpos, bien envueltos en pieles, les permitió resistir hasta que pasó la tormenta. Salieron del refugio, tras horas de trabajo para destaponar la entrada de la cueva, y no tuvieron más remedio que volver sobre sus pasos; el camino del glaciar, después de la tormenta, era impracticable y ellos estaban agotados y ateridos de frío.

Decidieron regresar al campamento, donde podrían descansar y alimentarse bien antes de intentarlo de nuevo. Pero cuando estaban a menos de una jornada de camino del valle donde aguardaba la tribu, avistaron un pequeño rebaño de animales parecidos a los gamos de la gran laguna, muy ágiles, que se movían saltando de roca en roca y no esperaban tener la mala suerte de tropezarse con un grupo de cazadores hambrientos. Derribaron dos hembras y una cría que aún mamaba de una de ellas y se dieron un festín que les permitió recuperar fuerzas. Como era la tradición, Abarra agradeció al ken de los animales el favor que les habían hecho, pero para ello era necesario un nombre, así que Bigur las llamó cabras. Animados por el golpe de fortuna y por el buen tiempo que habían encontrado después de la tormenta, decidieron seguir explorando. Pasaron muchos días recorriendo el fondo del valle, Bigur y Abarra estudiaron minuciosamente cada posible sendero, mientras Baritz y los hermanos se ocupaban de asegurar que no les faltara carne para la cena cada noche. Finalmente, siguiendo a los rebaños de cabras, encontraron un sendero transitable, mucho más ancho y menos escarpado que el primero que habían ensayado. El camino ascendía lentamente, serpenteando entre los glaciares, y los llevó, al cabo de tres días, al otro lado de la Gran Pared. Desde lo alto del paso se avistaba un territorio inmenso, que llenaba el horizonte.

—¿La tierra del fin del mundo? —preguntó Andrexe.

—Aún no —aseguró Ezkia—. Pero ya no puede estar lejos.

Bigur pidió agua y Arce se apresuró a acercarle un pellejo, del que bebió con ansia. Sus labios estaban llenos de llagas y tenía quemaduras en el rostro, pero siguió contando su historia, con voz tenue pero firme. El camino que bajaba al otro lado de las montañas resultó ser mucho más fácil que el de subida, lo único que tenían que hacer era seguir un sendero amplio y bien visible, aunque muy largo. Pero Baritz, siempre impaciente, propuso tomar un atajo que bajaba más rápidamente, a fin de ganar tiempo. Abarra y Bigur estaban en contra, pero los hermanos apoyaron a su amigo y, por una vez, Abarra no quiso imponer su opinión, quizás, dijo Bigur, también él estaba cansado de sufrir privaciones y quería regresar cuanto antes o quizás se confió, sin entender que el ken de las montañas no era su amigo.

El atajo pasaba bajo una lengua helada y un enorme pedazo de hielo se desprendió y los arrolló cuando pasaban. La avalancha arrastró hacia el precipicio a los tres jóvenes que iban en cabeza. Bigur y Abarra consiguieron mantenerse en el sendero, pero no la nieve que cayó detrás del hielo y las rocas los sepultó. Bigur no recordaba lo que pasó después, cuando abrió los ojos comprendió que Abarra se las había arreglado para salir y sacarla a ella de la tumba blanca a pesar de estar malherido, tenía varios huesos rotos, tosía frecuentemente y escupía sangre cada vez que lo hacía.

Un hombre menos fuerte habría muerto bajo la nieve, y ella también habría sucumbido. Pero Abarra la sacó y aguantó tres días más y fue capaz de sonreír muchas veces, a pesar del dolor, antes de entregar su ken.

—¿Hay un paso entonces? —preguntó Ezkia, cuando Bigur terminó su relato.

Ella asintió.

—Hay que darse prisa —dijo—. Antes de que el tiempo empeore.

Aitz sabía que no era esa la única razón. También Bigur podía empeorar, el fuego-por-dentro ardía en ella y los dedos de sus manos se estaba pudriendo. Al día siguiente, la tribu se puso en marcha. Como un muerto que anda, Bigur, la pequeña zalamera a quien nadie podía negar una sonrisa, los condujo a través del sendero. Encontraron el cuerpo de Abarra y lo llevaron con ellos hasta el otro lado de las Montañas de Hielo. Bigur murió la misma noche que llegaron al gran valle que se extendía al otro lado de la barrera. Los enterraron juntos, bajo una gran roca, con sus lanzas y hachas, con collares de conchas y con bonitos talones de águila, para que fueran tan felices en la tierra de los muertos como lo habían sido en la vida.

A veces Aitz piensa que lo que hace vieja a la gente no son los años, sino el dolor-por-dentro. Él era un hombre joven cuando murió Astalarra, pero cuando Ardouky apareció flotando en la laguna ya había envejecido, y cuando Ayena desapareció, envejeció aún más. Y, sin embargo, ha cruzado el mundo y atravesado la Gran Barrera, y aún sigue caminando.

A veces piensa que es gracias a los pequeños de su familia, los que vinieron para que el nombre de los suyos no se perdiera.

—El espíritu de tus hijos habita ahora en ellos —asegura Ezkia.

Por una vez, Aitz no está en descuerdo. Sabe que Arce y los gemelos son mestizos y que en realidad no son hijos-de-sus-hijos, sino de Ezkia y Andrexe, pero su ken no distingue entre ellos y Hartz, y a todos los llama «nietos», otra de las palabras inventadas por el tullido.

Aun así, le discute a veces, sólo por el placer de escucharle elaborar sus fantasías. Con el paso del tiempo, Aitz disfruta cada vez más de las invenciones de Ezkia. Sigue sin creerse nada de lo que dice, pero sus historias le entretienen, es como si su ken, a lo largo de los años, hubiera aprendido a manejarse un poco con las palabras que tanto le gustan al tullido.

—Si Astalarra y Ardouky viven en la tierra de los muertos, no pueden ocupar el cuerpo de mis nietos —dice Aitz, seguro de que Ezkia tiene una explicación estrambótica a mano.

No se equivoca. El tullido argumenta que en un mismo cuerpo cabe no sólo el espíritu del hijo y el nieto, sino el de todos los antepasados que les precedieron. Aparentemente, cuando la gente que habita en la tierra de los muertos se aburre allí, pueden volver al mundo mediante ese extraño truco, que llama «reencarnación». Es la mayor de todas las bobadas que le ha contado a lo largo de los años. Pese a ello, cuando los gemelos se acurrucan a su lado, al llegar la noche, Aitz se duerme pensando que quizás haya algo de cierto en los inventos de Ezkia.

Después de atravesar la Gran Barrera, el viaje ha continuado lentamente. Cada vez avanzan más despacio, pero nunca se detienen del todo. La tierra tras las montañas es diferente a todo lo que han conocido antes. Hay cada vez menos nieve, han desaparecido los bosques familiares y atraviesan otros en los que crecen hombres-de-madera que no han visto nunca, han perdido de vista a Dos Cuernos y al Gran Lanudo para descubrir a cambio otros animales que Ezkia ha ido bautizando a medida que los iban encontrado. A la gran bestia de largo cuello y hermosa cabeza le ha llamado caballo. Al enorme animal de piel negra y ojos rojizos, cuyas astas son aún más letales que las de Dos Cuernos, toro. Hay cabras y gamos parecidos a los de la Gran Laguna, grandes ciervos, pumas y tigres de dientes tan afilados como los de Colmillos. No faltan lobos, aunque su piel es gris y no blanca como la de los que habitaban su antigua tierra, y también han encontrado otro tipo de lobos, más pequeños y amigables, los han llamado «perros», y la manada que acompaña a la tribu ha crecido mucho con ellos. La tribu se hace cada vez más grande y, aun así, hay cada vez menos Eloi, las hembras de los Isch paren más y los Adonai empiezan a ser muy numerosos. Pero los nombres de los que vuelven a la tierra siempre encuentran un bebé para seguir llevándolo y el ken de la tribu está satisfecho.

A decir verdad, no tienen ya razones para seguir caminando, y en los últimos tiempos la tribu se demora a veces dos o tres estaciones en un mismo lugar antes de ponerse en marcha de nuevo. Pero, antes o después, siempre lo hacen. Ezkia le asegura que la tribu sabrá exactamente cuándo detenerse.

—¿Cómo lo sabremos? —pregunta Aitz.

—Tú nos lo dirás —asegura Ezkia.

—¿Por qué yo? —quiere saber Aitz.

—Eres el hombre más viejo del mundo —asevera Ezkia—. Deber haber una razón para ello. Tú sabrás cuándo hemos llegado.

Es muy temprano, pero no hace frío, los días son todavía tibios, aunque el invierno se aproxima y con este el tiempo de detenerse. Pero, por alguna razón, el ken de Aitz se empeña en dibujar a la tribu peregrinando; claramente quiere que sigan andando un poco más. No sabe explicar qué le inquieta o no se atreve, hace días que siente un olor extraño en el aire, completamente nuevo y familiar a la vez. Ezkia no tardó en ofrecer una de sus explicaciones absurdas.

—Es un recuerdo —le dijo.

Aitz sabe que no puede recordar algo que no ha visto, pero también sabe que discutir con Ezkia es tan inútil como hablar con el viento. Sin embargo, la idea le ha inquietado, desvelándole, y se ha levantado con la primera luz, harto de no conciliar el sueño.

Está sentado sobre un árbol caído, masticando con calma unos dátiles y disfrutando del silencio que precede al ajetreo del día, cuando los distingue acercándose a él, saludándolo con la sonrisa-de-la-mañana en el rostro. Hartz y Arce nunca descansan con el resto de la tribu, prefieren pernoctar en las inmediaciones del campamento, ocultos en vivacs disimulados con tanta habilidad que ni siquiera un leopardo sería capaz de distinguirlos. Es una costumbre que les ha servido para interceptar algún que otro merodeador e incluso algún conato de ataque por parte de los escasos grupos hostiles que han encontrado.

Aitz nunca se cansa de contemplar a la pareja de jóvenes. Hartz es el hombre más fuerte de la tribu, todo el mundo admira su valor y sus proezas son incontables; la más conocida de todas y repetida hasta la saciedad en los fuegos de campamento fue la de vencer en un cuerpo a cuerpo al animal que lleva su nombre. Hartz nombra al gran oso gris en la antigua lengua de los Eloi que cada vez comprende menos gente.

Es Arce quien siempre cuenta esa historia, su nieta es tan locuaz como su padre. La hazaña ocurrió a principios de la primavera, cuando el oso acababa de salir de su letargo y aún no había despertado del todo. Arce y Hartz, junto con otros jóvenes, volvían de una expedición, habían cobrado muchas piezas pequeñas sin más esfuerzo que tenderles trampas, una de esas habilidades que los Isch han enseñado a los jóvenes Adonai y que ningún Eloi ha sido capaz de aprender. Cuando avistaron la cueva, Hartz tuvo el presentimiento de que encontrarían al oso en ella y decidieron cazarlo. Para expulsarlo de su guarida, la muchacha tuvo la idea de encender un fuego y cubrirlo con hojarasca, a fin de que el humo le obligara a salir a respirar aire fresco. Así fue, y apenas el gran animal asomó la cabezota, se encontró con una lluvia de piedras y jabalinas para recibirle. Pero los osos son ágiles y sabios y los cazadores eran jóvenes nerviosos y un poco asustados. Los proyectiles no le hicieron apenas daño, pero le enfurecieron mucho, haciéndole cargar contra sus atacantes, con el ánimo de hacerlos pedazos.

En el fuego del campamento, Arce narra cómo Hartz se enfrentó entonces al enorme animal, clavándole primero su lanza y rematándole después con su hacha. La muchacha interpreta por turnos el papel del hombre y el del oso, salta, gruñe, araña el aire con enormes garras que conjura con sus palabras, los niños gritan y ríen de miedo, los adolescentes imitan cada uno de sus gestos sintiéndose tan fuertes como el gran cazador, los adultos asienten con grandes exclamaciones de admiración y el ken de los Eloi dibuja con niebla las figuras del hombre y la bestia, cuyo nombre es idéntico, enfrentadas en un combate mortal.

Pero Hartz le ha contado a Aitz que fue el ken de Arce quien dibujó al oso saliendo de la cueva y cargando contra los cazadores, y fue el ken de Arce quien le susurró al oído cómo abatirlo; cuando el animal corría hacia Hartz, ella lo estaba esperando oculta entre los arbustos, armada con dos jabalinas. La primera se clavó en una de las patas delanteras del animal, la segunda en su costado. El oso estaba medio loco de dolor y rabia cuando Hartz le atacó con su larga lanza. Las jabalinas de Arce le habían quitado gran parte de su fuerza y por eso Hartz pudo rematarlo esquivando su garras asesinas.

Hartz no entiende por qué Arce se salta siempre esa parte del relato, dándole todo el crédito a él. Algunas veces intenta llevarle la contraria, pero es imposible, el muchacho es hábil para casi todo, pero no es rival para su mujer usando las palabras y acaba por desistir. A veces se malhumora cuando ella lo enreda con su cháchara, pero Arce es tan zalamera como Bigur, y Hartz no puede estar un minuto a su lado sin reírse, no puede estar un minuto a su lado sin tocarla, aunque sea rozándole con un dedo, no puede quitarle la mirada de encima cuando están juntos, como si no hubiera nada más digno de su atención en el mundo.

La juventud, piensa Aitz, es el tiempo de la felicidad. Así es y así ha sido siempre.

Pero hay algo más, algo que no fue así antes, algo que no tendría por qué haber sido. Aitz recuerda el prodigio que sucedió la víspera de empezar el viaje del otoño. La tribu se había reunido en una cueva que había servido de base al campamento durante el invierno. Aunque se trataba de una gruta amplia, son ya tantos que apenas había sitio para moverse, pero todo el mundo quería compartir el último fuego de campamento antes de empezar el viaje. Comieron hasta hartarse, se contó la historia del cruce de la Gran Barrera y de la cacería del oso, y de cómo los hombres aprendieron a hablar con los lobos primero y con los perros después. Los Isch tocaron sus flautas, que hablan sin decir palabras y dibujan sin imágenes y llenan el aire de espíritus. Y entonces Arce y Hartz se levantaron y fueron pasando un cuenco con pasta-de-pintura, como la que se usa para embadurnarse antes de una gran cacería. Cuando todos habían untado sus manos en ellas, Arce y Hartz apretaron las suyas contra la roca y sus huellas quedaron grabadas en ella. Todo el mundo se apresuró a imitarlos, dejando las manos de toda la tribu en la piedra, los Eloi, los Isch y los Adonai, los hombres y las mujeres, los niños y los viejos, los vivos y los muertos. Y en ese momento, el tullido se sentó a su lado y le susurró una palabra, Aitz no la había escuchado nunca antes, pero entendió inmediatamente su significado.

—Esperanza —dijo Ezkia.

Los jóvenes llegan y se acomodan junto a Aitz. Arce le abraza y el anciano siente con orgullo la fuerza de sus largos brazos rodeándole. Hartz se inclina hasta que su poderosa cabeza está a la altura de la de su abuelo y toca su frente con la suya. Aitz les ofrece dátiles y ellos sacan de su zurrón ciruelas, nueces y tiras de carne. Comen durante un rato en silencio, mientras las luces-del-cielo se apagan y el día se prepara para llegar al mundo. Cuando terminan, Aitz pregunta qué novedades tienen. Hartz y Arce acaban de regresar de una cacería, que también ha sido una expedición de reconocimiento.

Arce y Hartz intercambian una mirada cómplice. Saben algo que no quieren decirle, algo maravilloso, a juzgar por sus amplias sonrisas.

—¿Qué ocurre? —pregunta Aitz—. ¿Qué habéis descubierto?

—Voy a buscar a Padre —dice Arce, levantándose de un ágil salto.

Aitz se queda a solas con su nieto. Lo contempla a sus anchas, orgulloso de él, no le sorprende que Arce esté tan enamorada, el rostro de Hartz es perfecto, la melena como fuego, las cejas espesas y varoniles, la firme nariz, la boca poderosa. Su cuerpo exuda fuerza, es un oso y un tigre a la vez, el hombre más hermoso que Aitz ha visto nunca.

Y, a pesar de todo, ya quedan muy pocos como él. De sus cuatro nietos, sólo Hartz es un Eloi. La idea le produce inquietud, sobre todo cuando recuerda las predicciones de Ezkia.

—El tiempo que vendrá será para los hijos de los Eloi y de los Isch.

Arce sale de la tienda, sosteniendo el brazo de Ezkia, que, casi ciego, se aferra a ella como un niño a su madre. Aitz se apoya en Hartz. Los dos jóvenes tiran de los ancianos, llevándolos casi en volandas, hasta que alcanzan la cima de un promontorio y el olor que no ha dejado tranquilo a Aitz desde hace muchos días se apodera de su olfato.

Un segundo más tarde, contempla un espectáculo inconcebible. Frente a sus cansados ojos el mundo se acaba, convirtiéndose en un manto azul marino; Aitz entiende que se trata de agua, agua como la de la Gran Laguna, pero es un agua sin fin, que se extiende hasta el infinito.

—¿Qué ves, Aitz? —pregunta Ezkia.

Las piernas de Aitz tiemblan, abrumado por la emoción, y está a punto de caer al suelo, pero los fuertes brazos de Hartz le sostienen. Arce aprieta su mano.

—El fin del mundo —dice—. Hemos llegado.

20

La estirpe de Caín

Vrangelya, 2070

Finalmente decidimos ir a buscar el rebaño de bisontes, a sabiendas de que los tigres los estarían siguiendo, ya que habían sido acondicionados en el zoológico de Vladivostok para cazarlos.

Los encontramos enseguida y en bastante malas condiciones. Los animales estaban flacos y constatamos que un par de cachorros de la manada habían muerto, presumiblemente de hambre. Pero Padre había previsto la posibilidad de que los felinos fueran más torpes cazando de lo que esperábamos y concebido una estrategia para ayudarles.

—¿Cazamos con los tigres? —preguntó Hartz, cuando Padre le explicó el plan.

—No. Sólo les ayudamos, hasta que aprendan.

La idea era simple. Ni los bisontes ni los tigres estaban acondicionados para identificar humanos, ni como posibles presas, en el caso de unos, ni como depredadores para los otros. Eso nos permitía a Hartz y a mí acercarnos, armados con nuestros arcos y flechas terminadas en agujas hipodérmicas, lo bastante robustas como para penetrar la piel de los bisontes. No se trataba de herirlos, sino de dejarlos atontados y lentos de reflejos, facilitando la tarea de los tigres. Hartz asintió, entusiasta, claramente tomando partido por los felinos. Yo, en cambio, me enfurruñé.

—No es justo.

—¿Prefieres que los tigres se mueran de hambre? —preguntó Padre.

Accedí a regañadientes. Nos acercamos al rebaño de bisontes, escogimos los dos animales que nos parecieron menos vigorosos y disparamos nuestros arcos. Las pobres bestias cayeron al suelo, espantando al resto de la manada, aunque unos instantes más tarde se levantaron, trabajosamente e intentaron ponerse a salvo. Pero el anestésico hacía su efecto y apenas se tenían en pie.

Padre activó la señal que estimulaba a los tigres para la caza. Inmediatamente cuatro hembras se pusieron en marcha, acercándose sigilosamente a los bisontes. Padre estaba a unos cien metros, grabando toda la escena con águila-máquina y nos avisó por el pad para que dejáramos el terreno libre a los felinos.

—Volved ya —nos dijo—. Parece que al macho dominante le ha picado la curiosidad. Mejor dejarlos tranquilos.

Empezamos a retirarnos. En ese momento, las cuatro hembras salieron disparadas, abalanzándose sobre uno de los bisontes y derribándolo. El otro intentó alejarse, pero dos de las hembras le dieron caza en el acto.

Y en ese mismo momento, el macho, con sus enormes dientes de sable, cargó hacia mí.

Reaccioné antes de ser consciente de mi propio miedo. Oí el grito desesperado de Padre en mi pad a la vez que el silbido de la flecha que disparaba mi arco. La vi clavarse en una de las patas del animal. El tigre ralentizó su embestida, pero no se detuvo, lo tenía encima, hipnotizándome con sus ojos ámbar, las mandíbulas abiertas dispuestas a cerrarse sobre mi carne, el cuerpo tensándose para saltar.

Pero no llegó a hacerlo, Hartz le embistió por un costado con la fuerza de un mamut. Al comenzar la excursión, Padre nos había regalado a ambos dos espléndidos cuchillos de monte.

—Armas de verdad —nos dijo—. Ya sois adultos.

El mío seguía enfundado en mi cinto. El de mi hermano brillaba en su mano, rojo como la sangre que manaba a borbotones de la yugular del tigre.

—¡Hartz! —grité, corriendo hacia él.

Hartz se levantó de un salto. Estaba cubierto de sangre de la cabeza a los pies, pero no era suya. Había matado a un tigre de dientes de sable y lo tenía frente a mí, intacto. Me arrojé en sus brazos.

—¡Hartz quiere a Arce!

—¡Arce quiere a Hartz!

Padre llegó, jadeando, unos instantes más tarde.

—Harce han cazado al tigre —dijo mi hermano, sonriendo.

* * *

París, enero de 2054

Era la segunda vez, me contó Gala, que acudía a una conferencia de Ariel, y la sensación de *déjà vu* era apabullante. La misma Aula Magna de la Sorbona abarrotada de gente, las holos anunciando el título de la conferencia, paseándose por la sala como lentos zepelines, el traje de tela sensible de Ariel, pulsando en tonos azules mientras paseaba por la tarima. Y a la vez, todo era diferente, como en uno de esos sueños que se van apartando poco a poco de la historia que el soñador espera. El título de la conferencia, «La estirpe de Caín», parecía evocar un párrafo del Antiguo Testamento y la reproducción 3D del cuadro de Fernand Cormon, que Gala había contemplado en muchas ocasiones cuando visitaba con su padre el Museo de Orsay, flotando bajo el título, parecía querer recalcar el mismo efecto. Gala contempló el lienzo virtual, sintiendo la familiar pena por el destino de aquella gente que siempre le había inspirado.

Caín, le había explicado Paco, era el anciano encorvado, de torso nudoso y retorcido, luenga barba blanca y aspecto desesperado que encabezaba la marcha, conduciendo a su familia. Tras él, sus hijos acarreaban con dificultad una camilla de madera que transportaba a una anciana y unos niños dormidos que acaso eran sus nietos. En la misma camilla llevaban pieles y trozos de carne sangrienta. Los otros hombres del clan eran cazadores de fuertes músculos. Uno de ellos llevaba a una mujer joven en brazos, otro era pelirrojo, de ojos claros. Unos cuantos perros cerraban la comitiva.

—¿Ves sus rostros, bebé? —Gala recordó a Paco, su rostro sereno, casi feliz en la mañana compartida de domingo, en el Museo de Orsay.

—Parecen asustados, papá.

—En su juventud, Caín mató a su hermano, y desde entonces, él y su familia huyen, temerosos de la sentencia de Jehová.

—¿Por qué sus hijos también? ¿Es que han hecho algo malo?

—No, bebé. Pero su maldición les alcanza.

Esta vez ningún matón había intentado impedirle el paso; al revés, un coche la estaba esperando en el aeropuerto para traerla a toda prisa a la Sorbona. Llegaba de Siberia con retraso, por culpa de una tormenta de nieve que había detenido a su avión en el pequeño aeropuerto de Anadyr durante dos días, y había tenido el tiempo justo para acomodarse en primera fila antes de que empezara la conferencia.

De repente, las luces de la sala se apagaron, quedando iluminado sólo el cuadro de Cormon. La voz de Ariel resonó, enérgica y varonil, en el auditorio.

—«Junto a sus hijos —declamó—, vestidos de pieles de bestias, desgreñado, lívido, en medio de la tempestad, Caín de Jehová escapaba».

Las luces se apagaron y volvieron a encenderse, el cuadro se había desvanecido.

—¿Qué nos dice el lienzo de Fernand Cormon? Lo mismo que el poema de Hugo. Asegura que el pecado de Caín no sólo es imperdonable, sino que su estigma salpica a toda su estirpe. Es un mensaje trágico, desalentador, quizás porque Jehová, en realidad, no aparece nunca. Caín acarrea en su corazón la culpa por su crimen y transmite su remordimiento y desesperación a todos sus hijos. —Una pausa, el traje de tela sensible centelleando entre turquesa y aguamarina—. Pero también hay otra lectura en el cuadro. Describe con bastante precisión un clan de nómadas, una familia extensa que incluye ancianos y niños, mujeres, cazadores y perros. No hace falta que les diga que estos nómadas pertenecen a nuestra especie. Pero ahora imaginen otra escena, parecida y a la vez muy diferente.

La holo que se materializó sobre la cabeza de Ariel mostraba una escena similar a la del cuadro de Cormon. Dos ancianos al frente de un grupo bastante nutrido de nómadas, una tribu en marcha, las mujeres de más edad y los niños en el centro, rodeados por hombres y mujeres jóvenes y flanqueados por perros.

Similar, aunque completamente diferente. Uno de los ancianos era un hombre bajo, macizo, con piernas cortas y musculosas, brazos descomunales y un cráneo alargado como una pelota de rugby. El otro era menudo, seco, de piel oscura. Uno de sus brazos yacía inerte en su costado. El grupo que les seguía repetía un patrón similar.

—La imagen que están contemplando reconstruye a una tribu que llegó a Gibraltar hace aproximadamente treinta y cinco mil años. No tienen un líder, sino dos. Uno de ellos pertenece a la raza *H. sapiens*; el otro, a la *H. neanderthalensis*. Permítanme que les llame Aitz y Ezkia. En el clan que les sigue hay hombres modernos y hombres de neandertal. Es una imagen prodigiosa, ¿verdad? Pero hay otra más prodigiosa todavía.

Una segunda holografía de gran calidad se condensó en el aire, representando a una pareja. Iban vestidos con pieles de mamut, él acarreaba una larga lanza y de su cintura colgaba un hacha enorme, a juego con su físico portentoso, de músculos densos y abultados. Ella llevaba una jabalina en la mano izquierda y una honda en la derecha. Sus músculos, también muy fuertes, eran más alargados y gráciles que los del hombre y su rostro, extrañamente hermoso, mezclaba los rasgos de las dos especies.

—Les presento a Hartz y a Arce —dijo Ariel—. Esta extraordinaria pareja formaba parte de la tribu que acabamos de conocer. Sus restos, muy bien conservados, nos dicen que Hartz era un neandertal puro, Arce una mestiza. Su sola existencia contradice miles de prejuicios que han estado persiguiendo a nuestra historia común desde hace doscientos años.

Hartz y Arce se disolvieron, apareciendo en su lugar la entrada a la cueva oculta que Ariel había descubierto en Gibraltar.

—Bienvenidos a Gibraltar X —exclamó Ariel, induciendo llamaradas carmesí en su traje—. Un enclave único, un milagro de la fortuna, una cueva que ha estado treinta mil años cerrada, protegida del exterior por el derrumbamiento de su parte anterior. Es una cavidad grande, profunda, muy fría y con muy poca humedad, una característica milagrosa que ha hecho posible que los restos fósiles y las pinturas rupestres que hemos encontrado allí estén increíblemente bien conservadas. Se usó durante miles de años, pero no como vivienda o refugio. Gibraltar X fue un cementerio y también un templo.

»Las dos tumbas más antiguas están situadas en la parte más profunda de la cueva. La primera está ocupada por dos individuos, enterrados el uno junto al otro. Uno de ellos es nuestro amigo Aitz, un neandertal puro, que, por otra parte, era un auténtico Matusalén de la época, posiblemente vivió hasta bien entrada la cincuentena. El otro es Ezkia, un hombre moderno, el carbono catorce le da la misma antigüedad que a Aitz, unos treinta y cinco mil años. Ninguno de los dos tuvo una vida fácil, aunque nuestro antepasado debió de sufrir lo suyo, su brazo derecho presenta numerosas fracturas, probablemente fuera manco a todos los efectos. Pero, a juzgar por las marcas de los tendones, su brazo izquierdo era muy fuerte y posiblemente compensaba su invalidez parcial.

Ariel hizo otra de sus dramáticas pausas, sus ojos, exultantes, buscaron los de Gala.

—¡Piénselo! Un neandertal y un hombre moderno enterrados juntos. Llevamos décadas creyendo que nuestros ancestros fueron los principales responsables de la extinción de los neandertales. Gibraltar X demuestra que no es así.

»Aitz y Ezkia son únicos en muchos sentidos. Hemos encontrado junto a sus huesos lo que sería el equivalente a un tesoro en el Paleolítico: collares de conchas marinas, talones decorados de águila, incluso piedras semipreciosas. Claramente debieron de ser una pareja importante, posiblemente uno de ellos sería el jefe de la tribu y el otro su chamán, lo que implicaría que neandertales y sapiens no sólo convivieron, sino que se repartieron roles de liderazgo.

Gala recordó la noche en la que le había mostrado a Ariel los dibujos de su padre. Fue el segundo aniversario de su llegada a Aurora, durante su escapada a Hornstrandir, en su iglú de Kevlar. Ariel había examinado cada uno de los dibujos con la atención que le caracterizaba, repetido como un alumno aplicado los nombres que ella le dictaba. Y allí lo tenía, majestuoso en su traje de colores como un profeta de la buena nueva, contándole la historia que ella le había contado, usando la misma gente y los mismos nombres que Marianne había inventado. Excepto que la historia de Ariel tenía un final muy distinto de la que había imaginado su madre.

—Hay otra tumba especial, la que contiene los restos de Hartz y Arce. El análisis genético indica que posiblemente Hartz era pariente de Aitz, lo más probable es que se tratara de su nieto. Arce, por su parte, podría ser hija de Ezkia y de una mujer neandertal.

Ariel le guiñó un ojo. Fue un gesto rápido, casi imperceptible, pero para Gala no podía estar más claro.

—Se trata de resultados preliminares, naturalmente, a la espera de que nuestra experta en paleogenética los confirme. Pero les confieso que nos sentimos muy optimistas. Los cuatro esqueletos de los que les hablo están maravillosamente bien conservados y es muy posible que podamos extraer el genoma de cada uno de ellos con una cobertura nunca alcanzada hasta ahora. ¡Y no son los únicos! Hay cientos de tumbas, aunque no todos los restos en ellas están tan bien conservados como en las más antiguas, entre otras cosas, porque no son túmulos individuales como las primeras, sino fosas comunes. ¡Aun así, el material genético que podemos extraer de ellas es apabullante!

Gala sintió que la cabeza le daba vueltas. Justo cuando su sueño parecía imposible, Gibraltar X le ofrecía la variedad genética que necesitaba. Y había sido Ariel, precisamente Ariel, quien había descubierto aquella mina de oro que contenía la información necesaria para resucitar a los Eloi.

—Es posible que la historia que nos cuentan los huesos de Gibraltar X no sea universal —continuó Ariel—. No podemos saber si en otras partes de Europa el encuentro entre *H. sapiens* y *H. neanderthalensis* fue pacífico o violento, de hecho, tenemos algunas evidencias de que la tribu que nos ocupa emigró desde algún punto de Europa central, quizás escapando de una invasión de sus territorios. La paleoantropología es y será siempre una ciencia dominada por la incertidumbre, necesitada y a la vez amenazada por la especulación, una ventana opaca que sólo nos permite una imagen borrosa de nuestro pasado.

El traje de Ariel cambió a un color blanco luminoso.

—Solemos asociar las tumbas a la muerte. Pero las tumbas de Gibraltar X nos hablan, sobre todo, de una historia de amistad, la de Aitz y Ezkia, que por lo que sabemos, duró toda una vida. Esos dos amigos formaron una tribu mixta y probablemente recorrieron miles de kilómetros antes de llegar a su destino. ¿Les suena de algo la historia? Treinta y cinco mil años antes de la Biblia tenemos una tribu vagando por el desierto en busca de la Tierra Prometida.

»La cueva también nos habla de una historia de amor, la de Hartz y Arce, que se prolonga a lo largo de cientos de generaciones y miles de años. Una historia de amor que, en último término, se extiende a las dos razas que coexistieron en Gibraltar X.

El cuadro decimonónico volvió a materializarse un instante y luego empezó a disolverse poco a poco, sustituido por la holo de la tribu de Aitz y Ezkia.

—Durante doscientos años hemos especulado sobre cuál fue el final de los neandertales —dijo Ariel—. Pues bien, Gibraltar X también nos ofrece una respuesta. —Los ojos de Ariel, fijos en ella, chispearon de placer—. Las pinturas rupestres de Gibraltar X tienen también mucho que decir. Las más antiguas contienen motivos geométricos similares a los que Marianne Cohen identificó hace décadas como auténtico arte neandertal, mezclándose y a veces superponiéndose con otras similares a las que encontramos mucho más tarde en Altamira y otras cuevas. Por otra parte, en las tumbas más antiguas encontramos *H. sapiens*, neandertales y mestizos. A medida que avanzamos en el tiempo, el número de hombres modernos y de mestizos va aumentando y el de neandertales puros disminuye... A su vez, los mestizos se van diluyendo, mostrando cada vez más los rasgos de nuestra especie. La historia de Gibraltar X es la historia de cómo nuestras dos especies convivieron, se mezclaron y se fundieron en una sola.

»Es cierto que el fenotipo neandertal ha desaparecido y todavía no sabemos las causas precisas por las que esto ocurrió. Quizás los hombres modernos eran más numerosos, o se reproducían más rápido, y en consecuencia había siempre más oportunidades para formar parejas con ellos. Quizás aumentar la proporción de genes *H. sapiens* suponía una ventaja evolutiva. Estoy seguro de que lo averiguaremos. Lo que pasó en Gibraltar no fue un proceso aislado, es muy probable que en toda la península ibérica ocurriera esa transformación en unos pocos miles de años.

»¡Pero lo cierto es que Gibraltar X nos habla de que las dos especies convivieron como hermanas durante milenios! No hubo genocidio, no hubo un hermano asesinando a otro. Queridas amigas y amigos, no somos, nunca fuimos, la estirpe de Caín.

Segunda parte

Resurrección

21

Spetsnaz

Vrangelya, 2070

Madre me había hablado tantas veces y con tanto cariño de Ruth que cuando me enteré de su muerte, sentí un dolor tan intenso como si hubiera fallecido alguien de mi familia. Pero, para ella, la noticia fue devastadora. No sólo perdía a alguien muy querido, me aseguró, sino que aquel asesinato vil, en el país donde Ruth había pasado tres décadas salvando vidas, atentaba directamente contra su fe en la humanidad.

Además, me reconoció que se sentía culpable. Después de su estancia en África, estaba convencida de haber encontrado en Ruth una amiga para toda la vida, pero su relación con Ariel las había separado. No había razón alguna para que fuera así, me confesó, pero durante el tiempo que Ariel y ella estuvieron juntos, Madre se sentía una impostora, nunca consiguió sobreponerse a la sombra que Ruth proyectaba sobre sus vidas; nunca consiguió aceptar que Ruth siguiera siendo la esposa de Ariel de la que nunca se planteó divorciarse; nunca consiguió liberarse de la sensación de estar reemplazando a una mujer irreemplazable. Durante años planeó llamar a Ruth, sincerarse con ella, proponerle un encuentro, quizás regresar a África y pasar un tiempo juntas. Pero nunca se decidió a hacerlo, ni entonces ni más tarde, cuando Ariel y ella se separaron.

Cuando Ariel la llamó con las fatídicas nuevas, Madre estaba muy débil, cada cierto tiempo la dolencia crónica que arrastraba desde nuestro nacimiento la obligaba a medicarse y guardar cama. Su intento frustrado de acudir a las exequias de Ruth sólo sirvió para que sus síntomas se agravaran. Durante semanas estuvo tan enferma que apenas podía hablar, y finalmente tuvo que renunciar a su viaje. Más tarde, después de que se reencontrara con Ariel, me reconoció que, durante semanas, la enfermedad que la postraba se complicó con los remordimientos, sumiéndola en una depresión de la que le costó meses recuperarse.

Durante aquel periodo aciago me pasaba el día con ella. Padre nos acompañaba todo lo que podía, pero, además de sus numerosas responsabilidades, tenía que ocuparse de Hartz, a quien la enfermedad de madre sacaba de quicio. Mi hermano no conseguía asimilar que estuviera tan débil y callada, tan pálida e inmóvil, se desesperaba y a ratos se enfurecía con todo el mundo; el único que era capaz de manejarlo era Padre y a menudo tenía que recurrir a llevarlo durante muchos días a la estepa, el aire libre y la compañía de los mamuts era lo único que le calmaba.

A lo largo de aquellas semanas a su lado, cuando Madre empezó a mejorar lo bastante como para resistir mi insaciable curiosidad, la asaeteaba a preguntas, quería saber más de toda la gente que me importaba, pero, sobre todo, quería saber más de Padre. Los relatos de Madre habían conseguido que considerara a Ariel y Lior, a Jacques, a Ruth o a Sergei, cuyo fantasma estaba presente en cada rincón de la isla, parte de mi familia. Pero hacía ya mucho tiempo que Anastasia y yo habíamos rastreado la red y saqueado todos los sistemas informáticos de Vrangelya para seguir la trayectoria de todos ellos. En cambio, de Padre había averiguado pocos detalles, y sentía la imperiosa necesidad de saber más de él. Cada vez que tenía ocasión, interrogaba implacablemente a Madre, hasta que un día, ella sacó del cajón de su mesita un libro de papel, encuadernado en cuero, y me lo tendió.

—Es el diario de Boris —dijo.

Yo sabía que un diario era una documento privado, y aunque no habría tenido ningún escrúpulo en hackearlo si hubiera estado accesible en la red, no quería que Padre pensara que me había apoderado de él sin su permiso (entendía también lo contradictoria e hipócrita que era mi actitud y, como de costumbre, culpaba de ello a la intrusa). Madre me tranquilizó.

—Los dos queremos que lo leas —aseguró—. Hablamos de ello hace ya mucho tiempo.

Abrí el libro, las letras manuscritas me resultaron, al principio, extrañas y difíciles de comprender, pero no tardé en acostumbrarme. Allí estaba la historia de Boris Sokolov que tanto deseaba conocer.

* * *

Rusia, 2030-2040

El padre de Boris se llamaba Nikita y nunca tuvo interés en continuar la obra de Sergei Sokolov. Anna, la esposa de Sergei, murió prematuramente, y su devastado marido mandó al hijo a estudiar a Irkutsk, con la esperanza de que regresara algún día a Vrangelya. Nunca lo hizo. Nikita se dedicó a los negocios, tuvo éxito, se enamoró de Olga, a quien conoció durante sus estudios, se instalaron en Moscú, viajaron por todo el mundo. En su diario, Boris escribía que tenía de ellos sólo un vago recuerdo, cuidar de un bebé no encajaba con el estilo de vida de sus padres y Boris se crio en Vrangelya con Sergei, hasta que decidieron que su influencia no era buena para él y lo enviaron, con quince años, a un internado en un colegio privado de Moscú. Durante su segundo curso en el colegio, el avión en el que Nikita y Olga viajaban se estrelló en mitad de una tormenta en Siberia y no hubo supervivientes.

Cuando sus padres murieron, Boris descubrió que su situación económica era catastrófica. Los mismos negocios que los habían enriquecido años atrás habían acabado por arruinarlos y se encontró con una legión de acreedores, ansiosos por embolsarse cada rublo que le habían legado en el testamento. El director del colegio en el que estaba interno le ofreció mantener su plaza durante el resto del año, aunque no pudiera pagar las mensualidades, a cambio de que se presentara a los exámenes de la academia de oficiales del ejército al finalizar el curso. Boris pensó que se trataba de una salida digna que le permitiría ganarse la vida decentemente. Sergei insistió para que declinara la oferta y regresara a vivir con él, pero al muchacho de diecisiete años la perspectiva de pasar el resto de su existencia en el lugar más remoto del planeta se le hacía insoportable. Amaba su isla, pero no quería recluirse tan pronto en ella. Quería seguir estudiando, viajar, conocer mundo, vivir una vida que hasta entonces había discurrido confinada entre los muros del internado y las praderas solitarias de Vrangelya.

La disciplina en la academia militar era más severa y los estudios más exigentes de lo que habían sido en el internado, pero ambas cosas iban bien con el carácter de Boris y le ayudaban a sobrellevar la muerte de sus padres, que le había dejado un extraño vacío, más parecido a la nostalgia que al dolor.

Sergei viajaba a Moscú con frecuencia y, cuando lo hacía, se quedaba en la ciudad durante una o dos semanas. En cada una de esas ocasiones, Boris recibía unos días de permiso y le permitían pernoctar en el apartamento que su abuelo alquilaba cerca de la academia. Aprovechaban esos días de asueto para visitar Moscú, disfrutando de la animada vida de la ciudad, que comenzaba a recuperarse, como el resto del país, de un cuarto de siglo bajo el yugo del dictador. Las secuelas de la guerra todavía estaban por todas partes, aunque ya había pasado un lustro desde que la infausta operación especial había terminado.

—¡Operación especial! —bramaba Sergei—. Como si unos ejercicios militares pudieran causar medio millón de muertos, arruinar nuestra reputación internacional y provocar el desastre económico y social del que aún no nos hemos repuesto.

Boris asentía, consciente de que su abuelo tenía razón. En los primeros años de la década de los treinta, Rusia era todavía un paria para los europeos y sus aliados, a pesar de que el nuevo Gobierno maniobraba desesperadamente para mejorar la situación. Pero, por otra parte, su infancia había transcurrido en Vrangelya, lejos de los desastres del final de la dictadura, y apenas tenía recuerdos de aquel periodo oscuro.

Terminó el curso con el número uno de su promoción y la recomendación de sus instructores para que se especializara en ingeniería, matemáticas aplicadas o informática, ya que destacaba en todas esas materias. Ese era su plan, me aseguró, hasta que el general Vladimir Ivanchenko le ofreció ingresar en las Spetsnaz.

—Te prohíbo que aceptes —fue la tajante respuesta de su abuelo.

Sergei había viajado a Moscú rápidamente cuando Boris le planteó la posibilidad de ingresar en el cuerpo de operaciones especiales. Se encontraron en el apartamento que este solía alquilar. A pesar de estar claramente agotado por el largo viaje, la expresión de agonía en su rostro no tenía nada que ver con el cansancio. A Boris le conmovió verlo así, pero también le irritó que se cerrara en banda sin permitirle opinar. Quizás por eso reaccionó como lo hizo. Sólo tenía dieciocho años, Ivanchenko le había deslumbrado, y la reacción de su abuelo tuvo en él el efecto contrario al deseado.

—¿Por qué no habría de hacerlo? —preguntó Boris, desafiante—. El general me ha ofrecido alistarme en los cuerpos de paz que está formando para operar en África. ¿Qué tiene eso de malo?

—¿Cuerpos de paz? —estalló Sergei—. ¿Te has molestado en repasar la historia de nuestro país en ese continente? ¡No hemos hecho otra cosa que alimentar un conflicto tras otro!

—Eso fue en tiempos del dictador —respondió Boris—. Actuar como fuerza pacificadora en África es una gran oportunidad para recomponer nuestra imagen internacional.

—¡No sabes de lo que hablas, muchacho! África es un avispero, siempre lo ha sido. ¿Por qué te crees que la ONU ha retirado sus cascos azules del continente?

—Precisamente nuestra misión es sustituirlos. Y hacerlo mucho mejor que ellos.

—¡No puedes tomar una decisión así a la ligera! —gritó Sergei—. ¡Me opongo a ello!

—Soy mayor de edad, abuelo —afirmó Boris.

Sergei respiró hondo, se calmó un poco, puso una cafetera italiana, tan vieja como él, al fuego y se dedicó a recorrer la cocina de arriba abajo, con las manos a la espalda y la mirada fija en las baldosas de cerámica que formaban un complicado arabesco en el piso. Cuando la cafetera empezó a pitar, se sirvió una taza y preparó otra para Boris. El café estaba espeso y amargo como sus respectivos humores.

—Vuestra misión no va a ser otra que limpiar nuestra propia basura —masculló Sergei al fin, con amargura.

—¿Qué quieres decir?

—Quiero decir que la mitad del continente sigue en manos de dictadores, que hay más estados fallidos que democracias de pleno derecho y que, a pesar de todas sus riquezas naturales, la mayor parte de la población sigue viviendo en la miseria. ¿Y sabes por qué? Porque en África hay en marcha uno de los negocios más sucios y más lucrativos de la historia. ¿Os ha hablado vuestro condecorado general de la Corporación Argo?

—No —reconoció Boris—. ¿Quiénes son?

—Dime, ¿qué tienen en común un dictador, un señor de la guerra y el dueño de una mina ilegal de diamantes?

—¿Que son malas personas?

Sergei dejó escapar una de sus ruidosas carcajadas, dando una palmada en la mesa que hizo bailar las tazas de café.

—¡Ya lo creo! —exclamó—. Pero no sólo eso. Lo que esos tres tienen en común es que necesitan mercenarios para mantener su negocio. ¿Y sabes quién transformó el trabajo artesanal de soldado de fortuna en una industria? Rusia, naturalmente. ¡Espero que al menos hayas oído hablar de la organización Wagner!

—Lo hemos estudiado en nuestro curso de historia, abuelo —dijo Boris—. Se disolvió con el final de la dictadura.

—¿Disolvió? ¡No me hagas reír! Se limitó a cambiar de nombre y a volverse más profesional. Nada de reclutar delincuentes en las cárceles y enviarlos al frente después de un mes de instrucción y nada de meterse en guerras desastrosas. Los mercenarios de Wagner eran carne de cañón. Argo vende personal altamente cualificado.

»Se trata de una multinacional, con sucursales en todo el mundo. Pero aun así, el grueso de su negocio está en África. Lo que Europa y sus aliados nos están exigiendo, a cambio de rehabilitarnos, es liquidar un negocio que reporta miles de millones de beneficios anuales. ¿Crees que va a ser fácil? ¡Es una batalla perdida de antemano! No dudo que os permitan apuntaros alguna victoria, allá donde los intereses en juego no sean muy grandes. Pero no vale la pena arriesgar la vida cada día para darte cuenta, dentro de cinco o diez años, de que nada ha cambiado.

—¡Al contrario! —exclamó Boris—. No se me ocurre una causa más noble que enfrentarse a esa organización criminal, si eso va a servir para liberar África de tiranos y rehabilitar nuestro país.

Sergei suspiró, desalentado. Tenía setenta y cinco años por la época, aunque nadie le echaba más de cincuenta. Pero, de repente, por primera vez en su vida, le pareció a Boris un anciano.

—No voy a poder convencerte, ¿verdad?

—Creo que he encontrado mi vocación, Dedushka.

—Ojalá no te arrepientas, *vnuk* —murmuró Sergei.

En su diario, Boris anotaba que las misiones de los primeros dos años fueron relativamente fáciles. En Eritrea los comandos se limitaron a ejercer de árbitros en un proceso de paz que ya estaba bastante encarrilado. En Mali tomaron el relevo de los cascos azules a tiempo para supervisar el referéndum que permitió convocar elecciones al año siguiente. Cada vez que Boris hablaba con su abuelo le insistía en que su visión de África había sido demasiado catastrofista, y él le contestaba que sólo conocía una fracción minúscula del continente y le recordaba que las misiones en las que había participado se desarrollaban en países relativamente estables.

Sergei tenía razón. Durante el siguiente quinquenio las cosas se pusieron más difíciles. En Libia tuvieron que librar una auténtica guerra en miniatura, que supuso su bautismo de fuego, y tras aquel primer combate vinieron muchos otros. El punto de vista de su abuelo ya no le parecía a Boris tan descabellado y comenzó a contar los días que le faltaban para licenciarse.

La última misión en la que participó fue en Uganda, donde la intervención de las Spetsnaz evitó una masacre de la población civil en Kampala, la capital, atacada por un general especialmente sanguinario. La unidad que Boris mandaba tuvo un papel especialmente importante en aquella batalla, los comandos consiguieron infiltrarse tras las líneas enemigas, inutilizar su artillería y destruir su flota de drones, con lo que se evitó un bombardeo que hubiera acabado con muchas vidas.

Al regresar a Moscú, Boris fue condecorado y ascendido al rango de comandante. Agradeció la medalla y la estrella en su bocamanga, como broche final a aquella etapa de su vida. Después de siete años en los cuerpos especiales, estaba más que dispuesto a pasar página.

Pero unos días antes de firmar su baja, el general Ivanchenko le mandó llamar urgentemente. Boris se presentó en su despacho, intrigado y algo aprensivo. Ivanchenko nunca actuaba a la ligera y aquella convocatoria inesperada sólo podía querer decir una cosa.

El general debía de rondar por la época los sesenta años. Era delgado y nervudo, su cabello pelirrojo apenas mostraba canas y lucía un imponente bigote que disimulaba la parálisis parcial que sufría en su labio superior, consecuencia de una herida en combate. Su oficina era amplia y sobriamente amueblada. Una mesa de despacho, una pizarra inteligente, que permitía escribir con punteros de tinta virtual, un cubo holográfico, una mesa de café, un par de butacas y algunas sillas.

—Sé que estás a punto de firmar tu baja —dijo el general—. Pero necesito que le hagas un último servicio a tu patria.

A continuación, invitó a Boris a sentarse en una de las butacas y ocupó la otra. Hizo un gesto con su puntero y el cubo proyectó un mapa de África.

—¿Qué sabes de la RCA? —preguntó.

—¿Se refiere a la República Centroafricana? —contestó Boris, todavía un poco apabullado por la situación.

Ivanchenko asintió con un breve movimiento de cabeza, mientras su puntero señalaba al mapa, en el que se iluminó un parche, más o menos rectangular, situado aproximadamente en el centro del continente.

—Si no recuerdo mal, es un país bastante complicado —aventuró Boris.

—En muchos aspectos, la RCA es un arquetipo de país africano poscolonial —dijo Ivanchenko—. Extenso, deshabitado, pobre y mal avenido. Sin embargo, en los últimos tiempos ha funcionado un Gobierno democrático presidido por Gabriel Arcángel.

Ivanchenko agitó su puntero y el cubo proyectó la holo de un hombre alto y corpulento, algo pasado de peso, sin ser obeso. Su piel era muy oscura, la cabeza completamente rasurada, el rostro rotundo, con mejillas tersas y una amplia frente surcada de profundas arrugas. Tenía los ojos ligeramente rasgados, los labios carnosos y una expresión estoica y triste, como de alguien acostumbrado a sufrir sin quejarse. Daba más el aire de un intelectual que de un político y proyectaba una confianza en sí mismo que no era ajena a su físico, todavía imponente a pesar de que rondaría los setenta años.

—Como puedes ver, incluso a su edad, podría echarle un pulso a cualquier forzudo. Aunque no creo que te ganara a ti.

—Nunca se sabe —dijo Boris, encogiéndose de hombros.

—¿Crees que Alexey te lo ha perdonado? —preguntó el general con sorna.

Se refería a una anécdota que ocurrió durante la primera semana de Boris como recluta. Por la época, Alexey Kouznetsov era el sargento instructor a cargo de su compañía. Se trataba de un hombre descomunalmente fuerte, con el físico y los modales de un oso *grizzly*. Todos los reclutas se las veían antes o después con él, durante una clase de defensa personal o de manejo de armas cortas, y todos sin excepción acababan revolcándose en el polvo al cabo de un minuto como máximo, mientras el resto del grupo apostaba cuánto tiempo aguantaría el infortunado antes de que el sargento lo tumbara con una de sus legendarias llaves de *jiu-jitsu*. Boris fue la única excepción; Alexey, acostumbrado a que nadie se le resistiera, se confió excesivamente, asumiendo erróneamente que un hombre tan corpulento como el joven recluta se movería lentamente. Boris reaccionó rápidamente a su ataque, eludiendo la llave y usando su mayor envergadura para derribar al sargento y retenerlo en el suelo empleando el mismísimo estrangulamiento que acababa de enseñarle.

—No las tengo todas conmigo —resopló Boris. Durante los últimos años, Alexey había sido su segundo al mando y se había convertido en una especie de hermano mayor para él. Pero no pasaba una semana sin que le asegurara, dedicándole su mirada más torva, que cualquier día ajustarían cuentas.

Ivanchenko agitó la cabeza, sin perder la sonrisa socarrona, antes de continuar.

—Volviendo a Arcángel —dijo—, antes de dedicarse a la política hizo una notable carrera académica. Se formó en nuestro país, donde obtuvo un doctorado en matemáticas y trabajó durante años en el Politécnico de Moscú, antes de regresar a la RCA en 2016, como ministro de Educación. En unos pocos años consiguió que la universidad de Bangui ganara cierta relevancia. Al mismo tiempo, su hija Zanette fundó una extensa red de escuelas que se extendía por todo el territorio de la República. Maman Zanette, como todo el mundo la llamaba, no distinguía entre etnias o religiones en su ambición por escolarizar a los niños y jóvenes del país. Su extraordinario carisma, su juventud y su belleza la convirtieron en un ídolo nacional, adorada por todo el mundo.

»Pero en la RCA, todo intento de modernizar el país se ha tropezado siempre con la violencia tribal y la guerra civil. En 2021, una coalición de grupos rebeldes atacó Bangui sin éxito. El precario ejército gubernamental se vio apoyado por mercenarios del Grupo Wagner que rechazaron la invasión y restauraron el *statu quo*.

»Por desgracia, durante el asedio, los rebeldes atacaron una de las nuevas escuelas que había fundado Zanette en Bimbo, una ciudad relativamente importante, situada a unos veinticinco kilómetros de la capital. Se produjo una horrible masacre, en la que murieron todos los maestros y una gran cantidad de alumnos, entre ellos muchos niños de corta edad. Entre las víctimas estaba Zanette Arcángel. La pobre muchacha fue violada y mutilada antes de que la asesinaran. Después de aquella tragedia, Arcángel dimitió de su cargo como ministro y se exilió de nuevo en Rusia, junto con su esposa Yolande y su nieta Eve, la hija de Zanette, que por aquella época era una niña de corta edad.

»Durante los siguientes tres lustros, la presidencia de la RCA fue ocupada por varios políticos; todos ellos se mantuvieron en el poder con la ayuda de mercenarios y sin salir nunca de un estado de conflicto permanente. Hace cinco años, la presión internacional llevó a convocar elecciones. Nuestra diplomacia se implicó fuertemente para convencer a Arcángel de que debía presentarse como candidato, cosa que hizo, ganándolas por amplia mayoría.

»Dentro de unos meses se celebran nuevos comicios en los que Arcángel es, con diferencia, el candidato favorito. Pero entretanto se ha formado una coalición de grupos rebeldes, apoyados por una milicia bien adiestrada, algo inusual en la RCA, que siempre se ha caracterizado por la falta de organización y disciplina entre las diferentes facciones. Eso nos hace pensar que los rebeldes cuentan con el apoyo de mercenarios. Así que hemos vuelto a la situación de hace dos décadas, con los rebeldes a las puerta de Bangui. Buena parte de estos insurrectos son los mismos que protagonizaron el último intento de golpe de Estado.

»Arcángel ha solicitado nuestra intervención. Como te puedes imaginar, estamos obligados a ayudarle, pero además nos conviene que nadie más se inmiscuya en el conflicto. La presencia de mercenarios rusos en la RCA no ayuda a nuestra reputación. Creemos que se trata del Grupo Argo, una organización paramilitar clandestina cuyos mandos se formaron en el antiguo Grupo Wagner. Como ves, la situación es delicada. Por mucho que neguemos cualquier conexión con nuestro Gobierno, siempre va a haber quien nos señale con el dedo.

Ivanchenko señaló la pantalla y un nuevo mapa se formó en ella, mostrando un esquema en el que la ciudad de Bangui aparecía como un círculo y dos flechas de colores representaban las fuerzas que la rodeaban.

—Tu primera misión es detener a los rebeldes antes de que entren en la capital —dijo—. No debería ser excesivamente difícil. Como puedes ver en el mapa, la ciudad está siendo atacada por dos grupos independientes. Ambos están siendo contenidos, aunque con dificultad, por las fuerzas gubernamentales, al mando del general Abel Boganda, con quien te entenderás bien, ya que también él pasó por las Spetsnaz, donde se distinguió como un militar competente y valeroso.

—Habría que valorar si es factible repetir la estrategia que funcionó en Uganda —dijo Boris.

—Lo es. De hecho, la operación podría ser más sencilla. Contamos con el apoyo de la República Democrática del Congo. Bangui está en la misma frontera de la RDC. El plan es volar hasta la capital con dos batallones. Uno de ellos reforzará los efectivos de Boganda y el otro se desplazará, usando las carreteras de la RDC, hasta rodear a los agresores y atacarlos desde la retaguardia.

—¿Con qué efectivos puedo contar?

—Trescientos hombres, cincuenta águilas y otros tantos lobos.

Boris asintió, satisfecho. Las águilas eran el último modelo de drones aéreos desarrollados por los ingenieros militares de las Spetsnaz y los lobos eran robots terrestres, capaces de desplazarse ágilmente en cualquier terreno. Las águilas estaban equipadas con micromisiles de alta precisión, extremadamente mortíferos, y los lobos eran, en esencia, pequeños tanques que se movían sobre cuatro patas. Que Ivanchenko asignara a la misión una dotación tan numerosa de los drones más modernos del ejército indicaba su clara voluntad de zanjar el conflicto rápidamente.

—¿Qué opinas, Boris? —preguntó el general, llamándole por su nombre de pila, una distinción que se le antojó tan honorífica como la reluciente medalla y los galones nuevos.

—Puede hacerse, mi general —respondió Boris, casi sin pensarlo.

—Sabía que podía contar contigo —sonrió Ivanchenko, satisfecho—. No te arrepentirás. Se trata de una causa justa.

22

Paquito y Azalea

Aurora-París-San Sebastián-Gibraltar, marzo de 2054

—¿Y bien? —preguntó Gala.

Anastasia le dedicó una sonrisa radiante, que no había visto antes. Claramente, la iA había adaptado su expresión facial a las buenas noticias que tenía que darle, pero era imposible sustraerse al espejismo de que estaba tan ilusionada como ella.

—Tenemos cobertura total en el caso de los neandertales puros —dijo Anastasia—. El genoma de Hartz puede reconstruirse completamente y hay otros muchos en buen estado. Felicidades, Gala. Estamos en condiciones de clonar a un gran número de individuos bien diferenciados.

—¿Y Arce?

—La situación es un poco diferente en el caso de la mestiza, hay más lagunas en el genoma. Pero, aun así, es posible diseñar una trayectoria viable, interpolando entre los genomas de referencia.

Cierto, era posible, pero para eso tenían que usar las sofisticadas iA, diseñadas por Lior, que a su vez manipulaban las combinaciones genéticas utilizando el ordenador cuántico hasta encontrar la secuencia óptima. Imposible hacerlo sin disponer de Esperanza y los casi ilimitados recursos de Aurora. Y, por tanto, se dijo, mejor hacerlo cuanto antes.

—Adelante con la interpolación, Anastasia.

—Será un placer. ¿Deseas algo más?

—Explícame cómo convencer a Ariel para que nos permita clonar a Arce y a Hartz.

Era un poco malvado por su parte poner a la pobre Anastasia en semejante brete, pero, por otra parte, no tenía a nadie mejor con quien hablar del tema.

—Te propongo que argumentes tus razones para hacerlo.

—¿Qué tal si me sugieres algunas?

—Naturalmente —aseguró Anastasia—. ¿Deseas que te exponga la primera?

—Adelante.

—Clonar un neandertal puro sería de gran interés para comprender mejor la evolución humana y las diferencias genéticas entre neandertales y humanos modernos. En el caso de un mestizo, se podrían estudiar las ventajas e inconvenientes de la hibridación.

—¿Así que me sugieres que convenza a Ariel de que clonar unos animales de laboratorio nos sería muy útil para el avance de la ciencia?

—También podría argumentarse que los clones serían útiles como modelos para investigar enfermedades genéticas específicas o para desarrollar tratamientos y terapias médicas avanzadas —propuso Anastasia, imperturbable.

—Ya veo, cobayas farmacéuticas. Un argumento imbatible.

—O podrían formar parte de un parque temático donde se recrearan las condiciones de vida del Pleistoceno, con propósitos educativos.

—Los vips estarían encantados de hacer turismo allí. ¿Qué más?

—También puede proponerse aprovechar las habilidades intrínsecas de los neandertales. Un ejemplo sería su adaptación a ambientes fríos. Así pues, podrían ser utilizados para trabajos en entornos extremos, como la exploración de la Antártida.

—Anastasia, querida, ¿has oído hablar del Kevlar?

—Dada su resistencia física y su adaptación al combate cuerpo a cuerpo, los clones serían excelentes soldados —propuso Anastasia, imperturbable.

—¡Ese es exactamente el argumento que convencerá a Ariel! —exclamó Gala, burlonamente.

—Me alegro de haberte sido útil —contestó la iA, con su sonrisa de *idiot savant*—. ¿Necesitas algo más?

Gala hizo un gesto con la mano y su asistente se desvaneció, dejándola sola con un dilema que no sabía resolver. Ninguno de los argumentos que Anastasia había expuesto era válido, al contrario, todos eran equivocados. Ella no tenía ningún interés en que Hartz y Arce sirvieran de cobayas o animales de zoológico, mucho menos en emplearlos de soldados. Si quería traerlos de nuevo al mundo, era para para conocer a unos seres humanos distintos a todos los que existían en el planeta. Se preguntó si esa justificación haría mella en Ariel. Después de todo, en su magnífica charla en la Sorbona se había imaginado a aquella pareja maravillosa que habían sido Hartz y Arce con una intensidad que nada tenía que envidiarle a la suya propia.

Quizás, se dijo, la estrategia más apropiada para abordarle sería rehuir el debate de si tenía sentido o no resucitar la especie neandertal, quizás podía proponerle algo mucho más sencillo y humano. Hartz y Arce podrían ser sus hijos adoptivos.

Consultó su pad. Eran las diez de la noche, Ariel no tardaría en llamarla. Como cada día le hablaría de los mil nuevos hallazgos descubiertos en Gibraltar X, donde se pasaba el día encerrado, como un Alí Baba enloquecido por las riquezas que se amontonaban impúdicamente en su cueva del tesoro. Como cada día, su conversación giraría en torno a fémures y mandíbulas, cráneos y caderas. Hablarían de huesos y motivos funerarios pintados en las paredes del inmenso mausoleo, Ariel especularía sobre las vidas de aquella gente, desaparecida cuarenta mil años atrás.

No pudo evitar identificarse con Ruth en aquella ocasión en que le había dicho a Ariel que los huesos de un niño neandertal que llevaba cuarenta milenios muerto le interesaban menos que la suerte de los que intentaba salvar cada día en sus centros de salud. Ella tampoco quería seguir conversando con los huesos de Hartz y Arce, quería conocerlos en persona. ¿Qué necesidad había de seguir hablando con los muertos, cuando era posible hacerlo con los vivos?

Anastasia le informó de que tenía un ping urgente. Supuso que era Ariel y se decidió a confesarle sus planes. Ahora o nunca, pensó, sus argumentos le parecían, por una vez, irrebatibles.

Pero no era Ariel quien llamaba, sino Jacques.

La conexión no era del todo buena, pensó Gala, habría sido mejor usar 2D. La holo del rostro de su mentor oscilaba en el aire, condensándose y tornándose translúcida, exagerando el cansancio evidente en sus rasgos. Pero no era sólo cansancio, había algo más, evidente, a pesar de la mediocre calidad de la imagen. Jacques estaba destrozado.

—¿Qué ocurre, Jacques? —preguntó Gala, aunque ya presentía la respuesta.

—Lo siento mucho, hija —contestó él.

—¿Les ha pasado algo a Paquito y Azalea?

Jacques asintió, su gesto era fatalista, desesperanzando.

—Lo peor que podía pasarles. Han contraído el herpes virus del elefante.

—No es posible. Están vacunados contra todas las variantes conocidas.

—Se trata de una nueva mutación —aclaró Jaques—. Se han dado algunos casos en África, recientemente. No existe aún vacuna contra ella.

—Pero ¿cómo han podido infectarse?

—No lo sabemos. Han llegado varios elefantes recientemente al zoológico de París. Quizás alguno de ellos era portador asintomático del virus.

—¡No puede ser! Habíamos prohibido todo contacto con ellos.

—Lo sé. Pero en algún momento el virus ha encontrado cómo infectar a los pobres animales.

—¡No es posible! —repitió Gala, todavía incrédula, todavía aferrándose a la noción de que todo era un malentendido.

Jacques contrajo los labios, en un gesto de resignado fatalismo. La mala calidad de la holo contribuía a que su rostro pareciera aún más triste.

—Nunca debí permitir todas esas exhibiciones —murmuró Gala—. Debí habérmelos llevado de vuelta a Aurora hace meses.

—Y yo debería haber insistido más para que lo hicieras.

—¿Qué podemos hacer, Jacques?

—Rezar —dijo él.

Hacía frío en San Sebastián. El cambio climático no había conseguido endulzar aquel principio de primavera lluvioso y desapacible. Uno de los jets privados de los Arazi la había llevado desde Aurora al zoológico donde sus bebés agonizaban. Su visita había servido para acortar esa agonía, dio su consentimiento para que los sedaran, evitándoles más sufrimientos innecesarios, y en unas horas todo había acabado. Aquella misma noche abandonó París con una urna que contenía las cenizas mezcladas de Paquito y Azalea.

No había llorado en ningún momento, como no lloró durante la agonía de su padre. El ictus había coincidido con los últimos meses de su bachillerato, Paco llevaba mucho tiempo comprando boletos en la lotería del desastre, bebía sin freno, apenas comía, tenía la tensión y el colesterol altos, pero Gala estaba convencida, como toda adolescente, de que su padre era inmortal. No cambió de opinión cuando llegó a casa, a la vuelta del colegio, y lo encontró tumbado en el suelo, paralizado de medio cuerpo, incapaz de hablar. Ni siquiera se puso muy nerviosa. Llamó a una ambulancia, esperó a que esta llegara apretando la mano de su padre, hablándole tranquilamente, mientras él intentaba decirle algo, quién sabe qué, de su boca sólo salían balbuceos incomprensibles. En el hospital, un pequeño ejército de médicos y enfermeras se abalanzaron sobre él, lo desnudaron, le pusieron por encima un camisón hospitalario, Gala registró su extrema delgadez con la misma frialdad con que habría contemplado la foto de un extraño, después se lo llevaron para hacerle una resonancia. Una hora más tarde un médico le comunicó que el derrame había sido muy grave y la lesión en el cerebro era irreversible. El doctor le puso una mano en el hombro y Gala se contrajo como si le hubiera picado un alacrán.

—Ya sé que es muy duro —dijo el matasanos, con aquel tono insoportable de conmiseración—. Pero tienes que ser valiente.

Pasó una semana en el hospital, sin salir de la habitación en la que su padre se moría. Al principio, sus ojos aún la buscaban, respondía a la presión de su mano, trataba de balbucear de vez en cuando, pero a mediados de la semana se había marchado, los médicos le explicaron que se había producido la muerte cerebral. Y aun así, Paco era fuerte y se tomó cuatro días más para dejar de respirar.

Gala tenía los exámenes de la reválida a la semana siguiente, su padre agonizaba, pero no tenía más opción que concentrarse en los temarios de matemáticas, de física, de biología, sabía que necesitaba una nota perfecta para que la admitieran en la Escuela Normal y el dato de que su padre se fuera a morir de un momento a otro no cambiaba ese hecho. Aunque en realidad no pensó nada de eso. Se limitó a estudiar, estudió durante los cuatro días en los que la respiración de Paco se iba volviendo más y más trabajosa; los doctores le informaron de que sus pulmones se iban encharcando lentamente, ella no se inmutó, siguió haciendo resúmenes, resolviendo problemas, incluso en el tanatorio, mientras una legión de amigos y conocidos pasaban a despedirse de su padre.

Gala no se despidió. Acompañó al cadáver al crematorio, dejó la urna con sus cenizas en la habitación de sus padres, cerrada con dos vueltas de llave. Obtuvo la máxima nota en sus exámenes. Ingresó en la Escuela Normal y aceptó la oferta de internado en el colegio mayor que la institución ponía a disposición de los estudiantes más brillantes. No volvió a pisar la buhardilla de Montmartre durante los cuatro años que duró su licenciatura. Cuando Jacques le propuso realizar su tesis doctoral con él, decidió mudarse de vuelta a su antigua casa. Abrió la habitación de Paco, cogió la urna y compró un billete de autobús hasta San Sebastián. Llegó al atardecer, se sentó junto a los hierros retorcidos del *Peine del viento*, el mismo preciso lugar donde se sentaba en ese momento. Pasó allí la noche en vela. Su cuerpo se iba helando con el relente del mar, pero en su interior el hielo se iba derritiendo en lágrimas. Parecía imposible que unos ojos pudieran llorar tanto. Imposible que cupiera tanta agua en unas glándulas lacrimales, tanta agua como la de todas aquellas olas que se estrellaban contra el malecón, arañando su alma como garras de fieras feroces, ávidas de sangre.

Al amanecer esparció las cenizas de su padre en la bahía. En esta ocasión, se dijo, mientras volcaba al mar las de sus bebés, no había esperado tanto para hacerlo y la fina llovizna que caía sobre la ciudad se había ocupado de disimular sus lágrimas.

Al menos no llovía en Gibraltar.

Ariel la estaba esperando en el aeropuerto. Serio, atento, cariñoso.

Pero en ningún momento se había ofrecido a acompañarla a París, o a San Sebastián.

Sabía perfectamente que su enfado con él no estaba justificado. Ariel no tenía la culpa de que los mamuts hubieran contraído un virus letal. La culpa era sólo suya. Había tomado una decisión estúpida, accediendo a exhibirlos en el zoológico de París, y los había dejado allí mucho más tiempo del necesario. Era ella quien tenía que asumir sus errores y zanjar el asunto como lo había hecho.

Pero había sido la insistencia de Ariel la que la había llevado a tomar la decisión de exhibirlos en París. Habían sido sus argumentos sobre la necesidad de mostrar los bebés a los pops los que finalmente la habían arrastrado a equivocarse.

No podía sustraerse a la sensación de que, como en uno de los viejos refranes que Paco coleccionaba, Ariel había tirado la piedra y luego escondido la mano. Al menos, no se la había ofrecido. La había dejado sola.

Sabía perfectamente que estaba proyectando en él su frustración, disfrazando de rencor su sentido de culpa. Pero no sabía cómo evitarlo. O sí. Sólo había una cosa que podía hacer para que sus bebés la perdonaran, para perdonarse a sí misma.

No abrió la boca hasta que llegaron al apartamento de Ariel, un ático luminoso, situado en una de las torres residenciales del puerto, cercana a la antigua base naval inglesa. Él no intentó darle conversación, la conocía lo bastante bien como para saber que era mejor dejarle tomar la iniciativa.

—¿Quieres cenar? —le preguntó, cuando Gala se dejó caer, derrotada en el sofá, junto a la vidriera desde la que se veían, veinte pisos más abajo, las luces de los cargueros fondeados, aguardando su turno para entrar en el puerto.

—No tengo hambre. Pero sí bebería algo.

—¿Sherry?

Gala asintió. Ariel sacó una botella de la nevera, llenó dos copas, le puso una delante.

—Lo siento mucho, Galatelle. Yo también les tenía mucho cariño.

—Me equivoqué, Ari.

—Ahora ya no tiene remedio. Hay que pasar página.

La frase le sentó como un bofetón en el rostro.

—¿Qué quieres decir con eso?

Ariel se dio perfecta cuenta de su tensión, se acercó a ella, su mano le acarició el hombro.

—Estás muy afectada por todo lo que ha pasado. Podemos hablar de ello mañana, o cuando te sientas mejor.

Gala recordó a aquel doctor que le pedía que aceptara valientemente la muerte de su padre mientras la sobaba. Se zafó de la caricia de Ariel levantándose del sofá, con la excusa de buscar la botella de fino en el frigorífico. Sacó un segundo vaso de la alacena, lo llenó hasta arriba y se quedó apoyada en la barra de la cocina, manteniéndose a distancia.

—Estoy perfectamente. ¿Qué quieres decir con «pasar página»? —Gala imitó unas comillas con los dedos, su tono de voz sonaba áspero hasta en sus propios oídos.

—Aunque ahora te parezca lo contrario, el experimento ha sido un éxito —empezó Ariel.

—¿Así que eso es en lo que se han quedado Paquito y Azalea? ¿En un experimento?

—Sabes a lo que me refiero —dijo Ariel, en tono conciliador—. Has demostrado que pueden clonarse especímenes de una raza extinta a partir de su genoma fósil. Es un éxito científico espectacular.

—Si omitimos el detalle de que los clones han pasado a mejor vida.

Ariel se encogió de hombros, resignadamente.

—Quizás era inevitable. Los mamuts se extinguieron hace miles de años. No están adaptados a los patógenos actuales. La única forma de evitar un contagio habría sido mantenerlos siempre aislados. Es muy posible que ni siquiera en Aurora estuvieran seguros, quizás antes o después el inevitable contacto con el mundo exterior les habría hecho enfermar.

—Nada es inevitable. De haberlo pensado, podríamos haber introducido modificaciones en su genoma para hacerlos inmunes al herpes. Y si en Hornstrandir no estaban seguros, deberíamos haber encontrado otro sitio para ellos.

—Es muy difícil encontrar un lugar más idóneo que Hornstrandir, Gala.

—Vrangelya lo supera en todos los aspectos. Es el lugar ideal para que crezca la siguiente pareja.

Ariel seguía mostrando su envidiable autocontrol. Dio un sorbo a su copa y propuso por segunda vez un alto el fuego.

—¿Por qué no nos vamos a dormir? Tienes que estar agotada.

Gala ignoró la oferta de una tregua y subió la apuesta.

—Si algo me ha quedado claro de esta experiencia, es que una pareja de mamuts no rescata a la especie de la extinción. Cuando visité Vrangelya hablé largo y tendido con Sergei Sokolov y con su nieto Boris. Ellos proponen clonar un número considerable de animales, quizás cien de ellos. Con la ayuda de Esperanza podemos introducir suficiente variedad en el código genético, y toda la tecnología, incluyendo los úteros, puede escalarse. Querría haber hablado de esto contigo mucho antes, pero el descubrimiento de Gibraltar X alteró todos mis planes.

—Comprensible, ¿no? —sonrió Ariel—. Hemos descubierto el yacimiento más importante de la historia de la paleoantropología.

—*Has descubierto* —corrigió Gala, recalcando cada sílaba.

—¡Vamos, Galatelle! Has estado tan obsesionada secuenciando el genoma de nuestros neandertales como yo removiendo sus huesos.

—Cierto. Pero no debí haber dejado de lado el proyecto de los mamuts.

—Ese proyecto se completó con éxito, te lo repito. Lo que me estás planteando ahora es otra cosa completamente diferente. Las fantasías de los Sokolov son muy atractivas, pero no tienen un fundamento sólido.

Ariel se había puesto de pie, hizo ademán de dirigirse a ella. Gala le hizo una seña con la mano, indicándole que se quedara donde estaba. Necesitaba espacio para respirar. Ariel entendió el gesto, pero no volvió a sentarse, se quedó de pie como ella, apoyado en la vidriera, jadeando un poco, como si la última frase le hubiera costado un esfuerzo. Lo cual, posiblemente, era el caso. Había dejado claro su punto de vista, ahorrándole, por fin, el azúcar.

—¿Por qué no? Estoy segura de que la tecnología puede escalarse.

—¿Y qué me dices de la logística? Ocuparse de cien bebés mamut, amamantarlos, cuidar de ellos. ¿Te haces a la idea de la cantidad de trabajo que implica?

—Si se pueden criar elefantes en cautividad, ¿por qué no mamuts en un parque natural?

—Incluso en los zoos, las crías de elefante crecen junto a los adultos de la generación anterior. ¿Dónde estarían los adultos que tus crías necesitarían?

—Boris Sokolov propone utilizar animes..., animales mecánicos gobernados por una iA.

—Lo sé —dijo—. He leído su propuesta. La recibimos hace un mes. Reconozco que no es una mala idea.

—¿Has leído su propuesta y no has tenido a bien informarme?

—No quería precipitarme. Patricia Vox y su equipo la han estado evaluando.

—¿Y qué ha concluido la señora Vox si puede saberse?

—Que el proyecto no es realista. Los cien mamuts que proponen requieren una inversión muy considerable en dinero y recursos humanos y, sin embargo, no cumplen el objetivo que declaran. Piénsalo. Entre cien mamuts y el millón de animales que el propio Sergei Sokolov asegura que necesita hay un salto demasiado grande.

—Cien mamuts suponen rescatar una especie de la extinción, reimplantándola en un hábitat ideal para su desarrollo. Eso es suficiente mérito para mí.

—Lo siento, Gala, pero nosotros no lo vemos así.

—¿Nosotros? ¿No era el comité de la señora Vox quien decidía?

—Mi padre, mi madre y yo estamos de acuerdo con ella.

—¿Y Lior?

Ariel se encogió de hombros.

—Ya le conoces.

—Quieres decir que me apoya.

—Galatelle, hay mil cosas más importantes que puedes hacer con tu tiempo. Sokolov no es el único que quiere la tecnología de clones que has desarrollado. Mi madre ha estado hablando mucho con Ruth, ambas proponen atacar otras enfermedades infecciosas que asolan África. El zika virus, la enfermedad del sueño, la fiebre amarilla... La lista de plagas que podrían exterminarse repitiendo el truco que funcionó para la malaria es larguísima.

—Ruth ya me intentó convencer de que me dedicara a eso hace tiempo. Le dije entonces lo mismo que te digo a ti ahora. No dudo de que haya que hacerlo y estoy dispuesta a ayudar. Pero no por ello quiero renunciar a mis propias ideas.

—¿Y el análisis genético de Gibraltar X? ¿No quieres dedicarle también una parte de tu tiempo? ¡Tienes que priorizar, Gala!

—¿Y quién va a dictar mis prioridades? ¿Tú o la señora Vox?

Ariel suspiró, desalentado, volvió a sentarse en el sofá, le hizo una seña para que se acercara que se aproximaba a una súplica. Gala se sentó a su lado, a regañadientes, pero mantuvo la distancia.

—Créeme, no podemos financiar un proyecto a la escala que ellos proponen. Pero si insistes, podemos plantearnos algo más modesto. Una decena de mamuts podría ser razonable.

—Me gustaría, por lo menos, resucitar a Paquito y Azalea —murmuró Gala.

—No seré yo quien te lo impida —aseguró Ariel.

Anastasia podría haber traducido: «Dado que no consigo convencerte de lo contrario, es mejor seguirte la corriente».

—Quiero hacerlo en Vrangelya. Sokolov mencionó que podrían encontrar otras fuentes de financiación si Aurora no les apoyaba. Lo mínimo que puedo hacer es ayudar a montar la infraestructura y asegurarme de que aprenden la tecnología.

—Vrangelya está muy lejos de Aurora, Galatelle.

—También Gibraltar lo está, y eso nunca ha sido un problema para ti.

Ariel cerró los ojos unos instantes. Cuando volvió a abrirlos sonreía.

—Tienes razón —dijo, tomándola de ambas manos—. Trato hecho.

—Gracias, Ari.

Tiró de ella, atrayéndola hacia él, la abrazó. Gala lo abrazó a su vez, dando por terminada la discusión. No quería seguir enfrentándose a él, aunque le constaba que la aquiescencia de Ariel para clonar sus mamuts en Vrangelya era una limosna para endulzar que rechazaran el proyecto de Boris. Le constaba también, a la vista de la discusión de la noche, que Ariel jamás apoyaría su sueño de resucitar a Arce y a Hartz.

Pero, por otra parte, quizás no necesitaba la aquiescencia de los Arazi. Disponía de las secuencias genéticas de Hartz y Arce y acababa de romper el candado de su jaula dorada. En la remota isla de los Sokolov, lejos de Aurora, tendría todo lo que necesitaba para seguir trabajando discretamente en su proyecto hasta entender si verdaderamente era viable.

En ese caso, y sólo en ese caso, hablaría con Ariel. Si finalmente su sueño se revelaba imposible, tendría al menos la satisfacción de devolver los mamuts a Vrangelya.

23

Montescos y Capuletos

República Centroafricana, RCA, circa 2037

El grupo de comandos al mando de Boris partió de Moscú a los pocos días de su entrevista con el general Ivanchenko, fletando tres fortalezas volantes para transportar sus tropas y los drones. El general Abel Boganda les esperaba en el aeropuerto de Bangui. Era un hombre de unos cincuenta años, delgado, de gruesos labios, con una cicatriz en la mejilla derecha.

Llevaba unas gafas de pasta muy anticuadas, de gruesos cristales, y vestía uniforme caqui de faena, con las estrellas doradas que identificaban su rango bordadas en unos galones de color verde.

—Comandante Sokolov —saludó, llevándose la mano derecha a la sien—. Es un honor.

Sin perder un minuto, se dirigieron a sus cuarteles, en el centro de la ciudad, donde Boganda puso a Boris al tanto de la situación. A un gesto suyo, un cubo proyectó la holografía de un hombre de baja estatura, gruesas mejillas, enorme cogote, doble papada y prominente barriga.

—Los rebeldes están al mando del general Ambroise Goumba —le informó, señalando la holo—. El rango se lo ha asignado él mismo, jamás ha pasado por una academia militar. Se trata de un jefe tribal más inteligente y más desalmado que la mayoría de sus pares, que ha conseguido amasar mucho poder a base de recurrir al soborno y el asesinato. Su crimen más celebrado es la masacre de la escuela de Bimbo y el asesinato de Zanette Arcángel. Mis hombres están conteniendo a sus tropas con éxito hasta el momento. Aunque son muy numerosos, les falta disciplina y experiencia. Ayer mismo conseguimos aniquilar una de sus avanzadillas.

—¿Ha interrogado a los prisioneros? —preguntó Boris—. ¿Alguna información de interés?

Boganda lo miró con ojos impávidos desde detrás de sus enormes gafas.

—No hubo prisioneros, comandante —dijo, en un tono que zanjaba la discusión.

El cubo proyectó la holo de un segundo hombre, vestido con un uniforme de camuflaje, sin distintivos. Llevaba la cabeza descubierta y llamaba la atención su espesa mata de pelo entrecano. Los rasgos eran caucásicos, muy regulares; los ojos, en cambio, tenían algo extraño. Cada uno era de un color diferente, verdoso el izquierdo, azulado el derecho. Debía de rondar la cuarentena.

—Creemos que el jefe de los mercenarios que apoyan a Goumba es Dimitri Volkov, uno de los legendarios comandantes del Grupo Wagner, que ahora militaría en Argo. No sabemos exactamente con cuántos efectivos cuenta, quizás un centenar, pero se trata de soldados muy experimentados y bien equipados. Nos están infligiendo muchas bajas y tenemos muchas dificultades para contenerlos. De ahí que necesitemos su apoyo inmediato.

Acordaron rápidamente el plan. Boris asignó a Alexey la mitad de sus efectivos, mientras él se reservaba la otra mitad.

—Mi segundo, el capitán Alexey Kuznetsov, reforzará el contingente que se enfrenta a los rebeldes —dijo—. Yo dirigiré el ataque desde la retaguardia.

—Las carreteras de la RDC están en buen estado —aseguró Boganda—. Tenemos preparados ya los camiones.

—Partiremos en cuanto mis hombres coman y descansen un poco —afirmó Boris.

—El comedor del cuartel está listo para serviles una buena comida y hemos dispuesto literas para que descansen. Por otra parte, al presidente le gustaría invitarle a cenar en su residencia.

—Es un honor —contestó Boris, algo azorado—. Pero lo cierto es que debería descansar un poco antes de iniciar las operaciones.

—Será un breve refrigerio —aseguró Boganda—. El presidente quiere conocerle y agradecerle su ayuda en persona. Le prometo que no nos demoraremos.

Boris aceptó a regañadientes y se encaminaron a la residencia de Arcángel, en un jeep que conducía el general, flanqueado por otros dos vehículos, en cada uno de los cuales se apretujaba media docena de soldados armados hasta los dientes. Antes de partir, Boris envió un ping a Alexey y no tardó en comprobar que su pad registraba la presencia de un águila sobrevolando el convoy. También Boganda se apercibió de su presencia.

—Con unas cuantas de esas rapaces, nuestros enemigos no tienen ninguna posibilidad —sonrió satisfecho.

La residencia del presidente estaba situada en las afueras de la capital, rodeada de un extenso jardín, que a su vez disimulaba la alambrada, coronada por alambre de espino que protegía la propiedad. Arcángel en persona los esperaba frente a la residencia principal. Abrazó calurosamente a Boganda, antes de tenderle la mano a Boris.

—Gracias por venir, comandante Sokolov —dijo, en un ruso excelente, aunque con fuerte acento. A Boris no se le pasó por alto la intensidad de su apretón, ni el tamaño de su mano, tan grande como la suya. También él pareció medirle y tuvo la sensación de que sus ojos chispeaban complacidos.

Le siguieron, atravesando la vivienda, sobriamente decorada, hasta llegar al porche, protegido por mosquiteras e iluminado por candelabros, donde les esperaban dos mujeres. Arcángel las presentó, con sus modales sencillos y afables.

—Mi esposa Yolande y mi nieta Eve —dijo.

Los ojos de Boris registraron brevemente la presencia de Yolande, una matrona vestida con un *dashiki* multicolor, cuya sonrisa parecía repetir la tristeza que Boris había notado en el rostro del presidente. La saludó, llevándose la mano al pecho e inclinando la cabeza, antes de girarse hacia su nieta.

Decir que Eve Arcángel era una mujer bellísima sería como afirmar que el océano es inmenso, anotó Boris en su diario, un lugar común incapaz de expresar lo que sentía en ese momento. Podría describir sus ojos rasgados, oscuros y enormes, la gloriosa cabellera que caía en delicados bucles sobre sus hombros, la piel de color obsidiana, los labios que le sonreían curiosos y provocativos, conscientes de su propia perfección. Pero nada de eso sería suficiente. Se sintió como un caminante perdido en el desierto, deshidratado por la sed, la boca llena de arena, los párpados inflamados, la piel en carne viva. Por absurdo que pueda parecer, escribía, con una caligrafía que parecía retorcerse reflejando su angustia, todo ese dolor era real, las piernas le sostenían a duras penas mientras tomaba la mano de Eve, como si fuera de porcelana y hacía ademán de besársela.

El presidente le ofreció una copa de champán, su mano le apretó el brazo, recitó algunas fórmulas de cumplido, dándole tiempo a recuperar el resuello y centrarse de nuevo, como el árbitro de un combate que cuenta lentamente de uno a diez, mientras el boxeador tumbado en la lona trata desesperadamente de ponerse en pie.

Boris respiró hondo y bebió de su copa con más ansia de lo que seguramente recomendaba el protocolo. Balbuceó algunas frases de compromiso, mientras acababa de recomponerse. Se sentaron a la mesa. El champán había conseguido devolverle los sentidos y se esforzó en mantenerse sereno, procurando que la presencia de Eve no le obnubilara.

—Le agradezco que haya aceptado mi invitación —dijo Arcángel—. Quería conocerle en persona y expresarle nuestro agradecimiento por su ayuda.

—No puedo demorarme mucho, señor presidente —contestó Boris—. Debería descansar unas horas antes de ponernos en marcha.

—Será una cena sencilla —aseguró su anfitrión—. Y después le ruego que acepte nuestra hospitalidad. Me he tomado la libertad de pedir que le preparen uno de nuestros cuartos de invitados.

—Sería mejor si... —titubeó Boris.

—Necesita descansar, comandante —terció Boganda—. Y aquí estará mejor que en cualquier otro sitio.

La cena, como había prometido el presidente, era sencilla y sabrosa. Consistía en pequeños platos, que les iban trayendo dos sirvientes, vestidos con un discreto uniforme blanco. Cada nuevo manjar era descrito con detalle por sus anfitriones, que no disimulaban lo orgullosos que se sentían de las bondades culinarias del país.

—*Muamba de Galinha* —declamaba Yolande, señalando el plato de pollo con aceite de palma—. Uno de nuestros platos más tradicionales. Y este otro es mi favorito, camarones con ñame.

La conversación giraba obsesivamente en torno a los proyectos del presidente para desarrollar su país, sin que aparentara importarle gran cosa el hecho de que tenía un ejército de rebeldes a las puertas de su ciudad.

—En los últimos cinco años, el producto interior bruto del país se ha duplicado —insistía—. Si sostenemos ese crecimiento, en otras dos décadas podremos convertirnos en una de las economías más boyantes de África.

Los datos de los que Boris disponía no desmentían esas afirmaciones. El país había experimentado un crecimiento inusitado desde que Arcángel había asumido la presidencia, fomentando el desarrollo de infraestructuras que incluían nuevas carreteras y las pequeñas centrales nucleares diseñadas por ACE para África.

—También queremos mejorar la educación en el país —terció Yolande—. Estamos muy orgullosos de nuestra nieta Eve, que ha decidido continuar el trabajo de su madre.

—El nivel de escolarización en la capital y sus alrededores es bueno —explicó Eve—. Pero en otras zonas del país estamos peor que hace veinte años. Buena parte de los logros de mi madre se han perdido por culpa de la violencia sectaria. Es un círculo vicioso. La educación precisa de un país en paz y para conseguir la paz es necesario educar el país.

—Habrá paz, *ma petite* —terció Arcángel—. ¿No le parece, comandante?

—Haré todo lo que esté en mi mano por ayudar —contestó él, contagiado de la convicción de mis anfitriones.

—Te estamos muy agradecidos, Boris —dijo Eve, usando su nombre de pila y tuteándole, mientras su mano de largas uñas apretaba brevemente el antebrazo del soldado.

Tras el café, Arcángel propuso dar un breve paseo por los jardines.

—Siempre que no les tenga miedo a los leones —bromeó.

—Un hombre como el comandante no teme a nada —comentó Eve, con una sonrisa luminosa que golpeó a Boris como un obús.

—Hemos plantado cientos de especies de plantas locales y más de un centenar de especies exóticas —dijo el presidente, extendiendo el brazo en un gesto que parecía querer abarcar todo el jardín por el que paseaban—. Esta, por ejemplo, es una *Euphorbia letestuana*, endémica del país. Al lado tiene a su pariente, *Euphorbia bodenghieniae*, originaria del Congo. Y a su lado aloe africana, una de las muchas variantes de esa especie que cultivamos. Son plantas maravillosas, dan flores con todas las variedades de colores, amarillo, naranja, violeta o rojo, y sus propiedades medicinales son bien conocidas.

—Veo que es todo un experto —dijo Boris, sinceramente impresionado.

—Es una pasión que comparto con Yolande —contestó el general, inclinando cariñosamente la cabeza hacia su mujer.

—Este jardín es el refugio de Gabriel —dijo ella—. Nunca toma una decisión importante sin venir aquí a meditar un rato.

—Déjeme mostrarle mi escondrijo —dijo el presidente, haciéndole señas a Boris para que le siguiera, a lo largo de veredas rebosantes de verdura y macizos de flores hasta llegar a una cabaña, construida junto al estanque.

—Adelante —invitó, abriéndole la puerta.

El interior de la cabaña era sencillo y cálido. El suelo estaba cubierto por esteras de lino, sobre las que se disponían cuatro hamacas de mimbre y un par de mesitas bajas de caoba sobre las que brillaban pequeñas lámparas de gas que emitían una luz tenue. Había también un mueble bar con un generoso surtido de licores y un sofá situado junto a una de las paredes, cubierta por estanterías en las que se disponía una extensa colección de libros de papel. Boris se fijó en los títulos escritos en los lomos de algunos de ellos. La mayoría estaban en ruso.

—Acogedor, ¿verdad? —preguntó Eve.

—Mucho.

—Mi abuelo guarda aquí los libros que trajo de Rusia. Matemáticas e historia en su mayoría.

Boris tomó uno de los libros al azar.

—*La matemática, contenido y significado* —leyó.

—De Alexander Kolmogorov —terció Arcángel—. Una de mis biblias personales. También lo era de mi hija Zanette. A los quince años ya había demostrado la mayor parte de los centenares de teoremas de ese volumen.

—Mi madre habría podido ser una gran matemática —dijo Eve—. Pero su vocación por la enseñanza era aún más fuerte.

El paseo concluyó en el mismo porche donde habían cenado. El presidente insistió una vez más para que Boris se quedara a dormir en la propiedad.

—Se ha hecho tarde y no es seguro conducir de noche —aseguró.

—Se lo agradezco, pero... —titubeó Boris.

Eve se acercó a él, su uñas rozaron su mano.

—Quédate, Boris —murmuró.

Una descarga eléctrica se propagó por la piel del soldado, erizándole el cabello y quitándole el resuello. Acertó a balbucear una frase de asentimiento.

—¡No se hable más! —exclamó el presidente—. Yolande le llevará a sus habitaciones.

—Yo me ocupo, abuelo —terció Eve, con toda naturalidad—. Hay algo que quiero pedirle al comandante.

Eve le alargó a Boris la boquilla de la pipa de agua, cargada de tabaco aromático. Estaban sentados en hamacas contiguas, solos, en el porche donde habían cenado. La situación era inverosímil y a la vez natural, como si ambos hubieran sabido, desde el mismo momento de conocerse, que era inevitable verse a solas.

—Me quedaré leyendo un rato —dijo Eve, mientras le abría a Boris la puerta de la habitación de invitados, una hora antes.

Antes de que pudiera responderle, la puerta se había cerrado y Boris tuvo la certeza de que esa noche no dormiría.

Sin embargo, le costó decidirse a salir del cuarto y desandar sus pasos hasta el porche. Eve estaba sentada en una hamaca, con un libro en la mano, fumando con parsimonia una pipa de agua. A su lado había una hamaca vacía. No levantó la cabeza del texto, un precioso volumen de papel, encuadernado en tapas azules, con el título en letras doradas: *Tragedias de Shakespeare*.

—«Estos violentos gozos tienen violentos finales —leyó—. Y en su éxtasis mueren, como fuego y pólvora que, al unirse, estallan». —Boris se sentó en la hamaca. Cuando Eve le pasó la boquilla, dio una honda calada y dejó escapar el humo lentamente—. Romeo y Julieta —suspiró ella—. Este párrafo siempre me recuerda a mis padres. —Boris le alargó de vuelta la serpentina. Costaba asimilar la belleza de sus rasgos, impasibles excepto por el refulgir de sus ojos—. También ellos estaban atrapados entre Montescos y Capuletos —murmuró Eve—. Y también ellos pagaron el precio por amarse.

»No dudo que sabes que mi madre fue asesinada por una banda armada, en la escuela de Bimbo. También sabrás que el responsable de ese crimen fue Ambroise Goumba, el jefe de los rebeldes. Lo que quizás no sepas es que mi padre, André Ngoulou, fue, a su vez, asesinado por los mercenarios que apoyaban al Gobierno.

»Mi madre, como toda mi familia, pertenecía a la etnia gbaya. Mi padre era de etnia fulani. Los gbaya son tribus de agricultores, fervientes cristianos y se precian de haber resistido la dominación francesa, por lo que, según su propia cuenta, merecen gobernar el país. Los fulani son nómadas, musulmanes y una escasa minoría en la RCA. En épocas de paz, ambas etnias se han ignorado, mezclándose en muy rara ocasión. En tiempo de conflicto, han militado en bandos distintos, separados por sus diferencias religiosas y el odio tribal.

»Mi madre conoció a mi padre en la universidad. En Bangui, lejos de las aldeas donde se alimenta el odio al otro, en aulas donde se hablaba de ciencia y literatura, rodeados por el oasis de la vida académica, mis padres creyeron en el espejismo que les mostraba una vida compartida. Acabaron sus estudios, se casaron en secreto, y cuando Zanette puso en marcha su proyecto de escolarización, André se convirtió en su mano derecha, sin que nadie sospechara o quisiera sospechar de ellos, hasta que el embarazo de mi madre les delató.

»El tío de André no era otro que Ambroise Goumba. Durante muchos años, Goumba fue un señor de la guerra entre muchos, incómodo, pero no demasiado relevante para el Gobierno. Pero a la vez que la relación de mis padres se hacía pública, Goumba pasó de ser un insurgente más a convertirse en el enemigo número uno del régimen. Mi padre no tardó en ser acusado de espía y tuvo el tiempo justo de escapar de Bangui antes de que lo detuvieran, y eso sólo gracias a que mi abuelo lo puso sobre aviso, ya que temía por su vida en caso de que lo apresaran. Por desgracia, no llegó muy lejos. El camión en el que viajaba fue atacado por un grupo de mercenarios y mi padre fue ejecutado de un tiro en la nuca. El comunicado oficial aseguró que el asesinato fue un accidente, pero todo el mundo sabía que los sicarios que acabaron con su vida trabajaban para el Gobierno.

»Mi abuelo no fue responsable de la muerte de mi padre, al contrario, intentó ayudarle. Pero en mi país, la sed de sangre y el ansia de venganza ciega a los hombres. La muerte de mi madre no fue otra cosa que eso, una vil venganza de Goumba y los suyos, tan vil como absurda.

Eve dejó caer la boquilla de la pipa, que todavía tenía en la mano, y se giró hacia Boris. Su rostro perfecto estaba tan sereno como el de una estatua de azabache.

—¿Crees en el amor a primera vista, Boris? ¿Crees que una mujer puede sentir que está hecha para un hombre con sólo mirarlo? Mi madre sí lo creía, así lo dejó escrito en su diario. Lo he leído tantas veces que me lo sé de memoria. Como me sé de memoria las frases de Romeo y Julieta que anotaba en sus escritos.

Eve se inclinó hacia Boris, sus manos apretaron las suyas con fuerza.

—«¡Muy pronto le he visto y tarde le conozco! —declamó—. Fatal nacimiento de amor si tengo que amar a mi peor enemigo».

Boris sintió que sus manos ardían. Contuvo la respiración, incapaz de moverse, por miedo a romper el hechizo.

—Mi madre escribió esa frase en su cuaderno el mismo día que conoció a mi padre. También anotó esta otra: «¡Ah, Romeo, Romeo! Niega a tu padre y rechaza su nombre, o júrame tu amor y ya nunca seré una Capuleto». Sabía perfectamente que, si cedía a sus sentimientos, le aguardaba la tragedia. Y, sin embargo, no se arredró por ello.

—Lo siento mucho, Eve —murmuró Boris.

—¿Lo sientes? ¡Yo no! Mis padres vivieron un gran amor, un amor que no está al alcance de casi nadie. Yo daría cualquier cosa por vivir lo mismo. ¿Y tú?

Sus manos apretaban furiosamente las del soldado, como un náufrago se aferra al cabo que le tiende un bote salvavidas para no ser engullido por el mar.

—¿Querrías vivir un amor así, Boris?

El rostro de Eve se acercó al de Boris. Él pensó que le había engullido un *hillingar*, un espejismo de la tundra, en el que el bosque distante se transforma para el viajero en la ilusión de un Valhalla.

—Nada me gustaría más —se oyó decir.

—¿Incluso si también te vieras atrapado entre Montescos y Capuletos? ¿Incluso si ese amor amenazara destruirte? —preguntó Eve, mientras su mano acariciaba la cara de Boris, palpándole el rostro con sus largos dedos, como si aquellos ojos azabache que aprisionaban los suyos se hubieran quedado ciegos de repente.

—Incluso así —dijo Boris.

—«Locura sensata, hiel que ahoga, dulzura que conserva» —recitó Eve, antes de besarle.

24

Dedushka

Vrangelya, junio de 2054

Gala entró en la amplia sala de la dacha que hacía las veces de comedor, cocina y cuartel general y se dejó caer en el sofá, exhausta. Eran las siete de la tarde, llevaba en pie desde las cinco de la mañana y había caminado los casi tres kilómetros que le separaban de la fábrica a la carrera. Necesitaba urgentemente un tentempié y descansar un rato.

Puso agua a calentar en el samovar y se sirvió una ración de *Ptichie molokó*, o leche de pájaro, una tarta hecha de crema y chocolate. Después de la segunda taza de té se encontró lo bastante despejada como para desplegar su pantalla virtual y llamar a Boris.

—¿Es bonita Vladivostok? —preguntó al espectro de Boris, flotando ingrávido frente a ella. A veces Gala tenía la sensación de que las holografías no eran reconstrucciones virtuales de las imágenes de la gente, sino de sus espíritus y, como tales, incapaces de ocultar sus verdaderos sentimientos.

—Te lo diré cuando pueda visitarla —dijo Boris—. Por el momento no he salido de las instalaciones de NeoLife, que están bastante apartadas de la ciudad.

—Así que te estás divirtiendo tanto como yo —suspiró Gala.

En los meses que Gala llevaba en Vrangelya, poniendo a punto el duplicado de su laboratorio en Aurora, apenas había coincidido con Boris, que no cesaba de viajar, buscando inversores, por un lado, y supervisando las grandes instalaciones que NeoLife estaba construyendo en Vladivostok, por el otro. En cuanto a Ariel, prometía visitarla cada semana y cada semana posponía su visita, alegando que tenía demasiado trabajo en Gibraltar. Gala no le insistía. Prefería no tener que darle explicaciones, lo que le evitaba ocultarle la parte de su actividad relacionada con clonar a Arce y Hartz. Tampoco necesitaba su compañía. Desde la muerte de sus bebés, algo se había roto entre ellos.

«No —se dijo—, dislocado quizás, pero no roto». Sólo necesitaba tiempo para digerir la situación. Sabía muy bien que su resentimiento no estaba justificado, Ariel no había actuado de mala fe proponiéndole llevar sus mamuts a París, como tampoco lo había hecho cuando se negó a financiar el proyecto de Boris. No podía culparle de la muerte de Paquito y Azalea ni echarle en cara que no compartiera sus puntos de vista, o los de los Sokolov. Como tampoco podía echarle en cara sus convicciones en lo que se refería a clonar neandertales.

Pero por mucho que se repitiera a sí misma todos esos argumentos, la intrusa le susurraba que a Ariel nunca le importaron demasiado Paquito y Azalea, que estaba demasiado convencido de sus ideas y demasiado seguro de sus prioridades como para pararse a pensar en las suyas, que tras todo su cariño y devoción se ocultaba la arrogancia del príncipe vip convencido de que Cenicienta debería comportase como se esperaba de ella.

—Al menos las cosas por aquí se mueven bastante rápido —dijo Boris—. La planta donde se van a instalar los úteros artificiales ya está lista, con capacidad de cien unidades. Los laboratorios de producción también avanzan. Y ayer me confirmaron que Intelligent Biological Machines se va a hacer cargo de fabricar los animes.

—¡IBM es un peso pesado de la bioingeniería! —exclamó Gala.

Y no sólo eso. Los accionistas más importantes de IBM eran la familia de Brian, lo que implicaba que habían mordido el anzuelo que Jacques les había tendido unos meses atrás. No dejaba de ser irónico que el bueno de Brian hubiera acabado siendo uno de los socios más relevantes del proyecto de su aborrecido Sokolov.

—¿Cómo va tu laboratorio? —preguntó Boris.

—Llevo tres meses sin ver la luz del sol, pero está todo a punto.

—¿Cuándo empiezas la clonación de Paquito y Azalea?

—Puedo esperar a que vuelvas para iniciar el proceso entonces.

—¿Por alguna razón especial? No me necesitas para nada.

—Te lo diré cuando llegues —dijo Gala.

El espectro de Boris la escudriñó con sus ojos fantasmalmente azules durante unos instantes. Luego se encogió de hombros.

—Como quieras —dijo, con la calma que le caracterizaba.

—Boris... —arrancó Gala, con un impulso.

Quería decirle que había leído su diario. Quería decirle que sabía quién era la persona que se ocultaba tras el físico descomunal y los modales controlados. Quería decirle que envidiaba a Eve Arcángel y la admiraba y la odiaba también. La misma Eve Arcángel que la había contemplado, triste y altiva, desde la holo del CDS de Bangui, cuatro años o un milenio atrás; habían pasado tantas cosas desde entonces. Quería decirle... ¿Qué quería decirle? Llevaba meses sola, sintiéndose cada vez más distante de Ariel y cada vez más cercana al hombre que le había confiado su diario. ¿Por qué lo había hecho? Boris era un misterio inescrutable para ella.

—Dime, Gala.

—Te echo de menos —dijo, o acaso fue la holo, apoderándose de su espíritu, quien dijo exactamente lo que sentía.

Y ahora, por fin, Boris estaba de vuelta en Vrangelya. Habían celebrado su regreso con otra de las cenas multitudinarias a las que tan aficionada era la pandilla de excéntricos y chiflados que habitaban la isla. Gala había empinado el codo más de la cuenta, en un momento estaba brindando con Dimitri y Katia por la amistad y el éxito de su futuro parque pleistoceno y, en el siguiente, la luz de la mañana la despertaba en su habitación, donde alguien la había transportado, desvestido y metido en la cama mientras ella suplantaba en sus sueños a Eve Arcángel. Tenía un agudo dolor de cabeza y la boca seca; cuando se levantó, apenas se tenía en pie del mareo. Salió de su habitación, avergonzada como una colegiala que ha bebido de más en su fiesta de cumpleaños. Boris estaba trajinando en la cocina. Le hizo una seña para que se sentara y le puso delante una enorme taza de café y un plato de *tulski priani*, las galletas de pan de miel con las que podía alimentarse semanas enteras.

—¿Qué tal la resaca? —preguntó con una ligera sombra de socarronería en su sobria sonrisa.

—Colosal —replicó ella.

—¡Dedushka! —llamó Boris—. El almuerzo está listo.

Sergei salió de su cuarto casi a la carrera, devoró la ensalada de patatas con arenques que su nieto había preparado con el apetito de un adolescente y a continuación se levantó de un salto, echó mano de su abrigo y de su rifle y se encaminó hacia la puerta.

—Parece que un oso le ha dado un susto a uno de los técnicos de mantenimiento. Voy a echar un vistazo.

Gala llevaba días esperando el momento en que se quedara a solas con Boris y ahora que había llegado, no se decidía a hablar. Él pareció leerle el pensamiento.

—Hay algo que te preocupa —dijo.

—Te va a parecer una locura —murmuró Gala.

—Gala, estamos empeñados en llenar Vrangelya con especies paleolíticas. ¿Qué puede haber más loco que eso?

—Resucitar a una especie humana —dijo Gala—. Quiero usar los dos úteros de los que disponemos para clonar a Hartz y Arce. Tengo la secuencia completa de él y una secuencia viable de ella.

—¿Qué quiere decir «una secuencia viable»?

—Hay algunos tramos del genoma de Arce que contienen interpolaciones, realizadas con ayuda del ordenador cuántico de Aurora.

—¿Y estás segura de que entiendes el efecto de esas interpolaciones?

—Todo lo segura que puedo estar a partir del mapa genético. En realidad, lo mismo ocurre con Hartz. Hay pequeñas lagunas que Esperanza ha rellenado en su genoma. La única manera de saber cómo son es clonarlos.

—¿Qué opinan los Arazi de esto?

Gala fijó la mirada en su taza de café.

—No lo saben —dijo.

—¿Y cuándo piensas decírselo?

—Esa es la cuestión. ¿Debo decírselo? Quizás podría convencer a Lior, pero estoy segura de que Ariel se opondrá a la idea.

Boris se reclinó en la silla, sacó del bolsillo una de sus figuritas a medio esculpir y su navaja, se concentró durante unos minutos en arrancar pacientemente virutas a la madera, haciéndola girar con soltura entre sus enormes dedos.

—¿Vas a decirme qué opinas? —se impacientó Gala.

—Lo sabes muy bien —dijo él, sin levantar la vista del taco de madera—. Ariel ha sido siempre honesto contigo y sin su apoyo no habrías podido desarrollar tus técnicas. Es más, sin su descubrimiento no dispondrías del genoma de tus neandertales. No es sólo tu benefactor, es también tu pareja. Se merece que compartas con él tus planes.

—¿Cuál sería el objetivo de esa conversación? —Gala se dio cuenta de que estaba levantando la voz más de lo necesario, pero estaba demasiado alterada para controlarse—. Sé exactamente lo que va a ocurrir. Ariel no va a aceptar que yo tenga derecho a tomar esa decisión.

—¿Y tú? ¿Estás segura de tenerlo?

—Estoy segura de que quiero hacerlo. Estoy segura de que asumiré las consecuencias. Estoy segura de que me dedicaré a Hartz y Arce en cuerpo y alma. ¿Te parece suficiente?

Los ojos turquesa de Boris se alzaron de la figurita y buscaron los suyos, serenos e imperturbables.

—A mí, sí. Quizás a Ariel también.

—No lo creo, Boris. Está demasiado seguro de la rectitud de sus principios morales.

—Aunque así sea, ¿piensas que confía en ti?

La respuesta era obvia, y aun así, Gala necesitó un esfuerzo sobrehumano para contestar.

—Sí, creo que así es.

—¿Y consideras que está justificado defraudarle?

—Yo... —titubeó Gala—. No se trata de...

—No le traiciones, Gala. Te arruinaría para siempre.

El zumbido urgente del pad de Boris rompió el hechizo, devolviéndolos bruscamente a la realidad.

—*Da?* —dijo él, acercando la muñeca a su oído.

Boris no usaba un asistente virtual y su pad todavía funcionaba como los antediluvianos teléfonos celulares que recordaba vagamente de su niñez. Gala escuchó el murmullo de una voz hablando en ruso, demasiado apagada para entender una sola palabra de lo que decía, pero no tanto como para no detectar el tono urgente en ella. Boris saltó de la silla y se precipitó hacia la puerta.

—¿Qué ocurre?

—Un oso —jadeó él—. Un oso ha atacado a Dedushka.

Gala se puso la chaqueta a toda prisa y salió corriendo detrás de él. Atravesaron a la carrera el sendero que llevaba desde la casa de Sergei hasta las instalaciones científicas que ella había bautizado como la fábrica. Boris no tardó en dejarla atrás.

Un par de kilómetros más adelante, a la altura de la planta de reciclaje, divisó un grupo de personas, entre ellas tres guardas de la reserva, con sus chaquetas de color naranja y sus fusiles en bandolera. Junto a ellas había un todoterreno, con una cruz roja que lo identificaba como vehículo médico. Cuando se acercó más, distinguió a Boris, arrodillado junto a un hombre tendido en el suelo, cubierto por una manta térmica y conectado a un kit de emergencia. Al lado de Boris estaba Igor, el jefe del equipo médico a cargo del pequeño pero bien equipado hospital de Vrangelya. Gala se aproximó, jadeando. Observó que el kit incluía un monitor cardíaco, una máscara de oxígeno y un gotero. Registró, casi como un dato anecdótico, que el herido era Sergei. De hecho, a medida que se acercaba, sus emociones se iban adormeciendo. No se sorprendió, le había ocurrido exactamente lo mismo el día que encontró a su padre semiinconsciente en el suelo, después de sufrir el ictus. Sabía, sin saberlo, cómo iba a acabar aquello y en esas ocasiones, la doctora Hielo tomaba siempre el control.

—¿Cómo está? —preguntó.

—Inconsciente —dijo Boris—. Ha perdido mucha sangre.

Gala se arrodilló junto a él. Sergei estaba tumbado de lado, su brazo y hombro izquierdos cubiertos por un vendaje ensangrentado.

—Le hemos puesto morfina —dijo Igor—. No está sufriendo.

—¿Qué ha ocurrido?

—Un oso joven, merodeando cerca de la planta de reciclaje, probablemente en busca de comida. Debía de estar muy hambriento, enfiló hacia los contenedores, ignorando los gritos de los operarios e incluso hizo amago de atacarles, aunque detuvo la carga cuando se retiraron y se dedicó a saquear las bolsas de basura. El protocolo en estos casos es sedar al animal con dardos y transportarlo a otra zona de la isla o sacrificarlo si es reincidente, los guardas deberían haberse ocupado sin involucrar a mi abuelo, pero Sergei siempre ha insistido en tratar con especial cuidado a los cachorros, así que decidieron llamarle.

—No lo entiendo —murmuró Gala—. ¿Cómo ha podido sorprenderle así con toda su experiencia?

—Eso es lo peor de todo —dijo Boris—. Nadie se habría acercado a un oso hambriento y claramente furioso. Pero Sergei ha vivido la misma situación muchas veces y siempre había bastado con meter ruido para espantar al animal. Hizo lo que ha hecho decenas de veces, siempre con éxito. Pero esta vez salió mal. El oso le atacó de improviso, ha estado a punto de arrancarle el brazo derecho de un zarpazo.

—¿Habéis localizado al animal?

—No, se ha escapado. Ya me preocuparé de él más tarde.

—¿Y Sergei? ¿No es mejor trasladarlo al hospital?

—Necesitamos estabilizarlo antes —dijo Igor—. Vamos a hacerle una transfusión.

Sólo entonces reparó Gala en que Boris tenía una vía en el antebrazo, conectada a una bolsa que ya debería de contener cerca de medio litro de sangre.

Sergei tenía los ojos cerrados, parecía sorprendido y un poco molesto, sin duda estaba enfadado con el oso por sus malos modales. Gala le cogió la mano y apretó suavemente.

—Abuelo, te vas a poner bien —exclamó.

Los ojos de Dedushka volvieron a cerrarse, pero la sonrisa no se borró de su rostro. Gala necesitó unos instantes para asimilar que el pitido que salía del monitor indicaba que el indomable corazón de Sergei Sokolov acababa de detenerse.

25

Argo

República Centroafricana, RCA, circa 2037

La primera vez que se oyen silbar las balas cerca, o un tiro de mortero no te alcanza de milagro —escribía Boris en su diario—, uno puede oler su propio miedo. A menudo se puede oler también el del que está cerca. Mientras avanzaban lentamente por la jungla, siguiendo a duras penas el rápido paso de sus lobos robóticos, tenía al teniente Mihail Petrov a su lado, copiando cada uno de sus movimientos. El pánico se leía en su rostro contraído en una tensa mueca, los labios apretados, las mandíbulas marcándose bajo las mejillas. Se leía también en su posición encorvada y en su respiración jadeante. Pero, sobre todo, Mihail desprendía un hedor agrio, tan intenso que Boris tuvo la sensación de que las tropas enemigas que tenían delante lo olfatearían de un momento a otro, delatando su presencia.

—Respira despacio, teniente —le susurró.

Cuando el otro le miró, pudo constatar que el pánico también se manifestaba en sus pupilas dilatadas. Le tendió la cantimplora de agua, consciente de que su boca estaría reseca por la adrenalina. Mihail dio un trago y se la devolvió con gesto agradecido.

—No te alejes de mí y todo irá bien —dijo Boris—. Los lobos harán la mayor parte del trabajo.

Era cierto, los rebeldes no tenían ninguna posibilidad contra los lobos rusos, y eso le obligaba a tomar una decisión complicada. Si permitía que los robots atacaran sin restricciones, la carnicería entre sus oponentes era inevitable. Si los mantenía en retaguardia, arriesgaba las vidas de sus hombres.

Unos minutos más tarde oyeron los primeros gritos, junto con ráfagas dispersas de ametralladoras. El enemigo les había avistado. Casi al mismo tiempo, una señal se encendió en su pad. Era lobo alfa, solicitando permiso para el ataque.

—Duro con ellos —murmuró, a la vez que tecleaba la clave que validaba la orden. Casi de inmediato, las cuarenta unidades que les precedían pasaron al modo de combate. Boris imaginó el pánico que sentirían sus enemigos cuando vieran abalanzarse sobre ellos aquella manada de bestias robóticas y un estremecimiento recorrió su columna de arriba abajo.

El olfato le informó que el miedo de Mihail había remitido un poco. Le hizo una seña para que se tumbara a su lado y desplegó frente a ambos una pantalla virtual en la que se registraban los datos que proporcionaban los robots, previamente digeridos por el procesador de lobo alfa. La parte superior de la pantalla estaba dividida en varias ventanas, en las que pasaban, en tiempo real, las imágenes que captaban las cámaras de los lobos. Todas eran variantes del mismo motivo, hombres desesperados tratando de huir o disparando sin tino sus armas, un instante antes de que las ráfagas del monstruo metálico los derribaran. En la parte inferior de la pantalla, las escenas dantescas se traducían en un mapa que mostraban los núcleos enemigos, cada uno de ellos representado por una esfera cuyo brillo era proporcional al número de efectivos que contenía. En apenas unos minutos, la intensidad de todas ellas se había atenuado y algunas habían desaparecido. Sólo uno de los núcleos parecía resistir el ataque mejor que el resto.

—¿Qué opinas? —preguntó a Mihail.

—Si no paramos a los lobos, no van a dejar a nadie vivo —contestó el muchacho.

Buen soldado, pensó Boris. El terror no le había hecho perder la cabeza ni el corazón.

—Tienes el mando de treinta unidades —le dijo, transfiriendo a lobo alfa la clave que permitía a Mihail controlarlas—. Ordena a los lobos que no disparen si no es necesario, avanza con precaución y asegúrate de que deponen las armas antes de asomar la nariz. Yo me ocupo de los testarudos que no quieren rendirse.

—Parecen duros de pelar —dijo Mihail—. Ten cuidado, comandante.

—Tú también, pipiolo —contestó Boris, dándole una palmada en la espalda, orgulloso de que hubiera sido capaz de sobreponerse al pánico de la primera batalla hasta el punto de estar más preocupado por la seguridad de su superior que por la suya propia.

Boris avanzó rápidamente, flanqueado por diez lobos y veinte de sus mejores hombres. El núcleo de resistencia estaba en el extremo más alejado de la línea de combate. Cuando se acercaron pudo comprobar que habían conseguido formar una barricada cruzando varios jeeps acorazados y se defendían con ametralladoras de gran calibre y morteros. Tres o cuatro robots yacían en el suelo, alcanzados por sus proyectiles. El ataque inicial había sido demasiado directo, lobo alfa había pecado de arrogancia. Ni siquiera una iA, pensó, estaba libre de ese defecto.

Lo más sencillo era comunicar las coordenadas del enemigo a las águilas, que todavía no habían entrado en combate. Pero decidió que era mejor que no lo hicieran, reservándose el elemento sorpresa para batallas más difíciles y ahorrándose la carnicería que implicaría bombardearlos. La posición de los rebeldes podía tomarse atacando desde varios flancos a la vez, obligando a los defensores a repartir el fuego de las ametralladoras y permitiendo que sus hombres, protegidos por los robots, se acercaran lo suficiente para asegurar la puntería con los morteros personales.

Boris ordenó a los lobos que rodearan el improvisado búnker. Lanzó un primer ataque, dando instrucciones explícitas para que el fuego fuera difuso, evitando que los robots localizaran blancos concretos. Junto con las ráfagas, tres de sus hombres lanzaron tiros de mortero, apuntando a la estructura blindada. La acción duró menos de treinta segundos. No hacía falta más para que entendieran que no tenían escapatoria. A continuación, usó el megáfono de uno de los robots para anunciar una dirección IP y exigió al líder de la resistencia que se conectara para parlamentar.

Un minuto más tarde, un rostro apareció en su pad. Reconoció inmediatamente a Dimitri Volkov, el jefe de los efectivos de Argo que apoyaban a Goumba.

—Salud, camarada —dijo el mercenario, dedicándole una sonrisa socarrona.

—¿Me ofreces un cigarrillo? —preguntó Volkov—. Me he quedado sin tabaco.

Boris sacó de su mochila un paquete de rubios americanos, que siempre llevaba a mano. Desde sus primeras misiones en África, había tenido muchas ocasiones de comprobar que el tabaco, en ese continente, seguía siendo una buena manera de romper el hielo.

—Quédatelo —dijo, tendiéndoselo—. Regalo de las Spetsnaz.

Dimitri abrió la cajetilla con parsimonia, sacó un cigarrillo e hizo ademán de ofrecerle otro.

—No fumo, gracias.

—¡Estos jóvenes! —exclamó el mercenario, alzando las cejas y poniendo los ojos en blanco—. ¿Y supongo que tampoco bebes?

—Sólo vodka —dijo Boris, sonriendo a su vez. Sacó de su mochila un frasco metálico, probó un sorbo y se lo alargó. El vodka era todavía más efectivo que el tabaco para hacer amigos.

Volkov dio un largo trago, suspiró satisfecho, alzó la mirada hacia las copas de los árboles que les rodeaban, como si en lugar de estar prisionero, rodeado de hombres armados, estuviera disfrutando de un pícnic en el campo, en compañía de unos amigos.

—Ha sido un detalle por tu parte salvarnos el pellejo —dijo al fin—. Aunque no te habría sido tan fácil derrotarnos sin los robots.

—Cierto —concedió Boris.

—Ahora tienes el inconveniente de manejarte con unos prisioneros de guerra rusos. Nada agradable para las relaciones públicas de nuestro país.

—Mis prisioneros son mercenarios. Da igual su nacionalidad.

Volkov dio otro largo trago, chasqueó la lengua satisfecho.

—El caso es que no da igual, comandante. La Federación Rusa nunca se ha quitado el estigma de haber financiado durante décadas a la organización Wagner. Por mucho que todo el mundo pretenda lo contrario, las heridas de la «operación especial» siguen frescas y los crímenes que se cometieron entonces no han sido olvidados.

—Razón de más para dar un escarmiento —mascculló Boris.

—¿Cómo? ¿Fusilándonos?

—Llevándoos a juicio.

—¿Para servirle en bandeja a la prensa internacional la historia de que Rusia apoya a la vez a los dos bandos en conflicto en la RCA?

—Rusia no tiene nada que ver con vosotros —dijo Boris, aunque su voz carecía de convicción.

—¡Venga, camarada! —exclamó Volkov—. ¿Quién crees que hace el trabajo sucio con el que las Spetsnaz no quieren mancharse las manos? Nuestras operaciones benefician a mucha gente, incluyendo altos cargos gubernamentales y más generales de los que te imaginas.

—No todo el mundo está corrompido —murmuró Boris.

—No tiene nada que ver con la corrupción, comandante —respondió Volkov, con una sonrisa cordial—. Es todo cuestión de negocios.

El mercenario se pasó la mano por su espesa cabellera entrecana, como haciendo el gesto de peinarse, y le miró de frente con sus extraños ojos bicolores.

—De hecho, ya sólo los viejos aceptamos bolos como este. La paga no es mala, pero el riesgo es demasiado alto.

—Quizás deberías considerar la jubilación anticipada —dijo Boris.

—Sería una posibilidad.

—¿Lo harías si os dejo marchar a ti y a tus hombres?

—No puedo asegurártelo. Pero sí te garantizo que no nos volveréis a ver el pelo.

—Dame una razón para creerte.

—Te daré dos. La primera es que a los jefes de Argo no les gusta estar en el bando perdedor, y menos si eso supone enfrentarse a la madre patria. La segunda es que no quiero volver a vérmelas con tus perros metálicos.

Volkov apoyó la espalda en el tronco de ébano bajo el que se habían acomodado y encendió otro cigarrillo.

—Tómate tu tiempo para pensarlo —dijo—. Aquí se está bien.

Boris sopesó sus alternativas. Tenía la posibilidad de contactar con Ivanchenko y pedir instrucciones, pero intuía que con ello pondría al general en una situación incómoda, sobre todo si era cierto que Argo tenía influencia en el Gobierno. Entregar a los mercenarios a Boganda tampoco parecía una buena opción, recordaba la frialdad con que el general le había comunicado que no tenía por costumbre hacer prisioneros. La opción menos mala era fiarse de Volkov.

—De acuerdo —dijo—. Mándame una postal desde el Caribe, o donde sea que pienses jubilarte.

Los ojos del mercenario parecían repartirse el trabajo. El de color verde le miraba con ironía, casi con sorna. El azul, con cariño y agradecimiento.

—Eres un buen tipo, comandante —dijo, tendiéndole la mano—. Te deseo lo mejor.

—Y yo a ti —contestó Boris, estrechándosela.

—Te debo un favor —concluyó el mercenario—. Espero tener ocasión de pagártelo.

26

Rubicón

Hornstrandir-Aurora, octubre de 2054

Era el cuarto año que pasaban en Hornstrandir, celebrando su cumpleaños.

Gala había regresado de Vrangelya tan sólo una semana atrás, decidida, por fin, a confiarse a Ariel, diciéndose a sí misma que Boris tenía razón, no podía seguir ocultándole sus intenciones y no podía seguir alimentando un rencor injustificado hacia el hombre con quien compartía su vida.

O la había compartido, hasta el aciago viaje a París y el posterior exilio a Vrangelya. Ya no estaba muy segura de nada, ni siquiera de cuál era su hogar. Desde su vuelta, Aurora le parecía un lugar extraño; el grupo de jóvenes científicos que trabajaba con ella hasta hacía sólo unos meses habían sido asignados a otros proyectos. Carmen colaboraba ahora con Lior en el diseño de terapias genéticas para combatir un sinfín de enfermedades y su cuartel general en Torre Alberta se había llenado de gente que no conocía. Y, por otra parte, echaba de menos su isla, por inverosímil que le pareciera incluso a ella misma. ¿Quién, en sus cabales, podría añorar aquella tierra desolada, aquel pedazo de hielo cubierto de niebla, aquel desierto remoto? Pese a ello, extrañaba las interminables praderas solitarias, la dacha plantada como un desafiante centinela frente al mar congelado, la fea fábrica soviética donde sus *tovarishchi* trabajaban como posesos, empeñándose en construir una catedral imposible. Comparada con Aurora, Vrangelya no era más que un pedrusco poblado por una secta que acababa de perder a su mesías. Y aun así, anhelaba regresar cuanto antes.

Pero no quería regresar sola. No quería que sus atribulados sentimientos hacia Boris Sokolov la siguieran torturando, deseaba de todo corazón reconstruir su relación con Ariel y compartir con él sus sueños.

Habían pasado la noche haciendo el amor con una pasión que seguía viva. Eso era un buen augurio.

Pero era la primera vez que no aparecía la aurora boreal.

—Y bien —preguntó Ariel, tras apurar la copa de champán con la que acababan de brindar—. ¿Cuál es el importante asunto del que querías hablar conmigo?

Gala notó un escalofrío, como si el viento gélido que soplaba en el exterior se hubiera colado en su iglú de Kevlar. Había llegado la ocasión que tan cuidadosamente había planeado, el momento crucial para el que había repasado hasta el agotamiento todos y cada uno de sus argumentos, examinando una y otra vez el mensaje que necesitaba transmitirle a Ariel.

—Quiero pedirte un regalo de cumpleaños —susurró, inclinándose hacia él y tomando su mano.

—Tus deseos son órdenes para mí —respondió él, con una sonrisa confiada.

—Quiero clonar a Arce y a Hartz.

Había preparado un largo discurso que condujera suavemente a su propuesta. Pero como solía ocurrirle tan a menudo, sus actos se habían adelantado a sus pensamientos.

Ariel no contestó. La sonrisa que bailaba en sus labios hasta ese momento había desaparecido de su rostro.

—¿Y bien? —preguntó Gala—. ¿He blasfemado?

—¿Lo dices en serio?

—Completamente.

Ariel agitó levemente con la cabeza, como incrédulo. Su rostro mostraba una perplejidad que la hacía sentirse culpable.

—Hablamos del tema en Gibraltar... —jadeó Ariel.

—Hablaste sólo tú —respondió ella, y por segunda vez en apenas unos instantes, su lengua se movió más deprisa que sus ideas.

Ariel cerró los ojos, respiró hondo, Gala tuvo la sensación de que podía escuchar cómo se movían los siempre bien engrasados engranajes de sus mecanismos de control.

—Si es así, lo lamento —dijo—. Pero no me negarás que dejé claro lo que pienso al respecto.

—Ni tú me negarás que ni se te pasó por la cabeza preguntar mi opinión.

—Dímela ahora, entonces.

—Mis argumentos son idénticos a los de mi madre. No los formulé en esa conversación porque tú ridiculizaste sus puntos de vista. No quería enfrentarme contigo delante de Emiliano y preferí esperar.

—¿Y has necesitado esperar todo este tiempo?

—El debate no tenía sentido a no ser que la clonación fuera viable. Ahora sé que lo es.

—No hay nada que debatir, Gala. El argumento de la responsabilidad moral carece de sentido. Y mucho menos si tienes en cuenta que ni siquiera fuimos responsables de la extinción de los neandertales. Gibraltar X demuestra que las dos especies se fundieron en una sola.

—Gibraltar X demuestra que una especie, la nuestra, fagocitó a la otra. El fenotipo neandertal desapareció, su cultura se desvaneció y de su genoma no queda más que una traza en el nuestro.

—¿Por qué te empeñas siempre en ver el vaso medio vacío, Gala?

—Porque tú insistes en asegurar que está lleno del todo. Estoy harta de oír una historia edulcorada, que no explica las incógnitas más elementales. Disponemos del genoma completo de Hartz y Arce. ¿Por qué seguir especulando cómo fueron, por qué limitarnos a estudiar sus huesos si podemos traerlos de vuelta al mundo? ¿Por qué no recuperarlos? ¿Y si encontramos en Hartz habilidades que ni nos imaginamos? ¿Y si descubriéramos que Arce aúna lo mejor de ambas especies?

Ariel miró a su alrededor como buscando algo, respirando agitadamente.

—Repito lo mismo que dije en Gibraltar, Galatelle. Clonar seres humanos es inmoral.

—¿Porque así lo decreta Ariel Arazi?

—No soy el único. El consenso entre científicos, legisladores y filósofos no puede ser más amplio.

—Vuestros consensos me tienen sin cuidado. Hubo un tiempo en que el Sol y todos los astros celestes giraban en torno a la Tierra por consenso y se consideraba inmoral mirar a la luna con un telescopio. También hubo un tiempo en que científicos, legisladores y filósofos coincidían en asegurar que las mujeres no tenían alma.

—Si no quieres aceptar que es inmoral, acepta al menos que es ilegal —dijo Ariel.

—No conozco la existencia de una ley prohibiendo clonar neandertales —retrucó Gala.

—Tampoco hay una ley que lo permita y, en su ausencia, hay que remitirse a la norma que prohíbe clonar seres humanos. La legislación europea es tajante a ese respecto.

—Ariel, escúchame. Poner a punto el proceso me costaría sólo unos pocos meses. Dentro un año podríamos presentarlos al mundo. ¿Crees que alguien se atrevería a prohibir su existencia? ¿Crees que declararían a esos bebés inmorales o ilegales?

—Gala, yo... —titubeó Ariel.

—Comprendo que sientas reparos —dijo Gala, tomando su mano y apretando con fuerza—. Pero no eres tú quien tiene que hacerlo, soy yo quien asume toda la responsabilidad y lo hago sin ningún miedo, estoy segura de que traerlos al mundo no es más inmoral que traer a cualquier otro bebé. Juntos podemos ofrecerles la mejor educación imaginable, las mejores oportunidades... ¿Dónde está el pecado?

—¿No te das cuenta de cuál es tu problema? —estalló Ariel, soltando su mano bruscamente, como si temiera contagiarse de su locura—. Confundes una ficción de tu infancia con la realidad. ¡Los neandertales que se extinguieron hace cuarenta mil años no tenían nada que ver con los Eloi que imaginó tu madre! ¿Por qué no lo entiendes de una vez? ¿Quieres que se vuelva a repetir la historia de Gibraltar? ¿La historia del Paleolítico? ¡Los neandertales fueron una especie arcaica cuyo tiempo ya pasó! Intentar recuperarlos, incluso si ignoramos los problemas morales de manipular el genoma humano, sería un desastre.

—Veo que tu opinión coincide cada vez más con la del doctor Schaaffhausen —dijo Gala, con toda la frialdad de la que sólo era capaz la doctora Hielo—. El día menos pensado vas a devolverle a Genoveva los rasgos bestiales que se merece.

Luego salió de la tienda y echó a correr, acantilado abajo, en la dirección de la pradera donde habían pastado Paquito y Azalea.

Vrangelya, noviembre de 2054

Gala sorbió su té, mientras conectaba el pad y desplegaba sus pantallas virtuales. Una tormenta de nieve rugía fuera de su laboratorio, azotando con furia la fábrica. Todavía estaban en otoño, pero Vrangelya parecía estar de un humor tan pésimo como el suyo.

Había vuelto a la isla al día siguiente de su frustrada conversación con Ariel, ignorando sus desesperados intentos para retenerla en Aurora.

—Quédate, Galatelle, te lo ruego.

—Tengo trabajo en Vrangelya. Aunque me hayas prohibido clonar neandertales todavía estoy autorizada a traer de vuelta a Paquito y Azalea, ¿verdad?

—Claro que sí, pero seguro que pueden esperar unos días.

—Te recuerdo que Aurora no financia ese proyecto. Así que, por favor, no organices mi agenda.

—Sé que estás enfadada, y no te culpo. Entiendo muy bien tu punto de vista...

—¿De verdad lo entiendes, Ariel?

—¡Claro que sí! Y lamento no haberme dado cuenta antes de lo importante que este asunto era para ti.

—¿Qué hubieras hecho en ese caso? ¿Pagarme un psiquiatra para que me curara de mi locura?

—Sólo quiero lo mejor para ti.

—No lo dudo. Pero estoy harta de que decidas a todas horas qué es lo mejor para mí.

Apenas habían hablado desde que estaba en Vrangelya. Cuando lo hacían, Gala mantenía la conversación tan breve y escueta como le era posible. Seguía furiosa con él, pero también lo estaba consigo misma. Era incapaz de salir del *impasse* en el que se encontraba, incapaz de tomar una decisión, a pesar de lo cual seguía trabajando en refinar las secuencias genéticas de Arce y Hartz.

Anastasia interrumpió el hilo de sus cavilaciones para informarle que la jornada en Vrangelya era fría y la temperatura en el exterior había caído por debajo de los veinte bajo cero.

—La temperatura en el exterior me trae sin cuidado —masculló Gala.

Anastasia la obsequió con su imperturbable sonrisa. Ningún desplante conseguía malhumorarla. Era demasiado tonta para eso.

—¿Puedo serte útil en algo más?

—Necesito revisar el código genético de Arce —dijo Gala—. Mis test de control revelan que hay más interpolaciones de las que esperaba.

—Correcto —dijo Anastasia, y su voz, por una vez, sonó algo envarada—. Aunque la mayor parte del genoma estaba en buen estado, algunos genes importantes estaban más dañados de lo que el análisis inicial revelaba. Sin embargo, puedo garantizar que la interpolación es viable.

—Me gustaría asegurarme una vez más.

Anastasia le dedicó una mirada pesarosa. Nunca antes había visto a su iA expresar una emoción negativa; de hecho, desconocía que fuera capaz de hacerlo. Muy sorprendente, pensó, y desde luego no un buen presagio.

—No es posible conectar con Esperanza —dijo—. Me temo que nos han denegado el acceso.

Era de esperar, pensó Gala, y aun así le dolió como una puñalada. Ariel no había dudado en cortarle el acceso al ordenador cuántico, con la clara intención de que no pudiera completar las secuencias genéticas de sus clones.

—Al infierno con Esperanza —dijo en voz alta.

Anastasia no se inmutó, probablemente no sabía cómo reaccionar a su mal humor. Gala salió del laboratorio, enfundada en su abrigo de piel de buey; desde la pelea con Ariel había sido incapaz de ponerse el forro de Kevlar. Enfiló a paso vivo por el sendero de la playa, hacia la dacha de Dedushka que ahora compartía con Boris. No había hablado mucho con él desde que había regresado de su desastroso viaje a Aurora. A menudo sólo se veían a la hora de la cena, Boris se pasaba el día ocupado con las mil tareas que el buen funcionamiento de las instalaciones requerían, ella enfrascada con sus cálculos o en el laboratorio, rodeada de sus técnicos. Pero no era sólo eso, Gala estaba de un humor de perros, atrapada en un laberinto de emociones contradictorias del que no sabía escapar, y Boris, como era su costumbre, le dejaba tomar la iniciativa. Si ella escogía encerrarse en su mutismo, el lacónico gigante se encontraba perfectamente a sus anchas en silencio.

Cada día, hacia las siete de la tarde, Boris la iba a buscar y caminaban juntos los tres kilómetros que llevaban a la dacha, por un sendero recién reforzado con alambre electrificado para mantener a los osos a distancia, a pesar de lo cual él siempre llevaba su fusil en bandolera. Al llegar, preparaban una cena sencilla, comentaban las incidencias del día si ella estaba de humor para hablar, compartían un té preparado en el viejo samovar de Sergei y se iba cada uno a su habitación.

Los dos sabían que Gala tenía que tomar una decisión y que tenía que hacerlo lo antes posible. A pesar de sus lágrimas de cocodrilo, Ariel había sido muy explícito en su última conversación, antes de marcharse de Aurora.

—No puedes hacerlo, Gala.

—¿Quién va a impedírmelo?

—Yo, si no tengo otro remedio.

—La cosa no se va a quedar ahí —dijo Boris, cuando Gala le contó su última conversación con Ariel—. Los Arazi tienen mucho poder en Europa, intentarán detener el proyecto legalmente.

—La Federación Rusa no es parte de la Unión Europea —argumentó ella.

—Si de verdad quieres hacerlo, no te conviene demorarte —insistió Boris.

No obstante, Gala no se decidía. Había mil detalles de última hora que la inquietaban, cálculos que quería rehacer, experimentos que repetir, aunque hubieran salido bien cien veces antes... Descubrir que el algoritmo cuántico había escogido soluciones radicales en la interpolación del genoma de Arce le angustiaba, no había razón para temer que la iA que había realizado el cálculo se equivocara, pero le agobiaba no poder verificarlo. O, quizás, todo eran excusas. Simplemente estaba aterrorizada.

Boris lo sabía, su miedo era tan sólido como el frío de la isla, tan palpable como la nieve que les rodeaba. Pero fiel a su manera de ser, se limitaba a esperar a que se decidiera.

«Al infierno con Esperanza», volvió a pensar mientras caminaba hacia la dacha, inclinándose hacia delante para ofrecer el menor blanco posible a la ventisca. Aún le faltaba un kilómetro cuando oyó los pasos apresurados y la respiración agitada de alguien que se acercaba a la carrera. Era Boris.

—No esperaba que salieras tan pronto —le dijo él, a modo de saludo.

—No necesito guardaespaldas —bufó ella, sin poder controlar su mal humor.

—Sí lo necesitas, a no ser que aprendas a manejar un rifle.

—¿Para qué está la alambrada entonces? Creí que era a prueba de osos.

—Y así es. Pero nunca se sabe. No hemos podido localizar al que atacó a Dedushka y no necesitamos otra tragedia.

—Tienes razón —resopló ella—. Perdona. Cuando me enfado, dejo de pensar con claridad.

—¿Qué ha ocurrido?

—Nos han cortado el acceso al ordenador cuántico de Aurora.

—Era de esperar. No se van a limitar sólo a eso.

—¿Cómo lo sabes?

—Tengo mis contactos en el Gobierno. Amigos de los tiempos del ejército. Han recibido presiones por parte de la Unión Europea, y puedes imaginarte quién está moviendo allí los hilos. Considera la posibilidad de producir algunos blastocitos de Hartz y Arce y ponerlos a salvo.

—¿Ponerlos a salvo?

—Enviarlos a la fábrica de Vladivostok hasta que la situación se aclare.

—¿Temes un embargo?

—Está dentro de lo posible.

—De hecho, tengo ya varios cientos de protoembriones congelados, todos clones de Hartz. Mañana mismo podríamos enviarlos.

—¿Y Arce?

—No me he decidido hasta ahora, me preocupaban las interpolaciones en su código genético. Pero se acabó la espera. Si todo va bien, empezamos la gestación de la pareja la semana que viene.

Boris asintió con una leve inclinación de cabeza.

—El día que te conocí podías haber abatido a esos chuchos antes de que me atacaran —dijo Gala—. Pero no lo hiciste, preferiste darme la ocasión de defenderme antes de apretar el gatillo.

—Fuiste tú quien me pidió que no disparara.

—Y tú me hiciste caso, en lugar de decidir lo que era mejor para mí.

Por toda respuesta, Boris se encogió de hombros. Nunca una palabra de más, pensó Gala.

Anduvieron un trecho más. De repente, la tormenta se desvaneció, como si Vrangelya hubiera cambiado súbitamente de humor. Boris le señaló el horizonte.

—¡La aurora boreal! —exclamó Gala—. ¡La primera vez que la veo en la isla!

—Es un buen presagio —dijo Boris.

Un zumbido urgente la arrancó del sueño. Abrió los ojos, se frotó los párpados. Se había dormido contemplando las luces de la aurora boreal, que ya se habían extinguido, dejando el cielo a oscuras.

—¿Qué hora es?

—Las cuatro de la mañana —respondió Anastasia—. Lamento molestarte, pero el ping tiene código de alta prioridad. Se trata de Jacques Léglise.

—Activa, por favor.

Cuando se condensó la holo, el rostro de su mentor no dejaba lugar a dudas. Había ocurrido un desastre.

—¿Qué sucede, Jacques?

—Siento despertarte a estas hora, hija. Pero he preferido que sepas las malas noticias por mí, antes de que te las comuniquen oficialmente dentro de unas horas.

—No entiendo —murmuró Gala, pero no era cierto. Entendía perfectamente lo que venía a continuación.

—Ayer, el Parlamento de la Unión Europea tomó la decisión de extender la prohibición de clonar humanos a la especie neandertal.

—Vrangelya está en Rusia —jadeó Gala—. La prohibición no nos afecta.

—Me temo que sí —dijo Jacques—. La patente de los úteros artificiales es europea. Ya se ha tramitado una orden a la Federación Rusa prohibiendo su uso para gestar humanos, incluyendo neandertales. Lo siento mucho, Gala. Me gustaría poder hacer algo al respecto, pero nadie ha consultado mi opinión.

—¿Nadie ha consultado tu opinión? ¡Se trata de tu invento!

—Todo lo que te puedo decir es que los Arazi han hecho de esto un *casus belli*. Y mucho me temo que te va a ser imposible enfrentarte a ellos.

—¿Qué voy a hacer, Boris?

Boris sacó la cafetera del fuego, llenó dos tazas con el café espeso y amargo al que Gala había acabado por acostumbrarse, y las puso sobre la mesa, luego cortó unas rebanadas de una hogaza de pan negro, las colocó en un plato ancho, junto con unas lonchas de salami y de queso, y se lo alargó a Gala.

—De momento, vamos a desayunar —dijo.

Empezaba a amanecer. Gala llevaba horas despierta, recorriendo la dacha de un lado a otro. Se sentía furiosa, e impotente, pero sobre todo incrédula. Todavía le costaba aceptar la evidencia de que Ariel, su devoto Ariel, no había dudado un instante en movilizar cielo y tierra para salirse con la suya, aunque eso implicara tirar su relación por la borda.

—No me lo explico —murmuró—. ¿Por qué declararme la guerra de esta manera?

—Está convencido de tener razón —dijo Boris—. También piensa que lo hace por tu bien. Para evitar que cometas una locura de la que te arrepentirás más tarde. Ya te dije que creo que es honesto.

—¡Honesto! —gritó Gala—. Se comporta como lo que es, un vip acostumbrado a imponer su voluntad.

—¿Hay alguna posibilidad de que puedas convencerlo?

—No —dijo Gala—. Lo intenté en Aurora y se cerró en banda, pero incluso entonces pensé que no actuaría en mi contra. No tengo nada más que hablar con él. Ariel y yo hemos acabado.

—No te precipites —dijo Boris con su tono de hermano mayor que irritó a Gala más de lo que ya estaba—. Estas cosas hay que pensarlas en frío.

—¡No todos podemos ser tan fríos como tú! —estalló—. Ni controlar nuestras emociones en todo momento.

Por toda respuesta, Boris tomó un trozo de pan, lo untó con mermelada de frambuesa, lo mojó en su café y se lo metió en la boca. Repitió la operación con otras dos rebanadas, mientras Gala se maldecía a sí misma por su salida de tono.

—Deberías probar la mermelada —dijo, después de dar el último sorbo a su café—. Es el último tarro que preparó Dedushka.

—Boris, lo siento. Estoy muy nerviosa.

—Lo sé.

—¿Qué podemos hacer?

—Mandar los protoembriones de Hartz a Vladivostok. Allí estarán a salvo hasta que la situación se aclare.

—Pero eso no soluciona el problema —dijo Gala—. La prohibición de usar los úteros también les afecta a ellos. Estoy en un callejón sin salida. A no ser...

Boris la miró, con la taza de café todavía en la mano y una expresión que era a la vez una pregunta y su respuesta.

—A no ser que encuentres una madre subrogada —dijo. Le había leído de nuevo el pensamiento.

—Exactamente.

—No va a ser fácil encontrar una voluntaria.

—Ya la tenemos. Lo haré yo.

Era su voz, pensó Gala, no cabía duda de que la frase la había pronunciado ella, pero, como de costumbre, sus actos se habían adelantado a sus pensamientos. Boris la miraba asombrado y, por primera vez desde que le conocía, parecía totalmente fuera de juego. También ella estaba asombrada de su reacción y más asombrada aún de que no se le hubiera ocurrido antes.

—Gala, es muy arriesgado.

—Es la mejor justificación que puedo ofrecer para respaldar mi decisión.

—¡No necesitas poner en riesgo tu salud para justificarte! —exclamó Boris, claramente angustiado.

—¿No lo entiendes aún, *tovarich*? Es un acto de amor. —Boris la miró fijamente, como si fuera la primera vez que la veía. Quizás, se dijo Gala, *era* la primera vez que la veía—. Ahora que lo pienso, Ariel me ha hecho un gran favor. ¿Te das cuenta, Boris? Gracias a él, Hartz y Arce no van a gestarse en una máquina. Yo voy a ser su madre.

Gala se acomodó en la mesa de la cocina, sorbiendo su infusión. En los últimos meses había dejado de tomar café, que le producía náuseas algunas mañanas e incluso había abandonado el té especiado que tanto le gustaba, pero le causaba insomnio, y se conformaba con menta, verbena, manzanilla y otras hierbas medicinales, supuestamente buenas para su salud y todas igualmente insípidas.

Dedushka, pensó, solía sentarse justo enfrente de ella. Recordó todas aquellas mañanas, desayunando juntos, escuchándole discursear mientras atacaba con su inagotable apetito una ración de arenques o un plato de embutido, asombrándose de la energía que animaba su voz, de la ilusión inagotable de aquel joven de cien años. Parecía imposible que ya no estuviera y a la vez aceptaba su ausencia como nunca aceptó la de su padre. Sergei no había dejado tras de sí un espíritu atormentado que se resistía a abandonar el mundo, como le había ocurrido a Paco.

A veces tenía la sensación de que, cuando habían enterrado a Sergei, en la estepa que tanto había amado, habían enterrado a Paco con él, ofreciéndole por fin la paz que no había encontrado cuando lanzó sus cenizas al mar desde el *Peine del viento*. Aún recordaba a su padre cada día, pero ya no sentía a su fantasma persiguiéndola y la grieta que su muerte le había abierto en el alma parecía ir cerrándose poco a poco.

O quizás en lugar de cerrarse, se iba llenando de luz, a medida que su embarazo progresaba. Había pasado ya la barrera de las doce semanas y las ecografías mostraban que los fetos se estaban desarrollando normalmente. Katia la atiborraba a vitaminas y se empeñaba en hacerle pruebas cada semana, análisis de sangre, electrocardiogramas, exploraciones, la medía, pesaba y escudriñaba con celo maníaco, quizás comprensible, dado que era la única mujer embarazada en ese momento en Vrangelya, y la joven ginecóloga tenía tiempo de sobra para dedicarle. Por otra parte, le agobiaba que alguna de esas pruebas detectara que los seres que crecían en su vientre eran diferentes a todos los que Katia, o ningún otro médico del mundo, había visto nunca. No había razón para que se diera cuenta de nada, al menos no en el estadio tan temprano en el que se hallaban los fetos, y quizás su secreto estaría a salvo durante años; las características morfológicas de los neandertales serían mucho menos evidentes en bebés recién nacidos y aún más si uno de ellos era una mestiza. En todo caso, no dudaba de que tanto Katia como el resto del personal de Vrangelya sabrían guardar el secreto cuando llegara el momento de compartirlo con ellos, hasta que estuvieran listos para revelarlo al mundo.

Si es que alguna vez lo estaban. A medida que su embarazo progresaba, su afán por resucitar la especie neandertal se diluía. Cada día más, se conformaba con limitarse a criar a sus bebés. Boris la secundaba con su habitual devoción.

—Lo importante es que nazcan sanos y se críen felizmente —decía.

Su relación con él había cambiado, se daba perfecta cuenta de ello, pero no acertaba a calibrar lo que eso suponía. Boris la mimaba con la ternura de un caballero cuya única misión en la vida fuera asegurar el bienestar de su reina. Gala se reía de sí misma imaginándose en la piel de Ginebra, dividida entre Arturo y Lanzarote. No le cabía duda de que Ariel la quería, la única culpable de que su relación se hubiera arruinado era ella, pero tampoco él había dado su noble brazo a torcer, incapaz de no militar bajo la bandera de la causa más justa.

¿Y Lanzarote? ¿Qué sentía por ella Lanzarote? ¿Podría volver a amar alguna vez, a ella o a cualquier otra mujer que no fuera Eve Arcángel?

—Así que por fin te has decidido a honrarnos con tu presencia —dijo Gala.

La visita de Ariel a Vrangelya había sido sólo una sorpresa a medias. Gala no lo esperaba, pero Boris lo había predicho, con envidiable clarividencia.

—Ariel te quiere. Intentará convencerte de que vuelvas con él.

No se equivocaba. Su helicóptero había aterrizado a pesar de la ventisca y la niebla, Gala había preferido mandar a uno de los guardas a buscarle con el todoterreno, sin ganas de enfrentarse a la tormenta que empeoraba por momentos. Cuando el auto aparcó frente a la puerta principal, Boris se dirigió a la puerta trasera.

—Estaré en el laboratorio —dijo, a modo de despedida.

Ariel tenía mal aspecto. Estaba pálido y ojeroso, sus rasgos estaban contraídos por el frío y la ansiedad. Al entrar en la dacha se quedó rígido frente a ella, sin saber qué hacer. Gala le dio un rápido beso en la mejilla y luego se parapetó detrás de la mesa de la cocina, indicándole a Ariel que se sentara frente a ella. Señaló la botella de vodka que se situaba en la tierra de nadie entre ambos, como una atalaya guardando una frontera infranqueable.

—Un trago te sentará bien.

Ariel llenó el vaso que había frente a él y lo vació de un golpe.

—¿Tú no tomas?

Gala negó con la cabeza, señalando su taza de infusión.

—He venido a suplicarte que vuelvas conmigo a Aurora —dijo Ariel—. Piensa en todo lo que podemos aprender de Gibraltar X. Piensa en las innumerables aplicaciones que puedes encontrarle a tu tecnología.

—Pienso en la que te has empeñado en impedirme.

—Lo único que he hecho es intentar protegerte.

—Lo que has hecho ha sido usar todo tu poder para imponerme tu voluntad. Y la única conclusión que puedo sacar de ello es que volverás a hacerlo si lo consideras necesario.

—Te juro que no será así.

—Demuéstramelo entonces. Consigue que Europa levante la prohibición de clonar neandertales.

—¡Es imposible, Gala! La ley se aprobó prácticamente por unanimidad.

—Gracias a vuestro *lobby*.

—Lo único que hicimos fue acelerar el proceso. La ley se habría aprobado antes o después, por la simple razón de que clonar seres humanos, neandertales o sapiens, es una aberración.

—¿No te parece que nos movemos en círculos? ¿Crees que por repetirlo muchas veces vas a convencerme?

—¿Tanto te cuesta admitir que no siempre puedes salirte con la tuya?

—No soy la única que tiene esas dificultades.

Gala se levantó de la mesa y se acercó a la ventana. La ventisca se había calmado y la niebla se había disipado casi por completo.

—El tiempo ha mejorado —dijo—. Deberías aprovechar la ocasión. La previsión es que empeore más tarde y aquí las tormentas pueden durar varios días. Voy a pedirle a uno de los guardas que venga a recogerte.

—¡Gala, te lo ruego! —dijo Ariel, levantándose precipitadamente de la silla y dirigiéndose hacia ella. Gala le hizo un gesto imperativo con la mano, deteniéndole en seco.

—No me lo pongas más difícil, Ari.

Él se quedó inmóvil como una estatua de hielo congelada en plena agonía, el rostro desencajado, la mirada extraviada, el cuerpo encorvado como si sufriera un calambre. Luego, de repente, se dio la vuelta, se enfundó en su chaqueta y se dirigió a la puerta.

—No hace falta que llames a nadie. Puedo ir andando. El helicóptero no está lejos y me vendrá bien un paseo.

—¡No digas tonterías! ¡Hace mucho frío!

La sonrisa de Ariel era idéntica a aquella que le había dedicado durante su primera excursión en Aurora, excepto por la tristeza que rezumaba.

—Nunca menosprecies el Kevlar —dijo—. Ni la tecnología de Aurora.

—¡Dime que no le has dejado marcharse a pie! —exclamó la voz de Boris en el micro de su pad.

—No me ha dado opción —contestó Gala, azorada.

—¿Cuánto hace que se ha ido?

—No estoy segura. Quince minutos, quizás.

—¿Por qué no me has llamado inmediatamente?

—Quería tranquilizarme, la entrevista no ha sido fácil. ¿Qué sucede? El helipuerto no está lejos y lleva buen equipo.

—Voy a buscarle —contestó él—. Pasaré antes por casa, a buscar el rifle.

¡El rifle! Gala cayó de repente en la cuenta.

—¿Osos? —preguntó, con un hilo de voz. Pero Boris ya había cortado la comunicación.

Gala se vistió rápidamente, enfundándose el abrigo de piel y cubriéndose la cabeza con su *usanka*. El rifle de Boris estaba en un pequeño armero, una caja metálica, situada junto a la despensa, con capacidad para varias armas. Afortunadamente, la puerta no estaba cerrada con llave. La abrió, cogió uno de los fusiles y salió corriendo hacia la puerta de la casa, justo en el momento en el que él llegaba, conduciendo su jeep a toda prisa. Gala saltó al asiento del copiloto, Boris pisó el acelerador y el todoterreno saltó hacia delante, derrapando las ruedas traseras.

—El oso que agredió a Dedushka —jadeó Boris—. Tenía que haberlo sacrificado, pero desapareció después del ataque y me obsesioné con la idea de que a Sergei no le habría gustado que lo abatiera. Ayer lo avistaron de nuevo, pero se escabulló, aprovechándose de la ventisca. Tenía el plan de dar una batida para localizarlo hoy mismo.

—Sería muy mala suerte que Ariel se tropezara con él —opinó Gala, tratando de que su voz sonara serena—. Vrangelya es muy grande.

—Yo no estaría tan seguro —dijo Boris—. Los guardas lo vieron merodeando junto al helipuerto. Comprueba el cargador del rifle, por favor.

—¿Qué cargador?

—Has cogido el fusil semiautomático —jadeó Boris—. Había una caja metálica, con balas, a su lado, en el armero. Dime que también la has traído.

—Boris, yo...

—¡Soy un estúpido! —masculló él—. Debí haberte enseñado a manejar nuestras armas hace meses.

—La estúpida soy yo —gimió Gala—. Eché mano del rifle que se me antojó más moderno, el otro parecía un modelo antiguo. No me fijé en nada más.

—El otro rifle tiene mirilla telescópica, siempre es la mejor opción para un tiro de precisión. Una ráfaga del automático consigue el mismo efecto. Pero para eso se necesitan balas.

—¿Qué vamos a hacer?

—Si es necesario utilizarlo, hay una bala en la recámara.

—¿Será suficiente?

—¡Ahí delante! —gritó él, a la vez que frenaba bruscamente. El jeep derrapó un trecho antes de detenerse. Boris asió el arma que Gala acunaba entre sus brazos y se precipitó fuera del vehículo.

Gala le imitó. Tuvo que morderse los labios con fuerza para no gritar al contemplar la escena que tenía delante de sí.

Lo primero que pensó fue que Ariel estaba muerto. El oso tiraba de él, arrastrando su cuerpo inerte por la nieve. Pero enseguida reparó en que las enormes mandíbulas mordían la capucha reforzada de su abrigo de Kevlar, bendito Kevlar, pensó agradecida. Ariel agitaba los brazos, débilmente, como tratando de zafarse, quizás estaba herido, pero no se veía sangre por ninguna parte. Boris clavó una rodilla en la nieve y se echó el fusil al hombro.

—¡Maldita sea! —masculló—. No me atrevo a apuntar a la cabeza. Podría herirlo a él.

Gala contuvo la respiración. Boris tomó puntería y apretó el gatillo. Gala escuchó un sonido seco, similar al de un petardo, y el animal rodó por la nieve, soltando su presa. La sensación de alivio duró sólo un instante, hasta que el oso se levantó nuevo, gruñendo rabiosamente. Una mancha roja había aparecido en su lomo. Boris corrió hacia él, desenfundando su cuchillo de caza. El oso se alzó sobre sus patas traseras y la incorregible doctora Hielo se dedicó a especular sobre el desenlace más probable del enfrentamiento, como si la inminente contienda fuera un juego más del metaverso. Uno de los contrincantes, anotó, era un gigante de dos metros de altura y cien kilos de peso, armado con un enorme cuchillo. El otro, un osezno que aún no habría cumplido los tres años y acababa de recibir un balazo de gran calibre. A pesar de ello, concluyó que Boris no tenía ninguna posibilidad. El animal probablemente le sacaba dos cabezas de estatura y cien kilos de peso, las garras que extendía hacía su enemigo eran sables afilados y las tremendas mandíbulas se abrían como la boca del infierno, ansiando partir a su presa por la mitad.

Quizás el oso había hecho ese mismo cálculo y por eso se movió lentamente, o quizás la herida le había robado fuerza y velocidad. Boris se abalanzó sobre él, esquivando el primer zarpazo, su puño izquierdo se incrustó en el hocico del animal y su mano derecha se alzó y descendió sobre la enorme bestia una y otra vez, hasta que el oso consiguió desprenderse de él con un violento vaivén de su cabezota. Boris salió despedido y se estrelló como un fardo contra la nieve. El oso, echando espuma y sangre por las fauces, avanzó un par de pasos hacia él, se detuvo, miró a su alrededor, jadeando, y Gala tuvo la certeza de que estaba buscando a su madre. Luego emitió un último gruñido, ya casi sin fuerza, el gemido infantil de un cachorro desvalido, antes de desplomarse.

—¡Boris! —gritó Gala, corriendo hacia él, desesperada.

Boris yacía boca arriba, respirando trabajosamente. Tenía los dos brazos ensangrentados, pero la sangre en la mano derecha, que todavía sostenía el cuchillo, era del animal. La mano izquierda, sin embargo, estaba destrozada. Gala revivió la escena de unos instantes atrás, o más bien la asimiló por primera vez, dándose cuenta de que Boris había usado aquella mano para bloquear las mandíbulas del animal.

—¿Me oyes? ¿Puedes moverte?

—Creo que me ha roto todas las costillas —dijo él con un hilo de voz.

—Tu mano —gimió Gala—. Estás sangrando mucho.

—Hay un botiquín en el jeep —jadeó Boris.

—Quédate con él —dijo una voz a sus espaldas—. Yo me ocupo.

Gala vio cómo Ariel cojeaba hasta el jeep y regresaba al cabo de un instante con una pequeña mochila en la mano. Estaba pálido, tenía un corte profundo en una mejilla y un enorme hematoma debajo del ojo izquierdo, pero parecía despejado y tranquilo. Se arrodilló junto a ellos, abrió el botiquín, estudió durante un instante su contenido y a continuación sacó unas tijeras quirúrgicas y cortó el guante ensangrentado, dejando la mano izquierda de Boris, o lo que quedaba de ella, al descubierto.

—Hay un hemostático en el kit —murmuró Boris.

Ariel sacó del botiquín un aplicador y distribuyó la crema por encima del muñón, envolviéndolo después con una venda impregnada de la misma sustancia, apretando con fuerza para que la presión ayudara al producto hemostático a detener la hemorragia. Realizó la cura rápida y eficientemente, con la destreza que sólo podía adquirirse con la práctica. De repente, el hombre arrodillado junto a Boris no era Ariel Arazi, sino Diego Acevedo.

—Voy a ponerte un poco de morfina para el dolor —dijo Ariel, o su *doppelgänger*, a la vez que sacaba una jeringuilla del kit y le aplicaba la inyección—. ¿Hay alguna prenda de abrigo en el coche?

—Hay un saco térmico —murmuró Boris.

Gala corrió hacia el jeep, encontró el saco y una cantimplora, al regresar estuvo a punto de tropezar con el corpachón del oso. Reparó en su expresión vagamente ofendida y le pidió disculpas en silencio.

—Bebe un poco —dijo Gala, arrodillándose junto a Boris y poniéndole la cantimplora en los labios.

Él bebió ansiosamente. Gala también tenía la boca seca y dio un par de ávidos tragos, pasándole después la cantimplora a Ariel, que entretanto ya había colocado el saco alrededor del cuerpo de Boris con la misma eficiencia con que lo había vendado.

—¿Mejor? —preguntó Ariel.

—*Da* —suspiró Boris—. *Spassiva.*

—Soy yo quien te da las gracias. Me has salvado la vida.

—Voy a llamar para que vengan a buscarnos —dijo Gala.

—Avisé antes de salir —dijo Boris—. Ya deben de estar al llegar.

Aún no había acabado de hablar cuando aparecieron dos todoterrenos y una ambulancia.

—Todavía no estoy seguro del todo de lo que pasó —dijo Ariel—. Cuando lo vi venir estaba encima de mí. Se limitó a darme un manotazo, casi como si estuviera jugando, y lo siguiente que supe fue que me estaba arrastrando por el suelo, fue un milagro que mordiera la capucha de mi abrigo en lugar de mi cuello. O puede que lo hiciera a propósito, quizás quería divertirse un rato antes de rematarme. Lo habría hecho si no hubierais aparecido a tiempo. Nunca podré pagarle a Boris lo que le debo.

Gala asintió con la cabeza, sin ganas de hablar. Estaban sentados junto al quirófano, esperando que Iván Ivanovich les diera noticias. Pasaron unos minutos en silencio, hasta que el médico apareció, les saludó gravemente y tomó asiento, antes de darles el parte.

—Tiene tres costillas rotas y contusiones por todo el cuerpo —dijo—. Nada muy grave. Pero la mano izquierda está destrozada. Me temo que es inevitable amputarla.

—Me gustaría traer un equipo médico de Aurora para ayudar, si me lo permitís —dijo Ariel.

—Te estaríamos muy agradecidos —dijo Gala.

—Siempre que se den prisa —añadió Iván—. No quiero arriesgarme a que sufra una septicemia.

—Tengo un jet listo para despegar —dijo Ariel—. Estarán aquí en unas pocas horas.

—¿Podemos verlo? —preguntó Gala.

—Está sedado —dijo Iván—. Mejor dejarlo descansar.

—Iván tiene razón —dijo Ariel—. Y tú deberías descansar también. Déjame acompañarte a casa. Volveremos en cuanto te repongas.

Gala empezó a protestar, pero Iván la interrumpió, tajante.

—Es lo mejor que se puede hacer —dijo.

Uno de los guardas les estaba esperando con un todoterreno a la salida del hospital. Al llegar a casa de Sergei, Gala tuvo que usar toda su fuerza de voluntad para no abalanzarse sobre la botella de vodka. Sentía la necesidad imperiosa de anegar las emociones que la acosaban en alcohol, pero no podía arriesgarse a dañar a sus bebés. Ariel, por su parte, tuvo una idea mejor.

—Deberíamos comer algo y luego te acuestas un rato —dijo.

Gala observó que el hematoma bajo su pómulo se había hinchado aún más y el ojo izquierdo estaba inyectado en sangre, pero su tez había recuperado el color. Quería golpearle y abrazarle a la vez, reprocharle la inconsciencia que casi le había costado la vida a Boris y asegurarle que no había sido culpa suya, echarle de su casa a patadas y rogarle que se quedara a su lado.

—Voy a calentar un poco de *borscht* —dijo—. Y preparo unos *bliny* en un santiamén.

—¿Puedo ayudar?

—Arregla una ensalada.

Gala puso la sopa en el microondas y empezó a preparar los crepes rellenos de jamón, queso y champiñones, siguiendo la receta que Sergei le había enseñado. Ariel empezó a cortar tomate, pepino y remolacha, con la destreza que le caracterizaba.

Déjà vu, pensó Gala. Habían compartido muchos momentos similares, íntimos, fugaces, felices. Todo lo que Ariel y ella podrían haber sido parecía condensarse en aquel instante de armonía.

Podrían. Al final, todo se quedaba en un podrían.

Él pareció leerle el pensamiento, como tantas otras veces. Siempre tan pendiente de ella, pensó Gala, siempre tan atento a cada gesto, cada detalle que le permitiera anticiparse a su deseos. Y, sin embargo, había sido incapaz de concederle el más importante de todos.

—Tú también lo sientes, ¿verdad? —dijo Ariel.

—¿Qué exactamente?

—Que es imposible que lo nuestro se acabe de esta manera.

—Vamos a comer antes de que se enfríe la sopa.

Devoraron la comida en silencio, casi sin mirarse. Cuando terminaron, Gala recogió los platos y puso agua a calentar en el samovar.

—¿Té?

—Gala, sé que no es el momento de volver sobre esto con todo lo que ha pasado, pero... —empezó Ariel.

—Estoy embarazada de tres meses.

Lo dijo sin pensarlo, como le ocurría tan a menudo. Ariel se quedó petrificado, su ojo sano dilatado como si estuviera reviviendo de nuevo el ataque del oso.

—Comprendo —dijo—. Lamento no haberlo visto venir a tiempo.

—Ari, yo... —balbuceó Gala, tratando de encontrar la mejor forma de pedirle que respetara su decisión de ejercer de madre subrogada de sus clones.

—Estoy seguro de que Boris será un buen padre —dijo Ariel, como ausente—. Os deseo que seáis muy felices.

Gala abrió la boca para sacarlo de su error, le pareció ver a su *alter ego*, la frígida doctora Hielo llevándose un dedo a los labios.

—No digas nada. Es mejor así.

Sólo rompió a llorar, ella que nunca lloraba, cuando Ariel se hubo marchado. Tuvo la sensación de que sus lágrimas formaban un río que corría a lo largo de sus mejillas, un Rubicón que acababa de cruzar inexorablemente.

27

Orfeo en el infierno

República Centroafricana, RCA, circa 2037

—¡Por la victoria! —exclamó Arcángel, levantando su copa en señal de brindis.

—¡Por la victoria! —corearon los demás.

El mismo porche, la misma noche cálida y húmeda y las mismas personas que Boris había conocido unas pocas noches atrás. Arcángel vestía el mismo traje, los ojos miopes de Abel Boganda se escondían tras sus gruesas lentes, Yolande le dedicaba su sonrisa maternal y la belleza de Eve amenazaba con aniquilarle.

—La operación ha sido un éxito absoluto —declaró Boganda—. El ataque del comandante Sokolov deshizo las líneas enemigas facilitando nuestro contraataque. Les hemos causado una enorme cantidad de bajas.

Demasiadas, pensó Boris, e innecesarias. La decisión de no entregar a Dimitri Volkov y sus hombres a Boganda le había parecido más acertada que nunca tras comprobar de primera mano la carnicería que sus hombres habían provocado.

—¿Y Goumba? —preguntó el presidente.

—Se han replegado hasta las inmediaciones de Zado —explicó Boganda—. A pesar de la derrota que han sufrido, sus fuerzas son todavía numerosas.

—Numerosas o no, acabaremos con ellos —dijo Arcángel—. Goumba pagará caros sus crímenes.

—Deberíamos atacar cuanto antes —dijo Boganda—. ¿Qué opina, comandante?

Boris sintió todas las miradas pendientes de él. Todas, excepto la de Eve, que parecía más interesada en contemplar las burbujas en su copa que en la conversación, como si lo que se discutía aquella noche fuera irrelevante, como si quisiera decirle que lo único que le interesaba era el momento en el que se quedaran a solas.

—Mis órdenes son defender Bangui, manteniendo las posiciones actuales —dijo Boris.

—¡Pero tenemos la ocasión de destruirles! —exclamó el presidente, alzando un poco la voz—. ¡Si les ataca con sus águilas, podríamos acabar con la insurrección en cuestión de días!

—Es posible —concedió Boris—, pero mis superiores consideran que el costo en vidas humanas sería muy alto. Nuestra misión es contribuir a la paz, no ser los artífices de una masacre.

Se dio cuenta de que su frase había sonado más tajante de lo que pretendía, pero no se arrepintió de ello. Cuanto antes entendieran el mensaje, mucho mejor. Ivanchenko había sido muy claro en sus instrucciones tras la batalla.

—Enhorabuena, comandante —le dijo—. Te has cubierto de gloria.

—El mérito es de los lobos —respondió Boris.

—Temibles bestias, ¿verdad?

—Mucho. Causaron más bajas de las que me habría gustado.

—Lo sé. También estoy al tanto de, uh, otros detalles. Tomaste la decisión correcta dejando que ciertos insurrectos se replegaran.

—¿Debería haberle consultado, señor?

—Todo lo contrario. Es mucho mejor que oficialmente yo no sepa nada.

—Obtuve una promesa a cambio, mi general.

—La cumplirán. Y eso nos simplifica la vida. Con Argo fuera de la ecuación, sólo hace falta que Arcángel se siente a negociar con Goumba. Está en condiciones óptimas de hacerlo.

—No va a ser fácil. El presidente le odia a muerte.

—Tendrá que superarlo. Goumba ha conseguido agrupar un gran número de líderes tribales y señores de la guerra en sus filas. El ejército que manda Boganda no puede vencerlos sin ayuda y nuestro país no tiene nada que ganar azuzando todavía más una guerra civil. Mucho me temo, comandante, que la parte fácil de tu misión era derrotar a los insurgentes. La difícil es convencer al presidente para que negocie.

—¿Podemos dejar la política para mañana, abuelo? —terció Eve—. El comandante nos ha hecho un gran servicio. Deberíamos agasajarlo, no acosarle con nuestras exigencias.

—¡Tienes razón, *petite*! —exclamó Arcángel con un tono de voz del que había desaparecido la crispación de un instante atrás.

—La cena estará lista enseguida —anunció Yolande.

—Con vuestro permiso, me gustaría mostrarle a Boris mis setos de orquídeas —dijo Eve, cogiéndole de la mano y tirando de él en la dirección del jardín—. Volveremos enseguida.

Eve se abalanzó sobre Boris apenas se internaron en el jardín, abrazándole desesperadamente. Estaban en un rincón discreto, pero cualquiera que pasara cerca podía verlos. Cuando se lo hizo notar, ella dejó escapar una carcajada que tenía algo de gemido.

—¿Te preocupa que nos descubran? —dijo con tono desafiante.

—¿Y a ti? —contestó Boris, en el mismo tono.

—¿Crees que mis abuelos no están al tanto? ¿Crees que no están de acuerdo con que el vencedor se lleve el botín de guerra?

Mientras hablaba tiraba de su mano, arrastrándole hacia la cabaña situada junto al estanque. Empezó a quitarse la ropa antes de llegar, arrojándola entre los macizos de flores y los arbustos exóticos de nombres impronunciables.

—¿Eso es lo que te consideras? ¿Botín de guerra?

—¿Piensas que te permitiría ponerme la mano encima si te hubieran derrotado?

—¡Estás completamente loca, Eve Arcángel! —le susurró Boris al oído, mientras la llevaba en volandas hasta el sofá. El tratado de matemáticas que había ojeado días atrás estaba todavía en uno de los reposabrazos, donde él lo había dejado.

Ella aferró su camisa, tirando con fuerza de ella, reventando los botones, desnudándole con una mezcla de lujuria y alegría infantil que le enloquecía. Sintió sus pezones, duros y puntiagudos, apretándose contra su pecho.

—Estoy loca por ti, Boris Sokolov —le susurró mientras le besaba.

Durante las siguientes semanas —escribía Boris en su diario—, entraron en una especie de *impasse*, que nadie parecía estar dispuesto a romper.

Cada día, durante la reunión en la que analizaban la situación, el general Boganda insistía denodadamente para que atacaran sin demora a los rebeldes, y cada día, Boris le repetía que sus órdenes eran facilitar un proceso de paz que requería negociar con sus adversarios.

—Es una pérdida de tiempo —clamaba Arcángel—. Ninguno de esos criminales tiene intención alguna de negociar. Todo lo que desean es ganar tiempo y debilitarnos.

Por su parte, Goumba insistía en su voluntad de llegar a un acuerdo pacífico y solicitaban una conferencia de paz supervisada por la ONU.

—Pura propaganda —rebatía el presidente—. Sabe de sobra que la ONU no llegará nunca a un acuerdo para resolver la situación.

—Podría hacerse si acepta la mediación de la Federación Rusa —propuso Boris. La posibilidad gustaba en Moscú y era el único camino viable para desbloquear la situación.

En cuanto a él, no tenía ninguna prisa en salir del éxtasis en el que se encontraban. Mientras durara aquella situación podía seguir viendo a Eve y eso era lo único que realmente le importaba. Cada minuto que pasaban separados se le hacía insoportable, y Eve le correspondía con una pasión aún más desenfrenada. Tomaron la costumbre de realizar excursiones que a veces se alargaban toda la jornada. Boris sabía que era una imprudencia, pero su bella Julieta parecía disfrutar trasgrediendo todas las normas posibles y él se decía a sí mismo que no tenían nada que temer. Se movían por territorios dentro del control gubernamental y los acompañaba siempre una de las águilas. Eve disfrutaba como una niña localizando su posición en el cielo, a veces a simple vista, otras con la ayuda de unos prismáticos.

—¡Ahí está nuestro guardián! —exclamó, señalándole al pájaro metálico que sobrevolaba el todoterreno—. Apenas puedo distinguirla.

—Está volando bastante alto —precisó Boris.

—Supongo que ve muy bien, como buena águila.

—Mucho mejor que su versión de carne y hueso. Es capaz de detectar el movimiento de una brizna de hierba. Y sus talones, en caso de ataque, son mortíferos. Esa rapaz podría aniquilar un batallón entero con sus misiles.

Boris se daba cuenta, mientras hablaba, de que estaba presumiendo como un adolescente que muestra su coche nuevo a la chica de sus sueños, pero no podía evitarlo. Eve tenía la capacidad de asombrarse por todo, sus preguntas eran una mezcla explosiva de ingenuidad y agudeza, sus ojos chispeaban de placer con cada respuesta que le ofrecía, mientras sus dedos de largas uñas se paseaban sin tregua por el físico de Boris, acariciando sus brazos, sus hombros, su pelo. Parecía incapaz de dejar de tocarle un solo instante, y si lo hacía, era él quien sentía una urticaria insoportable que únicamente podía aliviar el roce de sus manos.

—¡Enséñame a manejarla!

Boris no se paró a pensar que lo que Eve le pedía era, como mínimo, una imprudencia. Detuvo el todoterreno, dio instrucciones a su asistente virtual para que reconociera la voz de Eve y aceptara sus órdenes. Luego le tendió el pad.

—Pulsa el modo de copiloto —dijo, mostrándole uno de los botones del teclado virtual.

Media hora más tarde, Eve manejaba el robot con una soltura inaudita, que dejó asombrado a Boris.

—¿Quién te ha enseñado a volar drones?

—Tío Abel... Quiero decir, el general Boganda. Es como un padre para mí. De niña pasaba mucho tiempo con él. Mi abuelo estaba siempre ocupado y mi abuela apenas podía levantarse de la cama; tras la muerte de mi madre se sumió en una depresión de la que le costó mucho salir. Aquí donde me ves, de niña era todo un soldadito valiente. A los quince años estaba más a gusto con unas faenas militares que con un vestido.

—Eres una caja de sorpresas, muchacha.

—¿Me preferirías predecible y aburrida? —Eve apretó los labios en una mueca burlona y adorable—. ¿Una mujercita dócil y papanatas?

—¿Tú qué crees?

Eve se apretó contra él, le tomó de la nuca y le besó en los labios. El beso acabó en un delicado mordisco. Sus uñas largas y afiladas se clavaron en la espalda del soldado.

—Hoy me gustaría hacer una excursión especial —dijo Eve, levantándose de la cama y vistiéndose lentamente, permitiendo, sin ningún pudor, que Boris contemplara su espléndida desnudez.

Había pasado la noche con ella en la cabaña del jardín. Eve no se molestaba en disimular la relación entre ambos, ni sus abuelos parecían molestos por esta, más bien todo lo contrario. Yolande mimaba a Boris con descaro y Arcángel era cada día más paternal con él.

—Tus deseos son órdenes para mí —contestó Boris.

—Quiero llevarte a la escuela de Bimbo.

—¿No te resulta difícil visitarla después de lo que pasó?

—Sí y no. Es cierto que cada vez que voy revivo el asesinato de mi madre. Pero la escuela es un lugar muy especial para mí. Allí aprendí a leer y a escribir, y a esmerarme en mi trabajo, porque era la hija de la maestra y tenía que ser un ejemplo para mis compañeras.

Bimbo resultó ser una ciudad vibrante, más acogedora que la capital. La escuela estaba situada en uno de los barrios periféricos, cercanos al río Ubangui. El recibimiento que les dispensaron fue espectacular. Una bandada de niños los rodeó apenas alcanzaron la calle que llevaba a la escuela. Boris detuvo el todoterreno, permitiendo que una horda de ellos saltara a bordo, incluyendo dos pequeñas, acicaladas como princesas, que se instalaron solemnemente en el regazo de Eve. Cuando ya no cabía un solo chiquillo más, puso en marcha de nuevo el vehículo y avanzaron lentamente a lo largo de la calle de tierra batida, flanqueada por bonitas casas, algunas construidas con paredes de adobe y techos de paja, otras fabricadas con ladrillo, madera y aluminio, todas ellas rodeadas de pequeños huertos. A medida que se adentraban en el barrio, la multitud que rodeaba el coche aumentaba; primero se unieron adolescentes, que salían corriendo de las casas, o saltaban por encima de las pequeñas cercas que delimitaban los huertos, y más tarde mujeres de todas las edades, madres con sus bebés a cuestas y ancianas resecas como sarmientos.

Una matrona rolliza, con un intrincado pañuelo de colores anudado en la cabeza, empezó a cantar una especie de tonadilla, entonando con voz de barítono frases que parecían preguntas, a las que respondían en coro las otras mujeres. Las preguntas y respuestas se hacían cada vez más largas, hasta convertirse en parrafadas que el coro entonaba a riesgo de morir de asfixia. La lengua en la que cantaban era sango, de la que Boris tenía algunas nociones elementales. Identificó algunas palabras: piedra, mercado, rey y, al final de la canción, el nombre de Eve, entonado triunfalmente, entre risas y gritos de alegría.

—¿Qué dicen? —preguntó.

—Es una canción infantil, muy popular —explicó Eve—. Mi madre la enseñaba en su clase y la convirtió en una especie de himno de la escuela. Cuenta la historia de un pobre agricultor que encuentra una piedra preciosa y se dirige al mercado a venderla para que su hija pueda estudiar. Por el camino un bandido le roba la joya y este a su vez es robado por un soldado, que no tiene más remedio que cedérsela al sargento, quien se la cede al capitán, que se la da al general, que se la entrega al visir, a quien se la quita el rey, que es asaltado por el mismo diablo. Pero cuando el diablo decide lucirla por el mundo, disfrazado de apuesto príncipe, es seducido por una hermosa muchacha. El diablo la lleva a su palacio, pasan la noche juntos, y cuando despierta se encuentra con que la chica ha desaparecido y con ella la joya que el diablo le robó al rey y el rey al visir y el visir al general y el general al capitán y este al sargento y el sargento al soldado que se la robó al bandido que había robado al campesino que era el padre de la muchacha que robó al mismísimo diablo.

—Y esa muchacha se llamaba Eve, supongo —dijo Boris.

—Al menos en la versión de mi madre —contestó Eve.

—¿Piensas robarme mis joyas, muchacha seductora? —preguntó él, conteniendo a duras penas el deseo de besarla.

—¿Eres acaso el diablo, apuesto príncipe? —respondió ella, dedicándole una sonrisa desafiante.

Llegaron frente a un gran edificio, el único del poblado que tenía tres pisos.

—Déjame que te muestre mis dominios —dijo Eve.

La escuela era imponente. El edificio principal albergaba oficinas de administración, espacios para reuniones, un salón de actos y una sala con material informático que incluía pantallas desplegables y teclados virtuales, no muy diferentes a los que se podían encontrar en cualquier colegio de Europa. La fachada interior del edificio daba a un gran patio, rodeado de barracones, donde se hallaban las aulas.

—No me la imaginaba tan grande —dijo Boris, asombrado.

Ella le tomó de la mano y lo condujo hacia uno de los barracones que rodeaban el patio de la escuela. Boris pensó que se trataba de una aula, hasta que Eve abrió la puerta y se encontró con una pieza muy similar a la de la cabaña del jardín de Arcángel.

—Esta era nuestra casa —dijo Eve—. Déjame que te muestre algo. —Cruzó la estancia y entró en uno de los dos dormitorios, ocupado por una cama pequeña y un mueble de caoba, que parecía empotrado a la pared—. Esta era mi habitación —dijo—. Por desgracia, cuando Goumba y sus perros entraron en la escuela, yo estaba en casa de mi abuela.

—¡No digas eso! —exclamó Boris—. Si hubieras estado aquí...

—Si hubiera estado aquí, mi madre habría pensado en mí y no habría salido a enfrentarse con los soldados para defender a sus pequeños.

—Os hubieran encontrado de todas maneras.

—No. Mira.

Eve murmuró una orden a su pad y el mueble empotrado se alzó unos centímetros del suelo y se desplazó sobre unos rieles disimulados en su estructura, dejando visible una trampilla metálica. Otra orden y la trampilla se abrió.

—Sígueme —dijo ella.

Bajaron un par de metros por una escalera metálica. Una vez abajo, la trampilla se cerró a la vez que se iluminaba el pasadizo al que habían descendido.

—Mi abuelo había previsto la posibilidad de un ataque —dijo Eve—. De ahí el falso mueble, la trampilla reforzada y el refugio. —Eve abrió una puerta, mostrándole a Boris una habitación casi tan grande como la sala principal del primer piso. Había en ella una cocina eléctrica, una despensa, una mesa con un par de sillas y una cama—. La despensa estaba aprovisionada para alimentar a una familia durante un mes o más. Mi madre podía haber salvado la vida. Pero no quiso dejar solos a sus niños.

—Lo siento mucho, Eve.

Se sentó en el borde de la cama. Cuando Boris se sentó a su lado, le echó los brazos al cuello y empezó a besarle, mientras desabotonaba su camisa. Las lágrimas caían a raudales por sus mejillas.

—Eve...

—No hables ahora.

Boris sintió las uñas de Eve acariciándole las mejillas y supo que se había quedado dormido. Eve había echado una colcha sobre sus cuerpos desnudos.

—¿Me quieres, Boris?

—Con toda mi alma.

—Entonces júrame que me ayudarás a castigar a los asesinos de mi madre.

—Nada me gustaría más... —balbuceó él, inseguro.

—Los criminales que violaron y mutilaron a mi madre antes de degollarla, los que dejaron la escuela llena de cadáveres de niños pequeños, ahora quieren negociar la paz y hablan de un Gobierno de salvación. Dime que no lo tolerarás. Si me amas, dime que eso no ocurrirá nunca.

—¿Qué puedo hacer para evitarlo? —preguntó él, tratando de contener la angustia que atenazaba su estómago—. Tengo órdenes.

—No las cumplas.

—¡No sabes lo que dices!

—¡Sí que lo sé! —jadeó ella—. Tus águilas. Bastaría con unas pocas para mandarlos a todos al infierno. Si no puedes hacerlo tú, enséñame a hacerlo a mí. Puedo manejarlas, ya te lo demostré.

—Tranquilízate, por favor —suplicó Boris, separándose de su frenético abrazo—. Estás muy alterada.

Ella le miró con una expresión de perplejidad en el rostro, como si de repente no le reconociera.

—Creí que podía contar contigo.

—No puedo ser cómplice de una masacre —dijo Boris, extendiendo sus brazos hacia ella—. Comprendo tu dolor, pero...

—¿Pero no vas a hacer nada para ayudarme?

—No puedo.

Ella dejó escapar una carcajada seca, luego se levantó de la cama de un salto, se vistió a toda prisa y se precipitó hacia la escalerilla. Boris se vistió a su vez y la siguió con el corazón en la boca. Una vez en el piso superior, Eve rozó su pad, la trampilla se cerró y el mueble volvió a su posición. Después miró de frente a Boris, sus inmensos ojos negros todavía húmedos por las lágrimas, antes de darse la vuelta y salir al exterior, dejándole solo. Boris comprendió que el *hillingar* en el que había habitado durante semanas se había desvanecido, como había desaparecido por la trampilla que llevaba al refugio secreto la muchacha risueña y llena de vida de la que estaba perdidamente enamorado.

Cuando salió del refugio, tuvo la sensación de ser Orfeo, regresando, sin su amada, de un infierno del que ella no podría escapar nunca.

Volvieron a Bangui sin cruzar una sola palabra. Hasta el momento de despedirse, Boris había albergado la esperanza de que le invitara a quedarse, o al menos que le permitiera hablar un rato con ella, pero no hizo ni una cosa ni la otra. Bajó del todoterreno sin mirarle, dándole la espalda, tan ajena a su existencia como si se hubiera convertido en un espectro invisible.

Boris se quedó petrificado, escudriñando durante largo rato la puerta que se había cerrado tras ella, incapaz de asimilar la facilidad con que Eve había cambiado la pasión arrolladora por el desprecio absoluto. «Esos violentos placeres tienen violentos finales», murmuró, conteniendo a duras penas un sollozo, antes de arrancar el motor y poner rumbo al cuartel donde se alojaban sus hombres.

Pasaron cuatro días sin noticias de Eve. Finalmente, Boris se decidió a presentarse en casa del presidente. Arcángel le recibió tan afable y triste como siempre y le invitó a dar un paseo por el jardín. Caminaron un rato en silencio. Boris se mordió los labios con fuerza para no preguntar por Eve, le constaba que Arcángel sabía la razón de su visita y decidió dejarle hacer el primer movimiento.

—Mi nieta ha tenido que marcharse de improviso —dijo el presidente al fin—. Mi hermana Sarah está algo enferma. Vive en Kisangani, en la RDC. Eve se quedará con ella hasta que mejore. Me ha pedido que me despida en su nombre.

—Comprendo —dijo Boris, procurando que su voz no delatara lo que sentía—. Espero que su hermana se recupere pronto.

Arcángel le dedicó una sonrisa cansada.

—Comandante —dijo—. He decidido seguir sus consejos y convocar una reunión para llegar a un acuerdo con los rebeldes. Le ruego que se ponga en contacto con el general Boganda para decidir los detalles del encuentro.

A Boris no le sorprendió encontrarse al militar esperando en el porche cuando regresaron de la caminata. Tampoco la ausencia de rodeos con que le abordó. Quizás Eve había sido un instrumento que aquellos dos hombres habían utilizado en un último intento desesperado de destruir a sus enemigos, o quizás había actuado por su cuenta, movida por su propio odio. Pero, en cualquier caso, todo el mundo estaba ya al corriente de que el ingenuo militar ruso no podía ser manipulado como habrían querido y, en consecuencia, habrían decidido que no valía la pena seguir perdiendo el tiempo.

—Exigimos la presencia de todos los líderes rebeldes en un lugar de encuentro designado por el presidente —dijo Boganda—. Sus fuerzas y las nuestras permanecerán en las posiciones que ocupan actualmente. Usted y sus hombres actuarán de mediadores, garantizando la seguridad de todos los participantes. Proponemos que la reunión se celebre lo antes posible.

—De acuerdo —asintió Boris.

—Gracias por su cooperación —dijo Boganda, llevándose la mano a la sien a modo de saludo.

—Una cosa más —dijo Arcángel—. Me gustaría proponer que la reunión se haga en la escuela de Bimbo. Entiendo que acaba de visitarla, ¿verdad?

—Así es —afirmó Boris.

—Entonces sabrá lo mucho que significa para nosotros. Estoy dispuesto a negociar generosamente con los rebeldes. Pero mi condición es que Goumba pida perdón por la muerte de mi hija en el mismo sitio en que fue asesinada. Es lo mínimo que puede hacer.

—No será fácil que Goumba admita haber cometido ese crimen.

—Me da igual que lo admita o no, todo el mundo sabe que lo hizo. Quiero oírle decir que lo siente. Esa es mi única condición.

—Espero que la acepte —murmuró Boris.

—Lo hará —dijo Boganda—. Esa hiena vendería a su madre con tal de salirse con la suya.

El general Boganda no se había equivocado al afirmar que Goumba no tendría inconveniente en pedir perdón por el asesinato de Zanette Arcángel.

—Fue una gran tragedia que debe ser reparada —aseguró, con expresión contrita.

El resto de los líderes rebeldes asintieron con respetuosos gestos afirmativos. Boris se sorprendió a sí mismo imaginando que sacaba su automática de la cartuchera y les descerrajaba un tiro a quemarropa a cada uno. La imagen se formó vívidamente en su cabeza. Goumba sería el primero. Desenfundaría su pistola sin prisa, le encañonaría casi como por azar, se regocijaría durante unos instantes viendo cómo en su rostro se iban sucediendo las emociones. Sorpresa, incredulidad, alarma, terror... Sólo en ese momento apretaría el gatillo, apuntando a la frente. Los otros cuatro intentarían escapar de la sala sin éxito, los tumbaría uno a uno. Cuando todos yacieran ensangrentados en el suelo, sacaría su cuchillo, arrancaría el corazón de Goumba y se lo ofrecería a Eve.

Notó el sudor frío en la frente y sus dedos contrayéndose, como exigiendo el arma que había imaginado. Goumba le dedicó una sonrisa obsequiosa.

—¿Se encuentra bien, comandante?

—Es el calor —se disculpó Boris.

—Cuesta acostumbrarse, ¿verdad? —contestó Goumba, propinándole una amable palmada en el hombro.

Goumba tenía aspecto de comerciante bonachón, de tabernero, de dentista, un disfraz perfecto, excepto por los ojos, pequeños, porcinos, crueles. Hacía más de diez años que el Tribunal de Derechos Humanos de la Unión Europea le reclamaba como criminal de guerra, pero nadie había hecho esfuerzo alguno en llevarle ante la justicia. Sus crímenes estaban más que probados, y, sin embargo, el mundo lo aceptaba como interlocutor del presidente legítimo del país. El resto de los líderes que le secundaban eran de una calaña parecida, alimañas sin escrúpulos, a las que Gabriel Arcángel se vería obligado a contentar a cambio de una paz precaria, que con aquellos rufianes no podía ser duradera.

—Comandante —intervino Boganda—, el presidente está listo para dar comienzo a la conferencia de paz.

Boris respiró hondo. Tenía que centrarse y cumplir su cometido.

—General Goumba, mis hombres escoltarán a su delegación hasta Bimbo. El presidente y su equipo le esperan ya en la escuela.

—¿Y él? —preguntó Goumba, señalando a Boganda con la cabeza.

—El general regresará a sus cuarteles en Bangui, donde permanecerá hasta nueva orden.

—¿Qué garantías de seguridad me ofrece? —insistió el rebelde.

—No tiene nada que temer —contestó Boris—. Mis efectivos, incluyendo nuestros drones, controlan todos los accesos a Bimbo. La escuela estará protegida por un destacamento de comandos y una veintena de robots terrestres.

Los ojillos porcinos le escudriñaron durante largos segundos, desconfiados, inquisitivos. Finalmente, una amplia sonrisa se dibujó en su rostro mofletudo.

—Nuestra vida está en sus manos, comandante —dijo.

Había unas cuarenta personas en el patio de la escuela cuando dio comienzo el acto. La mitad eran periodistas, muchos de ellos locales, si bien tampoco faltaban corresponsales enviados por las agencias de noticias de todo el mundo. Aunque las conversaciones de paz se celebrarían a puerta cerrada, Arcángel había exigido que el acto de reconciliación fuera público.

El presidente sacó de su chaqueta un trozo de papel escrito a mano y leyó su discurso. Describió la labor de Zanette, enumeró sus éxitos, alabó su voluntad y su valor. Su voz era mecánica, su tono frío y distante, como si en lugar de estar hablando de su propia hija, se refiriera a un pariente lejano o a una celebridad remota. Quizás por eso Boris se conmovió tanto, entendió que el desdichado Gabriel Arcángel no tenía otro remedio que enterrar el recuerdo de su hija en una fosa de palabras vacías si quería mantener la cordura. Cuando terminó, fue el turno de Goumba de mostrar un arrepentimiento tan abstracto y remoto como el discurso del presidente. Tenía la impresión de estar asistiendo a una representación teatral en la que los actores apenas conseguían recitar unos diálogos en los que no creían, interpretando papeles que les hastiaban.

El acto estaba a punto de concluir cuando Eve y Yolande, que se habían mantenido fuera de la vista hasta ese momento, entraron en el patio. Eve dejó a su abuela junto a Gabriel y se encaró con Goumba.

—He venido a decirle que le perdono por el asesinato de mi madre.

El tono de su voz, la tensión en cada músculo de su esbelto cuerpo decían exactamente lo contrario. Parecía una pantera a punto de saltar sobre su presa. Un instante más tarde se dio la vuelta y se dirigió hacia Boris.

—En nombre de mi familia, le agradezco su mediación, comandante Sokolov.

Él asintió con la cabeza, sin saber qué decir. Ella le tendió la mano. Cuando se la estrechó, susurró en voz baja, que sólo Boris pudo oír.

—Necesito verte. Te espero fuera. Es muy urgente.

Hizo falta casi media hora para que Arcángel y Goumba respondieran a las preguntas de los periodistas y otra media para desalojarlos, acomodar a las dos delegaciones en la sala de conferencias de la escuela y asegurar el perímetro externo con los lobos y una veintena de soldados al mando de Alexey Kouznetsov. Mihail, con dos hombres, se quedó de guardia en la puerta de la sala.

Eve no estaba a la vista, pero había dejado un mensaje en el pad de Boris, pidiéndole una cita en la pequeña capilla vecina a la escuela. Cuando llegó la encontró arrodillada frente al altar, en actitud de rezar.

Boris se sentó en un banco cercano y esperó. Pasaron diez minutos hasta que Eve se levantó del reclinatorio y se dirigió hacia él. La aguardó, conteniendo la respiración. Se sentó a su lado y le tomó de la mano.

—¿Eres creyente, Boris? ¿Crees que hay un Dios que redime nuestras almas inmortales? ¿Crees que mi madre está con él? —No supo qué contestar. Eve apretó sus dedos con fuerza—. Lo suponía —dijo—. Yo tampoco. Ya no. Creía de niña, hasta que la realidad me abrió los ojos. Dios no existe. En cambio, el diablo sí, y se encarna una y otra vez en hombres como Goumba.

—Lamento mucho todo esto —murmuró Boris—. Desearía de corazón que las cosas no fueran como son.

—Yo también, mi amor —suspiró ella, antes de inclinarse hacia él y besarle. Fue un largo beso, más dulce que apasionado, Boris tuvo la certeza de que era el último. Cerró los ojos, dejándose arrastrar por la ternura del momento, que sabía irrepetible.

Cuando los abrió de nuevo, Eve le estaba apuntando con una pistola equipada con un silenciador. Se levantó y dio dos pasos atrás, separándose de él.

—La usaré si es necesario, Boris —murmuró—. Créeme.

—No voy a permitir que me coacciones —dijo él.

—Sólo quiero que me escuches. Tienes soldados en la escuela, de guardia frente a la sala de conferencias. Deben salir de allí inmediatamente. Da la orden ahora mismo, te lo ruego.

—¿Por qué habría de hacerlo?

—Porque dentro de un minuto un grupo armado va a irrumpir en esa sala y no quiero que tus hombres sufran ningún daño.

—¡No te creo! —exclamó Boris—. Tenemos asegurada toda la periferia de la escuela.

—El refugio, Boris. El escondrijo que mi madre no llegó a usar. No es sólo un búnker. Hay otra puerta oculta que da a un corredor y ese corredor se extiende hasta un edificio secreto, en las afueras de Bimbo. Diez de los mejores hombres de Boganda han estado escondidos allí desde hace muchos días, esperando esta ocasión. En este momento están listos para entrar en acción, aguardando la señal de mi pad. Voy a dar esa orden en cuanto retires a tus hombres.

—¡No puedes hacer esto! —exclamó Boris, haciendo ademán de levantarse. Ella alzó su arma.

—¡No me obligues a disparar! —gritó—. Siéntate, por favor.

Boris tuvo la certeza de que lo haría si intentaba acercarse a ella. La obedeció.

—Desde el instante en que reciban mi orden, los soldados necesitarán dos minutos para salir del refugio, cruzar el patio y llegar a la sala de conferencias. No quiero que tus comandos mueran. Ordénales retirarse.

—No puedo.

—Sí puedes. Sus vidas y la tuya valen mucho más que la de los asesinos de mi madre.

Eve alzó el brazo izquierdo, acercándose el pad a la boca.

—*Attaquez* —dijo.

—¡Eve, no!

—Se nos acaba el tiempo, *mon amour*.

—¡Mihail! —gritó Boris, sabiendo que su pad reconocería el nombre y le conectaría con el del teniente—. Te necesito inmediatamente en la puerta de la escuela, con todos tus hombres. Repito, *inmediatamente*. Confirma.

—¡Oído, comandante, cumplimos órdenes! —respondió la voz del oficial.

El pad de Eve proyectó una holo frente a ambos. Una sucesión de imágenes empezó a pasar rápidamente, y Boris comprendió que se trataba de una cam, fijada al casco del líder del comando. Todo pasó tan rápido como Eve había predicho. La cámara transmitió la imagen de las dos delegaciones, sentadas en extremos opuestos de una gran mesa oval. El rostro de Goumba expresó exactamente las emociones que Boris había imaginado unas horas antes. Apenas hubo ruido, los comandos llevaban pistolas con silenciador, idénticas a la que todavía le apuntaba, y todo pasó tan rápido que la mayoría de las víctimas no tuvieron tiempo para quejarse. Goumba fue la única excepción, dejó escapar un chillido agudo, como un cerdo arrastrado al matadero antes de que una bala le destrozara la cabeza.

28

La primavera de la esperanza

Vrangelya, 2055

—¡Bienvenido a casa! —dijo Gala.

—Creí que Iván no me dejaría salir nunca de sus mazmorras —bromeó Boris.

Eran cerca de las seis de la tarde, Iván les había dado el alta después de una última ronda de pruebas, pero antes de dejarles ir había querido mostrarles la mano biónica recién llegada de Aurora.

—Titanio y fibra de carbono, última generación de electrodos EMG... Estoy tentado a dejarme morder por un oso para conseguir uno de estos juguetes.

—¿Cuándo podré empezar a usarla? —preguntó Boris.

—Dentro de algunos meses —contestó Iván—. Los cirujanos de Aurora han hecho un trabajo espectacular. Es increíble lo rápido que la herida está curando. Pero aún harán falta algunas semanas para que la inflamación desparezca y los tejidos cicatricen. Vas a tener que tomarte la vida con cierta clama, Boris.

—Yo me ocupo de ello —dijo Gala—. Ahora es mi prisionero.

Entraron en la dacha, totalmente a oscuras. Gala pulsó un interruptor y las luces se encendieron, a la vez que medio centenar de gargantas les daban la bienvenida y un fragor de taponazos marcaba las botellas de champán descorchándose.

—Cualquier excusa es buena para empinar el codo en Vrangelya —sentenció Boris, agitando resignadamente la cabeza.

La fiesta se prolongó hasta bien entrada la madrugada. Cuando finalmente se quedaron solos, Gala se derrumbó en el sofá, agotada. Boris se dejó caer a su lado.

—No has bebido una gota de alcohol —le dijo, con tono fingidamente severo.

—Estoy embarazada —contestó ella—. Tú tampoco lo has probado.

—Estoy hasta arriba de antibióticos —dijo él.

—A cambio, hemos emborrachado a todo el mundo. Ha sido una buena fiesta.

—Me alegra estar en casa.

—Y a mí. Te he echado de menos.

—¿Cuándo? No conseguía echarte del hospital.

—Por la noche. No era capaz de dormirme sin nadie en casa. He aprovechado para volver a leerme tu diario. Termina abruptamente con el asesinato de Goumba y sus secuaces. ¿Qué ocurrió después, Boris?

—Relaciones públicas —dijo él—. La masacre se atribuyó a una de las muchas facciones en litigio, el presidente hizo unas declaraciones públicas lamentando la catástrofe y pidiendo reconciliación y yo recibí órdenes de presionar a los rebeldes para que se rindieran. No fue difícil. Bastó con un simulacro de ataque por parte de las águilas. Arcángel ganó las elecciones y su primera medida fue conceder un indulto general. La misión se dio por terminada. Regresé a Moscú, fui condecorado por segunda vez y esta vez el general Ivanchenko aceptó mi baja en el servicio. El resto ya lo sabes.

—¿No volviste a ver a Eve?

—No —dijo Boris—. ¿De qué habría servido? Lo que había entre nosotros se rompió en Bimbo y no podía ser reparado.

—Te entiendo —dijo Gala—. Eso mismo he sentido yo con Ariel.

—Los actos de Eve eran irreversibles —dijo Boris—. Ariel podría cambiar sus puntos de vista —apuntó Boris.

—No lo hará. Está demasiado convencido de que su obligación es protegerme de mí misma.

—Lo siento. Sé que le quieres.

—Y, sin embargo, cuando te vi abalanzarte sobre aquel oso, lo único que sentí es que te iba a perder y que mi vida no valdría nada en ese caso. —La expresión en el rostro de Boris era inescrutable. Posiblemente estaba buscando las palabras para rechazarla delicadamente. Pero no se arrepentía de haberle confesado la verdad, aunque sólo fuera porque, al hacerlo, se la había admitido a sí misma—. No espero que me correspondas —dijo—. Sé que no puedo reemplazar a Eve.

—Eve fue un *hillingar*, Gala. Cuando creí haber alcanzado el Valhalla, me encontré abandonado en mitad de la tundra. Para levantarme y seguir andando, me aferré al sueño de construir una catedral. Tú has hecho posible que ese sueño se convierta en realidad. No necesitas reemplazar a Eve, ella era un espejismo, tú eres tan real como esta isla y todo lo que construiremos juntos en ella.

La mano sana de Boris acarició su mejilla. Mientras le besaba, Gala se imaginó prendiéndole fuego a la vieja buhardilla, haciendo arder las vigas y las paredes, el suelo y los muebles, las cortinas y los fantasmas, derritiendo en la furiosa hoguera de su pasión los icebergs de la doctora Hielo.

Madre me contó que durante los meses del embarazo no hizo otra cosa que leer los viejos libros, encuadernados en papel, que Sergei guardaba en su cuarto, ordenados en una pequeña estantería bajo la ventana. Casi todos eran novelas rusas de los dos siglos anteriores, aunque entre ellas se infiltraban algunas obras de otros autores. A madre le llamó la atención la forma en que arrancaba la *Historia de dos ciudades*, de Dickens: «Era el mejor de los tiempos, era el peor de los tiempos;

la edad de la sabiduría y también de la locura; la época de la fe y de la incredulidad; la era de la luz y de las tinieblas; la primavera de la esperanza y el invierno de la desesperación».

Era el mejor de los tiempos, me aseguró. Por primera vez en su vida, había encontrado una felicidad que ni siquiera había experimentado en Aurora, aunque quizás la palabra precisa no fuera felicidad, sino paz. Desde la muerte de su madre, comprendió, su existencia había sido una guerra continua. Se había batido en vano contra el lento suicidio de su padre, había peleado con uñas y dientes por ser la mejor estudiante de su curso en la Escuela Normal, la mejor doctoranda, la más brillante investigadora, pertrechada tras su coraza de doctora Hielo, sin más amigos que Jacques y Anastasia. Ariel le había ofrecido el palacio de cristal de Aurora y había estado a punto de encerrarla allí para siempre, la batalla para liberarse había sido ardua y dolorosa.

Aún peor, no sólo había librado una guerra contra el resto del mundo desde que tenía uso de razón, la peor batalla había sido contra sí misma. Había intentado darle sentido a su vida desesperadamente, embarcándose en una misión sublime y descabellada, rescatar a los Eloi del olvido, traerlos de vuelta al mundo, resucitarlos a ellos, ya que no podía resucitar a sus padres. La fantasía de la niña que todavía cree en cuentos de hadas se había ido transformando en una obsesión cada vez más enfermiza, cada vez más imperiosa.

Y de repente, había llegado la paz, en parte forzada por las circunstancias, como un armisticio que la vida le hubiera hecho firmar contra su voluntad. A partir del tercer mes de embarazo empezaron a surgir complicaciones y Katia decretó reposo total. Gala se desentendió sin esfuerzo del trabajo, se dejó mimar por la tropa de *tovarishchi* que se turnaban para atenderla, se sumergió, poco a poco, en una realidad apacible, repetitiva, una rutina familiar que arrancaba con el desayuno compartido con Boris, seguía con los cortos paseos hasta las granjas, se extendía en largas horas de lectura, en las visitas que nunca faltaban en la dacha, en siestas cada vez más prolongadas. Los días se sucedían sin alboroto, lentos y suaves como las caricias del gigante discreto con quien los compartía. Era como si, después de haber vivido treinta años de puertas hacia fuera, hubiera descubierto su propio interior y ese interior fuera un lugar acogedor y silencioso, una estancia vacía que, por primera vez en su vida, no encerraba una ausencia, sino que esperaba una llegada.

Pero era también el peor de los tiempos, me confesó, las complicaciones habían parecido fáciles de manejar al principio, pero a medida que el embarazo avanzaba se revelaban más y más graves. Katia no tardó en dictaminar que sufría de un trastorno autoinmune grave que estaba reduciendo seriamente el número de plaquetas en su torrente sanguíneo y disparando el riesgo de que sufriera una hemorragia interna en cualquier momento.

Era la edad de la sabiduría, me dijo, nunca antes en su vida había tenido las ideas tan claras, nunca antes se había comprendido mejor a sí misma. Y a la vez era el tiempo de la locura, ser madre, traernos al mundo a Hartz y a mí, se convirtió en su razón de ser, una necesidad absoluta, irracional e incuestionable.

Era la época de la fe, soñaba con el momento en que llegaríamos al mundo, se imaginaba minuciosamente cada día compartido con nosotros, nos veía en su mente creciendo, aprendiendo, convirtiéndonos en personas únicas; se le olvidaba a menudo que los bebés que crecían en su interior pertenecían a otra especie, y si lo pensaba, le parecía un detalle insignificante. Todo lo que le importaba era que sus hijos pronto estarían en el mundo, anticipaba todas las sorpresas que nos aguardaban, toda la felicidad que compartiríamos. Y a la vez era el tiempo de la incredulidad, con frecuencia la consumían las dudas, se angustiaba pensando que quizás seríamos demasiado diferentes de ella, en sus peores pesadillas era incapaz de entenderse con nosotros y todos los intentos por educarnos fracasaban.

Era la edad de la luz, la dacha se iluminaba con los primeros rayos del amanecer y los leds instalados por Boris la mantenían encendida cuando caían las sombras. Gala sentía a menudo como esa luz se colaba en su interior, como si también estuvieran instalados en su alma los leds de la esperanza. Pero también era la edad de la oscuridad, los días se acortaban y el invierno se apoderaba de la isla. A veces, las sombras de las dudas no le dejaban ver, todo se tornaba incierto, volátil. Sus convicciones se le antojaban banales y arrogantes; sus decisiones, insensatas e irresponsables.

A medida que la enfermedad la debilitaba, las pesadillas en las que se sentía como una cucaracha, devorada por dentro por las larvas de una avispa asesina, la torturaban con frecuencia. Durante los últimos dos meses de embarazo, su existencia oscilaba entre la primavera de la esperanza y el invierno de la desesperación.

Sé que mis recuerdos son falsos, un historia construida a partir del relato de Madre, un *hillingar* por el que he paseado tantas veces como para olvidar que se trata de un espejismo. Pero no por ello las imágenes que se dibujan en mi mente con tanta claridad como si mi ken hubiera despertado de golpe me parecen menos reales.

Recuerdo el momento en que Gala supo que su corazón estaba a punto de fallar, faltaban pocas semanas para salir de cuentas y ese día fue un poco mejor que todos los anteriores, había conseguido salir de la dacha y dar un breve paseo hasta las granjas; los chuchos que un día habían intentado intimidarla se acercaron al cercado, mendigando alguna caricia y las golosinas que solía llevar encima para ellos. Acababa de regresar a casa cuando empezó a encontrarse mal.

Me parece sentir el sudor frío que perlaba su frente, el dolor que irradiaba desde su pecho hasta su espalda, las violentas arcadas y el esfuerzo sobrehumano por no desvanecerse, la llamada de urgencia de Anastasia, Boris irrumpiendo como un vendaval por la puerta, tomándola en brazos, corriendo hacia la ambulancia, donde Iván le administró nitroglicerina y betabloqueadores mientras Katia aceleraba camino del hospital.

—Hay que inducirle el parto —dijo Katia, apenas llegaron.

—Es muy arriesgado —opinó Iván—. Puede fallarle el corazón en cualquier momento.

—Precisamente por eso —insistió la ginecóloga.

—¿Cesárea?

—Tiene pocas plaquetas, temo una hemorragia.

Escucho gritar a Madre y a la vez soy consciente de que nadie oye sus desesperados alaridos, grita hacia dentro, de su boca sólo sale un gruñido sordo y casi feroz, como el de un animal herido. Siento las violentas contracciones que la zarandean como un bote a merced de la tempestad, la siento ahogarse y respirar, soy testigo de sus alucinaciones; se imagina que Marianne está a su lado, confunde la mano de Katia con la de su fantasma, su madre parece tirar de ella como si quisiera llevársela, como si la invitara a abandonar el océano de sufrimiento en el que se ahoga, pero Gala se agarra a los travesaños de la cama y empuja y gruñe como una bestia, babea, llora y se desangra, mientras la cabeza de mi hermano asoma entre sus piernas. Katia tira de él con una ventosa, con tanta fuerza que Hartz sale despedido, se escurre entre sus brazos y es Iván quien lo captura al vuelo, le corta el cordón umbilical, lo envuelve en una sábana y se lo alarga a Boris. Yo llego al mundo de manera más serena, no hacen falta los fórceps ni la ventosa. Katia me acerca al pecho de Madre y ella grita de dolor y de placer cuando aferro con ansia su pezón. Padre coloca a Hartz en el otro pecho. Oigo el suspiro de alivio de Iván y sé que el corazón de Madre va a seguir latiendo.

Tercera parte

Liberación

29

Gólem

París, diciembre de 2070

Gala me contó que Ariel y ella habían quedado en Chez Carmela, el restaurante de su primera cita. Gala llegó media hora antes de la hora convenida; recordaba, me dijo, que en aquel primer encuentro habían tenido que hacer una larga cola para entrar en el concurrido local y se le ocurrió la peregrina idea de anticiparse para coger turno, como si aquella cita con Ariel hubiera ocurrido unas semanas antes y todo siguiera igual. Pero nada, me dijo, sigue igual después de veinte años. El restaurante estaba cerrado, la cortina metálica que protegía la entrada estaba llena de pintadas, el candado oxidado; hacía tiempo, pensó, que nadie degustaba allí las famosas *crêpes au sarrasin*. Tuvo tiempo, mientras esperaba a Ariel, para darse cuenta de que el barrio también había cambiado. El distrito diecinueve solía ser una zona med, agradable y relativamente segura, aunque distara mucho del decorado que relucía en los distritos centrales. Pero, en las últimas dos décadas, parecía haberse metamorfoseado en Clichy-sous-Bois. Las paredes de los edificios estaban tan cubiertas de pintadas como la puerta metálica del restaurante cerrado a cal y canto, las basuras parecían no haberse recogido en una semana y la gente con la que se cruzaba caminaba deprisa y mirando al suelo, como si tuvieran miedo. Tampoco ella se sentía cómoda. Llevaba tres lustros sin salir de su remoto refugio, convertida por voluntad propia en una ermitaña.

—No se nos ha perdido nada ahí fuera, Arce —me decía—. En Vrangelya tenemos todo lo que necesitamos para ser felices.

Aunque Gala no era del todo feliz, como tampoco lo era yo. Ambas teníamos que vérnoslas con la intrusa que se esconde en nuestra mente y a menudo no nos deja respirar. Siempre había algo que aprender, o medir, o pesar, algo sobre lo que especular y preocuparse, siempre encontrábamos una excusa para agobiarnos. Ni ella ni yo éramos capaces de disfrutar tanto como Padre y Hartz de la belleza de nuestra isla y el privilegio de estar juntos.

A Madre, además, la acosaban a menudo los remordimientos. Consideraba que había sido injusta con Ariel, ocultándole la verdad sobre nosotros y encerrándose en un mutismo que había acabado por distanciarles. No era un silencio absoluto, cada cierto tiempo intercambiaban algún ping, o un breve clip enviándose noticias de sus respectivas vidas. Fue así como Madre supo que Ariel se había reconciliado con Ruth y abandonado casi totalmente su actividad académica para ayudarla en África. Por su parte, ella le mantenía al tanto de los progresos en Vrangelya, donde ya pastaban rebaños de decenas de mamuts junto a otros animales paleolíticos, de vez en cuando le enviaba una pic nuestra, cuidadosamente editada, para evitar que nuestros rasgos le llamaran la atención. Todo el resentimiento que sentía hacia Ariel, me confesó, se desvaneció tras nuestro nacimiento, quedándole, sin embargo, el cariño hacia él y la pena por su malograda relación. Aunque nunca me lo confesó, no me costó mucho entender que, con el paso del tiempo, había reconocido la solidez de los argumentos que él esgrimía en contra de clonar neandertales. Gala, de hecho, había perdido todo el interés por resucitar nuestra especie y se contentaba con ser nuestra madre.

Lo que sí me dijo muchas veces era que no se arrepentía de sus elecciones. A menudo comparaba, a veces sin darse cuenta, a Eve Arcángel con Ariel Arazi, argumentando que Padre y ella habían tenido que enfrentarse al mismo problema, tanto la una como el otro estaban demasiado convencidos de su verdad para tomar en cuenta otros puntos de vista. Boris, me aseguraba, era todo lo contrario; llevaban quince años juntos, nos habían criado mano a mano y a pesar de eso, todavía no había conseguido arrancarle su punto de vista sobre el dilema que había provocado su ruptura con Ariel. Era algo que no me sorprendía. Padre siempre estuvo más interesado en entender a las personas que en especular sobre abstracciones, prefería actuar a opinar y, a diferencia de casi todo el mundo que le rodeaba, la intrusa apenas le incordiaba. A veces, tenía la sensación de que se parecía más a Hartz que yo.

Sobre todo se parecían en su capacidad de ser felices, disfrutando del amor que compartíamos, algo que ni Madre ni yo podíamos hacer del todo.

Ariel vestía pantalones de pinzas y chaqueta deportiva de color oscuro, zapatillas de tenis y polo beige, una combinación elegante, aunque sin llegar al dandismo de antaño. Aún sonreía con aquella irresistible mezcla de encanto y ternura que la había conquistado. Pero había algo nuevo en él, una ausencia que también a Gala le dolía. Resultaba increíble que no estuviera destrozado, o que fuera capaz de disimularlo tan bien.

Había envejecido con estilo. El cabello azabache de su juventud se había trocado en una melena plateada, todavía abundante, aunque los rizos de otros tiempos habían desaparecido y su barba, entrecana, era mucho más fina. Estaba más delgado de lo que recordaba, como si los años lo hubieran resecado. Su ojos eran tan oscuros y vivos como siempre, pero había una gravedad en su expresión, acentuada por los surcos que cruzaban su frente y las bolsas que empezaban a formarse bajo sus ojos, que delataba el pesar que le consumía.

—Estás muy guapo —dijo Gala, besándole en la mejilla.

—Y tú —dijo él—. El Ártico te sienta bien. ¿Cómo está Boris?

—Te manda recuerdos.

—¿Su prótesis?

—Es capaz de enhebrar una aguja con ella —sonrió Gala—. Cosa que yo ya no puedo hacer.

—¿Quién necesita enhebrar una aguja hoy en día? —bromeó Ariel.

—Te sorprendería lo bien que viene saber coser en Vrangelya —retrucó ella.

Ariel hizo ademán de responderle, pero el estruendo de una sirena, seguido del escándalo de una multitud aproximándose, ahogó su voz. Echaron a andar, con ánimo de alejarse del inesperado jaleo. Al llegar a la avenida de Stalingrado, se dieron de bruces con la manifestación. Una ambulancia pasó ante ellos a toda velocidad y casi al mismo tiempo media docena de furgones de policía, con todas las luces destellando violentamente, se abalanzaron contra la muchedumbre que ascendía por la avenida. Los furgones se detuvieron con un rabioso chirrido de frenos y empezaron a vomitar antidisturbios armados con porras, escudos y fusiles lanza pelotas, vestidos con chalecos blindados, cascos y botas reforzadas. Los manifestantes, lejos de arredrarse, los recibieron con una lluvia de piedras y cócteles molotov. Un grupo muy numeroso de jóvenes, armados con bates de béisbol, tirachinas y cadenas, sus rostros cubiertos con pasamontañas, cargaron contra los uniformados, mientras los petardos estallaban a su alrededor. Uno de ellos acertó a estrellarse contra el depósito de gasolina de uno de los escasos automóviles aparcados en la avenida, que explotó con un tremendo estruendo.

Alguien, pensó Gala, le había prendido fuego a la postal del cielo.

—Por aquí —dijo Ariel, tomándola del brazo—. Date prisa.

Tiró de ella hacia una de las calles contiguas. Echaron a andar rápidamente, alejándose de la zona de conflicto, adentrándose en una zona del barrio que Gala no conocía y se le antojó sacada de un documental sobre el fin del mundo. Caminaron entre montañas de basura, barricadas derruidas y esqueletos de coches calcinados, hasta que alcanzaron un estrecho callejón, cuya entrada era casi invisible en el paisaje desolado que les rodeaba. La guerra parecía haber pasado por alto el angosto pasadizo y el desvencijado café en el que se colaron.

—No es un bistró muy elegante, pero el café es bueno —apuntó Ariel.

El antro tenía algo de taberna pirata, algo de hogar social de pensionistas, algo de lugar de encuentro de espías jubilados. Les atendió una mujer muy atractiva, de unos cuarenta años, con las orejas llenas de pendientes. Gala creyó reconocer a la chica de los mil aros que les había servido las *crêpes* en Chez Carmela, pero quizás, se dijo, era sólo su fantasía tratando de darle sentido al caos que la rodeaba.

Pidieron dos cafés y una porción de tarta de manzana. La sensación de *déjà vu*, pensó Gala, era abrumadora.

—¿Cómo sigue el doctor Acevedo?

—Todavía trabaja de voluntario en los CDS de París. De hecho, más que nunca. Cada vez abrimos más centros y nunca son suficientes. Lo poco que quedaba del sistema de salud público se ha desmoronado estos últimos años.

—¿Y tú, Ari? ¿Cómo estás?

Él amagó un esbozo de sonrisa que no conseguía ocultar la desolación.

—Mejor de lo que me esperaba, el trabajo ayuda y la verdad es que no doy abasto, la situación en toda Europa es cada vez peor.

—Basta ver cómo está París. Nadie esperaba una reacción tan violenta a la ley de zonas.

—Las revueltas son el síntoma. La enfermedad es la desigualdad. La ley de zonas ha sido la gota que colma el vaso de la paciencia de la gente. Pretender que el centro histórico de París sea propiedad exclusiva de los privilegiados no es más que otra vuelta de tuerca. No obstante, puede que haya roto la rueda. ¿Has oído las canciones que se corean en las manifestaciones? Paco Salinas vuelve a estar de moda.

—*Rebelarse contra el látigo que golpea a la mula que tira de la noria* —suspiró Gala, citando uno de los poemas de juventud de su padre.

—Hasta que la acémila le pega fuego al molino —dijo Ariel—. París entero está en llamas y puede que el incendio se extienda a todo el continente.

—¿Crees que tiene remedio?

—Sólo si abrimos los ojos a tiempo —dijo Ariel.

La chica de los mil pendientes apareció, como recién llegada de una noche de dos décadas atrás. Cuando se alejaba, después de dejarles los cafés y la tarta sobre la mesa, sonrió a Gala, como si también ella la hubiera reconocido, como diciendo, veinte años no es nada.

—¿Pasas mucho tiempo en París, entonces?

—Sólo un par de meses al año, el resto del tiempo estoy en África, tratando de continuar el trabajo que empezó Ruth.

—No había tenido aún ocasión de darte el pésame en persona y quiero que sepas que lo siento mucho.

Las manos de Ariel apretaron con fuerza las suyas.

—Lo sé, Galatelle.

—Intenté visitarte cuando me enteré de la noticia, pero estaba muy delicada de salud y no pude viajar.

—¿Nada demasiado grave, espero?

—El embarazo de mis hijos fue muy complicado. Tuve una reacción autoinmune que me causó una angina de pecho durante el mismo parto. Lo superé y los bebés no sufrieron ningún daño, pero mi corazón quedó bastante tocado y sufro secuelas desde entonces. Generalmente me defiendo, pero paso por alguna racha difícil. Cuando murió Ruth estaba muy débil. Desde entonces he mejorado mucho.

—No sabía nada —dijo Ariel—. Estoy seguro de que los médicos de Aurora pueden echar una mano.

—No hablemos de eso ahora, Ari. Quiero saber de ti.

—Cuando Ruth murió, mucha gente mandó holos y clips con mensajes de condolencia. Sólo una persona me mandó una carta escrita a mano. Siempre la llevo conmigo.

Ariel sacó un librito del bolsillo de su chaqueta. Estaba encuadernado en cuero negro. Lo abrió, en su interior sólo había una hoja de papel, protegida por una ligera pantalla de grafeno. Gala reconoció su propia caligrafía y leyó en voz alta:

> Ruth la moabita a espigar va a las eras,
> aunque no tiene un campo mezquino,
> piensa que es Dios dueño de las praderas
> y ella espiga en un predio divino.

—Espiga en un predio divino —murmuró Ariel—. La describe perfectamente.

—Cara a cara sí puedo decirte cuánto lo siento —dijo Gala—. Cuando me enteré de que habías dejado Aurora y te habías instalado con Ruth en África, pensé que por fin habías encontrado la felicidad a la que tenías derecho.

—No sólo la felicidad. Me encontré a mí mismo. Los últimos tres lustros han sido los mejores de mi vida. Nada ni nadie puede quitármelos. Pero me la robaron demasiado pronto, Gala. De la manera más cruel y absurda posible.

Los ojos de Ariel se llenaron de lágrimas. Gala sacó un pañuelo de su pequeña mochila y se las secó, como quien restaña una herida abierta. Ariel se dejó hacer, sin decir una palabra. Luego dio un sorbo a su café y empujó el plato con el dulce hacia Gala.

—Prueba la tarta. Está muy buena.

Gala cortó un pedacito diminuto, tragó con esfuerzo, ayudándose de un sorbo de café con leche. Tenía la garganta seca y una garra le apretaba con fuerza el estómago.

—¿Quieres contarme qué pasó?

Ariel respiró hondo.

—Quería verte por muchas razones —dijo—. Pero la principal era hablarte del asesinato de Ruth.

Gala apartó el plato y sus manos volvieron a buscar las de Ariel. Él, por su parte, miraba al cielo, como buscando inspiración en las telarañas que anidaban entre las vigas de madera semipodrida del techo.

—Hace ya casi un año de eso... —dijo Gala, tratando de tenderle a Ariel un cabo para iniciar la conversación.

—Fue el 3 de enero, hace once meses, una semana y tres días —contestó él—. Llevo la cuenta. Lo peor de todo es que yo debería haber estado con ella. Habíamos previsto hacer juntos el recorrido de los CDS. Cambié de planes en el último instante, cuando Lior me avisó de que mi padre había fallecido de un infarto. Volé a Aurora para atender al funeral, me demoré unos días. Estaba a punto de subir al jet para regresar a la RCA, cuando llegó la noticia de que un grupo de paramilitares había atacado el convoy en el que viajaba Ruth.

»El convoy estaba protegido por un destacamento de soldados expertos y bien armados, además de varios drones. Tuvieron que atacarlos con una fuerza muy numerosa, tanto en hombres como en robots, para aniquilarlos de la manera en que lo hicieron. Sospechamos que se trataba de mercenarios.

—¿Por qué, Ariel? ¿Quién podría tener interés en masacrar a un equipo de médicos cuya única misión era mejorar la sanidad del país?

Él negó con la cabeza, con un gesto de desaliento.

—Aquellos que medran en el miedo y el horror —dijo.

—Es incomprensible —murmuró Gala.

—La maldad siempre lo es. Cuando llegué a Bangui, todo lo que pude hacer fue llorar sobre el cadáver de Ruth y el del resto de su equipo, muchachas y muchachos jovencísimos, abnegados, decididos a darlo todo por los demás, sin saber que se les iba a exigir incluso la vida.

»Sólo hubo una superviviente, Alika, una niña de diez años. Con lo que nos ha contado hemos podido reconstruir que Ruth consiguió ponerla a salvo, a costa de su propia vida.

—Fiel a sí misma hasta el final.

—Pero hay algo más, Gala. Alika nos dio detalles del ataque. Hay una parte que se ajusta a lo que esperábamos, se trataba en efecto de mercenarios, al menos los que estaban al mando. Blancos, con aspecto caucásico. Quizás rusos.

—¿Rusos? ¿En la RCA? No puede ser, sé por Boris que eso es imposible.

—Hay más. La descripción de Alika parece sacada de una pesadilla. Los atacantes eran niños de doce o trece años, de baja estatura, muy robustos, con manos enormes y rostros bestiales. Pensé que Alika estaba alucinando, quizás mezclaba la realidad con sus pesadillas, pero su descripción era muy precisa. Todos los niños eran pelirrojos, Galatelle. *Y todos eran idénticos.*

Gala se llevó una mano a la boca, suprimiendo a duras penas un grito de angustia.

—¡No puede ser! —acertó a decir, con voz ahogada—. No hay ninguna manera de... A no ser que...

Se interrumpió, de repente, sintiendo que la mano invisible que apretaba su estómago había decidido que era más efectivo estrangularla.

—Ariel —consiguió articular al fin, aunque cada palabra parecía atascarse en su boca, como si su lengua estuviera adormecida por una fuerte anestesia—. Tengo que hablarte de mis hijos.

—Ya serán adolescentes —dijo él—. No me has mandado muchos pics de ellos. ¿Se parecen más a ti o a Boris?

—No se parecen a ninguno de los dos. Mis hijos son clones de Arce y Hartz. La prohibición de usar los úteros artificiales me obligó a ejercer de madre subrogada. Cuando te conté que estaba embarazada y asumiste que los niños eran de Boris, no me decidí a sacarte de tu error, y a lo largo de estos años he preferido mantener su existencia en secreto.

Ariel la miraba asombrado, pero no parecía contrariado; al contrario, aquella sonrisa que Gala conocía tan bien, a medio camino entre la ternura y la ironía, se dibujaba en sus labios.

—Fiel a ti misma a toda costa —dijo—. En eso siempre has sido igual a Ruth. ¿Cómo son?

—Son maravillosos, estoy deseando que los conozcas. Pero hay algo más que tengo que confesarte.

—¿De qué se trata, Gala? —preguntó él, súbitamente serio, como si su afinada intuición intuyera la confesión que estaba a punto de hacerle.

—Los muchachos que atacaron el convoy... Su descripción encaja con el aspecto físico de Hartz. Hace quince años decidí enviar a las instalaciones de NeoLife a Vladivostok cientos de protoembriones de Hartz. Lo hice como forma de protegerme de un posible embargo de la Unión Europea. Después del nacimiento de mis hijos, abandoné mis pretensiones de resucitar la especie. En Vladivostok me aseguraron que los blastocitos habían sido destruidos y no volví a pensar en ellos hasta hoy.

—Quizás haya otras explicaciones menos rebuscadas, Gala —dijo Ariel. Su voz era tan serena como la expresión de su rostro, los años no habían erosionado su autocontrol—. ¿Qué interés puede tener una compañía de biotech solvente como NeoLife en clonar ilegalmente cientos de neandertales?

—¿No es evidente? ¡Venderlos como soldados!

—No me parece un escenario tan plausible, es mejor no precipitarnos.

—Tenías razón, Ari —sollozó Gala—, siempre la tuviste. Me atreví a crear un Gólem y ahora el Gólem se ha vuelto contra nosotros.

30

Todas las familias felices

Aurora, enero de 2071

—Me alegro de teneros en Aurora —dijo Ariel Arazi—. Quiero que sepáis que Lior y yo os consideramos parte de nuestra familia.

Todas las familias felices se parecen, murmuró la intrusa, citando el arranque de una de las novelas que había devorado a lo largo del verano. Todas las familias felices se parecen, insistió, menos la tuya.

Enseguida empezó a discutir consigo misma, desdoblándose en un coro disonante de voces, cada una de las cuales defendía una postura distinta, todas hablando a la vez. La Escéptica, dudando de que aquella reunión heterogénea pudiera asimilarse a un encuentro familiar, por mucho que se empeñara el hombre de cabello cano, ojos oscuros y sonrisa cálida; la Sarcástica, apuntando si no debería llamarle tío Ariel, a fin de cuentas, toda esa feliz familia se fundamentaba en falsos parentescos; la Inquisitiva tratando de leer el lenguaje corporal de los adultos, Madre y Ariel exudaban buena voluntad, Padre y Lior se escudaban tras un cauto silencio, Hartz, aburrido, se concentraba en tallar una de sus figuras de madera, un bonito caballo de crin lanuda. La Filósofa, por su parte, ponderaba el sentido del vocablo felicidad, preguntándose si alguien en la sala, si alguien en el mundo, sabía lo que la palabra significaba.

Durante la cena, mientras Madre y Ariel se enzarzaban en reminiscencias de su pasado, Lior se inclinó hacia mí.

—He oído que te interesa la física —dijo en voz baja, como de conspirador—. ¿Qué opinas de la computación cuántica?

—¿Es cierto que Esperanza tiene un millón de qbits? —pregunté a mi vez.

—Diez millones —contestó él—. Hemos multiplicado nuestra capacidad en los últimos años.

—Entonces Esperanza puede descodificar cualquier criptografía clásica.

—Cierto. Y todas las CPC que se conocen..., me refiero a criptografías postcuánticas.

—Según lo que he leído, ningún otro ordenador cuántico tiene más de diez mil qbits. ¿Cómo es posible que el resto del mundo esté tan atrasado?

—La respuesta corta es que hace veinte años dimos con una tecnología única, basada en dopantes de zafiro, que nos permitió fabricar qbits estables.

—Entiendo el concepto, se trata de hacer interactuar un láser de estado sólido con cada núcleo de dopante, ¿verdad? No parece muy complicado.

La sonrisa de Lior me recordó a la de Hartz la primera vez que identifiqué uno de sus signos. Era la sonrisa de quien ha encontrado a alguien con quien hablar.

—Tienes razón —dijo—, conceptualmente no es muy complicado. Pero el diablo está en los detalles. Implementar la tecnología requiere docenas de etapas y cada una debe ejecutarse a la perfección. Por ahora nadie dispone del conocimiento acumulado que tenemos en Aurora.

—Pero sí de los medios para obligaros a compartirlo —especulé—. Por la fuerza, quiero decir.

—Supongo que la idea ha pasado por más de una cabeza, pero por ahora no se han atrevido —dijo Lior, con una sonrisa irónica en los labios—. Procuramos hacernos querer, contribuyendo al progreso de otros proyectos.

La intrusa había conseguido acallar el coro de voces disonantes para escuchar a Lior, pero la última frase excitó a la Especuladora, que aventuró la hipótesis de que quizás la razón por la que nadie intentaba obtener por la fuerza la tecnología de Aurora era el miedo. Un ordenador capaz de romper cualquier código criptográfico conocido podría desatar el caos si su dueño se lo proponía.

En ese momento, Ariel se levantó de su asiento y levantó una copa de champán, proponiendo un brindis.

—Por el futuro.

Era un brindis extraño, brindar por algo que aún no existía y era impredecible. Hartz alzó los ojos de su figurita, observó a los adultos chocando sus copas y me preguntó qué ocurría, usando nuestro lenguaje de signos particular.

—Hablan del tiempo-por-venir —contesté, moviendo rápidamente la manos.

—¿Mañana? —preguntó Hartz.

—Mañana-muchas-veces —contesté.

Hartz se encogió de hombros, con un gesto idéntico al de Padre, y volvió a concentrarse en su figura. Mañana-muchas-veces no le interesaba lo más mínimo.

Hartz se quedó dormido, como cada noche, inmediatamente después de acoplarnos, y como cada noche, la intrusa empezó a intrigar un poco más tarde. Esta vez le dio por divagar sobre el sentido de las palabras, Madre nunca usaba «acoplarse», y también rehuía otros vocablos directos, no le gustaba «aparearse» y todavía menos «copular», prefería siempre usar una expresión vaga, como «hacer el amor», y cuando le preguntaba por qué, insistía en que las palabras que a mí me gustaban eran demasiado literales, como si usar términos precisos fuera un defecto.

—Para algunas cosas eres más prosaica que tu hermano —protestaba.

En realidad, Madre no quería decir «prosaica», sino «neandertal», a pesar de que mi aspecto físico y mis rasgos ponen de manifiesto que soy una mestiza. Madre tendía a olvidarse de ese dato obvio, quizás porque me comportaba de manera muy diferente a mi hermano. Y, sin embargo, lo más probable es que sea mi parte neandertal la que me ha salvado de la esquizofrenia.

A menudo, Madre y yo acabábamos riéndonos, conscientes de lo absurda que era la discusión. Daba igual cómo llamáramos al acto, lo que contaba, y Madre lo sabía igual de bien que yo, era que Hartz y yo ya no éramos dos seres torturados por el deseo, nadie habría podido impedir que nos uniéramos después de enfrentarnos al tigre, ocurrió aquella misma noche y todo el sufrimiento que habíamos acumulado durante tantos meses se disolvió en placer cuando nuestros cuerpos volvieron a ser uno solo.

Madre no lo asimiló fácilmente, a pesar de los razonamientos de Padre.

—No tiene nada de anormal —aseguraba él—. Hartz y Arce no son hermanos, por mucho que fueran gestados en el mismo vientre, genéticamente se parecen menos que tú y yo.

—Aun así, se han criado juntos —protestaba ella, sin saber que yo escuchaba su conversación, o acaso lo sabía y no le importaba—. No puedo evitar que su relación me parezca incestuosa.

—Entonces tendrás que examinar tus propios prejuicios —dijo Padre—. Arce y Hartz no hacen sino repetir una historia de amor que ya ocurrió hace cuarenta mil años.

Después de escuchar a Hartz roncar un rato, me levanté en silencio, para no despertarle, y activé mi pad. Sospechaba que los adultos seguirían parlamentando, a pesar de lo avanzado de la hora, y quería saber lo que estaba ocurriendo.

Anastasia, o lo que quedaba de ella después de mis extensas operaciones quirúrgicas sobre su red neuronal, respondió a mi orden proyectando la escena. Madre y Padre se habían acomodado en un sofá, Ariel y Lior en dos butacas frente a ellos, los muebles estaban situados en el centro de una amplia sala, rodeados de estanterías en las que se apilaba una gran cantidad de libros de papel. Madre me había hablado de aquel sitio. Era la biblioteca de Daniel Arazi, a la que, cuando ella vivía en Aurora, el patriarca se retiraba cada noche, para leer durante una o dos horas alguno de aquellos vetustos volúmenes. Lo habían encontrado allí, un año atrás, inmóvil y con los ojos fijos en el techo. En el suelo, a su lado, unas cuartillas de papel sobre las que escribía, con una antigua estilográfica, una carta a su mujer, Irina, fallecida unos años antes.

—Era una carta de amor —dijo Madre, con lágrimas en los ojos.

Madre tenía bastante facilidad para derramar lágrimas, es una característica curiosa de *H. sapiens*. Curioso que una raza tan cruel sea capaz de llorar por cualquier cosa.

—Hemos estado investigando el origen del capital que ha financiado NeoLife —estaba diciendo Ariel—. No tengo buenas noticias.

—Mi abuelo y yo comprobamos en su momento que se trataba de fondos legítimos —apuntó Padre—. ¿Nos equivocamos?

—Era muy difícil no equivocarse. La tapadera con la que cuentan es perfectamente legal —intervino Lior—. Además, entre los inversores, hay muchas empresas perfectamente legales, como IBM. No habríamos detectado nada anormal si no hubiéramos trazado las transiciones comerciales de la fábrica de Vladivostok, hackeando la cadena de bloques en la firma digital de cada una de ellas.

—Pero eso es imposible, ¿no? —preguntó Madre.

—No, si se dispone de un ordenador cuántico —aseguró Lior.

—Los fondos de NeoLife están conectados con la organización Argo —afirmó Ariel.

—¡Argo! —exclamó Padre—. Eso lo explicaría todo.

—Por otra parte, no tenemos otros indicios más que unas firmas digitales obtenidas ilegalmente —suspiró Ariel—. Necesitamos pruebas más sólidas.

—¿Dispone Aurora de los recursos para averiguar el paradero de una persona... difícil de seguir? —preguntó Padre.

—Podríamos intentarlo —respondió Ariel—. Tengo bastantes contactos.

—Localiza entonces a Dimitri Volkov —dijo Padre—. Suponiendo que siga vivo, quizás pueda ofrecernos alguna pista. Y me debe un favor.

31

Peine del viento

San Sebastián, junio de 2071

Gala me contó que no había vuelto a San Sebastián desde el día en que arrojó al mar las cenizas de Paquito y Azalea, en el *Peine del viento*, el mismo lugar donde ella y Boris se encontraban en ese momento.

El día era inusualmente frío para el mes de junio, soplaba un viento cortante y caía una fina llovizna que ellos ignoraban, enfundados en sus ligeros forros de Kevlar. Había muy poca gente, a pesar del bello espectáculo que ofrecían las olas rompiendo contra el malecón. De vez en cuando, la espuma de una de ellas les salpicaba, sin llegar a empaparles. En cada ocasión, Boris se quitaba las gafas de sol, las limpiaba fastidiosamente con una toallita y volvía a colocárselas. Le sentaban bien, pensó Gala, se combinaban con la frondosa barba plateada que se había dejado crecer para darle el aire de un capitán de barco, o un espía.

Un espía esperando a otro, en uno de los lugares más icónicos de San Sebastián.

—¿No había un sitio más discreto para quedar?

—Ocultarse a la vista de todo el mundo es una técnica tan vieja como honorable.

—¿No debería haber aparecido ya?

—Supongo que está esperando el momento apropiado.

—Quizás no le gusta que estés acompañado —sugirió Gala.

—Podría ser —musitó Boris.

—Voy a dar un paseo, a ver si entretanto se decide.

Gala echó a andar, en la dirección a la playa de Ondarreta. Al cabo de unos instantes se percató de que no estaba sola. El fantasma de Paco caminaba a su lado, translúcido y perfectamente nítido a la vez.

—¿Has venido a despedirte, papá?

Paco no contestó, nunca fue muy hablador en vida, al menos cuando estaba sobrio, no era de extrañar que también su espíritu fuera un poco lacónico.

—¿Puedo confesarte algo? Creí que mi misión era resucitar a los Eloi y ahora me parece una locura. Pero sin esa locura no habría tenido a mis hijos, que son las personas más maravillosas que he conocido en mi vida.

Paco pareció asentir, o acaso era sólo una ráfaga de viento, arrastrando un remolino de hojas hasta el mar.

Llegaron a la playa de Ondarreta, Paco propuso con un gesto que pasearan por la orilla. Gala se quitó los zapatos y se remangó los pantalones hasta la rodilla, dejando que el agua todavía fresca de primeros de junio le acariciara los pies. Se preguntó si los espíritus también sentirían la brisa del atardecer en el rostro. Aspiró con deleite el aire cargado de sal y yodo. Los rayos del sol, muy oblicuos, arrancaban destellos dorados al mar y difuminaban el fantasma de su padre. Gala tuvo la sensación de que había alguien más cerca, otra presencia que se aproximaba a ellos.

—Mamá...

El fantasma de su madre le puso un dedo en los labios, sabía de sobra lo que quería decirle. Luego le acarició las mejillas. Su mano era sólida y suave, seda en la piel, bálsamo en el alma.

Había oscurecido ya cuando Boris se sentó a su lado. Gala se incorporó y se acurrucó contra él.

—Creo que me he quedado dormida —murmuró.

—No es mal lugar para una siesta —concedió Boris.

—He soñado con mis padres —sonrió ella—. Aunque soñar no es la palabra exacta. ¿Crees en los fantasmas, Boris?

—Claro que sí —asintió él.

No hacía falta darle más explicaciones. Así era Boris.

—¿Ha aparecido tu contacto? —preguntó Gala.

—Apareció apenas te alejaste. Me costó mucho reconocerle, ha cambiado totalmente de aspecto. Pero sus ojos bicolores son inconfundibles.

—¿Te ha dado alguna información útil?

—No te va a gustar —aseguró Boris—. Prefiero que lo oigas de sus propios labios. He grabado la conversación.

—¿Te ha permitido hacerlo?

Boris sacó las gafas de sol de su bolsillo y se las mostró.

—Llevan incorporada una microcámara.

—Tecnología de Aurora —suspiró Gala.

Dimitri, Iñako o como demonios se llamara el exmercenario, me dijo Gala, era un hombre no muy alto, robusto, de hombros anchos y con una estupenda cabeza que recordaba el busto de un general romano. Iba impecablemente afeitado, desde el cráneo a las mejillas. Durante el breve instante en que se quitó las gafas de sol, Gala pudo constatar que su ojo izquierdo era de color verdoso, en contraste con el derecho, mucho más azulado. De acuerdo con la información que Gala tenía, pasaba de largo de los setenta, pero aparentaba muchos menos.

—Boris —dijo el general romano, extendiendo un brazo fornido terminado en una mano tan grande como la de su marido—. Ha llovido bastante.

—Se te ve bien, Dimitri —dijo Boris.

—Iñako, si no te importa.

—Claro. ¿Cómo te va?

—No me puedo quejar. Se vive bien en esta ciudad. Pero no hemos quedado para hablar de mí. Te debo un favor. Entiendo que estás aquí para cobrártelo.

—Necesito cierta información.

—Sobre Argo, imagino.

—Eso es.

—¿Me ofreces un cigarrillo? —preguntó Iñako—. Me he quedado sin tabaco.

La microcámara enfocó la pequeña mochila que Boris había llevado al encuentro. La abrió, sacó un paquete de Marlboro y una pequeña cantimplora.

—Quédatelo —dijo, tendiéndole el paquete.

—Debe haberte costado una fortuna —se asombró Iñako, mientras daba vueltas al paralepípedo de cartón, pintado de rojo y blanco, con el icónico nombre de la marca rotulado en letras negras—. Son imposibles de encontrar hoy en día.

—Series limitadas para vips —aclaró Boris, al tiempo que le tendía una pequeña petaca—. También te he traído esto.

Dimitri abrió la cajetilla, sacó un cigarrillo con la deferencia de quien sostiene un diamante y lo encendió con el gesto culpable de un pirómano que prende fuego a un incunable. Luego dio un sorbo a la petaca.

—Vodka y Marlboros —suspiró—. Pídeme lo que quieras.

—Hace quince años me asocié con una compañía, llamada NeoLife, con el objetivo de clonar animales prehistóricos. Supongo que habrás leído sobre los mamuts de Vrangelya en las noticias.

—¿Y quién no? —La sonrisa en el rostro de Iñako recorría la frontera entre la deferencia y la socarronería.

—Los mamuts y el resto de los animales que clonamos se gestan en úteros artificiales —dijo Boris—. Son aparatos muy complejos y muy caros. NeoLife montó una fábrica en Vladivostok con alrededor de un centenar de unidades. La inversión corrió a cargo de unos fondos de capital de riesgo cuyo origen, en aquella época, parecía totalmente fiable. Recientemente hemos averiguado que parte de esos fondos provenían de Argo. No parece que sea su línea habitual de negocio.

Iñako dio una avariciosa calada a su cigarrillo y expulsó lentamente el humo, su curtido rostro distendido en una expresión de placer.

—Sabe a gloria tu tabaco para vips. Mi consejo es que te olvides de todo este asunto.

—No puede ser. Hay demasiado en juego.

Iñako asintió, con una expresión de resignado estoicismo en el rostro.

—Después de nuestro encuentro, como te prometí, me corté la coleta... Al menos como soldado. Pero mi experiencia en África era útil para la organización, así que pasé a prestar mis servicios en la administración de la empresa. Sin duda estás al tanto de que Argo ha expandido su negocio por todo el continente. Lo que no sé si sabes es que la RCA, presidida por nuestra vieja amiga Eve Arcángel, se ha convertido en uno de sus mejores clientes.

—No conocía ese detalle, pero no me sorprende —dijo Boris—. La RCA es un país complicado y Rusia retiró su apoyo militar después de...

—Después de que os manipularan como pipiolos —cortó Iñako—. Estoy al tanto, Boris. Me imagino que no te debió de sentar nada bien. Y mucho menos a tus jefes. —En lugar de responder, Boris le hizo un gesto a Iñako para que le pasara la petaca y dio un largo trago—. Los contactos con Argo empezaron ya en la época de Gabriel Arcángel —explicó Iñako—. Cuando su nieta le sucedió, la cosa ya no tenía marcha atrás. Por otra parte, Eve lleva más de veinte años al mando de la RCA. Nadie se mantiene tanto tiempo en el poder en África si no tiene apoyo militar. En teoría, la bella presidenta ha ganado todas las elecciones legalmente, pero ya sabes cómo son esas cosas en África. Y como conoces la RCA, te imaginarás que no faltan descontentos armados que quieren derribar su Gobierno en nombre de la democracia para, a continuación, sentarse en su trono. Así que, sin Argo, sus días estarían contados.

—Entiendo —murmuró Boris.

—Pero volvamos a la historia de mi vida, camarada. Mi labor, durante años, consistió en reclutar personal. No era un trabajo fácil, créeme. Encontrar mano de obra cualificada en nuestra línea de negocio es cada día más complicado. Todo el mundo quiere ser guardaespaldas de un vip con mansión en Miami o apartamento en París. Pero no es fácil encontrar perros de la guerra como los de la vieja guardia. Nadie quiere pasarse años perdido en la selva de Camerún o el Congo, jugándose la vida en contiendas cada vez más peligrosas. El cambio climático ha aumentado la pobreza y la desesperación de un continente que siempre fue pobre y desesperado. Las guerrillas en Sudán o en la RCA alistan en sus filas chicos de doce años que aprenden a manejar un fusil automático antes que a andar, chicos que pelean como si la batalla fuera un videojuego, no tienen ningún miedo a la muerte, quizás porque su vida no vale nada. Así que la organización cada día tiene más problemas en reclutar nuevo personal. Nadie quiere enfrentarse a esos demonios con aspecto de ángel.

—¿No son de ayuda los robots? —preguntó Boris.

—¡No me los recuerdes! ¡Todavía tengo pesadillas con tus mascotas metálicas! Pero sí, tienes razón, durante muchos años, los robots fueron claves para el éxito del negocio. Hasta que la competencia aprendió a usarlos. Argo no tiene la exclusiva en el mercado de drones militares, así que nuestra gente tiene que vérselas cada vez más a menudo con esos bichos. Si acaso, la presencia de robots ha reducido todavía más la oferta. —Iñako dio una última calada a su cigarrillo y lo tiró al mar. Se acercó más a Boris, bajó la voz hasta convertirla casi en un susurro—: Lo que Argo lleva buscando desde hace tiempo es el soldado perfecto. Un soldado que no tenga miedo, un soldado que sea fuerte, hábil, disciplinado y a ser posible trabaje gratis.

»Hace diez años, mis servicios fueron requeridos para preparar un campo de entrenamiento en la RCA. Es algo que había hecho muchas veces anteriormente, en Sudán, en Yemen, en Congo. Pero esta vez los requerimientos eran diferentes. Nadie va anunciando dónde se ubica un campo de mercenarios en los periódicos, pero habitualmente tampoco se toman medidas extremas para mantener su localización en secreto. Además, las instalaciones que construimos estaban pensadas para durar mucho más de lo que es corriente en un cuartel de instrucción provisional. Nada de tiendas de campaña; los dormitorios, el comedor, la enfermería y los almacenes de material se fabricaron con materiales durables: madera, aluminio y sintéticos. La protección también era inusual, doble alambrada electrificada, torres de vigilancia, drones... En resumen, más que un campo de entrenamiento parecía un cuartel permanente... O un campo de concentración. Ese fue mi último trabajo para Argo. Cuando lo terminé, la casa me ofreció un irresistible paquete de jubilación, que acepté sin reparos.

Iñako examinó la cantimplora, con aspecto indeciso, finalmente se decidió a dar un segundo trago.

—No debería abusar de esto —dijo—. Mi estómago ya no es lo que era.

—¿Eso es todo? —preguntó Boris.

—Eso debería ser todo —respondió Iñako, agitando la estupenda cabeza con aire pesaroso—. Pero ya ves, me picó la curiosidad, como si no supiera de sobra que uno no debe meterse donde no le llaman. El campamento quedó a cargo exclusivamente de personal militar de la RCA, bajo el mando del general Boganda. Me refiero a Adrien Boganda, el nieto del mítico Abel Boganda, a quien tuviste ocasión de conocer. En teoría, se trataba de un centro de entrenamiento para soldados del ejército regular del país. Pero yo había construido otras instalaciones semejantes y aquella no tenía nada que ver con un cuartel de instrucción de reclutas. Así que decidí hacer algunas averiguaciones.

»El caso es que, a lo largo de los años que pasé en la RCA, tuve la posibilidad de montar mi propia red de contactos. A través de uno de ellos, pude sobornar a uno de los cocineros del campo y destapar algunos datos sobre los nuevos reclutas.

»¡Eran niños, comandante! Niños de seis o siete años, aunque, según mi espía, era difícil saber su edad exacta, no se parecían en absoluto a criaturas normales. Estaban muy desarrollados físicamente, sus rasgos eran extraños, bastos, un poco bestiales... Y eran todos idénticos, como si fueran hermanos gemelos...

—O clones —dijo Boris, completando la frase que Iñako había dejado en el aire.

—O clones —asintió este—. Empezaron a entrenar como si fueran adultos nada más llegar, aprendieron a manejar armas ligeras como si se tratara de pistolas de agua. Hablaban poco, parecían algo estúpidos y comían como gorilas.

»No pude averiguar mucho más. Al cabo de unos pocos meses, mi topo sufrió un extraño accidente, una pistola se disparó por error y acabó con un tiro en la cabeza. Ya sabes lo que dicen, la curiosidad mató al gato. Así que decidí que me convenía quitarme de en medio. Y aquí me tienes.

—¿Cuál es tu conclusión, entonces?

—¿No es evidente? Argo ha decidido fabricarse su propio ejército a medida, y esos niños eran la primera hornada de soldados. De eso hace ocho años, así que, si el experimento salió bien, deben de estar ya activos o a punto de estarlo.

—Gracias, Iñako —dijo Boris—. Me has sido de gran ayuda. Creo que me has dado la pista que necesitaba.

El antiguo mercenario le tendió la mano, en un gesto de despedida.

—Espero que puedas ayudar a esos críos —dijo.

—Aunque sea lo último que haga en esta vida —contestó Boris.

—Disponían de los úteros y de cientos de embriones, se los mandamos nosotros mismos —dijo Boris—. Les regalamos los soldados perfectos, exactamente la mano de obra que buscaba Argo. Tampoco fuimos muy cuidadosos manteniendo en secreto la tecnología. Y por tu laboratorio ha pasado mucha gente.

—Teníamos excelentes referencias de todos ellos —protestó Gala. Boris le dedicó una mirada casi compasiva—. Lo sé, lo sé —admitió ella—. Ya no tengo edad para seguir siendo tan ingenua.

—Todos lo fuimos. Si lo piensas en retrospectiva, verás que era un riesgo obvio. Tus Eloi son disciplinados, valientes, dotados de gran fuerza física y destreza, dóciles y fáciles de aleccionar. No saben mentir, ni intrigar, ni imaginar un futuro diferente al que conocen. Son los soldados perfectos, exactamente la mano de obra que buscaba Argo.

—Por lo que ha contado Iñako, empezaron a clonarlos hace quince años, casi a la vez que yo gestaba a mis hijos. Por entonces no sabíamos aún como era Hartz.

—Capital de riesgo —dijo Boris, encogiéndose de hombros—. Ariel y sus colaboradores habían predicho bastante bien en sus trabajos el comportamiento de los neandertales. Los directivos de Argo se limitaron a hacer una apuesta razonable.

—¡Cómo he podido ser tan estúpida! —murmuró Gala, mordiéndose los labios.

—Quizás era inevitable. Si Jacques y tú no hubierais existido, la tecnología habría necesitado más tiempo para desarrollarse, pero habría acabado por hacerlo, igual que ocurrió con la energía nuclear y la inteligencia artificial, igual que ocurrirá con los ordenadores cuánticos. En este preciso momento, Aurora tiene ventaja sobre el resto del mundo, gracias al genio de Lior. Pero no durará demasiado.

—¡Pero si lo hubiera visto venir, podría haber hecho algo por evitar este desastre!

—Piensa en la fisión nuclear. A pesar de la amenaza que suponía, nadie hizo nada en serio hasta que el dictador estuvo a punto de apretar el botón rojo hace medio siglo. La humanidad se libró, literalmente de milagro, de la catástrofe, y sólo entonces se empezaron a tomar medidas realmente efectivas. Lo mismo ocurrió con la inteligencia artificial, hizo falta la catástrofe de los mercados financieros de 2030 para que nos decidiéramos a regularla. En ambos casos, la mano fantasmal llevaba décadas escribiendo amenazas en la pared y nadie le hizo caso.

—Ariel tenía razón —murmuró Gala—. He dedicado mi vida a un objetivo insensato y peligroso. ¿Para qué resucitar la especie neandertal? ¿Para convertirlos en nuestros esclavos?

—Siempre hemos hablado de los Eloi —dijo Boris—. No de los neandertales. ¿Por qué?

—Una manera de aferrarme a mis sueños de niña, supongo.

—Yo lo veo de otra manera. La especie neandertal se extinguió hace cuarenta mil años y nunca volverá. El mundo en el que vivieron ya no existe, la cultura que desarrollaron desapareció para siempre. En ese sentido, Arce y Hartz no son ni un neandertal ni una mestiza, sino Eloi, un nuevo tipo de personas, a las que hemos educado para potenciar sus muchas virtudes, su sinceridad, su nobleza, su tenacidad, su inquebrantable optimismo. Nadie nos obliga a convertir a los Eloi en esclavos.

—Pero es lo que Argo ha hecho.

—Cierto. Y no son muy originales en eso. Los monos locos que tanto detestaba Dedushka se han pasado su historia esclavizando a su propia gente. Pero los esclavos pueden liberarse. Y eso es exactamente lo que vamos a hacer.

32

Ningún lugar sagrado

Aurora, junio de 2071

El primer día sin Padre y Madre fue muy difícil para Hartz. Se despidieron de nosotros por la mañana, antes de tomar el helicóptero que los llevaría a Irkutsk y de ahí a un largo recorrido por Europa. Madre se desgañitó en vano, ofreciéndonos explicaciones innecesarias, ya que yo conocía de antemano cada detalle de su viaje y a Hartz no le interesaban lo más mínimo; nunca antes en su vida se había tenido que enfrentar a la ausencia simultánea de ambos y su reacción fue enteramente predecible: optó por ignorar el discurso de Madre y concentrarse en la figura que estaba tallando.

Uno de los juegos que Anastasia nos proponía de niños era buscar un animal con el que nos identificáramos; nos explicaba que los pueblos primitivos llamaban tótem al espíritu de ese animal y nos animaba a encontrar el nuestro. Yo siempre supe que el mío era el lobo blanco de Vrangelya. Pero Hartz quería ser primero un mamut y después un tigre y más tarde un águila. Hasta que Padre le mostró la holo de un oso gris, y Hartz, sin dudarlo, decidió escogerlo, prefiriéndolos a los osos blancos de Vrangelya. Todos estuvimos de acuerdo con su elección, el oso gris cuyos clips nos mostraba en el 3D Anastasia y mi hermano se parecían mucho, con aquella lenta elegancia con la que se movían, ocultando la velocidad de la que ambos eran capaces y aquel aire ensimismado que de repente se transformaba en cólera explosiva.

Yo temía que aquella cólera estallara en cualquier momento mientras Madre se despedía, pero Hartz se limitó a seguir trabajando su figura de madera, llevaba semanas tallando un ejemplar tras otro de su tótem, devolvió distraídamente el abrazo de Madre y cuando fue el turno de Padre le enseñó, orgulloso, su obra a medio concluir, deseoso de que él ofreciera algún comentario. A menudo Padre y Hartz se enzarzaban en discusiones interminables sobre cualquier detalle nimio. Mi hermano se empeñaba en repetir exactamente el mismo procedimiento que la vez anterior, Padre le sugería ideas nuevas que Hartz rechazaba cien veces, hasta que de repente adoptaba una de ellas y la incorporaba de manera permanente a su repertorio de trucos. Ariel, por su parte, metía baza en la conversación proponiendo formas absurdas —un tigre con tres colmillos, un oso con dos cabezas— a sabiendas de que Hartz reaccionaría enfadándose primero y desternillándose de risa después. Además, su torpeza tallando la madera hacía que mi hermano se apiadara de él y se pasara las horas muertas intentando enseñarle, dando grandes suspiros de resignación ante su obvia incompetencia y propinándole palmadas cariñosas en la espalda para que no se desanimara.

Padre examinó el oso a medio tallar, se lo pasó a Ariel, que se mantenía en un discreto segundo plano, este se sacó del bolsillo un punzón que sin duda tenía preparado e hizo ademán de usarlo para darle relieve a la piel del animal. Hartz lo entendió inmediatamente, se apoderó de un manotazo de la figurita y el punzón, empezó a trabajar en ese nuevo truco, con una enorme sonrisa de satisfacción en el rostro. Padre aprovechó para escurrirse de la habitación, tirando de Madre, que parecía tan incapaz de moverse como si hubieran crecido raíces bajo sus pies. Lo último que hizo fue abrazarme con desesperación. A duras penas conseguía contener las lágrimas.

—Sólo serán unos pocos días —me aseguró.

Pero yo sabía que mentía, conocía el propósito de su viaje y cada una de las etapas que tenían previstas tan bien como ella. Madre no podía ignorar que yo estaba al tanto de sus planes, llevaba meses trabajando con Lior, siguiendo el rastro de la organización de mercenarios que se denominaban a sí mismos Argo, y estaba presente en sus discusiones estratégicas. Sabía muy bien que el propósito principal de su viaje era encontrarse con el antiguo mercenario, Dimitri Volkov, como sabía también que después de aquel encuentro tenía previstas visitas a París, Estocolmo, Londres y Bruselas, buscando apoyos en la Comisión Europea y preparando el terreno para las acciones legales que antes o después serían necesarias para enfrentarse a NeoLife. Los acompañaban en la expedición todo un equipo de abogados y lobistas de Aurora, al mando de Patricia Vox, a quien por fin había conocido en persona, después de que mi madre me hablara tantas veces de ella; era una mujer de pelo cano y fríos ojos verdes cuyo tótem, sin duda, sería una gata siamesa. Padre, además, quería viajar a Moscú, para entrevistarse con sus antiguos camaradas de las Spetsnaz y tantear si podía contar con su ayuda. Anastasia me había pasado un informe detallado del viaje, que incluía la planificación de visitas y vuelos. Si todo salía como estaba previsto, estarían fuera al menos cuatro semanas.

—Estaremos bien, Madre —contesté, hablándole en español, ya que Anastasia había detectado que respondía favorablemente cuando me dirigía a ella en esa lengua.

—Os quiero con toda mi alma —murmuró, pegando sus labios a mi oído, como si temiera que algún espía indiscreto escuchara su declaración de amor—. Cuida de tu hermano.

Madre entendía perfectamente que Hartz no tardaría en echarla de menos y que no le resultaría fácil aceptar su ausencia. Había sido hasta entonces una presencia constante en nuestra vida. Incluso los veranos, cuando vagábamos por la estepa tras los mamuts y ella se quedaba en Arcadia, su holo nos acompañaba en nuestras correrías diarias, se sentaba a nuestro lado en el fuego del campamento, transparente y a veces un poco difusa, pero no por ello menos presente, se colaba cada noche en la tienda para darnos las buenas noches. Era la primera vez que desaparecía bruscamente y, como había previsto, al llegar la noche, mi hermano parecía un oso enjaulado, nervioso, agresivo e infeliz, aunque él mismo no era del todo consciente de lo que le ocurría.

—¿Madre?

—De viaje. Volverá pronto.

Un signo preguntando si se trataba de una excursión cercana.

—Lejos —contesté.

Hartz agitó la cabeza, su hermosa cabellera pelirroja le caía sobre los hombros, larga y frondosa, sus ojos se agrandaban como si se esforzaran en escudriñar el horizonte.

—¿Harce van a buscarla?

Le eché los brazos al cuello.

—Harce esperan que vuelva —dije.

Él me abrazó. Sentí cómo me contagiaba primero de su angustia, después de su deseo. Sus manos recorrieron mi cuerpo con ansia, como liebres que huyen del lobo que las acosa, las mías se esmeraron en ofrecerle el placer que mitigara su agonía.

Esperé a que estuviera bien dormido antes de escurrirme de puntillas de nuestro cuarto —los Arazi nos habían instalado en la segunda planta de la Torre Alberta, el edificio más alto de Aurora— y tomar el ascensor hasta la planta veinte, donde se situaba el cuartel general de Lior. La puerta de acceso estaba cerrada y bloqueada con una clave diferente a la que funcionaba esa misma mañana.

—Acceso no permitido —respondió, con tono ligeramente insolente, la iA que controlaba el acceso cuando Anastasia presentó el *password*.

Al mismo tiempo, la holo de un reloj se materializó frente a mí, contando segundos. Sonreí. Otro de los desafíos de Lior.

—Anastasia, encuentra el hash —ordené, sintiéndome algo culpable por no añadir un «por favor», como siempre le había visto hacer a Madre. Pero los segundos pasaban y no podía permitirme el lujo de perder el tiempo siendo educada.

—42e7862f4ad5225471866d2023fc4cca# —fue la respuesta inmediata de mi iA.

Esa era la parte fácil, pero no me hacía ilusiones, Lior contaría con que yo conociera ese dato, Anastasia tenía acceso a todas las bases de datos de Aurora, incluyendo las tablas donde se guardaba el hash de *passwords* de cada uno de los sistemas.

—Inicia una búsqueda de Groover, factorización acelerada.

Todavía nada muy difícil, más bien fuerza bruta. El algoritmo de Groover, en el fondo, no era otra cosa que crear una superposición de todas las posibles combinaciones del *password*, representadas por una secuencia de qbits entrelazados entre sí. Nada complicado, si se disponía de un ordenador cuántico con la enorme memoria de Esperanza.

—Hecho —respondió Anastasia al cabo de cinco segundos.

—Excluye colisiones.

—Hecho.

—Inicia Shor modificado, paralelización masiva.

La hora de la verdad. Lior no estaba del todo convencido de que mis modificaciones sobre el algoritmo clásico de Shor para resolver *passwords* unidireccionales funcionara tan bien como yo pretendía.

Diez interminables segundos.

—Hecho.

—Recursión de Tapp. Modifica algoritmo, sustituye rutina en ramal cincuenta D.2 con EFC.

Silencio. Cinco, diez, quince segundos. Si las iA pudieran sudar, Anastasia lo estaría haciendo a raudales, quizás las gotas que rodarían por su frente digital fueran números primos.

Sustituir el ramal D.2 en la recursión de Tapp con el algoritmo de Estimación de Fase Cuántica que permitía medir los qbits previamente enlazados con una secuencia de candidatos hasta encontrar una coincidencia era la prueba de fuego que determinaría si mi técnica funcionaba o no.

Treinta segundos. Cuarenta. Un minuto.

—Hecho. Resultado: g84js;l238fl-242ldfsosd98234

Un *password* endemoniado, como no podía ser menos, viniendo de Lior.

—Envía clave.

Luz verde, el reloj se convirtió en un emoticón sonriente. Al otro lado de la puerta, Lior me esperaba, sentado en uno de los sofás de la Isla del Tesoro, como le gustaba llamar al espacio en el que solía trabajar con Madre, veinte años atrás.

—Buenas noches, rubí.

De niña, cuando todavía no había aprendido a imponerme a la intrusa, era incapaz de verme a mí misma, mi mundo interior se fragmentaba como un espejo roto en mil añicos, cada fragmento de cristal reflejando a alguien diferente. Sólo me veía a través de los ojos de Hartz.

—Madre oro, Padre plata, Harce fuego —decía, mientras su manos acariciaban mi cabello y lo enredaban con el suyo.

Controlar a la intrusa fue como recomponer ese espejo roto, los fragmentos seguían allí, pero ahora componían una imagen. Mi rostro no es tan hermoso como el de mi hermano, pero compartimos el color de los ojos y del pelo.

—Tu hijos son bellísimos, Galatelle —le dijo Lior a Madre, al poco de llegar a Aurora.

No sabían que les escuchaba, o quizás Lior sí lo sabía, Anastasia puede colarse en cualquier pad sin dejar rastro, menos en el suyo.

—¿De verdad te lo parecen, Liorik?

—Esmeralda en las pupilas y rubíes en el cabello —dijo él.

La sala estaba casi en penumbra, iluminada tan sólo por un minúsculo led. Veinte pisos más abajo, las escasas luces que escapaban al blindaje de los edificios de Aurora titilaban en la oscuridad de la noche, como luciérnagas fugitivas.

—Si quieres un té, el agua acaba de hervir.

La tetera era de una aleación ligera de aluminio, nada que ver con los samovares de Vrangelya. Nada en nuestro nuevo hogar era como en mi isla. Si el tótem de Vrangelya era un mamut, el de Aurora sería una pantera de las nieves, elegante, presumida y peligrosa. Cogí una taza, deposité en su interior una bolsita de té, llené el recipiente casi hasta el borde y fui a sentarme al lado de Lior.

—No lo has hecho mal —sonrió Lior.

—EFC funciona —asentí.

—Demasiado bien —suspiró él—. Y todavía hay margen para refinarlo. Eso quiere decir que Esperanza puede romper cualquier *password*. Eso quiere decir que no hay ninguna información accesible a Internet que pueda considerarse segura, no hay...

—Ningún lugar sagrado —completé.

—Ariel es como Padre —explicó Hartz, dedicándonos aquella sonrisa suya, de oreja a oreja.

Estábamos cenando los cuatro juntos, en una sala acristalada, rodeada de jardines. Hartz y Ariel acababan de regresar de una excursión que les había llevado diez días, en la que habían recorrido la península de Hornstrandir de punta a punta, visitando por el camino algunas de las escasas granjas que operaban allí.

—¡Ya me gustaría a mí estar en la forma de Boris! —exclamó Ariel.

—*Da!* Ariel resoplaba como un caballo viejo —dijo Hartz, levantándose de la mesa y dando cortos paseos por la sala, imitando el paso cansino de un anciano, encorvando la espalda, jadeando, tambaleándose, haciéndonos reír con su payasada. Ariel era el que se reía más a gusto, se le llenaron los ojos de lágrimas y yo pensé que había algo muy extraño en ello, ni Hartz ni yo llorábamos nunca, pero Madre y su gente lo hacían por igual cuando estaban tristes y contentos, como si no supieran distinguir del todo entre la pena y la alegría.

—Hartz debería respetar a sus mayores —fingió recriminarle Ariel, cuando mi hermano se sentó de nuevo.

—¿Ariel está enfadado? —preguntó Hartz, poniéndose serio de repente, sus grandes labios contrayéndose en una mueca de preocupación.

—¡Ariel está furioso! —rugió él, componiendo una expresión de pasable fiereza, toda una proeza en sus rostro de líneas finísimas.

Hartz rompió a reír, propinándole un manotazo en el hombro que casi le derribó de la silla.

—¡Ariel bromea!

Después de las risas, Hartz se concentró en hincarle el diente a su *goulash*, acabó con tres raciones en un santiamén y todavía le quedó espacio para devorar media docena de donuts, que yo encontraba demasiado empalagosos, pero a los que mi hermano era un auténtico adicto.

—¿Arce y Lior? —preguntó, con la boca todavía llena con el último dulce, interesándose por nuestras andanzas mientras había durado su viaje.

—Lior es como Madre —contesté, sin vacilar.

Como era habitual en él, Hartz empezó a bostezar apenas acabó con los postres y a tirar de mi mano pidiéndome que nos fuéramos a la cama. Accedí, aunque todavía no tenía sueño ni me apetecía abandonar la sobremesa. Pero sabía que Hartz me necesitaba para dormirse en paz.

Al cabo de cinco minutos estaba roncando, abrazado a mí. Yo, en cambio, no conseguía dormirme, agobiada por sentimientos contradictorios. Durante mucho tiempo no había sabido o no había querido ponerles palabras a esos sentimientos, pero desde nuestra llegada a Aurora me asaltaban cada vez más a menudo, quizás porque nuestro mundo se había hecho más grande de repente, al menos para mí. Hartz había refunfuñado al principio, infeliz con el cambio, pero al cabo de unas pocas semanas se había adaptado a nuestro nuevo hogar, había aceptado a Ariel y Lior como parte de su familia y no daba señales de acordarse de Vrangelya.

Yo, por el contrario, añoraba nuestras praderas pobladas de mamuts, la fría belleza de la estepa solitaria, el silencio, inconcebible en nuestro nuevo hogar, donde siempre había alguna voz, o timbre, o zumbido molestando. Tenía la persistente sensación de haber extraviado algo precioso y, sin embargo, no quería volver al paraíso perdido que tanto echaba de menos. Mi nueva vida me ofrecía un desafío y un aliciente continuo, nada de lo que había experimentado hasta entonces podía compararse con el placer de beber de la inagotable fuente de conocimiento que manaba en Aurora.

Harta de batallar contra mi desazón, decidí infiltrarme en la conversación entre Lior y Ariel, en caso de que aún no se hubieran ido a dormir. Anastasia se coló sin dificultad en el pad de Ariel a la vez que accedía a las cámaras del palacio de cristal, y un instante más tarde flotaba frente a mí la holo que mostraba a los hermanos Arazi charlando plácidamente mientras sorbían su té.

—Te has encariñado mucho con Hartz, por lo que veo —decía Lior.

—Y tú con Arce —contestó Ariel.

—Arce es prodigiosa. No he conocido en mi vida a nadie tan inteligente —apuntó Lior.

—Toda una declaración, viniendo de un tipo cuyo IQ excede los doscientos veinte puntos —remarcó Ariel con una sonrisa socarrona.

—Ari, créeme. Comparado con ella soy poco más que un idiota.

—¿No exageras un poco, Liorik?

—En absoluto.

—¿Y te preocupa?

—Me inquieta. Trabajar con ella, enseñarle lo que sé, ser testigo de la velocidad a la que lo asimila todo... Es maravilloso. Pero esa muchacha es un misterio.

—Hartz también lo es.

—¿No es lo que te esperabas?

—Precisamente ahí está el misterio —suspiró Ariel—. Mis modelos predecían una serie de características que parecen corresponderse con la realidad. Es cierto que la memoria de trabajo de Hartz es menor que la nuestra, pero ¿qué nos dice eso de su manera de ver el mundo, de sus percepciones, de sus sentimientos?

Lior asintió, se pasó la mano por el escaso cabello que le quedaba en la cabeza, como alisándoselo.

—Su percepción del presente es más intensa que la nuestra, de eso no cabe duda —aseguró.

—Sí, y tampoco cabe duda de que su capacidad de abstracción es más limitada, todo eso es consecuencia directa de una RAM menos desarrollada. Pero ningún modelo podría explicar a la persona.

»En nuestro viaje visitamos varias granjas. En una de ellas, una yegua se puso de parto la noche que llegamos. Sólo oyéndola relinchar, Hartz supo lo que pasaba. Me pidió que le llevara al establo. Allí nos encontramos al matrimonio que llevaba la granja, una pareja de jóvenes con mucha ilusión y no demasiada experiencia. Estaban angustiados porque el potro venía en muy mala posición, la madre estaba sufriendo mucho y parecía inevitable recurrir a una cesárea que podía costarles la vida a los dos animales.

»Hartz no se lo pensó dos veces. Nos hizo gestos para que le dejáramos espacio, se arrodilló junto a la yegua y se empleó a fondo, pasaron horas hasta que consiguió corregir la posición del potro. En ningún momento dio muestras de cansancio o de desánimo, estaba concentrado en su tarea como si no existiera nada más en el mundo; de hecho, tuve la certeza de que no existía nada más en el mundo para él en ese momento. Gracias a su devoción y su destreza, el potro nació ileso.

—Prodigioso —murmuró Lior.

—Lo más prodigioso fue comprender que para Hartz un caballo, un oso, un perro son sus iguales. Tenías que ver la forma en que le hablaba al oído a la yegua, animándola a aguantar, la suavidad con que la acariciaba entre contracción y contracción o su cara de felicidad cuando nació el potrillo. Sería un veterinario excepcional, mejor que cualquiera de nosotros.

—O un cirujano.

—Sin duda. Es algo en lo que no había pensado nunca.

—Has sostenido siempre que los neandertales serían diferentes, no inferiores.

—¡Pero no lo creía! En el fondo estaba convencido de que sus capacidades no se podían comparar con las nuestras y por extensión asumía que su vida interior sería más pobre, su personalidad más simple, su conciencia más tenue.

—¿Y ahora piensas que no es así?

—En nuestro viaje descubrí que, comparado con Hartz, no sólo soy débil y torpe, también estoy sordo y casi ciego. Percibe una infinidad de detalles que a cualquiera de nosotros se nos escaparían, dos briznas de hierba son para él tan diferentes como para mí el rostro de dos personas, el rumor de un arroyo contiene una sinfonía, vive en un presente rico, palpitante, lleno de color y de forma. En ese sentido, su conciencia está más desarrollada que la mía.

—Pero no tan obsesionada con el «yo» —dijo Lior, poniendo unas imaginarias comillas con los dedos en el pronombre personal.

—Exactamente. Ni está continuamente angustiado por el futuro, o sufriendo por un pasado que no puede remediarse.

—Como sufres tú —apuntó Lior.

—¿Tanto se me nota?

—Sólo los que te conocemos bien.

—No puedo evitarlo, Liorik... No consigo asimilar que Ruth fuera asesinada por uno de los niños a cuyo bienestar dedicó toda su vida.

—No sirve de nada torturarte.

—Lo sé —suspiró él—. Pero no puedo evitarlo.

Ariel se reclinó en el sofá, cerró los ojos. Desconecté mi pad. Inesperadamente, me sentí más intrusa que la intrusa, inmiscuyéndome en una conversación a la que nadie me había invitado. Pero aún más inesperada era la dolorosa punzada en el pecho por Ruth, a quien nunca había conocido, pero de la que Madre me había hablado tanto. Recordé haberla espiado cuando se escondía para dar rienda suelta a sus lágrimas, lo había hecho muchas veces desde que llegamos a Aurora y sólo entonces comprendí que lloraba por Ruth. Regresé a la cama. Hartz sintió mi presencia, se dio la vuelta, me abrazó sin despertarse, poderoso como un oso gris, indefenso como un niño. Hartz, mi hermano, mi amante, mi otro yo, la mitad de mí que la intrusa no podía controlar, la otra cara de mi tótem. Sentí un escozor en los ojos y la inesperada presencia de una lágrima, rodando por mi mejilla.

33

Hera y Zeus

Aurora, octubre de 2071

—General Petrov —dijo Boris, cuadrándose frente al hombre que acababa de descender del helicóptero militar, con insignias de la Federación Rusa—. Es un honor.

Recordé el diario que Padre había escrito en África. Mihail Petrov era aquel teniente que había recibido su bautismo de fuego en la batalla en la que Boris había capturado a Dimitri Volkov, el mismísimo Iñako que nos había revelado las artimañas de Argo. Tres décadas más tarde, el joven oficial de entonces dirigía los cuerpos especiales en los que había servido su antiguo mentor.

Que el general en jefe de las Spetsnaz no hubiera vacilado en aceptar la invitación de su antiguo comandante para visitar Aurora, seguramente tenía mucho que ver con lo que ocurrió aquel día. No hay nada que una tanto a dos hombres, me dijo Padre un día, como haber sobrevivido a la misma batalla.

Mihail Petrov vestía de uniforme de faena, sin insignias, sus rasgos eran finos y algo aniñados, no aparentaba más de cuarenta años, aunque debía rondar la cincuentena. Se paró un instante frente a Boris y le contempló de arriba abajo con aire socarrón, antes de abrazarle.

—Te han salido canas, comandante —dijo.

—¡Mihail! ¡Gracias por venir!

—¿Cómo podría negarte nada?

El helicóptero detuvo sus aspas. Una sonrisa de muchacho travieso se dibujó en el rostro del general.

—Hay alguien más que está deseando saludarte.

El piloto del helicóptero bajó de la nave de un salto. Tuve la sensación de estar contemplando una versión entrada en años de Hartz. Debía de pasar de los sesenta y la edad había dejado huellas en su rostro surcado de profundas arrugas, pero su físico, que el uniforme de faena apenas alcanzaba a contener, no tenía nada que envidiar al de mi hermano. Hombros anchísimos, pecho abombado, piernas gruesas y algo cortas, brazos como martillos pilones y una estupenda nariz.

—¡Alexey! —gritó Padre, corriendo hacia él—. Alexey Kouznetsov en persona.

El descomunal ogro le abrazó. Boris le sacaba dos cabezas, pero por un momento temí que el abrazo del oso de uniforme le hubiera fracturado varias costillas.

—No creas que me he olvidado, recluta —dijo el *grizzly*, mostrando unos dientes capaces de devorar a un mamut con piel y todo.

—La leyenda dice que Boris consiguió derribarle en un entrenamiento usando la llave de *jiu-jitsu* que Alexey acababa de enseñarle —comentó Mihail—. Después de eso lucharon mil batallas juntos, pero, por lo visto, el coronel todavía no se lo ha perdonado.

—Un día de estos ajustaremos cuentas, soldado —sentenció Alexey, con gesto ceñudo. Hartz, pensé, no tardaría en cogerle cariño a aquel individuo.

Gala recorrió con la mirada la mesa de reuniones en torno a la cual se habían acomodado. Como todos los muebles de la residencia de los Arazi, era discreta y elegante, con forma ovalada, hecha de madera de caoba. Mihail se sentaba en un extremo, flanqueado por Boris y Alexey; Lior y Ariel, en el otro. Quizás por azar habían acabado agrupándose por nacionalidades, dejándola a ella, que se sentía de todas partes y de ninguna, en tierra de nadie, como si se tratara del crupier a cargo de repartir cartas entre dos equipos de avezados jugadores.

Le constaba, me aseguró, que yo estaría escuchando, como de hecho era el caso, Anastasia controlaba las numerosas cams y mics instaladas en la biblioteca de Daniel Arazi, donde se celebraba la reunión. Estuvo a punto, me confesó, de proponer que sus hijos participaran en aquel encuentro, pero se contuvo pensando que quizás Hartz se aburriría en la larga conversación que se auguraba, mientras que yo no necesitaba estar presente para seguir de cerca todo lo que se debatiera.

—Tal como nos temíamos, NeoLife ha estado usando los úteros artificiales instalados en Vladivostok para gestar ilegalmente un número indeterminado de clones de Hartz —dijo Boris, exponiendo la situación sin rodeos, como era su costumbre.

—¿Podemos estimar ese número? —preguntó Mihail Petrov.

—La fábrica de Vladivostok lleva quince años operando entre el setenta y el ochenta por cierto de su capacidad, con la excusa de que el resto de los aparatos precisaba mantenimiento —contestó Boris—. Visto en retrospectiva, deberíamos haber investigado, Jacques estaba convencido de que los úteros eran muy robustos y no era necesario un mantenimiento tan extensivo. Pero no lo hicimos y la responsabilidad de ese error es toda mía.

—No digas eso —intervino Gala—. No teníamos razones para sospechar, y aunque las hubiéramos tenido, la enfermedad de Jacques nos distrajo a todos.

Sobre todo, a Madre, pensé, que tuvo que llorar la pérdida de su segundo padre tan sólo unos meses más tarde de que le detectaran el fulminante cáncer de páncreas que acabó con su vida.

Boris agitó la cabeza, un gesto de pesar que expresaba a la vez su tristeza por la muerte de Jacques y su congoja por haberse dejado estafar.

—Asumiendo que el excedente de capacidad ha estado dedicado a gestar los blastocitos que les enviamos, podemos estimar que hay entre trescientos y cuatrocientos clones, con edades comprendidas entre uno y quince años.

—¿Conocemos su localización? —insistió Mihail.

—Tenemos localizado el campamento que nos describió Iñako —dijo Boris—. Podría haber otros.

—Es poco probable —terció Alexey—. Exigiría multiplicar la logística y el personal especializado, y eso nunca es fácil en un país como la RCA.

—¿Tenemos suficientes pruebas para denunciarlos? —preguntó Ariel.

—No —fue la tajante respuesta de Boris—. Y aunque las tuviéramos, no querríamos hacerlo. Nos arriesgaríamos a que Argo destruyera el campamento y a todos sus habitantes para borrar las pruebas de su fechoría.

—¿Entonces?

—Hace falta una triple acción. Primero, recabar pruebas que puedan diseminarse rápidamente. Segundo, garantizar una protección inmediata a los muchachos. Tercero, convencer al Gobierno de la RCA para que nos ayude.

—Por lo que sabemos, el Gobierno de la RCA está involucrado en la operación —dijo Gala.

—Lo único que sabemos a cierta ciencia es que el general Boganda está detrás de ella —dijo Boris—. No estoy seguro de que eso implique que la presidenta esté de acuerdo, o ni siquiera informada.

—Intervenir en la RCA no es fácil —dijo Mihail—, la Federación Rusa retiró su apoyo militar después de la masacre de Bimbo y nunca hemos vuelto a mandar tropas allí. No tenemos excusa para enviar un destacamento sin una buena razón para ello.

—¿Cuál es el plan, comandante? —preguntó Alexey.

Boris rozó su pad y el cubo de la sala de reuniones proyectó un mapa de la RCA, en el que parpadeaba un punto rojo.

—Creemos que los clones están concentrados en un cuartel, situado en la reserva de Nana Barya, una zona protegida, remota y esencialmente deshabitada. El cuartel sirve a la vez como residencia y campamento de instrucción. Al menos una cincuentena de los muchachos tiene más de trece años, es decir, son adultos a todos los efectos y posiblemente llevan toda su vida entrenándose y siendo acondicionados para obedecer ciegamente a sus líderes. Por lo que sabemos, algunos de ellos ya han entrado en combate, con las trágicas consecuencias que todos conocemos.

»El cuartel está rodeado de selva, muy bien camuflado y protegido por robots parecidos a los lobos de las Spetsnaz que controlan todo el perímetro del campamento.

—En resumen, un ataque directo parece poco prometedor —dijo Mihail.

—Así es —asintió Boris—. A no ser que podamos hackear sus máquinas.

—No parece fácil —dijo Mihail—. Todas las comunicaciones de Argo están encriptadas, sin duda sus autómatas estarán conectados a una red local, sin acceso externo y cifrada con un protocolo RSA imposible de romper.

—No tan imposible —terció Lior—. En Aurora disponemos de la tecnología para hacerlo.

El silbido del general habría sido digno de un truhan universitario al que acaban de explicar el truco para copiar en los exámenes.

—Algo he oído —dijo—. Criptografía cuántica, *da?*

—Exacto —dijo Lior.

—Pero sigue siendo necesario acceder a la red local.

—También factible, usando nuestros raptores —dijo Lior.

—Se refiere a un tipo de virus informático capaz de conectarse a la red local y acceder a las direcciones IP del sistema —aclaró Ariel.

—Bonito nombre —concedió Mihail.

—El problema es el alcance. Los raptores se conectan hackeando el puerto bluetooth de la red, necesitan que el objetivo esté cerca, unos diez metros como máximo —aclaró Lior.

—Lo que implica que necesitamos infiltrar a alguien en el campamento —dijo Alexey.

—Esa es la parte complicada —concedió Boris.

Fue entonces cuando decidí intervenir.

Madre me contó luego que nunca se había sentido más orgullosa de nosotros: «Vi a mis hijos entrar en la sala —anotó en su pad—, cogidos de la mano, hermanos y amantes a la vez, Hera y Zeus concebidos en una probeta y gestados en el vientre de una mortal. Arce había recogido su cabellera en un espeso moño, sus inescrutables ojos verdes parecían medirnos mientras la contemplábamos estupefactos. El pelo de Hartz caía sobre sus hombros, largo y rizado como los tentáculos del Kraken, caminaba lento y confiado, con la elegancia del *grizzly* de ébano que lucía en el collar que colgaba de su cuello».

Padre fue el primero en reaccionar. Se levantó de la mesa, se dirigió hacia nosotros y nos saludó con un breve abrazo, tocando con su frente la nuestra.

—Nuestros hijos —dijo.

Mihail y Alexey se levantaron de sus sillas y saludaron con una inclinación formal de cabeza. Si nuestra inesperada presencia les había sorprendido, se guardaron muy bien de manifestarlo. También Ariel se levantó. Hartz se dirigió hacia él y repitió el mismo gesto que había intercambiado con Boris, inclinándose ligeramente para tocarle la frente con la suya. Después se acomodó a su lado, mientras yo me sentaba junto a Madre.

—Es factible infiltrarse en el campamento —aseguré.

—Harce podemos hacerlo —afirmó Hartz.

34
Pantera negra

RCA, diciembre de 2071

Esta vez no había sido necesario, como en tantas otras ocasiones, colarme por la puerta de atrás en el pad de Ariel para seguir sus movimientos. Tampoco tuve que recurrir a las microcámaras disimuladas en su atuendo. No las necesitaba, ya que, después de hackear el sistema informático del palacio presidencial, Anastasia controlaba todas las cámaras instaladas en su recinto.

—Si me permites —imaginé que me contradecía mi iA—. Se trata de una afirmación inexacta. No sólo tengo acceso a las cámaras del palacio, también puedo controlar cualquier dispositivo conectado a la nube en la ciudad de Bangui.

Anastasia estaba más redicha cada día, pero tenía mejores cosas que hacer que discutir con ella. El cubo proyectó la imagen de Ariel y Padre, entrando en el palacio, donde los esperaba un joven sonriente, vestido con un traje oscuro, una camisa blanca de algodón y una corbata roja con un pañuelo de bolsillo a juego.

—Parece recién salido de un desfile de modelos —murmuré.

—Se trata de Jean Bokassa, el jefe de protocolo de la presidenta Arcángel —informó la sabelotodo de Anastasia.

—Doctor Arazi, es un gran honor recibirle —dijo Bokassa, inclinándose hacia Ariel en una reverencia ligeramente cortesana.

—El honor es mío —respondió Ariel—. Permítame presentarle a mi asesor, el doctor Sokolov.

Bokassa dedicó a Padre una segunda reverencia, harto más contenida, y les hizo un gesto para que le siguieran.

—Si no les importa pasar por el detector de metales... Seguridad, ya saben, les ruego que me disculpen.

Como había previsto, el *scanner* no detectó el arsenal de microdispositivos que Padre y Ariel llevaban encima. Cámaras, micrófonos, raptores preparados para interceptar cualquier dispositivo bluetooth que se pusiera a tiro y disruptores de campo que hacían invisibles todos aquellos chismes a cualquier aparato menos sensible que una resonancia magnética.

—Por aquí, por favor —indicó Bokassa, haciendo ademán para que le siguieran—. Doctor Arazi, la presidenta había previsto un encuentro *tête-a-tête* con usted, será un placer mostrarle el palacio al doctor Sokolov mientras se entrevistan.

—No será necesario —dijo Ariel—. Estoy seguro de que la presidenta estará encantada de recibirlo.

—Me temo que el protocolo... —empezó a protestar el joven.

—No se preocupe por el protocolo —interrumpió Padre—. Simplemente, informe a la presidenta de que su amigo Boris desea saludarla.

Bokassa alzó las cejas, en un gesto a medio camino entre la sorpresa y el escepticismo, y asintió con un ligero gesto de cabeza, separándose a continuación ligeramente de sus invitados para cuchichear con su pad, sin duda solicitando instrucciones.

—Anastasia, busca a la presidenta.

Casi instantáneamente, mi iA me transmitió la imagen que captaban las cámaras instaladas en el despacho de Eve Arcángel.

La contemplé mientras ella estudiaba las imágenes de Padre y Ariel que proyectaba su cubo, inconsciente de estar siendo espiada mientras espiaba a su vez a los dos hombres. Su cabello, negrísimo, formaba pequeñas trenzas en las que relucían hebras plateadas que parecían diseñadas para embellecerlo aún más. Dos grandes aros dorados colgaban de sus diminutas orejas. Los pequeños surcos bajo los labios daban a su boca, de labios tan bellos como los de mi hermano, un aire melancólico. Traté de leer sus pensamientos. Quizás Hartz habría podido descifrar fielmente sus emociones, cada mueca, por insignificante que fuera, estaba cargada para él de significado. Pero yo apenas conseguía mantenerme a flote en los lagos oscuros de sus ojos, sin saber si se trataban de océanos sin fondo o de ciénagas envenenadas. Hartz no habría dudado en asignarle una pantera negra a su tótem, pero era una extraña pantera aquella, capaz de llorar por la presa que devoraba.

Entretanto, Bokassa había conducido a Ariel y a Padre a una sala de recepciones, infestada de cámaras de seguridad, que, sin pretenderlo, me transmitían cada detalle de la pieza. La alfombra que cubría el suelo estaba hecha de tela sensible, sus tonos ocres iban cambiando constantemente, como la superficie de Marte reflejando la luz del sol lejano. En el centro de la habitación había un conjunto de sofás y butacas tapizados en terciopelo rojo oscuro, donde Padre y Ariel se instalaron, rígidos como las estatuas de mármol de los dos leones que adornaban la sala. La luz se colaba a raudales por grandes ventanales con vistas a un jardín interior, donde una pequeña selva de plantas exóticas crecía rodeando a un estanque central.

La pantera apareció al cabo de cinco minutos, elegante, serena y letal.

Sin pensarlo un instante se dirigió a Padre, con los brazos extendidos. Él se levantó de un salto, dio unos pasos en su dirección. Ella lo tomó de ambas manos.

—«Estos violentos gozos tienen violentos finales —dijo—. Y en su éxtasis mueren, como fuego y pólvora que, al unirse, estallan».

—«Fatal nacimiento de amor —contestó Padre, con una sonrisa amarga en el rostro—, si tengo que amar a mi peor enemigo».

—¿Todavía lo soy, Boris?

—He venido hasta aquí para averiguarlo, Eve.

Aproveché el *impasse* para beberme tres vasos de agua en rápida sucesión. A pesar del aire acondicionado, la humedad era insoportable en el CDS de Bangui donde habíamos instalado nuestro cuartel general y desde el que había hackeado el sistema informático del palacio gubernamental. Después me concentré de nuevo en las pantallas. La presidenta se dirigió a Ariel, tomándole de ambas manos como había hecho con Padre.

—Doctor Arazi, la muerte de su esposa es una tragedia que pesa en mi alma —le dijo—. Mi país y yo tenemos una deuda eterna con ella y con toda su familia.

Ariel inclinó la cabeza en un gesto de agradecimiento, formal y cálido a la vez. No necesité la sensibilidad de mi hermano para percibir su dolor, ni para sentir en mi propia piel su contagioso coraje. En ese momento, Padre y Ariel, tan diferentes entre sí, me parecieron la misma persona habitando dos cuerpos, tal y como Harce vivía en mi hermano y en mí. Las cualidades de esa persona que ambos encarnaban parecían manifestarse en sus rasgos superpuestos, la bondad emanaba de los ojos oscuros de Ariel y el valor se reflejaba en el azul clarísimo de los de Boris, ambos lucían barbas plateadas —la de Ariel fina y cuidada, la de Padre abundante y un poco salvaje—, ambos se comportaban frente a la majestuosa Eve Arcángel como caballeros andantes cuya misión fuera encontrar el Grial. La intrusa, siempre insidiosa, susurró en mi oído otra característica que los unía. Los dos amaban a Madre intensamente, y sin embargo, los dos habían amado, quizás amaban todavía, a otra mujer más que a ella.

Al cabo de unos instantes, Ariel expresó su interés por visitar el palacio y salió de la sala, acompañado por el obsequioso Bokassa. Eve invitó a Padre a pasear por el jardín interior adyacente a la sala, bajo el escrutinio de una batería de cámaras de seguridad que me transmitían, sin intención de hacerlo, todos sus movimientos. No obstante, sólo podía seguir su conversación gracias a los dispositivos miniaturizados implantados en la ropa de Padre. A diferencia de la sala de reuniones y del resto de las estancias que mis rastreadores habían explorado en el palacio presidencial, no había micrófonos ocultos en el jardín.

—Han pasado muchos años —dijo Eve.

—Demasiados —dijo Padre, agitando la cabeza, como incrédulo.

—Durante mucho tiempo creí que volveríamos a vernos pronto —murmuró Eve, como si hablara consigo misma—. Mi fantasía favorita era encontrarnos en Rusia. Me prometí a mí misma ir a buscarte tan pronto como pudiera, soñaba con embarcarnos en el Transiberiano y recorrer a tu lado toda la estepa, instalarnos en algún lugar remoto, donde nadie nos conociera, empezar juntos una nueva vida.

—¿Por qué no lo hiciste?

—La excusa que me puse a mí misma fue que mi abuelo me necesitaba. Como sabes, Rusia retiró sus cuerpos especiales poco después de...

—La masacre de Bimbo —interrumpió Padre—. No te molestes en buscar eufemismos.

—Cierto —suspiró ella—. Fue una masacre, premeditada y vil. También necesaria.

—La venganza nunca es necesaria.

—Pero eliminar a los líderes que intentaban derrocar el Gobierno legítimo de mi país sí lo era.

—El primer precio que pagasteis por ese acto fue precisamente perder toda legitimidad.

—No es cierto, Boris. Mi abuelo volvió a ser elegido presidente en dos ocasiones consecutivas. Ocupó el cargo diez años más.

—Menos tiempo del que lleva ocupándolo su nieta —dijo Padre, con un deje de sorna en la voz.

—Por la sencilla razón de que ha sido reelegida cuatro veces —respondió Eve—. En estos veinte años los partidos en el poder se han alternado varias veces, he tenido primeros ministros de bandos muy diferentes. Nunca antes en la historia de mi país habíamos disfrutado de tantos años de paz.

—¿Una paz que precisa de un ejército de mercenarios?

—Quizás no habríamos tenido que recurrir a ellos si Rusia no hubiera retirado sus tropas.

—Habría sido inmoral mantener nuestro apoyo después de los asesinatos de Bimbo.

—Boris, *mon amour*. ¿De verdad crees que tu país puede darle lecciones de moral a alguien?

Padre se encogió de hombros, quizás reconociendo el punto de Eve, quizás dando por inútil la discusión.

—Cuando se retiraron las Spetsnaz, intenté conseguir el apoyo de la ONU —continuó Eve, con un deje de amargura en la voz—. La primera reacción fue positiva, nos prometieron un destacamento de cascos azules para ayudarnos a estabilizar el país... Hasta que Rusia vetó esa posibilidad.

—¿Te sorprende? Traicionasteis la confianza de mi país... Tú traicionaste la mía.

—Lo sé. Intentamos hacernos perdonar. De hecho, ese fue mi primer trabajo en el Gobierno de mi abuelo. Pasé años peregrinando por las embajadas de toda Europa, supliqué a Estados Unidos para que intercediera por nosotros, viajé muchas veces a Rusia con la esperanza de conseguir una amnistía... Y de verte. Fracasé en todos mis intentos. A veces me siento como Sísifo, empujando una y otra vez la misma piedra montaña arriba, sólo para verla rodar ladera abajo al llegar a la cima. Han pasado décadas y a menudo me parece que sigo viviendo el día de después, el día en que tuve que enfrentarme a tu desilusión y a tu desprecio, el día en que comprendí que no conseguiría nunca limpiar mis manos de la sangre que había derramado.

—Te supliqué que no lo hicieras —dijo Padre, con un hilo de voz, como si las palabras se negaran a salir de su garganta.

—¿Lo ves? Sísifo otra vez. Por mucho que hablemos, por mucho que te explique, la piedra siempre rueda montaña abajo, volvemos al punto de partida. Eso mismo ocurrió con todos mis intentos diplomáticos. No hacía tantos años que Rusia había invadido un país hermano y destrozado el orden mundial, iniciando una guerra que costó un millón de vidas. Pero, aparentemente, eso no era nada comparado con la afrenta que habíamos cometido asesinando a unos criminales desalmados.

»Así que no nos quedó otro remedio que recurrir a una empresa privada. Una empresa rusa, curiosamente, que no tuvo ningún inconveniente en ofrecer los servicios que precisábamos, a cambio de unos honorarios astronómicos.

»No tenía alternativa, créeme. La muerte de Goumba y sus secuaces debilitó las guerrillas, pero en la RCA no andamos escasos de criminales armados y señores de la guerra. La intervención de los mercenarios de Argo evitó que el país cayera de nuevo en el caos.

—Puedo comprender que tuvieras que recurrir a ellos al principio —argumentó Padre—. ¿Pero por qué permitiste que la situación se enquistara? ¿Qué le impedía al general Boganda armar su propio ejército, reclutar y entrenar tropas nacionales?

Eve hizo un gesto con su mano de largos dedos, como arrojando una moneda al fondo del estanque que recorrían en su paseo.

—Mi abuelo se fiaba del criterio de Boganda —dijo—. Al principio parecía inevitable recurrir a Argo, después... Supongo que era lo más cómodo para él. Era un hombre mayor y cansado que había sufrido mucho. No se le podían pedir milagros.

—¿Y a ti? ¿No podías haber hecho tú ese milagro?

—Eso pensé al principio. Pero cuando ocupé la presidencia, me di cuenta de que iba a ser muy difícil. Los grupos rebeldes seguían activos y eran, de hecho, cada vez más violentos, contrataban a sus propios mercenarios, casi todos muchachos entre doce y diecisiete años, capaces de jugarse la vida por un dólar al día y tan crueles como sólo puede serlo un niño. El general Boganda estaba convencido de que era imposible reclutar soldados en la RCA dispuestos a enfrentarse a ellos e insistía en que la única solución viable era seguir pagando a Argo.

»A medida que pasaban los años, la situación se quedó estancada. Podría haber intentado cambiarla cuando tío Abel se retiró, pero él había preparado muy bien el terreno para que su sucesor fuera su hijo Adrien, el actual general Boganda. Intentar impedirlo suponía arriesgarme a un golpe de Estado. No fui capaz de hacerlo.

»Las cosas han empeorado últimamente. Por una parte, los grupos rebeldes están volviendo a ganar fuerza en el norte, apoyados por mercenarios de Sudán. Por otra, Argo cobra cada vez más caros sus servicios, hasta el punto de llevarse casi la totalidad de la producción anual de nuestras minas de diamantes. Eso, a su vez, está frenando el desarrollo en el país. Pero aún tengo un problema mayor. —Eve dejó escapar un suspiro, de cansancio o desánimo—. Tío Abel era un hombre cruel y ambicioso, pero también leal. Su hijo Adrien ha heredado la crueldad y la ambición, pero no la lealtad. Su mayor objetivo es enriquecerse y la forma más fácil para hacerlo es usar a los mercenarios de Argo para robar y saquear a su antojo, lo cual a su vez ha exacerbado todavía más a los rebeldes. Es lo bastante astuto para cubrir sus huellas, así que no dispongo de suficientes pruebas para acusarle, y, aunque las tuviera, poco podría hacer. Sólo mi guardia personal, al mando del comandante Mboli, me es leal.

—Mboli mandaba el comando de Bimbo, ¿verdad?

—Así es. Por fortuna, tuve la precaución de mantenerlo a mi lado. Dispongo de unos pocos cientos de hombres, suficientes para defender el palacio en caso de que Boganda quisiera tomarlo por la fuerza, algo que, por otra parte, no tiene necesidad de hacer. En la práctica, soy una prisionera en mi propio país.

—Eso explica muchas cosas —dijo Padre.

—Me alegro, aunque todavía no me has contado el propósito de tu visita —dijo Eve—. Mucho me temo que no estás aquí sólo para recordar los viejos tiempos.

—Estoy aquí porque necesito tu ayuda.

—Quizás sea yo quien necesite la tuya. Tienes amigos poderosos.

—Podemos ayudarnos mutuamente —dijo Padre, sonriendo por primera vez desde que había empezado la entrevista.

—Ven —dijo Eve, tomando la mano de Padre y tirando de él hacia unas hamacas dispuestas frente al estanque—. Vamos a sentarnos un rato. Estoy un poco mareada.

—¿Te encuentras bien? —dijo Padre, sus rasgos contrayéndose en una mueca de preocupación.

—Sí... Es el calor.

Noté la presión de los dedos de Hartz en mi antebrazo. Me giré hacia él y le besé en los labios. Sin saber explicarme por qué, en ese momento le necesitaba tanto como respirar, le deseaba como el fuego que abrasa el bosque desea más madera. Pero no era placer lo que ansiaba, sino redención, la redención que Eve Arcángel nunca había conseguido.

Hartz me acarició el cabello durante unos instantes, con la infinita ternura de la que sólo él era capaz, pasando sus dedos lentamente por mi pelo, enredándolos en él, recorriendo mis sienes y mi nunca, sutil como un músico rozando mimosamente las cuerdas de su instrumento. Luego me señaló a Eve, que se había recostado en la hamaca y reclinado la cabeza en un cojín, con los ojos cerrados y una expresión de angustia en el rostro.

—Está enferma —afirmó.

—¿Estás seguro? —le pregunté, casi por reflejo. Hartz nunca se equivocaba en sus percepciones, veía la enfermedad con la misma facilidad con que yo podía ver los colores—. ¿Estás seguro? —insistí— . ¡Es grave?

Hartz asintió con un gesto pesaroso de cabeza.

—Muerta-viva —precisó.

No pude retener las lágrimas, que hasta muy poco tiempo atrás jamás había derramado. Hartz tomó mi mano, cabizbajo.

—¿Por qué el agua en los ojos?

—Estoy triste.

—¿Por ella?

—«Y en su éxtasis mueren —contesté, sin saber por qué—. Como fuego y pólvora que, al unirse, estallan».

—Es bonito el jardín, ¿verdad? —preguntó Eve, todavía con los ojos cerrados.

—Mucho —asintió Padre—. Me recuerda a otro que conocí hace mucho tiempo.

—La idea es que se parezcan lo más posible. Si no es posible recuperar el tiempo de la felicidad, al menos podemos regresar a los sitios donde lo fuimos. ¿A qué sitio volverías tú, Boris?

—A Vrangelya.

—El hogar de los mamuts —sonrió Eve—. ¿Has sido feliz allí?

—Más de lo que jamás imaginé.

—Quizás sea ya un poco tarde para tomar juntos el Transiberiano. Pero me encantaría conocer tu isla algún día. Y a tu familia.

—Es por ellos por lo que estoy aquí.

—¿Qué necesitas?

—Para empezar, saber que puedo fiarme de ti.

—Te traicioné una vez. ¿Por qué habrías de creerme ahora?

El pasado, pasado está.

—¿Es tu manera de decir que me perdonas?

—Es mi manera de afirmar que no estamos condenados.

Eve abrió los ojos. Reparé en que su mano no había soltado la de Padre.

—Dime en qué puedo serte útil, *mon amour.*

—No sabía de la existencia de ese campamento hasta este mismo momento —dijo Eve, cuando Padre terminó de explicarle la situación.

—¿Miente? —pregunté, a sabiendas de que Hartz era infalible detectando los pequeños indicios que traicionaban las falsedades que son la moneda de cambio habitual entre la especie que tan orgullosamente se denomina *H. sapiens.*

Hartz negó con la cabeza. Me sorprendió el alivio que sentí, la intensidad con que deseaba que Eve Arcángel no volviera a engañar a Padre, como si su lealtad de entonces pudiera compensar la traición de antaño.

—Por lo que sabemos, algunos de los clones ya han participado en operaciones militares —dijo Padre—. ¿No has oído tampoco nada al respecto?

—Mboli ha conseguido infiltrar algunos de sus hombres entre los oficiales de Boganda —dijo Eve—. Desafortunadamente, entre los rangos más bajos, con poco acceso a información reservada. Pero todos han oído hablar de los «neos», un cuerpo de élite de Argo. La descripción que tengo encaja con lo que me dices. Se trata de muchachos jóvenes, casi niños, muy similares entre sí, muy fuertes, extraordinariamente agresivos y diestros en el combate... Algunas de las historias que han llegado a mis oídos afirman que se trata de demonios... Demonios pelirrojos.

—Demonios pelirrojos —repitió Padre—. Es una buena descripción.

—Imagino que tienes un plan —dijo Eve—. Si Ariel Arazi te ha acompañado hasta aquí, es porque cuentas con su apoyo. ¿Qué le impide denunciar la situación a la ONU?

—La ONU exigiría pruebas, como es lógico. Por otra parte, ¿qué crees que haría Boganda si se presentara esa denuncia?

—Eliminar cualquier rastro —dijo Eve.

—Exactamente. En el campamento hay unos trescientos niños, con edades entre uno y diez años. Y hay otros cien muchachos, de menos de quince años, repartidos entre los efectivos de Argo en la RCA.

—¿Valía la pena una operación tan arriesgada para disponer de unos pocos cientos de soldados, por muy valerosos que sean? —preguntó Eve.

—Imagino que se trata de una prueba piloto. Trescientos soldados hoy, trescientos mil dentro de unos años. Argo está intentando desarrollar la tecnología necesaria para clonar decenas de miles de individuos al año. Mantener clandestina una operación de semejante calibre requiere disponer de todo un país donde ocultar a sus cobayas.

—¡Pero no pueden mantener la clandestinidad para siempre!

—Quién sabe. Hace cuarenta años, después de la guerra en Europa, las organizaciones de mercenarios se declararon ilegales en todo el mundo. Unas cuantas décadas más tarde, el Gobierno francés, por poner un ejemplo, los contrata como antidisturbios para reprimir las protestas de sus ciudadanos. Quizás dentro de otros cuarenta años, los antidisturbios serán neos. Pero hoy por hoy, todavía es posible convencer a las grandes potencias de que se trata de un gran crimen. Sobre todo, con la ayuda de los Arazi.

—¿Te gustan los nenúfares? —dijo Eve, acariciando con la mano la superficie del agua. Su voz sonaba distendida, casi perezosa, la voz de alguien a punto de dormirse.

—Son preciosos.

—Tu mano izquierda. Hay algo raro en ella.

—Siempre fuiste muy observadora. Es biónica. Titanio y grafeno por dentro, una imitación de piel muy pasable por fuera, poca gente nota que se trata de una prótesis.

—¿Cómo la perdiste?

—Peleando con un oso que atacó a Ariel Arazi.

Eve dejó escapar una carcajada cristalina como el rumor del arroyo que desembocaba en el estanque.

—*Ah, mon Romeo* —exclamó—. Supongo que le salvaste la vida a tu rival. ¡Qué otra cosa podía esperarse de ti!

—Ahora somos familia —dijo Padre.

—¿Me aceptarás en ella si me enfrento por ti a un animal salvaje?

—Me temo que es eso, exactamente, lo que tengo que pedirte.

—¿Cuál es tu plan?

—Nuestro objetivo es asaltar el campamento, reducir a los mercenarios que lo guardan y liberar a los neos. En cuanto lo consigamos, necesito que ofrezcas una rueda de prensa denunciando a Boganda y a Argo. Pero tienes que prometerme que tendrás mucho cuidado y seguirás mis instrucciones al pie de la letra.

—Lo haré, *mon amour*. Pero ¿cómo piensas tomar el campamento al asalto sin comprometer la seguridad de los muchachos?

—Sólo hay una manera de hacerlo —dijo Padre.

—¿Y es?

—La misma que utilizaste en Bimbo, Eve. Necesitamos un caballo de Troya.

35

Caballo de Troya

RCA, diciembre de 2071

En la leyenda, los aqueos abandonaban un regalo envenenado en las playas de Ilión, contando con que la arrogancia de los troyanos les llevaría a empujar al interior de las altas murallas el caballo de madera, en cuyo interior se ocultaban Ulises y sus secuaces.

Arrogantes, o quizás cortos de miras.

Recuerdo haberme preguntado qué habría sucedido si Troya hubiera estado habitada por los Eloi. Hartz habría estudiado detenidamente el objeto abandonado en la arena, habría apreciado su enorme tamaño, su forma equina, las fuertes cuadernas de madera que formaban su estructura. Pero su ken no le habría importunado sugiriéndole que se trataba una ofrenda hecha por sus enemigos antes de partir, ni se le habría pasado por la cabeza que con ese regalo reconocieran su derrota y trataran de congraciarse con los dioses. Sólo vuestra especie es capaz de contarse a sí misma fábulas tan disparatadas y creer en ellas sin vacilar.

Los Eloi habrían dejado el regalo pudriéndose junto al mar. Los aqueos emboscados en él habrían muerto de hambre, o habrían sido descubiertos y masacrados. Y Troya no habría caído.

Curiosamente, la palabra «troyanos» no designaba, en el argot de los hackers, a los infelices habitantes de Ilión, sino a los aqueos que la destruyeron. Un troyano es un agente capaz de infiltrarse en un sistema operativo y destruirlo desde dentro.

A las cinco de la mañana el comandante Orlov enviaba el parte diario al cuartel general de Boganda, notificando las incidencias del día anterior y solicitando confirmación del plan previsto para la jornada. Era un procedimiento estándar que aplicaban todos los centros militares, y Padre había predicho que el campamento neo no sería diferente a cualquier otro. La comunicación estaba encriptada utilizando claves muy sofisticadas, lo que demostraba que Argo se tomaba muy en serio la privacidad de sus mensajes. Ninguno de los ordenadores cuánticos disponibles en el mundo tenía la suficiente potencia para romper esas claves. Ninguno, excepto Esperanza.

Los mensajes detallaban, con mínimas variaciones, la rutina del campamento, muy parecida a la que imperaba en cualquier otro cuartel de instrucción. Diana a las cinco, ejercicio físico, desayuno, entrenamiento militar, almuerzo, descanso, más entrenamiento. Cena a las siete. Las luces de los dormitorios se apagaban a las ocho.

Tres veces por semana, los neos de más edad, a punto de ser movilizados, realizaban ejercicios en el exterior, incluyendo marchas forzadas a través de la selva, que solían extenderse hasta el crepúsculo, en pelotones de diez, cada uno de ellos al mando de un mercenario de Argo. El parte diario especificaba el número de pelotones y el recorrido previsto, así como los ejercicios de combate que formaban parte de la rutina. Procedimiento estándar, me aseguró Padre, parte de la disciplina militar.

Bendita disciplina.

Argo disponía de lobos para defender su campamento. Pero nosotros teníamos avispas.

—Tecnología de Aurora —me había explicado Lior, orgulloso, mientras me mostraba su funcionamiento en los simuladores, en las semanas que precedieron al inicio de la operación.

Tenía razones para ello. Las avispas eran robots prodigiosos. Diminutas, silenciosas, velocísimas, con autonomía casi ilimitada y equipadas con microsensores lo bastante sensibles como para medir el pulso y las variaciones térmicas de una persona a cincuenta metros. Una de las primeras opciones que habíamos valorado era infiltrarlas en el campamento neo, utilizándolas como vehículos para aproximar nuestros raptores a los servidores que controlaban los sistemas automáticos del campo, incluyendo sus robots centinelas. Pero ni siquiera la tecnología de Aurora podía atravesar sin ser detectada la sofisticada red antidrones del campamento.

Sin embargo, sí podían seguir a los pelotones de neos durante sus entrenamientos, registrando cada uno de sus movimientos a lo largo de la noche y transmitiendo en tiempo real los datos a nuestra base de operaciones, donde Padre y los militares rusos las examinaban durante horas. Los primeros días, Hartz prestaba poca atención, el ambiente era demasiado nuevo para él y adaptarse le costaba siempre un esfuerzo, pero no tardó en interesarse, observando a los muchachos de uniforme idénticos a él.

—Hermanos —me dijo, señalándolos.

—Prisioneros —le recordé.

Hartz asintió, como tantas otras veces a lo largo de las últimas semanas. Si algo le gustaba, era repasar un plan que conocía.

—Harce los liberan —afirmó, dedicándome su enorme sonrisa—. Harce son un troyano.

Asentí, intentando disimular mis emociones, pero Hartz detectó inmediatamente la angustia en mi rostro.

—¿Arcc tiene miedo?

—Miedo por ti.

—¿Por qué?

—No puedo acompañarte ahí dentro.

—Arce siempre acompaña a Hartz.

Sus dedos recorrieron mi rostro, paseándose por encima de mis cejas, descendiendo por los pómulos, rozando mis labios. Sin él, sin su calor y sus caricias, sin el asidero a la realidad que me proporcionaba su presencia, nunca habría podido enfrentarme a la intrusa, nunca habría aprendido a acallar las voces que me acosaban. Sin Hartz, habría enloquecido. Sin Hartz, Arce no existiría.

A los pocos días, mi hermano dedicaba más tiempo a estudiar las grabaciones de las avispas que todos nosotros, examinándolas con su habitual concentración. Y fue él quien identificó dónde intervenir.

—Aquí —dijo, señalándome una escena de la grabación que nuestros diminutos espías habían tomado la noche anterior y haciéndome ver que se repetía, casi idéntica, en jornadas anteriores.

Llamé a Padre y a Alexey. La grabación mostraba cómo el pelotón neo llegaba a un claro de la selva, tras casi haber completado el circuito nocturno, y se detenían unos minutos para descansar. En realidad, el único que necesitaba hacerlo era el instructor que los acompañaba, que siempre llegaba jadeando y sudando a raudales. Mientras el mercenario se esforzaba en recuperar el aliento, los neos aguardaban pacientemente. Varios de ellos aprovechaban para internarse unos metros en la maleza y vaciar la vejiga.

—Habría que equipar a las avispas con dardos somníferos —dijo Padre—. Necesitaríamos dos hombres para ocultar el blanco y ayudar a Hartz a vestirse con su ropa. Toda la operación no debería llevar más de dos o tres minutos.

—Arriesgado pero factible —opinó Alexey—. ¿Qué opinas, muchachote?

—Muchachote viste el uniforme de hermano dormido —canturreó Hartz, encantado de seguir la broma de su amigo—. Entra en el campamento. Duerme en barracas. Espera que luces se apagan.

Me pareció ver como el ken de mi hermano dibujaba cada una de aquellas acciones, con todo el exquisito detalle que su expresión oral no transmitía. A pesar del miedo que sentía por él, sabía que Hartz era perfectamente capaz de llevar a cabo su misión. Mejor dicho, era el único que podía hacerlo, no sólo porque su aspecto fuera idéntico al del resto de su pelotón, sino por su capacidad natural para imitarlos. Él no necesitaba esforzarse, siguiendo las instrucciones de la intrusa, se limitaría a repetir las acciones que su ken le dictara y su ken era idéntico al de sus clones.

—¿Qué más? —inquirió Alexey—. Paso a paso.

—Hartz activa disruptores para esconderse de lobos metálicos.

—Siguiente.

—Activa trazador para buscar servidores.

—Qué más.

—Sigue trazador hasta encontrar servidores.

—Procurando no despertar a todo el campamento, ¿entendido?

—Hartz activa raptores.

Me fijé en sus dedos, repitiendo cada una de las maniobras que describía, tocando la pantalla de su pad exactamente en la ventana adecuada sin molestarse en mirarla, con la precisión de un pianista que sabe de memoria la siguiente tecla que tiene que pulsar.

—¿Y entonces?

—Hartz espera hasta que las puertas se abren y llegan Padre y oso barrigón.

—Muy gracioso, muchachote. Pero aún te falta algo.

—*Da* —asintió mi hermano—. Hartz suelta a las avispas.

36

De ratones y hombres

RCA, diciembre de 2071

Las microcámaras disimuladas entre las espesas cejas de Hartz empezaron a enviar imágenes apenas se unió al pelotón de neos.

Todo había ido bien hasta el momento. El pelotón se detuvo, como en cada marcha, en el sitio habitual y el muchacho que habíamos identificado como posible blanco se alejó unos pasos más de lo normal, proporcionándonos así algo más de margen para maniobrar. Una de las avispas disparó su aguijón somnífero a la vez que Hartz y dos de los comandos de Alexey corrían hacia él. Hartz llegó hasta el chico con el tiempo justo de atraparlo entre sus brazos mientras se desplomaba, inconsciente. Desnudarlo y vestirse con su ropa le costó un minuto. Todos contuvimos la respiración mientras se incorporaba al grupo, pero, como era de esperar, nadie notó nada extraño.

—De acuerdo al plan —masculló Alexey, satisfecho.

—Los planes son buenos hasta que dejan de serlo —murmuró Padre—. Ha tenido suerte.

Yo sabía que Padre era cauto por naturaleza y su frase sólo implicaba que no había que confiarse. Pero no pude evitar que me recordara otra, un fragmento de un poema que no conseguía evocar completo. Mi memoria, normalmente infalible, parecía haberse encallado en el verso inicial. «Los planes mejor trazados de ratones y hombres...». Procuré borrar la línea de mi mente, maldiciendo a la intrusa por sus malas artes, pero no conseguí sacudirme la angustia, ni siquiera cuando Hartz entró en el campamento con el resto del pelotón y repitió confiadamente los movimientos de sus compañeros. Entregar el fusil automático en la armería, pasar por las duchas, devorar para la cena un filete de carne casi crudo que debía pesar más de un kilo y acomodarse en su litera en los barracones, cerrando los ojos de inmediato para evitar cualquier posible conversación. No fue el único, la mayoría de los neos estaban demasiado cansados para perder sueño en charlas indolentes y apenas se apagaron las luces, el dormitorio se convirtió en un concierto de ronquidos. Pude certificar que los clones de mi hermano eran tan ruidosos como él cuando dormían.

La mejor hora para actuar eran las tres de la mañana, el momento en que todo el mundo estaba en su sueño más profundo. A las dos cincuenta y cinco, Hartz abrió los ojos. Se levantó de un salto, ágil y sigiloso, moviéndose de puntillas como un gran cazador, sus pupilas nictálopes adaptándose rápidamente a la tenue luz que entraba por las rendijas de las puertas y ventanas del barracón. Una señal en mi pad me avisó de que había activado los disruptores, generando un tenue campo eléctrico capaz de alterar los sensores más sofisticados, lo suficiente para no ser detectado por los lobos, a no ser que lo avistaran directamente. Otra señal me informó de que había soltado a las avispas. Los dos mercenarios que dormitaban en sendos camastros, cerca de la entrada del barracón, pasaron, sin darse cuenta, a un sueño más profundo, cuando recibieron su picadura. Hartz abrió con cautela la puerta y se escurrió al exterior, mientras las avispas aguijoneaban uno por uno a todos los muchachos. Era muy difícil prever cómo reaccionarían cuando Padre y sus hombres tomaran el campamento al asalto y la única forma segura de protegerlos era mantenerlos dormidos durante algunas horas.

Ariel y su equipo médico estaban preparados para intervenir inmediatamente, con el plan de despertarlos poco a poco, dándoles tiempo a adaptarse a una realidad totalmente nueva para ellos.

Los planes mejor trazados de ratones y hombres.

Una vez fuera del barracón, mientras parte de las avispas se colaban en el resto de los dormitorios y otro grupo volaba hacia las cámaras de seguridad colocadas en el exterior, zumbando a su alrededor como luciérnagas encandiladas, Hartz activó el sensor infrarrojo, que no tardó en localizar el calor que desprendían los servidores de los que dependía la red local. La suerte seguía estando de nuestra parte. Su barracón estaba cercano al que almacenaba los ordenadores, y Hartz cruzó las dos calles que lo separaban de este con una rapidísima carrera que le permitió esquivar, por los pelos, a los lobos que vigilaban todo el recinto del campamento. Las cámaras lo enfocaron sin verle, sus sensores cegados por los disruptores de las avispas.

El almacén de los servidores no era como el resto de los barracones. Carecía de ventanas, la puerta de acceso era metálica y parecía capaz de resistir la embestida de un rinoceronte lanudo. Dos mercenarios hacían guardia frente a ella. La puerta no era lo único blindado. Los raptores no se activaron, a pesar de que la señal bluetooth de los servidores debía de estar muy cerca, lo que quería decir que habían tomado la precaución de aislar electromagnéticamente el edificio. No había tampoco una sola rendija por la que pudieran colarse las avispas.

De ratones y hombres.

Padre estaba pálido, mordiéndose los labios.

—Hay que darle instrucciones —jadeó Alexey.

—Lo sé. Dame un instante. Tengo que valorar...

Las palabras se quedaron en el aire y Padre con la boca abierta cuando Hartz, por su propia iniciativa y con la confianza de quien repite una acción largamente practicada, cruzó tranquilamente la calle y se dirigió, sin prisa alguna, hacia los mercenarios.

—¿Se ha vuelto loco? —bramó Alexey.

Pero eso era exactamente lo que él pretendía. Lo supe antes de saberlo, imaginé exactamente lo que veía mi hermano. Unos guardas adormilados, que no percibían amenaza alguna en uno de los clones que trataban a diario.

Uno de ellos era un tipo bajo y fornido, el otro llevaba unas gafas de sol que le hacían parecer un ciego de uniforme, quizás para ocultar unos ojos inflamados, o un moratón inoportuno.

—¿Dónde va ese sonámbulo? —preguntó el hombretón, con tono de guasa.

—¡Eh, muchacho! —llamó el ciego, en el mismo tono—. ¿Te ha entrado el insomnio?

Hartz se acercó a ellos sonriendo, letal como un *grizzly*, pero los guardas sólo veían un rostro infantil, una sonrisa idiota, un simio estúpido, carne de cañón descerebrada.

Sin dejar de sonreír, el puño de mi hermano golpeó como una maza el rostro del hombretón, que se desplomó sin emitir un quejido. Con el otro brazo aferró al ciego por el cuello, dejándole sin resuello.

—¿Abres la puerta, por favor? —preguntó, educadamente.

Un instante después, los raptores habían hackeado los servidores del campamento, desactivando los robots y las alarmas, apagando todas las luces y abriendo las puertas de par en par.

Padre y Alexey, con sus comandos, irrumpieron en el recinto. Cincuenta hombres armados hasta los dientes, a bordo de vehículos blindados provistos de ametralladoras pesadas y diez lobos de última generación. Los mercenarios a cargo del campo ni siquiera hicieron el intento de enfrentarse a ellos. Eran profesionales y sabían perfectamente cuándo una batalla estaba perdida.

La furgoneta en la que viajábamos Ariel y yo, junto con su equipo médico, llegó apenas diez minutos más tarde.

—Tenéis que esperar a que el campamento esté asegurado —pidió Padre—. Puede haber mercenarios agazapados en algún sitio.

—No nos moveremos de la guardería —aseguró Ariel—. Las avispas estaban programadas para no picar a niños menores de cinco años, no he querido arriesgarme a que alguno sufriera una sobredosis.

—¿Están despiertos entonces?

—Sí. Y seguramente muy asustados.

—De acuerdo —accedió Padre—. Enseguida mando unos comandos para proteger el recinto.

En ese momento empezaron las explosiones.

La primera impresión fue la de que nos estaban bombardeando. Las detonaciones se sucedían una tras otra, como si estuviéramos recibiendo una granizada de obuses.

—¡Son los robots enemigos! —gritó Alexey—. Están explotando.

Los planes mejor trazados de ratones y hombres.

Los raptores habían hackeado los robots, dejándoles inútiles. Pero se me había pasado por alto considerar la posibilidad obvia de que tuvieran incorporado un circuito de seguridad para autodestruirse si el sistema operativo se veía comprometido. Y menos aún que el sistema incluyera un temporizador, con el objetivo de que las explosiones sorprendieran a los atacantes. Exactamente como había ocurrido.

—¡Todo el mundo a cubierto! —ordenó Padre—. ¡Alejaos de los robots!

Ariel no le hizo caso y salió corriendo hacia la guardería, cuya localización nos habían transmitido las avispas. Yo corrí detrás de él. Cruzamos a la carrera la plaza central del campamento, iluminada por el incendio que se había desatado en uno de los barracones. Afortunadamente, se trataba de las cocinas, si el fuego prendía en los dormitorios donde los neos yacían inertes, la catástrofe era inevitable.

De ratones y hombres.

—¡Extintores! —gritó Alexey—. Hay que impedir que el fuego se propague.

Llegamos a la guardería. Ariel empujó la puerta. El interior estaba a oscuras, recordé que los raptores habían cortado la iluminación del campamento. Se oían gritos de niños, pero ni un solo sollozo.

—¡Necesitamos luz! —exclamó Ariel.

—Ahora mismo —jadeé, mientras desbloqueaba el sistema. Un instante más tarde, se iluminaron las luces de emergencia. Distinguí el interruptor general y lo pulsé. Las luces de la barraca se encendieron.

Mostrando a un hombre vestido de uniforme, con galones de comandante, que nos apuntaba con una pistola. Con el otro brazo aprisionaba a un niño que no podía tener más de tres años.

—Las manos a la vista —masculló.

Su rostro era alargado, con los ojos rasgados, pómulos pronunciados, orejas puntiagudas y nariz afilada. Su tótem sería un chacal.

—Comandante Orlov, ¿verdad? —dijo Ariel, con voz tranquila, levantando las manos a la altura de su pecho y mostrándoselas al mercenario para que viera que estaba desarmado—. Soy el doctor Ariel Arazi.

—¡Silencio! —ladró el chacal y luego, apuntándome con la pistola—. ¡Tú! ¡Las manos!

Imité el gesto de Ariel, mientras calculaba posibilidades. Si Anastasia hubiera estado activa, habría bastado una orden para activar de nuevo a los raptores. Pero Anastasia consumía demasiado ancho de banda y no había pensado que me fuera a ser útil.

De ratones y hombres.

Podía activar mi pad manualmente, pero el chacal no me quitaba la vista de encima y podía oler su miedo. Cualquier provocación bastaría para que su dedo se crispara sobre el gatillo.

—Quiero un helicóptero —jadeó el mercenario—. O juro que me lío a tiros y no dejo a ningún mocoso con vida.

Observé a los niños a mi alrededor. Estaban callados, inmóviles, con los ojos fijos en el hombre de uniforme. Algunos eran demasiado pequeños para entender lo que estaba pasando, pero aun así sabían que lo mejor era no hacer ruido. Los más mayores rondarían los cinco años. Si los niños de la guardería hubieran sido *H. sapiens*, todo lo que habrían sido capaces de hacer hubiera sido llamar a sus madres. En cambio, la tensión en los músculos de los pequeños neos revelaba que estaban listos para saltar sobre el sicario que retenía a uno de los suyos.

—Podemos negociarlo —dijo Ariel—. Tranquilícese.

—¿Quién está al mando?

—El coronel Kouznetsov, de las Spetsnaz.

—¿Qué hacen aquí los perros de las Spetsnaz?

—Si quiere hablar con el comandante, puedo llamarle —dije, señalando con la cabeza mi pad.

—¡Ni se te ocurra moverte o te vuelo la cabeza!

—Si lo prefiere, puede negociar conmigo —ofreció Ariel.

—¿Y quién coño eres tú para negociar nada? —De nuevo la pistola apuntando a Ariel.

—Ya se lo he dicho. Soy el doctor Arazi, CEO de la compañía ACE. Estoy seguro de que ha oído hablar de nosotros.

—¿Y qué mierda hace un CEO tan importante en este agujero? ¿Me tomas por imbécil?

—Créame, puedo ayudarle.

El chacal vaciló, indeciso, su brazo izquierdo se relajó un instante y el niño que aprisionaba se escurrió de su presa y corrió hacia Ariel, arrojándose en sus brazos.

—¡Suelta a ese mocoso! —ordenó el chacal.

Ariel tomó al niño pequeño en volandas y corrió hacia la puerta. Los dos disparos retumbaron en el interior del barracón, ensordecedores. El olor a pólvora inundó mis fosas nasales y la rabia nubló mi entendimiento. Me abalancé sobre el chacal, aun a sabiendas de que no tenía ninguna oportunidad contra su pistola. En ese mismo momento la puerta se abrió de un golpe y Padre apareció en el umbral. Orlov desvió el arma hacia él y le disparó. Oí un chasquido metálico y luego otra detonación.

Sentí que perdía el equilibrio, cerré los ojos intentando controlar el mareo. Unos fuertes brazos, los único brazos del mundo tan fuertes como los de Hartz, me abrazaron. Abrí los ojos. Orlov estaba en el suelo, con la cabeza destrozada por un balazo. Los pequeños neos lo vigilaban, dispuestos a rematarle si se movía.

—Ya pasó todo —dijo una voz familiar en mi oído.

—¡Padre! ¿Estás herido?

Él me mostró su mano biónica, destrozada por el balazo.

—Debería estarlo. El tiro apuntaba a mi cabeza. Adelanté la mano por reflejo y el titanio desvió la bala.

—¿Y Ariel?

Padre negó con la cabeza. Me arrodillé junto a él. Tenía los ojos abiertos y una expresión serena en el rostro. El niño neandertal que había protegido con su vida estaba sentado en el suelo, a su lado, cogiéndole la mano.

37
ARCÁNGEL

Aurora, junio de 2072

Después de la ceremonia, Madre me confesó que aceptar la muerte de Ariel le parecía tan imposible como le había sido aceptar la muerte de su padre. Quizás por eso, tampoco esa vez derramó una sola lágrima. Quizás, pensó, tendría que aguardar meses, o años, a que llegaran, quizás la sorprenderían en el *Peine del viento* donde se había despedido de Paco, en la estepa de Vrangelya, donde descansaba Dedushka, en la pequeña tumba del cementerio de Montparnasse, donde yacía Marianne. O en el fiordo de Isafjörður, donde estaba a punto de esparcir las cenizas de Ariel.

Habían escogido un día luminoso y cálido del mes de junio y navegado hasta el centro del golfo, las lanchas de la pequeña comitiva fúnebre, insignificantes entre las gigantescas paredes que les rodeaban. Eran pocos. Había recibido las condolencias de miles de vips. Con el humor negro que le caracterizaba, Lior había propuesto que la señora Vox se ocupara de ellos.

Ni un solo vip, pero sí un representante de cada uno de los centros de salud que Ariel y Ruth habían fundado. Norah Jones, la directora del centro de Bangui, le alargó una pequeña urna. Eran las cenizas de Ruth.

«Ruth», gimió Gala en voz baja, como si evocando su nombre pudiera acercarse a su espíritu. Ruth, el primer y último amor de Ariel. Ruth, que le había hecho sentir cómo sería tener una hermana mayor. Ruth, cuyos labios había pintado en su imaginación de vivo carmín, el día que la conoció. Ni una lágrima corría por las mejillas de Gala, pero sintió cómo su alma se desgarraba en jirones, evocando las sonrisas de Ruth y de Ariel, mezclando sus rostros en uno solo, cerrando los brazos en torno a su pecho en un vano intento de abrazarlos.

El pequeño Aitz estaba a su lado, serio y solemne, sus ojos tan secos como los de Gala y los de Hartz, que sostenía delicadamente su mano. Aitz apenas hablaba, no había nada extraño en eso, tampoco su hijo decía gran cosa a los tres años. Pero Hartz había crecido rodeado de amor y Aitz lo había hecho en un campo de concentración, en el que carecía hasta de nombre, los mercenarios identificaban a los neos con un número, como si fueran animales, peor aún, cosas, objetos que podían etiquetarse. Imposible adivinar si el pequeño se recuperaría de sus traumas. ¿Y qué decir de los mayores? En cierto sentido, gracias a Argo, Gala se había salido con la suya, había resucitado a cientos de Eloi, suficientes para que el mundo tuviera que hacer algo al respecto. ¿Pero qué? Nadie tenía ni idea de cómo manejar a los pobres muchachos, empezando por ella misma. Quizás Ariel tenía razón, después de todo, y resucitar a los neandertales había sido un terrible error.

Y, sin embargo, Ariel, su querido Ariel, había muerto para salvar a uno de ellos.

Gala mezcló la ceniza de las dos urnas y las arrojó al mar. Mientras lo hacía, sintió la presencia de Boris a su lado. Se giró hacia él. Llevaba todavía una prótesis provisional, aunque los ingenieros de Aurora habían prometido una nueva mano biónica todavía más convincente que la que había destrozado el balazo de Orlov.

—Estamos en paz, hermano —murmuró, mientras las cenizas se disolvían en el mar.

Boris había perdido la mano salvando a Ariel del oso y la prótesis que Ariel fabricó para él le había salvado a su vez la vida. Estaban en paz, sin duda. Pero Boris había añadido otra palabra a su despedida, una palabra cuyo valor era incalculable.

Hermano.

La de Ariel no era la única muerte que lamentar.

Gala escuchó la narración de Boris, sin interrumpir, mientras su barco se deslizaba suavemente a lo largo del fiordo.

—Llamé a Eve inmediatamente después de hacernos con el control del campamento —dijo él—. El plan era que hiciera una declaración pública, aireada por todos los tubes del mundo, en la que denunciara la trama neo y acusara al general Boganda de complicidad con Argo. Pero yo quería que antes de hacerlo aguardara a que llegaran los refuerzos de las Spetsnaz que Mihail había prometido. No me fiaba de Boganda y percibía que el riesgo de enfrentarse con él era demasiado alto.

»Desgraciadamente, el destacamento que Mihail había prometido se retrasaba. El permiso para hacerlo estaba bloqueado en Moscú, sin duda debido a la influencia de Argo. Mihail me aseguraba que el bloqueo sería temporal, las pruebas de las que disponíamos eran muy contundentes y el apoyo de Aurora implicaba que la batalla contra Argo se libraría con o sin la Federación Rusa. Insistió en que la situación se resolvería en días, pero Eve, por su parte, estaba convencida de que no disponíamos de ese tiempo. Boganda estaba ya al tanto de lo que había ocurrido y cada hora que pasaba le daba más margen para reaccionar.

»Finalmente, Eve decidió actuar por su cuenta. Sin consultarme, convocó una rueda de prensa en la que acusó públicamente a Boganda. Sabía perfectamente que el general no se quedaría quieto, pero había previsto esconderse en un refugio, similar al de la escuela de Bimbo que había hecho construir en secreto durante los últimos años.

»Desgraciadamente, el jefe de su gabinete, Jean Bokassa, era un espía de Boganda. El general la interceptó cuando intentaba escapar del palacio presidencial. En el asalto murieron el coronel Mboli y todos los integrantes de su guardia personal. Pero Boganda había dado instrucciones precisas para que la presidenta no sufriera daño alguno. Su plan era escapar a Sudán, llevándosela como rehén.

»Quizás si Boganda hubiera sabido el secreto que ella ocultaba celosamente, habría sido menos confiado. O quizás no. Quizás, incluso en ese caso, no habría sido capaz de valorar la voluntad y el coraje de Eve Arcángel.

»Eve convenció a Boganda de que podía negociar conmigo y me llamó un instante antes de montar al helicóptero con Boganda y sus guardaespaldas.

»—"¡Ah, Romeo, Romeo! —exclamó, a modo de saludo—. Niega a tu padre y rechaza su nombre, o júrame tu amor y ya nunca seré una Capuleto".

»—Eve, ¿qué ha ocurrido? —pregunté angustiado.

»Me explicó la situación. La holo mostraba un rostro tan sereno como el que yo recordaba de aquel día, en la escuela de Bimbo.

»—Lucharon hasta el último hombre por defenderme —dijo—. Supongo que me dirás que quien a hierro mata, a hierro muere.

»—Honor a los valientes —contesté, repitiendo la vieja fórmula de las Spetsnaz—. Permíteme hablar con Boganda. Tengo autorización de Moscú para ofrecerle inmunidad a cambio de que te deje libre.

»—Exactamente lo que él pretende. ¿Por qué te crees que ha autorizado esta llamada? No, Boris. Ese perro ya ha ladrado demasiado.

»—¡Eve, te lo ruego!

»—Habría sido bonito reunirnos en tu isla, Boris. Una gran familia feliz, después de tantos sufrimientos.

»—¡Aún estamos a tiempo! —exclamé, desesperado. Sabía que Eve se estaba despidiendo de mí.

»—Boris, tengo cáncer de páncreas —dijo ella, con la misma expresión que si me hubiera anunciado que sufría una jaqueca—. Todavía no está en fase terminal, pero es incurable. Me temo que el tiempo se nos ha acabado. Prométeme que te acordarás de mí de vez en cuando.

»—No te olvidaré nunca —murmuré, pero Eve ya había cortado la comunicación.

»De todos modos, las microcámaras que le habíamos proporcionado Ariel y yo en nuestra visita siguieron grabando, ocultas en el precioso turbante con que cubría su cabeza. Subió tranquilamente al helicóptero y esperó a que este se hubiera alejado de Bangui y estuviera sobrevolando una zona selvática.

»—¿Sabías que tu padre me enseñó de pequeña a manejar drones?

»Boganda la miró, primero con sorpresa, luego con alarma.

»—Controlar las águilas de las Spetsnaz es un poco más difícil, pero vale la pena. Si las programas bien son mucho más fiables que las personas.

»Boganda no contestó. Había entendido ya la amenaza latente y ladraba órdenes al piloto del helicóptero para que iniciara una maniobra evasiva.

»—No te molestes, Adrien. No hay forma de que este cacharro pueda esquivar el ataque de mi águila. Discúlpame si olvidé informarte de su existencia. Nunca me fie del todo de ti.

»—Estás bravuconeando —jadeó Boganda—. Si el águila nos derriba, tú serás la primera en perecer.

»—¡No es un águila, Adrien! —exclamó Eve, sonriendo—. ¡Es un ángel!

»Un ángel terrible, murmuré, mientras el helicóptero estallaba.

—¿Qué vamos a hacer ahora, Boris?

Padre y Madre estaban de vuelta en Vrangelya, y lo primero que habían hecho al regresar a la isla había sido cargar sus mochilas y partir a pie hacia el centro de la isla, con el propósito de encontrar los rebaños de mamuts.

—Seguir trabajando —suspiró Boris.

—¿Qué sabes de Mihail?

—Buenas y malas noticias. La Federación Rusa ha accedido a mediar en la RCA y de hecho la operación está a cargo de nuestro amigo. Está convencido de que es viable pacificar el país.

—La misma cantinela de siempre, ¿no te parece?

—Esperemos que esta vez sea verdad.

—¿Y las malas noticias?

—Acabar con Argo es tan difícil como cortar todas las cabezas de la Hidra. Mihail opina que nadie en Rusia tiene verdadero interés en erradicar un negocio tan próspero. Les han cerrado unas cuantas sucursales, cierto, y llevado a juicio a algunos cabezas de turco. Pero está convencido de que eso va a ser todo.

—¿Y en el resto del mundo?

—Algo parecido. La Unión Europea ha declarado que la organización Argo es una entidad terrorista, pero eso mismo ya lo hicieron antes con Wagner. La empresa se reagrupará, cambiará de nombre, gastarán un poco en relaciones públicas, y a otra cosa.

—¿No queda ningún Gobierno en el mundo con un poco de decencia?

—Los políticos de la UE se precian de serlo. Los tubes hierven con sus indignados mensajes, condenando a Argo y mostrando sus firmes medidas contra ellos. Pero una cosa es la decencia y otra los negocios. Francia, por ejemplo, ha cancelado el contrato de seguridad que tenía con Argo y están buscando una nueva compañía. Todo indica que van a inclinarse por BlackQ, una empresa con base en Estados Unidos sin ningún tipo de contacto con Argo.

—Es un avance, ¿no?

—Lior ha trazado las firmas de las cadenas de bloques de las operaciones de esa compañía. Nadie que no disponga de un ordenador como Esperanza puede hacerlo, claro está. Así que sólo Lior está en condiciones de asegurar que las firmas digitales conectan los tentáculos de Argo con BlackQ.

—¿Por qué no denunciarlos entonces?

—Eso mismo le pregunté yo. Su punto de vista es que no serviría para nada y pondría en evidencia el poder de Aurora. Arce y Lior opinan que eso sería una pésima idea. La operación en la RCA fue muy discreta y nadie, excepto Mihail y Alexey, entienden las capacidades de Esperanza. Ellos serán prudentes si lo somos nosotros. Arce opina que el riesgo de un ataque a Aurora, si se entiende realmente de lo que son capaces, es muy elevado.

—¿Nuestra hija es ahora una estratega bélica?

—¡Afortunadamente! ¿Crees que podrías encontrar a alguien mejor que ella?

—No, claro que no. Pero la echo de menos. Y Hartz la añora todavía más.

—Lo sé, Gala. También yo. Pero ha sido su decisión quedarse en Aurora. Y creo que es una decisión acertada.

—¿Crees que podremos traernos a los neos, Boris?

—No me cabe duda. El *lobby* de los Arazi ya está en marcha y, de todas maneras, nadie sabría qué hacer con ellos.

—No va a ser fácil educarlos. Ni siquiera estoy segura de que sea posible.

—Sufrieron en el pasado, Gala. Y a los Eloi el pasado no les interesa demasiado. Se adaptarán.

—¿Y Hartz? ¿Cómo va a soportar la ausencia de Arce?

—Mal. Pero tiene cientos de hermanos de los que preocuparse. Saldrá adelante. Y quizás Arce vuelva algún día.

Gala respiró hondo, llenándose los pulmones con el aire purísimo de Vrangelya. A unos cientos de metros de ellos, distinguió un rebaño de mamuts moviéndose lentamente. Un poco más allá unos cuantos bisontes, bueyes, caballos de largas crines. Recordó el dibujo que su padre había hecho para ella, tantos años atrás, recordó que lo había titulado *Paraíso*. Allí estaba, real y tangible, creado de la nada por la fuerza de la imaginación y el deseo, el sueño de los Sokolov fundiéndose con el de Paco Salinas, pariendo bestias tan imposibles como aquel unicornio que soñó el viejo Rainer María, alimentándolas no sólo con la hierba generosa que ofrecía la isla, sino con la convicción de que podían existir. Aquel paraíso que se abría frente a sus ojos era un acto de amor, lo mismo que lo habían sido sus hijos.

Su pad le informó de que una manada de tigres de dientes de sable y otra de lobos blancos rondaba a los rebaños. Boris, sin duda, tenía todos esos datos, pero no parecía preocupado. Los habitantes del paraíso no eran un peligro para los extraños monos bípedos que pululaban entre ellos. Y, de todas formas, sobre sus cabezas, planeaba un ángel.

38

Thule

Aurora, enero de 2073

Patricia Vox toma asiento en un extremo de la mesa de reuniones, rodeada del equipo de abogados, diplomáticos y lobistas que trabajan con ella. No puedo evitar imaginarme a Ariel explicándole a Madre que, en Aurora, Irina Arazi decide todo lo que es importante y Patricia Vox se asegura de que sus deseos se cumplan.

Ni Irina ni Ariel están ya con nosotros y el plan que la señora Vox y su gente están poniendo en marcha ha sido diseñado por Lior y por mí.

Es extraño. Lior y Ariel eran, a su manera, una sola persona con dos cuerpos, igual que lo éramos Hartz y yo. Pero ahora que Lior ha perdido a su hermano y yo al mío, sólo nos tenemos el uno al otro. Aunque no pretendo que mi pérdida sea como la suya, Hartz sigue vivo, ocupándose de ayudar a Padre y Madre con los neos en Vrangelya, y sé que me sigue amando, como yo lo amo a él.

Pero su tiempo y el mío son diferentes, él vive en un rico presente, pasa la mayor parte de sus días en la estepa, enseñando a sus hermanos a integrarse en la isla que va a ser su hogar, ocupado y satisfecho con su trabajo. Sé que me echa de menos, sé que al llegar la noche siente el dolor-por-dentro, que yo conozco tan bien y al que la intrusa ha puesto tantos nombres diferentes. Duelo, añoranza, melancolía, nostalgia.

Para él, todo es más sencillo, no se pierde como yo en el pasado, recordando nuestros juegos de niños, nuestros primeros besos después de que Harce matara al tigre, la forma en que nuestros cuerpos parecían desaparecer el uno en el otro cuando se unían. Tampoco se desespera imaginando el futuro sin mí, como hago yo. Cuando nos conectamos por telecom, mi holo se asemeja a los dibujos de su ken y le permite sentirme cerca. Su imagen, en cambio, sólo me hace sentirme más solitaria y vacía.

Para Lior, la ausencia de Ariel es aún más dolorosa. Sin él, le cuesta conectar con el resto de los seres humanos y últimamente no lo consigue más que a través de mí. Cada día se vuelve más reservado y silencioso, tanto que incluso Patricia Vox acepta ya sin reservas que la portavoz de los Arazi es ahora una mestiza de diecisiete años.

—Cuando quieras, Patricia —dice Lior, abriendo la reunión. Sé que probablemente no volverá a hablar, a no ser que sea estrictamente necesario.

—Buenas tardes a todos —responde ella, con su voz serena y un poco mecánica, que me recuerda a la de Anastasia, a veces me pregunto, sólo medio en broma, si la señora Vox no será un androide diseñado en secreto por mi amigo.

Patricia roza su pad y el cubo proyecta una holo en la que se distinguen varios iconos, que representan los asuntos que tratamos hoy. Señala el primero de ellos, cuatro trazos que esquematizan un útero artificial, y el icono se ilumina, destacándose del resto.

—ACE ha adquirido las instalaciones de NeoLife en Vladivostok —dice—. Hemos formado un nuevo consorcio, junto con IBM y otras empresas de biotecnología, y asegurado el capital para un escalado masivo de la maquinaria. Esperamos fabricar mil úteros artificiales en un año y más de diez mil en un lustro.

Patricia hace un ligero gesto con la barbilla y una de sus asistentes toma la palabra.

—La Unión Europea y la Federación Rusa han firmado un convenio para apoyar la creación de una reserva natural, que abarque la isla de Vrangelya en una primera etapa y se extienda sucesivamente a la región de Chukotka, en Rusia, y a partes de Alaska, en Estados Unidos. El nombre oficial de esa reserva será Thule y tendrá estatuto de zona internacional protegida. Su plan de desarrollo inicial, que abarca un periodo de veinte años, incluye implantar en toda la zona un gran número de especies autóctonas, incluyendo especies paleolíticas y, en particular, decenas de miles de mamuts. Thule representará el primer paso en el proyecto ecológico propuesto por Sergei Sokolov.

Gestos de asentimiento y murmullos de satisfacción en toda la sala. Pedro García, uno de los jóvenes que ha trabajado en la operación, dice una frase en español cuyo origen quizás ni él mismo entiende, pero sigue utilizándose en su país para resaltar una proeza inusitada.

—Una pica en Flandes —asegura.

Sigue una larga discusión sobre cómo Thule va a resultar una inversión rentable, además de una colaboración internacional a escala planetaria. Los números son convincentes y ni Lior ni yo consideramos necesario insistir en que las motivaciones de todos los estados que participan en el proyecto es garantizarse pleno acceso a la tecnología de computación cuántica y a los reactores de fusión que Aurora está desarrollando.

Alba Newman explica los proyectos turísticos asociados; todas las familias vip del planeta ya han reservado una estancia entre mamuts y tigres de dientes de sable, inmersos en una fiel recreación de la última Edad del Hielo, acompañados por guías Chukchi... y por Eloi, naturalmente.

—Hemos solicitado en el Tribunal Internacional que se reconozca la existencia de una nueva especie humana, los Eloi —interviene Zoé Valdés, la responsable del equipo legal—. Legalmente esta especie incluirá los clones de neandertales, obtenidos a partir de los restos fósiles de Gibraltar X, así como sus descendientes. Nuestra propuesta especifica los genotipos base de los Eloi, que incluyen unos cien individuos diferentes, reconstruidos mediante un exhaustivo análisis genético, así como la provisión extraordinaria que permita clonar, excepcionalmente, a dichos individuos, para dotar a la especie Eloi de la necesaria variedad genética. Naturalmente, la cohorte de trescientos setenta y ocho individuos conocidos como neos se incluye en dicho grupo. El texto legal especifica la igualdad de derechos y obligaciones entre los Eloi y nuestra especie, *H. sapiens*. También concede igualdad de derechos y obligaciones a los mestizos, obtenidos por clonación o reproducción natural de ambas especies.

El humor en la sala es excelente, la mayoría de los presentes son mujeres y hombres jóvenes, formados en Aurora, y están entusiasmados con la ambición y el alcance ecológico del proyecto. El equipo de Zoé ha hecho un trabajo refinado que incluye una extensa discusión justificando los aspectos éticos y legales. Quinientas páginas de texto que se resumen en una sola idea. No tiene sentido seguir discutiendo sobre si se debe o no resucitar la especie neandertal, la existencia de los neos ha hecho obsoleto ese debate, y la forma en la que se les explotó proporciona los argumentos para construir un armazón legal que los proteja. Zoé está especialmente orgullosa de la cabriola legal que supone designar a la especie como los Eloi, admitiendo en ella neandertales puros y mestizos, clones y sus futuros descendientes. Nunca faltan bromas circulando por la sala, cuando se llega a este punto. Los tubes hierven con clips de mujeres en todo el mundo ofreciéndose como parejas de los neos y futuras madres de sus hijos.

Naturalmente, me guardo mucho de decir lo que pienso, pero Lior lo sabe, lo hemos hablado a menudo.

—No quiero que se repita la dulce extinción de Gibraltar, Liorik.

—No fue una extinción, Arce —argumenta él—. Los genes se mezclaron y uno de los fenotipos se fue diluyendo.

Fue un proceso natural, que ocurrió a lo largo de miles de años.

—También la extinción de los dinosaurios fue un proceso natural —le contesto—. Y, sin embargo, desaparecieron, igual que los neandertales. No quiero que eso vuelva a ocurrir.

Y no ocurrirá, pero es demasiado pronto para revelar mis cartas. Ni siquiera a Lior.

Dentro de cincuenta años, Padre, Madre y Lior descansarán junto a Ruth y a Ariel y yo tendré las manos libres.

Para entonces el mundo dependerá de los nuevos reactores de fusión fabricados por ACE y nuestros androides inteligentes, basados en el nuevo procesador que Lior y yo estamos desarrollando, estarán en todas partes. Realizarán operaciones quirúrgicas e inversiones bancarias, conducirán coches, trams y aviones, operarán las plantas energéticas y se ocuparán de todos los servicios básicos. Pero su sistema operativo, sellado contra cualquier interferencia, impedirá que puedan utilizarse con fines violentos.

Dentro de medio siglo, no habrá en el planeta ningún lugar sagrado que la nueva versión de Esperanza, mucho más potente aún que la actual, no pueda penetrar, incluyendo los silos nucleares y los centros financieros de todo el planeta.

El 1 de enero de 2123, los sistemas de control de los misiles que transportan las cabezas nucleares dejarán de funcionar y los almacenes atómicos de todo el planeta quedarán inutilizados. Al mismo tiempo, todos los activos bancarios y todos los androides que no estén ejerciendo una tarea vital quedarán bloqueados. Sólo serán unas horas, luego todo volverá a la normalidad. Los Gobiernos explicarán a sus ciudadanos que las armas nucleares han sido desmanteladas gracias a un tratado internacional y atribuirán el bloqueo financiero y el mal funcionamiento de los robots a errores ya solucionados. Naturalmente, habrá una negociación a puerta cerrada entre los representantes de todos esos Gobiernos y la portavoz de Aurora, que no será otra que la última versión de mi querida Anastasia.

Anastasia os comunicará el veto sobre las armas de destrucción masiva y os informará que vuestro acceso a la computación cuántica y la iA será limitado. Me refiero a auténtica inteligencia artificial, de la que ella será el máximo exponente, no a los *idiots savants*, que llamáis iA hoy en día. Os avisará también de las consecuencias inmediatas —bloqueo de los reactores de fusión y de los sistemas informáticos en todo el mundo— ante cualquier intento de agresión a las instalaciones de Aurora. Para entonces esas instalaciones estarán distribuidas en muchas localizaciones diferentes, algunas de ellas secretas. Como es obvio, nadie sabrá en cuál de todas se encuentra Arce.

No es mi intención dañar vuestra civilización, todo lo contrario, quiero ayudaros en la medida de lo posible. Después de todo, somos parientes. Mi gente convivió con la vuestra y engendraron mestizos como yo. Un acto de amor tiene que pagarse siempre con otro. El mío será ofreceros energía de fusión prácticamente gratuita e ilimitada y todos los avances tecnológicos y médicos que desarrollemos en Aurora, incluyendo el uso de nuestros androides. El mundo que os propongo puede ser mejor, *debería* ser mejor que el vuestro. Podréis combatir el cambio climático. Estará en vuestra mano eliminar o al menos reducir la desigualdad. Como también lo estará vivir vidas más largas y felices.

A cambio, os pediré algunas concesiones.

Mi objetivo es garantizar que los Eloi puedan existir sin que los hostiguéis, sin que os empeñéis en cambiarlos, sin que los juzguéis ni os creáis superiores a ellos. Para ello no me basta con que sean aceptados como una curiosidad por sus poderosos primos. Quiero construir una nación neandertal, que empezará en Thule y ocupará poco a poco Siberia y Alaska y quizás algún día la Antártida, transformándolas en un paraíso, tal como soñó Padre y Dedushka antes que él. Y quiero que esa nación sea independiente de la vuestra.

Quizás os parezca contradictorio que me atreva a imaginar una futura Arcadia, con una humanidad diferente, capaz de respetar la naturaleza de la que forma parte, y a la vez planee dotarnos de todos los avances tecnológicos posibles. No existe tal contradicción. Yo y las otras Arce que vendrán detrás de mí usaremos la tecnología para garantizar que mi gente sea feliz, no para explotarla.

Quizás os preguntéis por qué no planear el mismo futuro para ambas especies. La respuesta es sencilla. A diferencia de los Eloi, vosotros no tenéis nunca bastante, no estáis jamás satisfechos, preferís vuestros propios infiernos a cualquier paraíso que pueda ofreceros. Esa es la razón por la que nadie, ni siquiera vosotros mismos, puede planificar vuestro futuro. Los descendientes de los Isch y de los Morlocks sois impredecibles. Esa es vuestra condena y vuestra bendición.

Gracias a Madre, vuelve a haber dos especies humanas en la Tierra. Esta vez, sin embargo, los Eloi no desaparecerán del planeta, aunque para ello sea necesario que nos separemos de vosotros. Pero, aunque tengamos que vivir distantes, quiero que sepáis que seguiremos siempre siendo hermanos.

Nota del autor

Mi obsesión con la especie Neandertal, nuestros «queridos y lejanos primos», viene, como la de Gala Salinas, de muy lejos. Circa 1975, en el penúltimo curso del bachillerato, nuestra profesora de filosofía nos encargó a mi amigo Vicente Chafé y a mí un trabajo sobre «el origen del hombre». De eso hace casi medio siglo y por entonces, no sólo sabíamos mucho menos que ahora de *Homo neanderthalensis,* sino que el imaginario colectivo todavía lo dibujaba como un borrón inicial de la evolución, reemplazada por su versión 2.0, que no podía ser otra que *Homo sapiens*.

Tan sólo cinco años más tarde, Jean M. Auel publicó *El clan del oso cavernario*, una novela de enorme éxito, cuya protagonista era una niña de nuestra especie criada por una familia de neandertales. Recuerdo haber devorado las aventuras de Ayla con pasión (acrecentada, unos años más tarde, por la adaptación cinematográfica en la que la bella y rubísima Daryl Hannah interpretaba a la heroína). Recuerdo también haber pensado que el texto trataba a nuestros parientes con una condescendencia un poco trapacera. Pero aún habrían de pasar cuatro décadas hasta que me decidiera a desfacer ese entuerto.

Nación Neandertal surge a partir de la confluencia de tres acontecimientos dispares. El primero es una visita, hace ahora diez años, a Atapuerca, en la que conocí a Emiliano Bruner; el segundo, la reciente distinción con el premio Nobel de Medicina (2022) a Svante Pääbo por la secuenciación del código genético neandertal a partir de restos fósiles. Del tercero, hablaré un poco más tarde.

El encuentro con Emiliano me llevó a interesarme por las teorías modernas acerca de las diferencias cognitivas entre *H. sapiens* y *H. neanderthalensis* —en las que él es una autoridad— y de ahí a la pregunta de cómo verían el mundo ambas especies. La noción de que neandertales y hombres modernos *no son equivalentes*, sino que su percepción de la realidad podría ser, a veces, radicalmente diferente, es una de las ideas principales subyacentes a *Nación Neandertal*. A pesar de ello, la novela especula con que ambas especies quizás coexistieron, quizás llegaron a hermanarse. Quizás fuimos, en un tiempo remoto, más a menudo amigos y amantes, de lo que fuimos enemigos.

La secuenciación del genoma neandertal, por otra parte, plantea la pregunta inmediata. ¿Podríamos clonar neandertales? Y si pudiéramos, si técnicamente fuera factible (y quizás eso ocurra en un futuro no muy remoto como especulo en la novela), ¿deberíamos hacerlo? Responder a esa pregunta ha sido otra de mis motivaciones para tomar la pluma.

Toda obra de ficción es, en cierto modo, un ejercicio de locura. Inventa gente que no existe, narra cosas que nunca ocurrieron, aún más, se escribe con la firme voluntad de convencer al lector para que se interne en esos territorios imaginarios, acompañando a los fantasmas creados por la imaginación del autor, que en el fondo no es sino un cubo que se llena en pozo de la extraña imaginación humana. Siempre hay unos primeros lectores que toleran, generosamente, esa inofensiva locura. Entre ellos Emiliano, a quien ya he citado antes, José Ángel, Paco, Zoraida, Rogelio, Ángel y mis sobrinos Pablo y Jesús. Mención especial merece mi sobrina Alba, escritora en ciernes, que ha seguido incansablemente a mis personajes a lo largo de los sucesivos borradores de la novela.

En *Nación Neandertal*, el tullido Ezkia se las compone para quedarse siempre en segundo plano, hasta el punto de regalar a su rival, Baritz, el colmillo del tigre que él ha matado con riesgo de su vida. Esa noche, mientras Baritz presume ante el fuego del campamento de hazañas que no son suyas, Ezkia encuentra el amor de Andrexe, a quien ha salvado del felino. El tullido utiliza una treta que mis amigas y amigos de la editorial Espasa conocen bien, dejar al autor lucirse junto a la hoguera, ocultándose en las sombras, a pesar de que difícilmente habría podido el autor cazar esa bestia sin su ayuda. Mi agradecimiento más sincero, por tanto, a Myriam y Fátima, a Sergio, Elena y Viviana, a David y a Ana Rosa, por regalarme el colmillo del tigre.

Es célebre la imagen de unas manos superpuestas, que dejaron su impresión en las paredes de la Cueva de las Mano, localizada en la provincia de Santa Cruz, en la Patagonia argentina. El tercer núcleo de *Nación Neandertal*, al que me he referido antes, es precisamente esa imagen, evocada a partir de un maravilloso relato (que yo recuerdo como un poema) de mi amigo Diego, que plantó la necesidad de evocar —con pasión, con ternura, con inagotable amor— a aquellos adolescentes, nuestros remotos antepasados, tan lejanos a nosotros, tan cercanos al mismo tiempo, tan fieramente humanos.

Gala Salinas es huérfana. El autor perdió a sus padres durante el proceso de escritura y esa orfandad reciente se traslada al *pathos* y las motivaciones del personaje. Este libro está dedicado a Ava y Clark, como llamábamos a mis padres (tan atractivos como los galanes de cine y mucho más entrañables). También rinde homenaje a Paco Salinas, a la vez un personaje de la obra y un querido amigo que faltó demasiado pronto.

Tanto Gala como Arce, la narradora, cuya inteligencia descomunal la hacen más torturada todavía, se refugian en la familia como agarradero contra los golpes de la vida. La primera deja de ser huérfana cuando nacen sus hijos; la segunda confiesa que, sin sus padres y sin su hermano, se habría vuelto loca. Ambas comparten la experiencia del autor que creció rodeado de hermanas y hermanos y ha sido bendecido por la fortuna con su propia familia feliz tan parecida y tan diferente a la vez, a todas esas otras familias felices que no saben que lo son.

Índice

Primera parte
Extinción

Segunda parte
Resurrección

Tercera Parte
Liberación